A CONSPIRAÇÃO COLOMBO

OBRAS DO AUTOR PUBLICADAS PELA RECORD

A busca de Carlos Magno
A conspiração Colombo
O elo de Alexandria
O enigma de Jefferson
O legado dos templários
A profecia Romanov
A Sala de Âmbar
O terceiro segredo
Traição em Veneza
Vingança em Paris
A tumba do imperador

STEVE BERRY

A CONSPIRAÇÃO COLOMBO

Tradução de
MICHELE GERHARDT

1ª edição

EDITORA RECORD
RIO DE JANEIRO • SÃO PAULO
2014

CIP-BRASIL. CATALOGAÇÃO NA FONTE
SINDICATO NACIONAL DOS EDITORES DE LIVROS, RJ

Berry, Steve, 1955-
B453c A conspiração Colombo / Steve Berry; tradução de Michele Gerhardt. – 1ª ed. – Rio de Janeiro: Record, 2014.
il.

Tradução de: The Columbus Affair
ISBN 978-85-01-40380-3

1. Ficção americana. I. Gerhardt, Michele. II. Título.

14-12682 CDD: 813
CDU: 821.111(73)-3

TÍTULO ORIGINAL EM INGLÊS:
The Columbus Affair

Texto revisado segundo o novo Acordo Ortográfico da Língua Portuguesa.

Direitos exclusivos de publicação em língua portuguesa somente para o Brasil adquiridos pela
EDITORA RECORD LTDA.
Rua Argentina, 171 – Rio de Janeiro, RJ – 20921-380 – Tel.: 2585-2000,
que se reserva a propriedade literária desta tradução.

Impresso no Brasil

ISBN 978-85-01-40380-3

Para Simon Lipskar, agente literário,
obrigado.

AGRADECIMENTOS

Pela 11ª vez, obrigado Gina Centrello, Libby McQuire, Kim Hovey, Cindy Murray, Quinne Rogers, Debbie Aroff, Carole Lowenstein, Matt Schwartz e todos da equipe de promoção e vendas. Não parece que já se passaram nove anos desde que trabalhamos em *A sala de âmbar.*

Mark Tavani, obrigado por outro excelente trabalho.

Algumas menções especiais: Johanna Hart, que nos mostrou a Jamaica; meu velho amigo Mikey Blount em Praga; Rupert Wallace, nosso experiente motorista na Jamaica; Frank Lumsden, coronel da Charles Town Maroons, que nos levou a um incrível passeio pelas Montanhas Azuis; Richard Keene, pelo apreciado reconhecimento em Viena; Chuck Watson, pelas observações sobre as plantações de laranja na Flórida; Morris Shamah, pela ajuda com os assuntos sefarditas (qualquer erro que possa ter ocorrido foi meu); Meryl Moss e sua extraordinária equipe de publicidade, por tudo que fazem todos os dias; e Jessica Johns e Esther Garver, que me mantiveram longe de encrenca (o que não é uma tarefa fácil).

E há a minha esposa, Elizabeth, que está sempre comigo.

O antagonista deste livro se chama Zachariah Simon. Isso se deve ao meu agente, Simon Lipskar, que mencionou uma vez que adoraria ser o vilão em um livro. Mas não existe nada além de seu nome no personagem. Simon é inteligente, culto, direto e reconhecido como um dos melhores agentes do mercado. Ele também coadministra uma das melhores e maiores agências literárias do mundo, a Writers House. O nascimento deste livro único se deve parcialmente a um conselho seu.

É uma honra tê-lo ao meu lado.

Simon, este é para você.

Há quinhentos anos, historiadores se fazem uma pergunta:
Quem foi Cristóvão Colombo?
A resposta é simplesmente outra pergunta:
Quem você quer que ele seja?

— Observador Anônimo

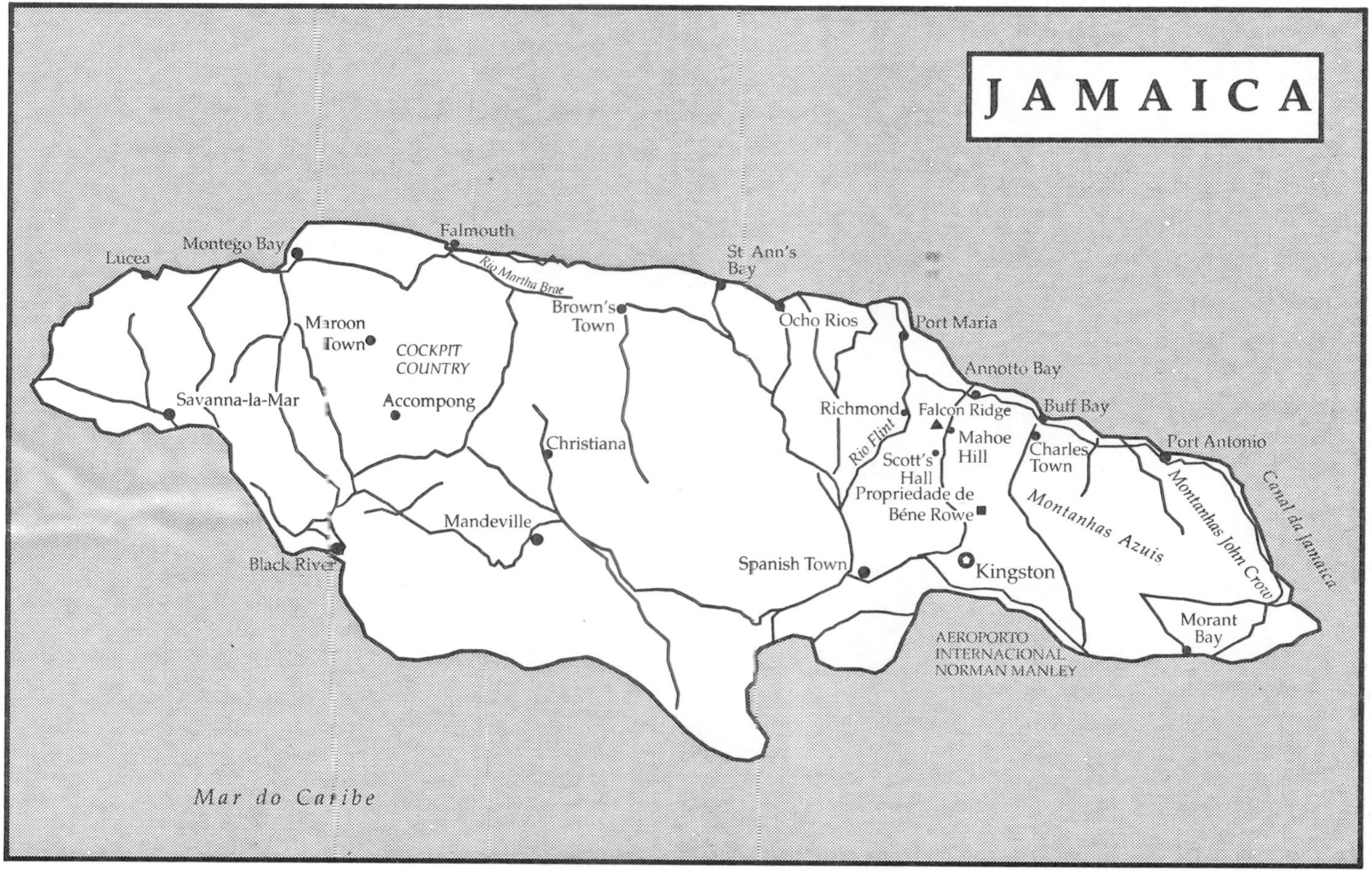
JAMAICA
Lucea
Montego Bay
Falmouth
Rio Martha Brae
St Ann's Bay
Ocho Rios
Port Maria
Annotto Bay
Buff Bay
Port Antonio
Canal da Jamaica
Maroon Town
COCKPIT COUNTRY
Accompong
Savanna-la-Mar
Brown's Town
Christiana
Mandeville
Black River
Richmond
Rio Flint
Falcon Ridge
Mahoe Hill
Scott's Hall
Propriedade de Béne Rowe
Charles Town
Montanhas Azuis
Montanhas John Crow
Spanish Town
Kingston
Morant Bay
AEROPORTO INTERNACIONAL NORMAN MANLEY
Mar do Caribe

JAMAICA

1504 d.C.

PRÓLOGO

Cristóvão Colombo percebeu que o momento decisivo estava próximo. Seu destacamento avançava penosamente para o sul, atravessando a densa floresta desta terra tropical havia três dias, ganhando cada vez mais altitude. De todas as ilhas que descobrira desde a primeira terra avistada, em outubro de 1492, esta era a mais bela. Uma planície estreita margeava sua costa rochosa. Montanhas formavam uma espinha encoberta, subindo gradualmente desde o oeste e culminando na tortuosa cadeia de picos que agora a cercavam. A terra era quase toda formada por calcário poroso coberto por um fértil solo vermelho. Uma incrível variedade de plantas florescia por baixo da grossa proteção da antiga floresta, todas nutridas por constantes ventos úmidos. Os nativos que viviam ali chamavam o lugar de Xaymaca, que, Colombo descobrira, significava "terra dos mananciais" — o nome fazia sentido, uma vez que havia água abundante em todos os lugares. Mas, como em espanhol o "X" é substituído pelo "J", ele passara a chamar o lugar de Jamaica.

— Almirante.

Ele parou e virou-se para encarar um de seus homens.

— Não está longe — disse De Torres, apontando para a frente. — Montanha abaixo até aquela área plana, passando depois pela clareira.

Luís navegara com ele nas três viagens anteriores, incluindo a de 1492, quando desembarcaram pela primeira vez. Eles se entendiam e confiavam um no outro.

Colombo não podia dizer o mesmo dos seis nativos que transportavam as arcas. Eles eram bárbaros. Apontou para dois, que carregavam um dos menores contêineres, e fez um sinal para que tomassem cuidado. Estava surpreso por, depois de dois anos, a madeira ainda estar intacta. Nenhum verme se infiltrara, como acontecera com o casco de seu navio no ano anterior. Um ano que ele passara abandonado nesta ilha.

Mas seu cativeiro tinha chegado ao fim.

— Você escolheu bem — disse ele para De Torres em espanhol.

Nenhum dos nativos sabia falar a língua. Outros três espanhóis os acompanhavam, todos escolhidos a dedo. Os nativos tinham sido recrutados e subornados com a promessa de mais guizos — bugiganga cujo som parecia fasciná-los —, caso carregassem três arcas para as montanhas.

Eles tinham começado ao amanhecer, em uma clareira na floresta adjacente ao litoral norte — um rio próximo que jogava água gelada e cristalina montanha abaixo, formando várias piscinas e, finalmente, dando um último mergulho prateado até o mar. O zumbido constante de insetos e o canto dos pássaros estavam mais altos, atingindo um crescendo ruidoso. Carregar as arcas montanha acima exigia esforço, e todos eles estavam ofegantes, com as roupas suadas grudadas à pele e sujeira cobrindo seus rostos. Agora, desciam para o exuberante vale.

Pela primeira vez em muito tempo, Colombo se sentia rejuvenescido

Amava esta terra.

Ele liderara a primeira viagem em 1492, indo contra os conselhos de pessoas consideradas cultas. Oitenta e sete homens acreditaram no seu sonho e se aventuraram no desconhecido. Durante décadas, ele se esforçara para conseguir que financiassem a sua viagem, primeiro com os portugueses, depois com os espanhóis. As Capitulações de Santa Fé, que assinou junto à coroa espanhola, prometeram a ele status de nobre, dez por cento de todas as riquezas e controle dos mares que descobrisse. Um excelente negócio no papel, mas Fernando e Isabel não cumpriram sua parte. Nos últimos 12 anos, depois que ele provou a existência do que todos estavam chamando de Novo Mundo, navios espanhóis navegaram para o oeste, um atrás do outro, e nenhum deles com sua permissão como Almirante do Oceano.

Putos. Mentirosos.

Todos eles.

— Ali — disse De Torres.

Colombo parou sua descida e olhou entre as árvores com milhares de flores vermelhas, que os nativos chamavam de "Chama da Floresta". Localizou uma piscina clara, lisa como vidro, e o gorgolejo de mais água em movimento.

Sua primeira viagem à Jamaica fora em maio de 1494, na sua segunda incursão, quando descobriu que o litoral norte era habitado pelos mesmos nativos encontrados nas ilhas próximas, só que ali eram mais hostis. Talvez a proximidade com os caraíbas, que viviam em Porto Rico, a leste, fosse o motivo de sua agressividade. Os caraíbas eram canibais ferozes que só entendiam a língua da força. Com base em seu aprendizado, Colombo despachara cães de caça e arqueiros para iniciarem a conversa com os jamaicanos, matando alguns e maltratando outros, até que estivessem dispostos a agradá-lo.

Ele parou o avanço da caravana.

De Torres se aproximou e sussurrou:

— É aqui. O lugar.

Ele sabia que esta seria sua última vez no Novo Mundo. Tinha 51 anos e conseguira reunir um número surpreendente de inimigos. Sua experiência no ano anterior era prova de que esta quarta viagem estava amaldiçoada desde o começo. Primeiro, explorara a costa do que passara a acreditar ser um continente, cujo litoral infinito se estendia de norte a sul até onde ele navegou. Após concluir essa patrulha, esperara desembarcar em Cuba ou Hispaniola, mas seus navios corroídos por vermes só conseguiram chegar até a Jamaica, onde ele os ancorou e aguardou um resgate.

Que não chegou.

O governador de Hispaniola, um inimigo jurado, resolveu abandonar Colombo e seus 113 homens à morte.

Mas ela não chegou.

Em vez disso, algumas almas corajosas remaram em uma canoa até Hispaniola e trouxeram um navio.

Sim, ele realmente tinha muitos inimigos.

Eles negaram todos os direitos que Colombo um dia tivera segundo as Capitulações. Ele conseguira manter seu status de nobre e o título de Almirante do Oceano, mas isso não significava nada. Os colonos de Hispaniola se revoltaram e o forçaram a assinar um acordo humilhante. Há quatro terríveis anos, ele foi levado de volta para a Espanha, acorrentado e ameaçado de ser julgado e preso. Mas o rei e a rainha lhe concederam um inesperado indulto e lhe deram fundos e permissão para a quarta viagem.

Ele se questionara sobre a motivação deles.

Isabel parecia sincera. Ela tinha uma alma aventureira. Mas o rei era outro assunto. Fernando nunca gostara dele, dizendo abertamente que a viagem a oeste lhe parecia uma estupidez.

Claro, isso foi antes de Colombo ser bem-sucedido.

Agora, Fernando só queria ouro e prata.

Putos. Mentirosos.

Todos eles.

Acenou para que abaixassem as arcas. Seus três homens ajudaram, pois eram pesadas.

— Chegamos — gritou ele em espanhol.

Seus acompanhantes sabiam o que fazer.

Espadas foram empunhadas e os nativos, rapidamente cortados em pedaços. Dois gemeram no chão, mas foram silenciados com floretes enfiados no peito. Essas mortes não significavam nada para Colombo; eles não eram dignos de respirar o mesmo ar que os europeus. Pequenos, de pele marrom, nus como no dia em que nasceram, não possuíam linguagem escrita nem crenças fervorosas. Moravam em aldeias no litoral e, pelo que percebera, apenas cultivavam algumas plantas. Eram liderados por um homem chamado cacique, com quem Colombo fizera amizade durante o ano em que ficara abandonado. Foi o cacique quem lhe ofereceu seis homens ontem, quando ele ancorou para sua jornada final no litoral norte.

— *Uma caminhada simples até as montanhas* — *dissera ele para o cacique.* — *Só alguns dias.*

Ele conhecia o suficiente da língua aruaque para fazer o pedido. O cacique demonstrou que tinha entendido e concordou, apontando para seis homens que carregariam as arcas. Ele fizera uma reverência em agradecimento e oferecera vários guizos como presentes. Graças a Deus trouxera muitos. Na Europa, eles eram amarrados às garras de pássaros treinados. Sem valor. Aqui, eram uma moeda valiosa.

O cacique aceitou o pagamento e fez uma reverência também.

Já negociara com esse líder outras duas vezes. Tinham criado uma amizade. Um acordo do qual ele se beneficiava totalmente.

Quando visitaram a ilha pela primeira vez em 1494, fazendo uma parada de um dia para vedar vazamentos em seu barco e repor o estoque de água, seus homens notaram pequenas partículas de ouro nas águas claras dos rios. Ao questionar o cacique, Colombo ficou sabendo de um lugar em que os grãos de ouro eram ainda maiores, alguns com o tamanho de feijões.

O lugar onde ele estava agora.

Mas, diferente da monarquia espanhola fraudulenta, o ouro não o interessava.

Seu objetivo era maior.

Fixou o olhar em De Torres e seu amigo soube o que viria a seguir. Com a espada na mão, De Torres apontou a lâmina para um dos três espanhóis, um homem baixo e robusto, com cara de urso.

— De joelhos — ordenou De Torres enquanto tirava a arma do homem.

Dois outros homens da tripulação levantaram suas espadas em apoio.

O prisioneiro se ajoelhou.

Colombo o encarou.

— Você acha que sou estúpido?

— Almirante...

Ele levantou a mão pedindo silêncio.

— Quatro anos atrás, eles me levaram de volta para a Espanha, acorrentado, e me tiraram tudo que era meu por direito. Então, de repente, me devolveram tudo. — Ele fez uma pausa. — Com apenas algumas palavras, o rei e a rainha me perdoaram por tudo que eu supostamente fiz. Eles acham que sou ignorante? — Ele hesitou de novo. — Acham. E esse é o maior de todos os insultos. Durante anos, implorei que financiassem a minha viagem pelo oceano. Por anos, recusaram. Porém, com apenas uma carta para a coroa, recebi os fundos para esta quarta viagem. Um simples pedido, e tudo foi atendido. Foi quando percebi que alguma coisa estava errada.

Espadas continuavam em punho. Não havia para onde o prisioneiro fugir.

— Você é um espião — disse Colombo. — Enviado para reportar o que faço.

Olhar para esse tolo o deixava enojado. O homem representava toda a traição e as tristezas pelas quais ele fora forçado a passar nas mãos dos espanhóis mentirosos.

— Conte-me o que os seus patrões querem saber — mandou Colombo.

O homem permaneceu em silêncio.

— Diga-me. Estou mandando. — O tom de voz se elevou. — Eu lhe ordeno.

— Quem é você para ordenar alguma coisa? — respondeu o espião. — Você não é um homem de Cristo.

Colombo absorveu o insulto com a paciência que uma vida difícil lhe dera, mas viu que seus compatriotas não eram tão compreensivos.

Apontou para eles.

— Estes homens também não são de Cristo.

O prisioneiro cuspiu no chão.

— Sua missão era reportar tudo que acontecesse na viagem? Essas arcas que estão aqui conosco eram o objetivo deles? Ou eles estão simplesmente atrás de ouro?

— Você não tem sido leal.

Colombo deu uma gargalhada.

— Eu não tenho sido leal?

— A Santa Igreja garantirá sua condenação eterna no fogo do inferno.

Então, ele percebeu. Esse agente pertencia à Inquisição.

O maior de todos os inimigos.

Uma chama de autopreservação cresceu dentro dele. Percebeu a preocupação nos olhos do amigo De Torres. Sabia desse problema desde que partiram da Espanha, dois anos atrás. Mas havia mais olhos e ouvidos? A Inquisição queimara centenas de pessoas. Ele odiava tudo que ela representava.

O que ele estava fazendo ali fora planejado exclusivamente para conter esse mal.

De Torres já tinha lhe dito que não arriscaria ser descoberto por nenhum examinador espanhol. Ele não voltaria para a Europa. Sua intenção era se estabelecer em Cuba, uma ilha muito maior ao norte. Os outros dois homens, com espadas em punho, mais jovens e ávidos, também já haviam decidido permanecer. Colombo deveria ficar também, mas seu lugar não era aqui, embora desejasse que as coisas fossem diferentes.

Ele baixou o olhar.

— Os ingleses e os holandeses me chamam de Colombus. Os franceses, Columb. Os portugueses, Colom. Espanhóis me conhecem como Colón. Mas nenhum desses é meu nome verdadeiro. Infelizmente, você nunca irá conhecê-lo e não fará nenhum relatório para seus chefes na Espanha.

Após um gesto, De Torres enfiou a espada no peito do homem.

O prisioneiro nem teve tempo de reagir.

A lâmina foi retirada, emitindo um som nojento, e o corpo ajoelhado caiu para a frente, batendo com o rosto no chão.

Uma crescente poça de sangue manchou a terra.

Ele cuspiu no corpo, assim como os outros.

Esperava que esse fosse o último homem que veria morrer. Estava cansado de matar. Como logo voltaria para seu navio e deixaria esta terra para sempre, não haveria repercussões com o cacique pelas seis mortes. Outros pagariam esse preço, mas isso não era da sua conta. Todos eles eram seus inimigos, aos quais ele não desejava nada além de sofrimento.

Ele se virou e finalmente analisou o lugar onde estava, encontrando cada detalhe que fora descrito.

— Sabe, almirante — disse De Torres —, é como se o próprio Deus tivesse nos guiado até aqui.

Seu velho amigo estava certo.

Parecia mesmo.

Seja corajoso como um leopardo, leve como uma águia, rápido como uma gazela e forte como um leão para cumprir a vontade de seu Pai que está no Céu.

Sábias palavras.

— Venham — disse ele para os outros. — Rezemos para que o segredo deste dia permaneça escondido por muito tempo.

PRESENTE

UM

Tom Sagan segurou a arma. Vinha pensando neste momento havia um ano, debatendo os prós e os contras e finalmente decidindo que um pró superava todos os contras.

Simplesmente não queria mais viver.

Tinha trabalhado como repórter investigativo do *Los Angeles Times*, recebendo um sólido salário anual de seis dígitos, com seu nome presente em muitas matérias de primeira página, uma após a outra. Trabalhara por todo o mundo: Sarajevo, Pequim, Johanesburgo, Belgrado e Moscou. Mas o Oriente Médio se tornou sua especialidade, um lugar que ele passara a conhecer intimamente, onde sua reputação tinha sido criada. Seus arquivos confidenciais estiveram recheados de fontes dispostas a ajudá-lo, pessoas que sabiam que ele as protegeria a todo custo. Ele provara isso quando passou 11 dias em uma prisão em Washington por não revelar sua fonte em uma matéria sobre um deputado corrupto da Pensilvânia.

Esse homem foi preso.

Tom recebeu sua terceira indicação ao Pulitzer.

Havia 21 categorias premiadas, uma delas destinada a "reportagem investigativa notável feita por um indivíduo ou equipe, publicada como uma única matéria de jornal ou uma série". Os vencedores ganhavam um certificado, dez mil dólares e a honra de acrescentar quatro palavras preciosas aos seus nomes: *Vencedor do prêmio Pulitzer.*

Ele ganhara um.

Mas eles o tomaram.

O que parecia ser a história de sua vida.

Tudo tinha sido tirado dele.

Sua carreira, sua reputação, sua credibilidade, até seu autorrespeito. No final, ele se tornou um fracassado como filho, pai, marido, repórter e amigo. Algumas semanas atrás, fizera um gráfico em forma de espiral em um bloco, identificando que tudo isso começou quando tinha 25 anos, recém-saído da Universidade da Flórida, entre os três melhores alunos da turma, com um diploma de jornalismo nas mãos.

Então, seu pai lhe renegou.

Abiram Sagan fora implacável.

"Todos fazemos escolhas. Boas. Ruins. Indiferentes. Você já é adulto, Tom, e fez a sua. Agora tenho de fazer a minha."

E ele fez.

Naquele mesmo bloco, Tom anotou os altos e baixos. Alguns como editor do jornal de seu colégio durante o ensino médio e como repórter do campus na faculdade. A maioria mais tarde. Sua ascensão de assistente para a equipe de reportagem, para correspondente internacional sênior. Os prêmios. Os elogios. O respeito de seus colegas. Como um observador descrevera seu estilo? *"Reportagem abrangente e ousada conduzida com visão e risco."*

Depois, seu divórcio.

O afastamento de sua única filha. Decisões de investimentos ruins. Decisões de vida piores ainda.

Finalmente, sua demissão

Oito anos atrás.

E a vida aparentemente vazia desde então.

A maioria de seus amigos tinha desaparecido. Mas isso era tanto culpa sua quanto deles. Conforme sua depressão foi se intensificando, ele se fechou. Era surpreendente não ter buscado o álcool nem as drogas, mas isso nunca lhe atraiu.

Autopiedade era sua droga.

Olhou para o interior da casa.

Ele decidira morrer ali, na casa de seus pais. Morbidamente adequado. Grossas camadas de poeira e cheiro de mofo faziam com que se lembrasse de que a casa estava vazia havia três anos. Ele continuara pagando as contas e os impostos e mandava cortar a grama de vez em quando só para os vizinhos não reclamarem. Mais cedo, ele notara que a grande amoreira na frente da casa precisava ser podada e a cerca pintada.

Odiava este lugar. Fantasmas demais.

Perambulou pelos cômodos, lembrando-se de dias mais felizes. Na cozinha, ainda podia ver os potes de geleia que sua mãe alinhava no peitoril da janela. A lembrança trouxe uma rara onda de alegria que rapidamente se apagou.

Deveria escrever um bilhete e se explicar, culpar alguém ou alguma coisa. Mas para quem? Ou o quê? Ninguém acreditaria nele se contasse a verdade. Infelizmente, assim como oito anos atrás, não havia ninguém para culpar a não ser a si mesmo.

Será que alguém se importaria com sua morte?

Certamente, não a sua filha. Tom não falava com ela havia dois anos.

Sua agente literária? Talvez. Ela ganhara muito dinheiro com os livros que ele escrevera para outras pessoas como *ghost writer*. Fora um choque descobrir quantos escritores de ficção e best-sellers mal sabiam escrever uma palavra. O que um crítico dissera na época de sua derrocada? *"Jornalista Sagan parece ter uma carreira promissora como escritor de ficção."*

Idiota.

Mas ele aceitara o conselho.

E se perguntou: como explicar um suicídio? Isso é, por definição, um ato irracional. Na melhor das hipóteses, alguém o enterraria. Tinha muito dinheiro no banco. Mais do que suficiente para um funeral digno.

Como seria estar morto?

A pessoa fica consciente? Consegue escutar? Ver? Sentir cheiros? Ou é simplesmente uma escuridão eterna? Nenhum pensamento. Nenhum sentimento.

Nada.

Caminhou de volta para a frente da casa.

Era um lindo dia de março; o sol de meio-dia estava alto no céu. A Flórida fora realmente abençoada com um clima maravilhoso. Como a Califórnia, onde ele morara antes de ser demitido, mas sem os terremotos. Sentiria falta do calor do sol em um agradável dia de verão.

Parou sob a limiar da porta e olhou para a saleta. Era assim que sua mãe chamava o cômodo. Era onde seus pais se reuniam no Sabá. Onde Abiram lia a Torá. O lugar onde Yom Kippur e dias sagrados eram comemorados. Lembrava-se da menorá de peltre acesa na mesa ao fundo. Seus pais foram judeus devotos. Depois de seu *bar mitzvah*, ele também estudou a Torá, de pé diante da janela dividida em 12 vidros, com cortinas de tecido damasco que sua mãe levara meses para costurar. Ela era muito habilidosa com as mãos, uma mulher adorável, amada por todos. Ele sentia saudades. Ela morrera seis anos antes de Abiram, que estava morto havia três.

Era hora de acabar com aquilo.

Fitou a arma, uma pistola comprada alguns meses antes em uma exposição em Orlando, e sentou-se no sofá. Nuvens de poeira levantaram e se assentaram. Lembrou-se da lição de Abiram sobre meninos e meninas, pois o pai se sentara no mesmo lugar. Quantos anos ele tinha, 12?

Trinta e oito anos atrás.

Mas parecia semana passada.

Como sempre, as explicações foram grosseiras e concisas.

— *Você entendeu?* — *perguntara Abiram.* — *É importante que você entenda.*

— *Eu não gosto de meninas.*

— *Mas vai gostar. Então, não se esqueça do que eu disse.*

Mulheres. Outro fracasso. Tivera poucos mas preciosos relacionamentos quando mais jovem, casando-se com Michele, a primeira garota a mostrar sério interesse por ele. Mas o casamento acabou depois que foi demitido e não houve outras mulheres. Michele deixara marcas.

— Talvez eu a encontre logo também — murmurou ele.

Sua ex-mulher morrera dois anos antes em um acidente de carro.

Foi a última vez que falou com a filha. Suas palavras foram ditas em alto e bom som:

— *Saia. Ela não ia querer você aqui.*

E ele obedeceu, deixando o funeral.

Olhou de novo para a arma, colocando o dedo no gatilho. Preparou-se, prendeu a respiração e levou o cano à têmpora. Era canhoto, como quase todos os Sagan. Seu tio, ex-jogador profissional de beisebol, dissera-lhe quando ainda era criança que se ele aprendesse a arremessar uma bola de beisebol ganharia uma fortuna nas ligas principais. Canhotos habilidosos eram uma raridade.

Mas ele também fracassara nos esportes.

Colocou o cano da arma na têmpora.

O metal tocou sua pele.

Fechou os olhos e colocou o dedo no gatilho, imaginando como seria seu obituário. *Terça-feira, 5 de março, ex-repórter investigativo Tom Sagan tirou a própria vida na casa de seus pais em Mount Dora, Flórida.*

Um pouco mais de pressão e...

Toc. Toc. Toc.

Abriu os olhos.

Um homem estava diante da janela da frente, perto o suficiente dos vidros para Tom ver seu rosto — mais velho do que ele próprio, barbeado, distinto — e sua mão direita.

Que segurava uma fotografia, encostada no vidro.

Concentrou-se na imagem de uma jovem deitada, com braços e pernas estendidos.

Como se estivessem amarrados.

Ele conhecia o rosto.

Sua filha.

Alle.

DOIS

Alle Becket estava deitada na cama, com braços e pés amarrados nas grades. Um pedaço de fita adesiva cobrindo a boca, o que a obrigava a respirar rapidamente pelo nariz. O pequeno quarto estava escuro, e isso a deixava nervosa.

Acalme-se, disse para si mesma.

Os pensamentos voltados para seu pai.

Thomas Peter Sagan.

Seus sobrenomes eram diferentes graças a um casamento que tivera três anos antes, logo depois que seu avô, Abiram, morrera. Fora uma péssima ideia em todos os sentidos, principalmente porque seu marido achou que um anel no dedo significava que teria carta branca para usar os cartões de crédito dela. O casamento durou três meses. O divórcio, mais um. Pagar todas as contas levou dois anos.

Mas ela conseguira.

Sua mãe lhe ensinara que dever aos outros não era uma boa coisa. Gostava de pensar que ela lhe ensinara a ter caráter. Só Deus sabe que isso não veio de seu pai. Suas lembranças dele eram péssimas. Tinha 25 anos e não se lembrava de nenhuma vez que ele tivesse dito que a amava.

— *Por que você se casou com ele?*

— *Nós éramos jovens, Alle. Estávamos apaixonados e tivemos tantos anos bons. Era uma vida segura.*

Só depois do próprio casamento ela compreendeu o valor da segurança. "Desordem completa" era uma descrição melhor para sua breve união. A única coisa que levou do casamento foi o sobrenome, porque qualquer coisa era melhor do que Sagan. Só escutar esse nome já embrulhava seu estômago. Se fosse para se lembrar de fracassos, que pelo menos fossem de um ex-marido que em determinado momento — principalmente durante aqueles seis dias em Turcas e Caicos — proporcionou-lhe lembranças inesquecíveis.

Testou as cordas que prendiam seus braços. Seus músculos doíam. Ela se contorceu um pouco e se endireitou. Uma janela aberta permitia que algum ar fresco entrasse, mas o suor brotava em sua testa, e as costas de sua camisa estavam molhadas contra o colchão. Os poucos cheiros presentes não eram agradáveis, e ela imaginava quem mais tinha deitado ali antes dela.

Não gostava da sensação de impotência que aquela situação lhe trazia.

Então, forçou-se a pensar na mãe, uma mulher amorosa que a mimou e fez tudo para que conseguisse as notas necessárias para entrar na Universidade de Brown e se formasse. História era uma paixão antiga, principalmente a América pós-Colombo, a época entre 1492 e 1800, quando a Europa impeliu o Velho Mundo ao Novo.

Sua mãe também tivera sucesso pessoal, recuperando-se do sofrimento do divórcio e encontrando um novo marido. Ele era cirurgião ortopédico; um homem carinhoso que cuidou das duas, o oposto de seu pai.

Aquele casamento tinha sido bem-sucedido.

Mas, dois anos atrás, um motorista negligente, com a carteira suspensa, atravessou o sinal vermelho e acabou com a vida de sua mãe.

Sentia uma saudade terrível dela.

O funeral permanecia vivo em sua mente, graças à chegada inesperada de seu pai.

— *Saia. Ela não ia querer você aqui* — *dissera ela em um tom de voz alto o suficiente para todos escutarem.*

— *Eu vim me despedir.*

— *Você fez isso muito tempo atrás, quando virou as costas para nós.*

— *Você não faz ideia do que eu fiz.*

— *Só se tem uma chance de criar um filho. De ser marido. De ser pai. Você perdeu a sua. Saia.*

Ela se lembrava do rosto dele. A expressão indiferente que revelava pouco do que havia por baixo. Quando era mais nova, sempre se perguntara em que ele estava pensando.

Agora não se perguntava mais. Que importância tinha?

Puxou as cordas de novo.

Na verdade, tinha muita importância.

TRÊS

Béne Rowe escutou seus cães de caça premiados, que pertenciam a uma cara linhagem importada de Cuba para a Jamaica trezentos anos atrás, descendentes de cães que atravessaram o Atlântico junto com Colombo. Uma história famosa contava como, durante a bem-sucedida luta de Isabel e Fernando para retomar Granada, as grandes feras se fartaram com as crianças árabes abandonadas nas portas das mesquitas. Isso supostamente aconteceu apenas um mês antes de o cretino do Colombo partir pela primeira vez para a América.

E mudar tudo.

— Os cachorros *tão* perto — disse ele para seus companheiros, ambos capangas de confiança. — Bem perto. *Tô* ouvindo os latidos. Mais rápido. — Ele abriu um sorriso de dentes muito brancos, no qual gastara muito dinheiro. — Eles gostam quando *tá* acabando.

Ele misturava inglês com patoá, sabendo que seus homens ficavam mais à vontade com o dialeto — uma mutilação de inglês, africano e aruaque. Ele preferia o inglês correto, um hábito enraizado nele durante sua época de colégio e no qual sua mãe insistira. Um pouco incomum para ambos, uma vez que gostavam das coisas à moda antiga.

Seus dois homens carregavam rifles na difícil caminhada pelo planalto jamaicano, entrando no que os espanhóis chamaram de Sierras de

Bastidas — montanhas fortificadas. Seus ancestrais, escravos fugitivos, usaram as montanhas como fortalezas contra seus antigos donos. Eles se autodenominavam Katawud, Yenkunkun, Chankofi. Alguns dizem que os espanhóis chamavam esses fugitivos de *cimarrons* — indomados, selvagens — ou *marrans*, rótulo dado a caçadores de javalis e porcos. Outros diziam que vinha da palavra francesa *marron*, que significa "escravo fugitivo". Independente da fonte, o inglês acabou deformando a palavra e denominando os escravos fugitivos de *maroons*.

Que pegou.

Aqueles industriais construíram cidades e deram-lhes o nome de seus fundadores — Trelawny, Accompong, Scott's Hall, Moore e Charles. Eles se juntaram a mulheres nativas taino e abriram caminhos pelas matas virgens, lutando contra os piratas que invadiam a Jamaica regularmente.

As montanhas se tornaram o seu lar, e as florestas, suas aliadas.

— *Tô* escutando Big Nanny — disse ele. — Ela late mais alto. É ela. Ela é a líder. Sempre foi.

Ele dera à cadela esse nome em homenagem a Grandy Nanny, uma líder espiritual e militar *maroon* do século XVIII. Seu retrato agora aparece na nota de 500 dólares jamaicanos, embora a imagem seja puramente imaginativa. Não existe nenhuma descrição precisa nem retrato dela, apenas lendas.

Ele podia visualizar a cena a meio quilômetro dali. Os cães — iguais aos mastins em tamanho, aos cães de caça em agilidade e aos buldogues em coragem — vermelhos e castanhos, com a pele coberta por pelos eriçados, correndo alinhados, os quatro atrás de Big Nanny. Ela nunca permitia que nenhum dos machos tomasse a dianteira, e, assim como acontecia com a verdadeira Nanny no passado, nenhum desafiava sua autoridade. Um único tentou e acabou com o pescoço quebrado pela forte mandíbula dela.

Béne parou à beira de um alto despenhadeiro e avaliou as distantes montanhas cobertas por árvores. A Mahoe azul, árvore nacional da Jamaica, dominava, junto com jambeiros, mognos, tecas, pandanos e muitos bambus. Viu uma figueira, forte e resistente, e lembrou-se dos ensinamentos de sua mãe.

— *A figueira domina. Diz-se para aqueles que a desafiam: "Minha força de vontade em dominar se sustenta na sua força de vontade em resistir."*

Ele admirava essa força.

Viu um grupo de trabalhadores em uma das montanhas, enfileirados, balançando enxadas e picaretas, ferramentas que brilhavam sob o sol. Imaginou-se ali trezentos anos antes, como um dos "índios" de Colombo que ficaram conhecidos pelo nome errado, trabalhando como escravo para os espanhóis. Ou cem anos depois, como um africano vendido para um fazendeiro inglês.

Esses eram os *maroons*: uma mistura de nativos tainos e africanos importados.

Como ele.

— Quer que a gente *vai* atrás deles? — perguntou seu capanga.

Ele sabia que seus homens tinham medo dos cachorros, mas odiavam também os traficantes de drogas. A Jamaica estava cansada desses crimes imundos. O traficante que estava neste momento a meio quilômetro dali, sendo perseguido por ferozes cães de caça cubanos, achava-se imune à autoridade. Seus capangas armados tinham transformado Kingston em uma zona de guerra, matando vários inocentes no fogo cruzado. A gota d'água foi um hospital público e uma escola ficarem no meio do tiroteio, obrigando pacientes a se encolherem em seus leitos e alunos a fazerem provas com balas zunindo do lado de fora. Então, ele atraíra o traficante para uma reunião — uma intimação de Béne Rowe nunca era ignorada —, trazendo-o para as montanhas.

O insolente traficante questionou-lhe em patoá.

— *Fale inglês.*

— *Você tem vergonha de quem é, Béne?*

— *Vergonha de você.*

— *E o que você pretende fazer? Pretende me caçar?*

— *Eu, não.*

Ele trocara intencionalmente para o patoá para que seus homens soubessem que se lembrava de suas origens. Apontou para os cães que latiam nas jaulas em cima do caminhão.

— Eles vão fazer isso por mim.

— E o que você vai fazer? Vai me matar?

Ele balançou a cabeça.

— Os cachorros vão fazer isso também.

Ele sorriu ao ver como os olhos do cretino se arregalaram, satisfeito por saber que uma pessoa que matava por quase nada, ou por nada, também sentia medo.

— Você não é um de nós — falou o traficante, cuspindo. — Você esqueceu quem você é, Béne.

Ele deu um passo à frente, parando a poucos centímetros do homem de camisa de seda aberta, calças de alfaiataria e mocassins caros. Ele supôs que a intenção dessa combinação fosse impressionar, mas pouca coisa neste tolo impressionava. Ele era tão magro quanto cana-de-açúcar, com um olho de vidro e a boca cheia de dentes podres.

— Você não é nada — dissera ele para o traficante.

— Sou o suficiente para você achar que devo morrer.

Ele riu.

— Isso você é. E, se o achasse digno de respeito, eu mesmo lhe daria um tiro. Mas você é um animal que os cães vão gostar de caçar.

— O governo paga para que você faça isso, Béne? Eles não podem fazer, então mandam você fazer?

— Eu faço porque tenho vontade.

A polícia tinha tentado prender o bandido duas vezes, mas isso causou tumulto em Kingston. Era triste que criminosos tivessem se tornado heróis, mas esses traficantes eram espertos. Como o governo jamaicano não conseguia cuidar de seu povo, os traficantes assumiram a função, dando comida, construindo centros comunitários, oferecendo atendimento médico, agradando.

E funcionava.

O povo estava disposto a ir às ruas para impedir que seus benfeitores fossem presos.

— *Você tem trinta minutos até eu abrir as jaulas.*

O homem continuou parado ali até perceber que era sério e fugir. Como um escravo fugindo de seu dono.

Béne curtia a sensação de encher os pulmões com o ar limpo da montanha. Anéis de neblina azul densa como leite envolviam os picos mais altos. Três chegavam a 2.000 metros; outro quase alcançava 2.500. Eles iam de leste a oeste, separando Kingston e o litoral norte. A auréola de neblina era tão proeminente que os ingleses as chamaram de Montanhas Azuis.

Seus dois homens estavam ao seu lado, com os rifles descansando em seus ombros.

— O outro problema do dia — disse ele, mantendo o olhar afastado. — Está vindo?

— *Tá* a caminho. Eles vão esperar no caminhão até a gente *tá* pronto.

Todas as terras em um raio de quilômetros pertenciam a ele. A maioria dos *maroons* cultivava um pequeno pedaço de terra na propriedade de outra pessoa, pagando um aluguel anual pelo privilégio. Agora ele era dono de dezenas de milhares de acres e permitia que trabalhassem sem pagar.

Os cães continuavam a latir a distância.

Béne olhou o relógio.

— Big Nanny está chegando perto. Ela raramente deixa a presa correr mais do que uma hora.

Ferozes, com patas compridas e abençoados com incrível resistência e força, seus cães de caça eram bem-treinados. Também tinham habilidade em escalar, sendo capazes de subir em árvores altas, como o alvo logo descobriria se pensasse tolamente que os galhos mais altos lhe deixariam seguro.

Cães de caça cubanos foram criados, muito tempo atrás, com um único propósito.

Caçar fugitivos negros.

Os seus animais eram mais evoluídos e caçavam tanto pretos quanto brancos. Mas, como seus ancestrais, só matavam se a presa resistisse. Fora isso, eles confrontavam, latiam e assustavam, segurando o alvo até a chegada do dono.

— Vamos atrás deles — disse ele.

Ele caminhou à frente, voltando para a floresta. Não havia trilha, apenas uma vegetação densa e exuberante. Um de seus homens sacou um *machet* e foi abrindo caminho. Quando usava essa palavra, ele sempre voltava para o patoá e não falava o "e" final. Engraçado como não conseguia evitar algumas coisas.

O vento passou entre os galhos.

Como era fácil se esconder entre essas samambaias e orquídeas. Ninguém o encontraria. Foi por isso que os ingleses finalmente importaram os cães de caça para irem atrás de seus fugitivos.

O olfato não conhecia barreiras.

Eles avançaram na direção dos cães. O homem com o *machet* avançava, cortando a folhagem. Finas fatias de luz do sol encontravam a terra.

— Béne — chamou o outro homem.

Um grosso tapete de folhas suavizava cada passo e permitia que os cantos dos pássaros fossem ouvidos. Rochas e pedras embaixo da cobertura forçavam as solas de seus sapatos, mas ele usava botas pesadas. Foi abrindo caminho através dos galhos baixos e encontrou seus homens em uma clareira. Um íbis cor-de-rosa alçou voo de uma árvore distante, batendo suas asas no ar. Orquídeas coloriam a clareira por baixo de uma abóbada de folhas altas.

Béne viu cascalho espalhado entre as plantas terrestres.

Os cães começaram a uivar.

Sinalizando sucesso.

Eles tinham encurralado a presa.

Ele se aproximou e abaixou, examinando as pedras; umas eram maiores e presas na terra; outras eram apenas pequenos pedaços. Líquen e mofo marcavam suas superfícies, mas os leves contornos do que um dia foram letras ainda podiam ser vistos.

Ele reconheceu a escrita.

Hebraico.

— Tem mais — disseram seus homens, enquanto se espalhavam.

Ele parou, sabendo o que tinham encontrado.

Tumbas.

Um cemitério que eles não sabiam que existia.

Ele riu.

— Ah, hoje é um bom dia, meus amigos. Um bom dia. Encontramos um tesouro.

Pensou em Zachariah Simon e soube que ele ficaria satisfeito.

QUATRO

Zachariah Simon entrou na casa. Tom Sagan esperava, ainda segurando a pistola. Zachariah se lembrou do relatório que solicitara, com uma anotação dizendo que Tom era canhoto.

— Quem é você? — perguntou Sagan.

Ele se apresentou e estendeu a mão, que foi recusada. Em vez disso, foi questionado:

— O que está fazendo aqui?

— Tenho o observado há vários dias. — Ele apontou para a arma. — Talvez tenha sido bom eu vir.

— Essa foto. É a minha filha.

Ele levantou a fotografia para ambos verem.

— Ela é minha prisioneira. — Ele esperou uma reação. Ao não ver nenhuma, perguntou: — Você se importa?

— É claro que sim. E tenho uma arma.

Sagan brandiu a arma, e Zachariah refletiu sobre seu adversário. Alto, com rosto de garoto, barba por fazer e olhos escuros que pareciam rápidos e observadores. Cabelos curtos e pretos que ele invejava, uma vez que os seus o deixaram muito tempo atrás. Pouca evidência de exercício físico em seus braços e peitoral, outro detalhe que estava presente no relatório, com uma anotação concisa dizendo: "Não faz abdominais nem flexões." Ainda assim, Tom Sagan estava em ótima forma para um homem sedentário de 50 anos.

— Sr. Sagan, preciso que compreenda uma coisa. É vital que acredite no que vou dizer. — Ele fez uma pausa. — Eu não me importo que você se suicide. É a sua vida, e você faz o que bem entender com ela. Mas preciso que faça uma coisa para mim antes.

Sagan apontou a arma para ele.

— Vamos para a polícia.

Ele sacudiu os ombros.

— A escolha é sua. Mas devo avisar que nada irá acontecer, exceto que a sua filha experimentará um sofrimento inimaginável. — Ele levantou a foto de Alle Becket para que Sagan pudesse ver. — É melhor acreditar em mim. Se você não fizer o que eu mandar, sua filha irá sofrer.

Sagan ficou em silêncio.

— Você duvida de mim. Posso ver nos seus olhos. Talvez da mesma forma como duvidava quando uma fonte lhe contava alguma coisa que daria uma matéria incrível. Você sempre tinha de questionar. Era verdade? Era exagero? Ou totalmente uma farsa? Considerando o que acabou acontecendo com você, é compreensível que agora duvide de mim. Aqui estou eu, um completo estranho que aparece neste momento tão inoportuno, falando esse monte de besteira.

Ele pegou uma elegante bolsa de viagem que estivera apoiada no seu ombro. Sagan continuava apontando a arma. Abriu e pegou seu iPad.

— Preciso lhe mostrar uma coisa. Se ainda quiser envolver a polícia, não vou interferir.

Colocou a bolsa no chão e ativou a tela.

A luz cegou os olhos de Alle. Forte. Singular. Focada nela enquanto estava deitada e presa à cama. Estreitou os olhos e permitiu que suas pupilas ardentes se adaptassem, finalmente conseguindo enxergar o quarto recém-iluminado.

Viu a câmera. À direita do refletor, apoiada em um tripé, apontada para ela. Uma minúscula luz vermelha indicava que estava capturando a sua imagem. Tinham dito que, quando isso acontecesse, seu pai estaria assistindo. Ela puxou as cordas dos braços e pernas, levantando o pescoço e girando a cabeça em um ângulo na direção das lentes.

Ela odiava a sensação de confinamento. A perda de liberdade. A total dependência de outra pessoa. Se seu nariz coçasse, não conseguiria tocá-lo. Se sua camisa abrisse, não poderia endireitá-la. Se pessoas más tentassem fazer maldades com ela, não teria como impedi-las.

Dois homens se aproximaram da cama, vindo de trás da luz.

Um deles era alto, de corpo largo e nariz e lábios finos. Ele parecia ser italiano ou espanhol, com cabelos oleosos, escuros e cacheados. Sabia que seu nome era Rócha. O outro era a pessoa mais negra que já vira. Tinha nariz bulboso e dentes amarelados; os olhos pareciam gotas de petróleo. Ele nunca falava, e ela só o conhecia pelo apelido que Rócha usava.

Meia-noite.

Ambos se aproximaram da cama, um de cada lado, deixando a câmera e ela entre eles. Rócha debruçou-se, ficando a poucos centímetros de seu rosto, e gentilmente acariciou sua bochecha. Os dedos dele tinham um cheiro cítrico. Ela balançou a cabeça para protestar, mas ele apenas sorriu e continuou o carinho. Meia-noite também sentou na cama, segurando com a mão direita o seio dela por cima da camisa.

Ela reagiu à violação, com medo e raiva brilhando em seus olhos.

Rócha empurrou a cabeça dela para o colchão.

Uma faca apareceu em sua mão, brilhando sob a luz do refletor.

A câmera continuava gravando cada momento da agressão; a luz vermelha mostrando que seu pai podia ver. Havia dois anos que eles não se falavam. Seu padrasto sempre estivera ao seu lado quando precisou. Ela o chamava de pai, e ele a chamava de filha.

Uma ilusão?

Claro.

Mas que dava certo.

Rócha foi até o pé da cama e agarrou o pé esquerdo de Alle. Enfiou a faca por dentro de uma perna das calças e cortou-a até a cintura.

Meia-noite riu.

Ela levantou a cabeça e olhou para baixo.

O corte terminava na sua cintura.

Sua pele nua estava exposta.

Rócha enfiou a mão dentro do corte e subiu até a virilha. Ela protestou, puxando as amarras, balançando a cabeça. Ele jogou a faca para Meia-noite, que encostou a lâmina no pescoço dela e mandou que ficasse quieta.

Ela decidiu obedecer.

Mas antes fixou o olhar na câmera; o significado de seu olhar selvagem era inconfundível.

Pelo menos uma vez na sua vida infeliz, ajude a sua filha.

CINCO

Tom fitava o iPad. O olhar de pânico de Alle rasgava a sua alma.

Apontou a arma para Zachariah Simon.

— Isso só vai servir para acelerar o estupro da sua filha — disse o visitante. — Eles irão violentá-la, e você será o responsável.

Ele assistiu enquanto o homem negro rasgava até a cintura a outra perna das calças de Alle.

— Você é um homem perturbado — disse Simon para ele. — Já foi um jornalista respeitado, um correspondente internacional premiado. Depois, desgraça absoluta. Uma matéria inventada. Fontes inexistentes, documentação imaginária. Nenhuma palavra podia ser provada, e você se revelou uma fraude.

Os músculos de sua garganta formaram um nó.

— Qualquer um pode navegar pela internet — respondeu Tom.

Simon riu.

— É isso que você acha? Que sou tão superficial? Posso garantir-lhe, Sr. Sagan, que gastei muita energia investigando a sua vida. Agora você escreve ficção. Escreve livros para outros. Vários dos quais se tornaram best-sellers. Qual é a sensação de outra pessoa colher os louros do seu sucesso?

Na tela, os dois homens estavam insultando Alle. Tom podia ver seus lábios se mexerem, ainda que nenhum som saísse pelos alto-falantes.

Ele apontou a arma para Simon, que apontou para o iPad.

— Pode atirar em mim. Mas e ela?

— O que você quer?

— Primeiro, preciso que você acredite em mim quando digo que vou machucar a sua filha. Você acredita?

Sua mão esquerda mantinha a arma levantada, mas seu olhar voltou para a tela. Os dois homens estavam explorando áreas que o corte na calça de Alle tornara acessível.

Aquilo precisava acabar.

— Segundo — disse Simon —, preciso que você faça um serviço para mim. Depois, sua filha será libertada e você poderá terminar o que interrompi agora há pouco.

— Que serviço? — perguntou ele.

— Preciso que o corpo do seu pai seja exumado.

O refletor apagou, assim como a luz vermelha na câmera. Alle estava deitada, livre da luz forte que a envolvia.

Outra luz acendeu. Menos brilhante, mas suficiente para expor o cômodo.

Rócha estava sentado ao seu lado.

Suor encharcava a testa dela.

A primeira comunicação com seu pai nos últimos dois anos acabara.

Rócha fitou a cama, com a faca de novo em sua mão. Meia-noite estava ao lado da câmera. As pernas de Alle podiam ser vistas através dos cortes, mas pelo menos as mãos deles não a tocavam.

— Podemos continuar? — perguntou Rócha, com um toque de português na voz.

Ela fixou o olhar nele e lutou para não tremer de medo.

— Acho que não — concluiu ele, sorrindo.

Ele cortou as amarras que prendiam os braços e as pernas de Alle. Ela se sentou e arrancou a fita da boca, dizendo a si mesma para ter cautela ao lidar com esses homens.

— Isso tudo era necessário?

— Você gostou? -- perguntou Rócha, claramente orgulhoso de si mesmo.

Ela dissera a eles para serem convincentes, até sugerira que usassem uma faca, mas não falara nada sobre cortarem a sua roupa e apalparem seu corpo.

Mas o que ela esperava?

Esses homens eram oportunistas indisciplinados, e ela dera a eles uma oportunidade de ouro.

Ela se levantou, tirando as cordas de seus pulsos e tornozelos. Só queria ir embora.

— Vocês fizeram a parte de vocês. Acabou.

Meia-noite não disse nada, nem agiu como se estivesse particularmente interessado. Era sempre assim. Era o tipo quieto que só fazia o que mandavam.

Rócha era quem estava no comando.

Pelo menos quando Zachariah não estava por perto.

Ela se perguntou o que estaria acontecendo na casa de seu avô em Mount Dora. O telefonema de Zachariah chegara menos de uma hora atrás, dizendo que seu pai tinha ido para lá de carro, saindo de Orlando, seguindo por trinta minutos para leste pela Interestadual 4, um caminho que ela percorrera tantas vezes.

Depois, outra ligação.

Seu pai tinha uma arma e parecia prestes a se matar. Por um instante, isso a perturbou. Independente do que tinha acontecido, ele ainda era seu pai. Mas demonstrar compaixão por esse homem só lhe trouxe sofrimento.

Melhor manter o muro erguido.

Ela esfregou os pulsos machucados.

Seus nervos estavam à flor da pele.

Viu os dois homens admirando as suas pernas, que apareciam através das calças rasgadas.

— Por que não ficamos? — perguntou Rócha. — Podemos terminar nosso show. Sem a câmera.

— Acho que não — disse ela. — Já foi atuação suficiente por um dia para mim.

SEIS

Tom estava perplexo.

— Por que você quer que o corpo seja exumado?

O vídeo chegara ao fim no iPad; a tela estava mais uma vez preta.

— Meus sócios estão esperando uma ligação. Se eles não a receberem nos próximos minutos, então o sofrimento da sua filha vai começar. O vídeo foi para deixar a situação clara. — Simon apontou para a arma. — Posso pegar?

Ele se perguntou o que *aconteceria* se deixasse que os policiais resolvessem a situação.

A mesma coisa que aconteceu oito anos atrás, quando precisou que eles fizessem seu trabalho.

Nada.

Entregou a arma.

Interessante como o derrotismo funciona. Na época em que corria o mundo em busca da sua próxima grande matéria, Tom nunca se acovardaria assim perante alguém. Confiança e audácia eram suas marcas registradas.

Mas também foram sua ruína.

Ele estivera prestes a tirar a própria vida, a poucos segundos de cair no chão com um buraco na cabeça. Em vez disso, estava encarando um homem arrumado, que parecia ter uns 50 anos, de cabelos grisalhos. O rosto tinha traços do leste europeu, confirmados por maçãs do rosto altas, tom de pele avermelhado, barba cheia e olhos fundos. Conhecia o tipo. Vira muitas vezes naquela parte do mundo. Uma habilidade que dominara quando repórter era a capacidade de avaliar rapidamente uma pessoa. Sua aparência. Hábitos. Maneirismos.

Este sorria muito.

Não para mostrar alegria, mas para mostrar a que veio.

Tom estava satisfeito que algumas das habilidades que adquirira com sua antiga profissão tivessem voltado à tona.

Fazia muito tempo que elas não apareciam.

— Seu pai morreu três anos atrás — disse Simon. — Ele viveu aqui, nesta casa, até morrer. Você sabia que seu pai era um homem importante?

— Ele era professor de música.

— E isso não é importante?

— Você sabe o que quero dizer.

— Seu pai lecionou durante a maior parte da vida. Seu avô materno, porém, tinha uma personalidade mais interessante. Ele era arqueólogo e envolveu-se em algumas das mais importantes escavações na Palestina no início do século XX. Li sobre ele.

Tom também lera. Marc Eden Cross, a quem ele chamava de Saki, trabalhara em várias escavações. Lembrava-se de escutar histórias sobre essas explorações quando era criança. Não era exatamente excitante. Arqueologia não tinha nada a ver com o que George Lucas e Steven Spielberg fizeram parecer. Na verdade, parece muito com jornalismo, já que a maior parte do trabalho é solitária e feita em cima de uma mesa.

Simon olhou para a saleta, andando e admirando os móveis empoeirados.

— Por que preservou esta casa?

— Quem disse que preservei?

Simon o encarou.

— Vamos lá, Sr. Sagan. Não está na hora de ser honesto? Seu pai deixou essa propriedade para o senhor em testamento. Na verdade, foi tudo o que lhe deixou. Tudo o mais foi para a sua filha. O que não foi muito. O quê? Cem mil dólares, um carro, algumas ações e um seguro de vida.

— Estou vendo que teve acesso ao inventário.

Simon sorriu de novo.

— A lei exige que certos inventários sejam arquivados. Sua filha foi nomeada administradora dos bens.

Como se ele quisesse se lembrar desse insulto. Tom havia sido expressamente excluído do testamento; todas as responsabilidades legais pularam uma geração. Ele fora ao funeral, mas não se envolvera em nada nem fizera o que se espera de um filho judeu. Ele e Alle não se falaram.

— Seu pai passou esta casa para o seu nome cinco semanas antes de morrer — disse Simon. — Vocês não se falavam havia muito tempo. Por que acha que ele fez isso?

— Talvez simplesmente quisesse que a casa fosse minha.

— Duvido muito.

Ele se perguntou o quanto esse estranho realmente sabia.

— Seu pai era um judeu devoto. Ele se importava com sua religião e sua herança.

— Como pode saber?

— Falei com pessoas que o conheceram. Ele era um seguidor da Torá, frequentador da sinagoga e defensor de Israel, embora nunca tenha visitado a Terra Santa. Você, por outro lado, está bem familiarizado com a região

Sim, ele estava. Os últimos três anos de sua carreira se passaram lá. Ele escrevera centenas de matérias. Uma das últimas expôs um estupro cometido por um ex-presidente israelense, que se tornou manchete em todo o mundo e acabou levando o homem à prisão. Quando todas as coisas ruins aconteceram, lembrou-se de como os críticos questionaram o quanto daquela matéria tinha sido inventado.

Críticos. Pessoas que vivem para encontrar erros. Não importa o assunto, eles sempre têm uma opinião, que nunca é boa. Os especialistas se esbaldaram com a sua ruína, condenando-o como um jornalista que decidia que as notícias em si não eram boas o suficiente.

Melhor inventar a sua própria notícia.

Gostaria que as coisas tivessem sido simples assim.

— Por que tanto interesse pela minha família?

Simon apontou um dedo para ele, que notou as unhas perfeitamente cuidadas.

— Sondando como um jornalista outra vez? Tentando descobrir alguma coisa? Hoje, não. Você só precisa saber, Sr. Sagan, que sua filha corre grave perigo.

— E se eu não me importar? — Sagan achou que um pouco de ousadia faria bem para ambos.

— Ah, mas o senhor se importa. Se não, teria puxado o gatilho quando ainda tinha a arma. Veja, esse é o problema com os filhos. Não importa o quanto os decepcionamos, ou eles nos decepcionam, ainda são nossos filhos. *Temos* de cuidar deles. Como o seu pai. Vocês mal se falaram durante vinte anos, mas, mesmo assim, ele deixou essa casa para você. Isso me fascina.

O homem chamado Simon caminhou até a menorá de peltre e passou o dedo suavemente pelo metal.

— Seu pai era judeu. Assim como a sua mãe. Ambos tinham orgulho de quem eram. Diferente de você, Sr. Sagan. Você não dá a mínima importância para sua origem.

Ele se ressentiu com a atitude condescendente.

— Vem com muitas outras coisas.

— Não, vem com orgulho. Nós, como povo, padecemos o pior dos sofrimentos. Isso tem um significado. Pelo menos, para mim, tem.

Tinha escutado direito?

Seu visitante se virou para ele.

— Sim, Sr. Sagan. Ser judeu é exatamente por que estou aqui.

SETE

Béne estava onde um dia fora um cemitério judeu. Quanto tempo atrás? Difícil dizer. Contara 15 lápides quebradas, em ruínas; outras permaneciam intactas. A luz do sol penetrava pela densa abóbada de árvores, formando sombras que pareciam dançar. Um de seus homens ficara com ele; o outro, que fora procurar os cães, estava voltando agora, passando pela folhagem.

— Big Nanny e seu clã fizeram o serviço — avisou o homem. — Eles o encurralaram perto de um penhasco, mas ele ficou imóvel.

— Você atirou nele? — perguntou Béne ao seu homem.

Um aceno com a cabeça confirmou o que o som de um tiro poucos minutos atrás lhe dissera. Desta vez, a presa não resistira.

— Vá com Deus — disse ele. — Esta ilha está livre de mais um parasita.

Ele lera nos jornais, enojado, artigos sobre traficantes de drogas que se viam como Robin Hoods, roubando dos ricos e dando para os pobres. Mas não eram nada parecidos com isso. Na verdade, eles extorquiam dinheiro de comerciantes esforçados para cultivar maconha e importar cocaína. Seus soldados eram os mais dispostos e ignorantes que conseguiam encontrar, exigindo pouco e obedecendo ordens. Nas favelas de West Kingston e nas entranhas de Spanish Town, eles reinavam como deuses, mas ali, nas Montanhas Azuis, não eram nada.

— Vamos contar pros outros como ele morreu? — perguntou um de seus homens.

— Claro. Isso vai mandar uma mensagem.

Seu capanga entendeu e apontou para o outro homem.

— Vá pegar a cabeça.

— Isso mesmo — disse Béne. — Vá pegar a cabeça. Isso vai mostrar a eles. Não vamos perder essa oportunidade.

O traficante de drogas morto não lhe preocupava mais. Agora, sua cabeça estava no que acabara de descobrir acidentalmente.

Ele conhecia alguns.

Primeiro, apenas os cristãos tiveram permissão para entrar no Novo Mundo, mas, quando os católicos espanhóis se provaram incapazes como colonizadores, a coroa virou-se para um grupo que poderia dar resultados.

Os judeus.

E foi o que aconteceu: vieram para a Jamaica e se tornaram comerciantes e negociantes, explorando a excelente localização da ilha. Por volta de 1600, os tainos nativos já tinham sido praticamente dizimados, e a maioria dos colonizadores espanhóis havia fugido para outras ilhas. Quem permaneceu foram os judeus. No ensino médio, Béne frequentara uma escola em Kingston fundada pelos judeus séculos antes. Ele era ótimo aluno em línguas, matemática e história. Tornou-se aluno da Universidade do Caribe e logo descobriu que, para compreender a sua terra, precisava compreender seu passado.

O ano de 1537 mudou tudo.

Colombo já estava morto havia muito tempo quando seus herdeiros processaram a coroa espanhola, alegando que as Capitulações de Santa Fé, que supostamente garantiam à família um controle percentual do Novo Mundo, tinham sido violadas.

Um passo ousado, Béne sempre achara.

Processar um rei.

Mas ele sabia reconhecer essa coragem, algo parecido com sequestrar um traficante de drogas e caçá-lo com cachorros.

O processo se arrastou por décadas até 1537, quando a viúva de um dos dois filhos de Colombo resolveu a batalha judicial em nome de seu filho de 8 anos, o próximo herdeiro direto de Colombo, concordando em retirar todas as ações legais em troca de uma coisa.

Jamaica.

Os espanhóis ficaram satisfeitos. Na época, a ilha era considerada um problema, uma vez que tinham descoberto poucos metais preciosos ali. Béne sempre admirou essa viúva. Ela sabia exatamente o que queria e conseguiu tanto a ilha quanto outra coisa ainda mais importante.

Poder sobre a igreja.

Na Jamaica, os católicos ficariam sob o controle da família de Colombo, não do rei. Assim eles conseguiram manter a Inquisição fora da ilha no século seguinte.

Foi por isso que os judeus vieram.

Aqui ninguém os colocaria na fogueira por serem hereges. Ninguém roubaria suas propriedades. Nenhuma lei restringiria suas vidas ou seus passos.

Eles eram livres.

Béne olhou para seus homens e falou:

— Simon precisa ver isso. Tirem algumas fotos.

Ele observou enquanto um dos homens obedecia.

— Ah, Sra. Colombo... — sussurrou ele, pensando mais uma vez na viúva. — Você era uma garota esperta.

De todas as terras que o sogro dela descobrira, e de todas as riquezas a que ela e seus herdeiros tinham direito, ela insistiu apenas na Jamaica.

E ele sabia por quê.

A mina perdida.

Quando forçado, em 1494, durante sua quarta viagem, a ancorar o navio em St. Ann's Bay, Colombo tinha a bordo uma arca de ouro. Ele vinha do Panamá, onde trocara o metal precioso com a população local. Infelizmente, sua caravela fora consumida pelos vermes e não conseguia mais navegar, então ele encalhou na Jamaica, onde ficou abandonado por um ano.

Em algum momento, durante aquele ano, ele escondeu o ouro.

Em um lugar que os tainos supostamente lhe mostraram, o ouro se manteve em segredo até da coroa espanhola. Só os dois filhos de Colombo sabiam a localização, e eles levaram esse segredo para o túmulo.

Que estupidez.

Mas essa é a sina dos filhos. Poucos se destacam mais do que o pai. Béne gostava de pensar que era uma exceção. Seu pai morrera queimado em uma prisão de Kingston na véspera de ser extraditado para os Estados Unidos para ser julgado por homicídio. Alguns dizem que o incêndio foi intencional, ateado pela polícia. Outros dizem que foi suicídio. Ninguém sabe ao certo. Seu pai fora um homem durão e violento, achando-se invencível. Mas, no final, ninguém se importava se ele viveria ou não.

Isso não era bom.

As pessoas se importariam se Béne Rowe morresse.

Ele pensou nos judeus enterrados embaixo de seus pés. Eram um povo ambicioso. E acabaram aceitando o domínio inglês sobre a Jamaica. Em troca, Cromwell permitiu que eles vivessem e praticassem abertamente sua religião. Eles retribuíram e ajudaram a transformar a ilha em uma bem-sucedida colônia britânica. Em uma época, milhares moravam aqui; seus cemitérios estavam espalhados perto das principais comunidades ou no litoral.

Hoje, apenas trezentos judeus, aproximadamente, permaneciam.

Mas os vivos não eram sua preocupação.

Sua busca era pelos túmulos.

Ou, mais particularmente, por *um* túmulo.

Observou seu capanga tirar fotografias com o smartphone. Enviara uma das imagens para Simon. Isso chamaria a sua atenção. Existiam na Jamaica 21 cemitérios judeus documentados.

Agora, o 22º tinha sido encontrado.

— Béne.

O homem com o smartphone estava chamando-o. Diferente dos traficantes de drogas que gostavam de ser chamados de *Don,* ele preferia seu nome. Uma coisa que seu pai lhe ensinara era que o respeito por um título nunca era duradouro.

Foi até o homem, que disse para ele:

— Olhe aquela ali.

Ele se agachou e examinou a lápide. A pedra estava deitada, encarando o céu, e as gravações eram quase invisíveis. Mas tinha ficado o suficiente para ele conseguir ver uma imagem.

Passou a mão para remover a terra. Precisava ter certeza.

— É um jarro — disse ele.

Queria gritar de alegria. Em nenhum dos outros 21 cemitérios eles tinham encontrado a imagem de um jarro segurado por mãos sendo despejado.

Zachariah Simon lhe mandara procurar esse símbolo.

Seria este *o* túmulo?

— Pegue uma pá — mandou ele. — E cave.

OITO

Alle saiu do prédio sentindo-se violada e suja. Aqueles homens tinham ido longe demais. Mais cedo, tinham discutido sobre a performance e chegado a um consenso sobre como fazer com que fosse convincente, mas ninguém falara nada sobre apalpá-la. Zachariah provavelmente testemunhara o que aconteceu do outro lado da transmissão. Alle ficou imaginando o que ele achou daquilo. A ideia era incitar seu pai a agir, fazer a situação parecer desesperadora. Com um pouco menos, talvez seu pai não fizesse o que queriam. Com um pouco mais, a ameaça seria insignificante.

Uma coisa ela podia dizer.

O que acabara de acontecer devia ser suficiente.

Ela conhecera Zachariah seis meses atrás. Ele aparecera em Sevilha, onde Alle estava trabalhando na biblioteca Colombina, no meio de uma extraordinária coleção de materiais da época de Cristóvão Colombo. A tese de doutorado dela era sobre o grande mapa dos exploradores, usado por ele para encontrar o caminho para o Novo Mundo. Uma carta de navegação famosa, desaparecida no século XVI e que deu muito o que falar. Alguns acreditavam que ela podia ter sido o *mappa mundus*, o dito mapa original do mundo. Outros defendiam que continha informações geográficas supostamente não conhecidas pelos navegadores do século XV. Dizia-se ainda que tinha ligação com fenícios, gregos e egípcios antigos, e até com Atlântida.

Ninguém tinha certeza de nada.

O governo espanhol só aumentou o mistério com seu pronunciamento oficial de que tal carta de navegação não estava guardada em seus arquivos, embora não permitisse que nenhuma pesquisa independente atestasse o fato.

Sem pretensão, ela escrevera um artigo sobre Colombo para *Minerva*, uma revista britânica sobre arte e arqueologia que ela lia havia anos. Para sua surpresa, eles o publicaram, o que levou Zachariah até ela.

Ele era um indivíduo extraordinário. Venceu por esforço próprio em todos os sentidos, de sua educação modesta até os triunfos no mundo financeiro e nos negócios internacionais. Ele evitava os holofotes, preferindo viver sozinho e nunca tendo se casado nem tido filhos. Não contratara nenhum publicitário, relações-públicas ou assistentes. Era simplesmente um multibilionário de quem o mundo sabia pouco a respeito. Morava nos arredores de Viena, em uma mansão magnífica, mas também era dono de prédios na cidade, incluindo o apartamento que ela ocupava agora. Ela também descobrira que os esforços filantrópicos dele eram extensos e que suas fundações doavam milhões para causas ligadas ao judaísmo. Ele se referia a Israel de forma solene. A religião era parte significativa da vida dele, assim como acontecia com Alle.

Ele nasceu e foi criado na religião. Ela se convertera cinco anos atrás, mas não contara para ninguém, com exceção de seu avô, que ficara muito satisfeito. Ele desejara que os netos fossem judeus, mas aparentemente seu pai acabou com essa esperança. Diferente de sua mãe, Alle nunca encontrou conforto no cristianismo. Quando criança e jovem, escutara sobre o judaísmo e decidira que era a religião que lhe falava ao coração. Então, discretamente, submeteu-se ao treinamento e se converteu.

O único segredo entre ela e a mãe.

E um arrependimento.

Continuava andando, navegando pelo labirinto de ruas estreitas de paralelepípedos. Sinos soavam a distância, batendo oito horas da noite.

Deveria ir para casa e trocar de roupa, mas decidiu rezar. Por sorte, ela usava seu casaco de lã — o clima em Viena continuava frio —, que descia até abaixo dos joelhos e escondia as roupas rasgadas. Nesta cidade antiga, que já abrigara duzentos mil judeus, mas que agora era lar apenas de dez mil, ela sentia uma conexão com o passado. Noventa e três sinagogas foram destruídas pelos nazistas e cada pedaço de sua existência foi erradicado. Sessenta e cinco mil judeus foram massacrados. Quando pensava nessas tragédias, sua mente era sempre levada para 70 d.C., para o que sua nova religião considerava como uma das maiores tragédias.

Primeiro veio Nabucodonosor e os babilônios em 586 a.C. Eles levaram tudo de Jerusalém: oficiais, guerreiros, artesãos e milhares de prisioneiros. Ninguém permaneceu, exceto os mais pobres. Os invasores destruíram o Primeiro Templo de Salomão, o mais sagrado dos lugares, e levaram seus tesouros, quebrando em pedaços os vasos sagrados de ouro. Os judeus permaneceram no exílio por gerações, mas acabaram voltando para a Palestina e, seguindo as ordens de Deus, construíram um novo santuário. Moisés havia recebido ordens precisas para a construção, incluindo como moldar os vasos sagrados. O Segundo Templo de Salomão foi concluído em 516 a.C., mas foi totalmente restaurado e ampliado por Herodes em 18 a.C. O Templo de Herodes recebeu os romanos quando eles conquistaram a Judeia em 6 d.C. e permaneceu de pé quando os judeus se revoltaram sessenta anos depois.

Uma revolta que eles venceram.

A Judeia se encheu de alegria. Os opressores romanos finalmente tinham sido expulsos.

Mas todos sabiam que as legiões voltariam.

E voltaram.

Nero enviou Vespasiano pelo norte e Tito, pelo sul. Pai e filho, ambos generais. Eles atacaram a Galileia em 67 d.C. Dois anos depois, Vespasiano se tornou imperador e deixou a Tito oitenta mil homens para dar uma lição nos judeus.

A Judeia foi reconquistada. Depois, em 70 d.C., Jerusalém foi cercada.

A luta foi feroz, e as condições na cidade se tornaram terríveis. Centenas de corpos eram pendurados nos muros todos os dias; a fome e as doenças se tornaram fortes aliadas dos romanos. Golpes de bate-estacas finalmente abriram vãos nas muralhas, e as tropas de choque encurralaram os defensores na área do templo, sua última linha de defesa.

Mas seis dias de golpes não danificaram o Monte do Templo.

Suas robustas pedras aguentaram.

Tentativas de escalar a grande muralha fracassaram. Finalmente, os romanos atearam fogo aos portões e invadiram.

Os judeus também atearam fogo, na esperança de impedir o avanço dos romanos, mas as chamas se espalharam rápido demais e queimaram as barreiras que protegiam o santuário. Os poucos defensores lutavam contra um número muito superior. Encontraram a morte de boa vontade, alguns se jogando contra as espadas romanas, alguns matando e morrendo outros ainda tirando a própria vida ao se jogarem nas chamas.

Nenhum deles considerava o que estava acontecendo como uma destruição.

Em vez disso, viam a própria morte como a salvação e se sentiam felizes em morrer junto com o Segundo Templo.

Através da fumaça fúnebre, centuriões avançaram com sua fúria assassina, saqueando e assassinando. Corpos eram empilhados em volta do altar sagrado. Sangue escorria pelos degraus do santuário, corpos escorregavam pelos rios vermelhos. Chegou um momento em que ninguém podia mais andar sem tocar a morte.

Tito e sua legião conseguiram entrar no santuário antes que fosse destruído. Tinham ouvido falar de sua magnificência, mas estar no meio da opulência era outra coisa. O mais sagrado dos sagrados, a parte mais reservada do templo, era revestida de ouro; sua porta interna era esculpida em cobre coríntio. Suspenso acima dos 12 degraus que levavam à entrada, havia uma videira de ouro repleta de cachos de uvas tão altos quanto um homem. Uma coroa de ouro e prata — não a original, mas uma cópia da coroa usada pelo mais alto sacerdote após a volta do exílio na Babilônia — era exibida com destaque.

E havia os objetos sagrados.

Uma menorá de ouro. A mesa do pão ázimo. Trombetas de prata.

Tudo tinha sido determinado por Deus, e as instruções foram passadas para Moisés no monte Sinai. Os romanos sabiam que, destruindo o Segundo

Templo e tirando esses tesouros, a essência do judaísmo também estaria simbolicamente extinta.

Outro exílio ocorreria.

Não físico, embora muitos tenham morrido ou sido escravizados, mas certamente espiritual.

Não haveria um Terceiro Templo.

E foi o que aconteceu nos últimos 1.940 anos, pensou Alle ao entrar na única sinagoga de Viena que os nazistas não destruíram.

O Stadttempel ficava no meio de uma quadra de prédios residenciais, anônimo e escondido graças ao imperador José II, que decretou que apenas igrejas católicas podiam ter portas voltadas para ruas públicas. Ironicamente, esse insulto foi o que salvou o prédio, uma vez que os alemães viram que era impossível atear fogo ao templo sem incendiar todo o quarteirão.

O santuário do século XIX tinha forma oval; o teto era apoiado por vigas douradas e por um anel de 12 colunas iônicas — que Alle sabia que simbolizavam os 12 filhos de Jacó, os progenitores das tribos de Israel. Um domo azul estrelado agigantava-se no alto. Ela visitara esse templo diversas vezes no último mês, e a forma e a elegância do lugar sempre fizeram com que se sentisse dentro de um ovo Fabergé.

O que significaria para os judeus ter seu Terceiro Templo em Jerusalém?

Tudo.

E, para completar essa conquista, a fé que adotou também exigiria seus vasos sagrados.

Seu olhar varreu o santuário pouco iluminado e seus olhos se encheram de lágrimas.

Ainda podia sentir mãos apalpando seu corpo. Nunca ninguém a tocara daquela forma.

Começou a chorar.

O que sua mãe teria pensado? Ela era uma mulher boa, que raramente falava mal do ex-marido e sempre incentivara a filha a perdoá-lo.

Mas ela jamais conseguiria.

O que acabara de fazer com seu pai a perturbava, mas pensamentos do que viria a seguir a ajudavam a racionalizar a situação.

Alle segurou as lágrimas e se acalmou.

A Arca da Aliança nunca seria encontrada. Os babilônios se certificaram disso. A menorá de ouro, a mesa do pão ázimo e as trombetas de prata? Elas ainda podiam existir.

O tesouro do templo.

Ou o que restava dele.

Desaparecido havia 1.940 anos.

Mas, dependendo de seu pai, talvez por pouco tempo.

NOVE

Zachariah estava satisfeito. O vídeo tinha funcionado perfeitamente. Rócha dera seu recado, embora com um pouco mais de ênfase do que o combinado.

Tom Sagan parecia ter entendido a mensagem.

E estava muito mais vulnerável do que a filha descrevera.

Não houvera nenhuma menção a suicídio. Alle simplesmente dissera que o pai levava uma vida solitária em uma pequena casa em Orlando, no meio de dois milhões de pessoas que não faziam ideia da sua existência. Ele voltara para a Flórida depois de perder o emprego na Califórnia. O anonimato foi uma mudança radical na vida de Sagan, considerando que ele aparecera na primeira página do jornal por mais de uma década e era um convidado frequente em programas de TV e de rádio. Não era apenas um repórter, mas uma celebridade. Muita gente confiara em Sagan. Uma investigação de seu passado deixou isso claro. O que provavelmente explicava, mais do que qualquer outra coisa, por que tanta gente virou as costas para ele.

— Você é judeu? — perguntou Sagan.

Ele assentiu.

— Ambos somos Filhos de Deus — disse Zachariah.

— Não me inclua.

— Você nasceu judeu e não pode negar isso.

— Você fala como o antigo dono desta casa.

Ele percebeu que Sagan nunca usava a palavra *pai*. Alle lhe contara sobre as desavenças, mas a separação parecia ser bem maior do que ela acreditava. Ele apontou um dedo e disse:

— Seu pai era um homem sábio.

— Solte a minha filha e farei o que você quiser.

Ele percebeu o desespero na afirmação, mas decidiu não ceder ainda.

— Estudei o que aconteceu com você oito anos atrás. Uma experiência e tanto. Consigo entender como chegou a este ponto. A vida foi especialmente cruel com você.

E Zachariah se perguntou se aquela pobre alma teria alguma motivação para agir. Alguma coisa ainda importava para ele? Sua pesquisa sobre o passado de Sagan terminara há algumas semanas e não houvera menção a tendências suicidas. Era óbvio que ele tomara algumas decisões importantes. Sabia que Sagan terminara de escrever outro livro de forma tão anônima que nem o editor nem o "autor" conheciam sua identidade. A agente literária sugerira a tática, uma vez que seria possível que ninguém aceitasse um texto de Sagan, mesmo que seu nome não aparecesse.

Sua derrocada chegou a esse ponto.

Cinco dos sete livros que escrevera entraram para a lista dos dez mais vendidos do *New York Times*. Três alcançaram o primeiro lugar. Os elogios dos críticos aos "autores" foram admiráveis. E Sagan acreditava que esse era o motivo pelo qual os trabalhos continuavam a chegar.

Mas, aparentemente, tudo tinha um preço.

Este homem estava pronto para morrer.

Talvez devesse permitir?

Ou talvez...

— Seu pai guardava um grande segredo — afirmou ele. — Um homem a quem foi confiado um segredo que poucos na história souberam.

— Isso é ridículo.

— Posso lhe garantir que não.

Ele percebeu que, apesar da resposta, Sagan estava intrigado. Talvez ainda houvesse o suficiente de um repórter dentro dele para motivá-lo uma última vez.

Então, continuou:

— E tudo começou com Cristóvão Colombo.

Colombo estava no píer. Niña, Pinta *e* Santa María *estavam ancoradas em um afluente do rio Tinto, perto de Palos de La Frontera, no litoral sudeste da Espanha, não muito longe do mar aberto. Foram necessários meses para alocar, equipar e tripular os três barcos, mas agora tudo estava pronto.*

Tinha de estar.

A meia-noite estava se aproximando.

Quebrando o costume, Colombo não esperara para embarcar pouco antes de os navios zarparem. Pelo contrário, passara o dia todo ali, supervisionando os últimos preparativos.

— Quase todos estão aqui — disse Luís de Torres para ele.

Oitenta e sete homens tripulariam as três embarcações. Ao contrário dos boatos que escutara, não havia condenados que receberam o perdão real por serem voluntários. Em vez disso, todos eram extremamente capazes, uma vez que apenas navegadores de verdade conseguiriam enfrentar essa viagem. Havia um português, um genovês, um veneziano e um calabrês, mas todos os outros eram espanhóis de Palos e arredores. Dois representantes da coroa foram incluídos, exigência da sua comissão, e Colombo já avisara De Torres para ter cuidado quando estivesse perto deles.

— Luís.

De Torres se aproximou.

— Todos têm de estar a bordo antes da meia-noite.

Ele sabia que De Torres entendia. Depois da meia-noite, quando passasse a ser 3 de agosto de 1492, a polícia, a milícia e os inquisidores de capuz branco começariam a sua busca nas casas. Judeus tinham sido expulsos da França, em 1394, e da Inglaterra, em 1290. O decreto que os expulsava da Espanha tinha sido assinado por Fernando e Isabel em 31 de março. A igreja insistira nesse ato, e o rei e a rainha concordaram. Eles tinham quatro meses para deixarem o país ou se converterem ao cristianismo.

Estavam correndo contra o tempo.

— Receio que não iremos conseguir zarpar a tempo — sussurrou ele.

Por sorte, era quase impossível identificar fisicamente um judeu espanhol. Entre celtas, ibéricos, romanos, fenícios, bascos, vândalos, visigodos e árabes houvera uma intensa miscigenação. Mas isso não deteria a Inquisição. Nada impediria seus agentes de apreender qualquer um que suspeitassem ser judeu. Milhares já tinham se convertido, tornando-se conversos. Por fora, eles iam à missa, se confessavam e batizavam seus filhos. Secretamente, na calada da noite, mantinham seus nomes hebreus e liam a Torá.

— Muita coisa depende desta jornada — disse ele para o amigo.

E muita coisa dependia de De Torres.

Ele era o intérprete da viagem, fluente em hebraico e ex-funcionário do governo de Murcia, cidade que já teve uma grande população judaica. Esse povo, porém, já tinha ido embora ou se convertido, e o governador não precisava mais de um intérprete de hebraico. De Torres, como alguns outros da tripulação, fora batizado apenas algumas semanas atrás.

— Acha que encontraremos o que você procura? — indagou De Torres

Colombo fitou a água escura e os navios iluminados por tochas, nos quais os homens trabalhavam.

Essa era uma boa pergunta.

E só havia uma resposta.

Não temos escolha.

— Você está dizendo que Cristóvão Colombo era judeu? — perguntou Sagan.

— Ele era um converso. Isso faz parte do grande segredo que seu pai guardava. Ele nunca lhe contou?

Sagan balançou a cabeça.

— Não me surpreende. Você não é digno.

— Quem é você para dizer do que sou digno?

— Você renunciou sua origem. Como poderia entender coisas como honra? Tradição? Dever?

— Como você sabe que fiz isso?

— É mentira?

— E você? — perguntou Sagan. — Um sequestrador? Coisas como honra têm algum significado para você?

— Eu apostei minha fortuna e minha vida pela honra.

Zachariah colocou a mão no bolso do paletó e tirou um documento dobrado.

— Preciso da sua assinatura. Isso permitirá que meus advogados entrem com uma petição em seu nome pedindo uma autorização para a exumação. Fui informado de que isso não será um problema, contanto que haja o consentimento dos parentes vivos mais próximos. Sua filha já assinou, como administradora do espólio. Claro que ela não teve escolha.

Sagan se recusou a aceitar o papel e a caneta que lhe foram oferecidos.

— Temos poucos minutos até que eu ligue para aqueles homens e impeça-os de continuar.

Ele observou o ultimato sendo compreendido.

Finalmente, Sagan pegou a caneta e os papéis e assinou.

Simon pegou o documento e encaminhou-se para a porta.

— Vou precisar de você no cemitério, pela manhã, às dez horas. É necessário que um herdeiro esteja presente. Haverá um representante meu. Siga as ordens. Uma vez que a exumação de seu pai esteja completa, sua filha será libertada.

— Como posso ter certeza de que isso vai acontecer?

Ele parou, virou-se e avaliou Sagan com um olhar curioso.

— Porque lhe dou a minha palavra.

— Já estou me sentindo melhor.

Ele apontou para Sagan.

— Veja, ainda lhe resta bom humor.

— Preciso da minha arma.

Ele levantou a arma.

— Amanhã você a terá.

— Eu teria puxado o gatilho. Estaria morto neste momento se você não tivesse chegado.

Ele se perguntou a quem Sagan estava tentando convencer.

— Por favor, não fique nervoso. Você terá outra oportunidade, *depois* da exumação.

DEZ

Béne esperou enquanto um de seus homens cavava o túmulo. Seus cães tinham voltado e estavam deitados placidamente embaixo das árvores, tomando banho de sol, satisfeitos com a caçada. Seus animais eram perfeitos, de uma antiga e talentosa linhagem. Sua mãe tinha lhe falado sobre os *chasseurs* de Cuba. Homens pequenos e escuros que usavam camisa xadrez aberta, calças largas e chapéus de palha leves e baixos com abas grandes. Mas eram seus sapatos que os diferenciavam. Eles tiravam a pele das coxas e dos tornozelos de cachorros selvagens e deixavam seus pés em carne viva. O material maleável se tornava uma espécie de bota curta, que se encaixava bem e durava semanas. Eles usavam crucifixos pendurados em seus pescoços bronzeados e o *machet* era sua única arma, afiado de um lado apenas; o outro era usado para bater nos cachorros. Eles chegaram em 1796, quarenta deles com seus cães de caça, importados para caçar *maroons* de Trelawny Town.

E foi o que fizeram.

Sem misericórdia.

Centenas foram massacrados, e o medo em relação ao cachorro nasceu.

Sua intenção era ressuscitá-lo.

Enquanto gangues disputavam a preferência dos mais pobres nas cidades da Jamaica, Béne sempre preferira apostar suas fichas aqui, nas montanhas a barlavento, e a oeste, na região a sotavento de Cockpit, lugares onde os *maroons* existiam havia quatrocentos anos. E, embora cada uma tivesse suas comunidades e coronéis e conselhos eleitos, ele gostava de pensar em si mesmo como o salvador desse povo, protegendo o estilo de vida *maroon*. Em troca, seus compatriotas lhe forneciam homens e mulheres para trabalhar nos seus diversos empreendimentos. Verdade que prostituição, apostas e pornografia eram interesses secretos e lhe rendiam milhões, mas café era a sua paixão. Em tudo à sua volta, nas encostas por muitos quilômetros, ele cultivava arbustos de altura modesta, com brilhosas folhas verde-escuras. Todos os anos, flores brancas de cheiro doce brotavam e amadureciam, tornando-se frutos vermelhos. Uma vez trituradas e fervidas, elas produziam o que muitos diziam ser a melhor bebida do mundo.

O café produzido nas Montanhas Azuis.*

Seus ancestrais tinham trabalhado nas plantações como escravos. Agora, ele era dono de uma das maiores e pagava pelo trabalho de seus descendentes. Ele também controlava a principal rede de distribuição para todos os outros cafeicultores. Seu pai sabiamente percebeu essa oportunidade depois que um devastador furacão arruinou quase todos os cultivadores na década de 1950. Um conselho nacional foi criado, com membros limitados, determinando critérios de qualidade, cultivo e processamento. Se não fosse cultivado dentro de um raio de 16 quilômetros do pico central, o café era classificado como Jamaican Prime, e não como Blue Mountain. Seu pai estava certo: a escassez cria um misticismo. E, através da regulamentação do produto, o café Blue Mountain se tornou valioso em todo o mundo.

E deixou a família Rowe rica.

Seu homem continuava cavando.

Vinte minutos antes, outro capanga tinha voltado aos caminhões para encontrar com mais de seus homens. Agora, eles chegaram pelas

---

*Blue Mountain Coffee.

árvores, trazendo um prisioneiro com os olhos vendados — 20 e poucos anos, uma mistura de cubano e africano — e as mãos amarradas atrás das costas.

Béne acenou. O jovem foi empurrado para ficar de joelhos e a venda foi arrancada.

Ele se agachou bem perto enquanto o homem piscava por causa do sol da tarde.

O homem arregalou os olhos quando viu Béne.

— Sim, Felipe. Sou eu. Você achou que conseguiria se livrar? Eu paguei para que vigiasse Simon. E você vigiou. Só que aceitou o dinheiro dele para me vigiar também.

O medo fazia o homem balançar a cabeça violentamente.

— Escute o que vou dizer, e escute com cuidado, porque tudo depende disso.

Béne viu que o aviso tinha sido entendido.

— Quero saber o que Simon *tá* fazendo. Quero saber tudo que você não me contou. Fale a verdade pra gente.

Esse traidor pertencia às ruas, então o patoá era a sua língua.

Fale a verdade.

Ele não tinha notícias de Simon havia duas semanas, mas não devia estar surpreso. Tudo que ficara sabendo apenas confirmava o que pressentia havia muito tempo.

Encrenca.

O austríaco era muito rico, um filantropo obviamente interessado em causas israelenses, mas isso não preocupava Béne. Não tinha interesse na guerra do Oriente Médio. Estava interessado apenas na mina de ouro perdida de Colombo — assim como, supostamente, Simon.

— Juro para você, Béne — disse Felipe. — Não sei de nada. Ele não me diz nada.

Ele o silenciou com um tapa.

— O que você acha que sou? Simon não mora aqui. Ele não conhece ninguém na Jamaica. Sou sócio dele. Isso é o que ele diz. Mesmo assim, contrata você para trabalhar para ele também. Ok. Procuro você, pago pra contar para Simon só o que eu quero que ele saiba e para me contar o que ele sabe. Mas você não me diz nada.

— Ele me liga, me paga para fazer umas coisas. Eu faço e ele paga. Só isso, Béne. Só.

As palavras saíam rapidamente.

— Mas eu pago você pra me contar a verdade. Coisa que você não *tá* fazendo. É melhor começar a falar logo.

— Ele quer documentos. Papéis dos arquivos.

Quando ele acenou, um de seus homens lhe entregou uma pistola. Ele encostou o cano no peito do homem e empurrou-o.

— Vou dar mais uma chance. Que. Tipo. De. Coisas.

Os olhos do prisioneiro mostraram todo seu choque.

— Ok. Ok, Béne. Vou contar. Vou contar.

Ele continuou segurando a arma contra o peito do homem.

— Escrituras. Ele quer escrituras. Antigas. Encontrei uma. Um judeu chamado Cohen comprou essa terra em 1671.

Isso prendeu a sua atenção.

— Continue, cara.

— Ele comprou essa terra e toda a propriedade às margens do rio ao lado.

— O nome.

— Abraham Cohen.

— Por que isso é tão importante para Simon?

— O irmão dele. O irmão era Moisés Cohen Henriques.

Esse nome ele conhecia. Um pirata judeu do século XVII. Roubou um grande carregamento de prata espanhola em Cuba e depois liderou a invasão holandesa ao Brasil. Sua vida terminou na Jamaica, procurando a mina perdida de Colombo.

— Simon sabe disso?

Ele balançou a cabeça.

— Não consigo falar com Simon. Ele sumiu. Não sei pra onde. Juro, Béne. Não sei. Não contei pra ele ainda.

— E não contou pra mim também. Essa escritura que você achou... Ainda está nos arquivos?

Ele balançou a cabeça novamente.

— Eu roubei. Está na minha casa em Spanish Town. Seus homens sabem onde fica. Pode ir pegar. Do lado da minha cama. Juro, Béne. Bem do lado da minha cama.

Ele afastou a arma.

O homem que estivera cavando tinha parado e estava acenando.

Béne precisava de tempo para pensar, então jogou a arma para seu capanga e se afastou. Na escavação rasa, viu um pedaço de pedra. Na sua face, havia um símbolo.

— Tire daí — mandou ele.

Seu homem levantou o fragmento e colocou-o no chão. Ele limpou a terra escura e examinou a gravação. Simon lhe dissera que procurasse um jarro em uma lápide e um X marcado com um gancho.

O pedaço de pedra que estava vendo fazia parte de uma lápide. Levantou-o e percebeu que se encaixava quase perfeitamente no canto inferior direito da lápide com o jarro.

Ele levantou a pedra para que o prisioneiro pudesse ver o X.

— Você sabe o que é isso?

— Vi isso na escritura, Béne. Na escritura dos arquivos. Que está do lado da minha cama. Simon me disse pra procurar esse tal X. Procurei. Fiz um bom trabalho, Béne. Está lá. Posso ser útil pra você também. Sei que posso.

Infelizmente, as coisas não funcionavam assim. Quando criança, sua mãe lhe ensinara uma coisa que tinha aprendido com a mãe dela, que tinha aprendido com a mãe dela. *Maroons* não escreviam muito. A palavra falada era seu livro de história.

Fale sempre a verdade,
custe o que custar.

Sua mãe estava sempre certa.

E ela disse mais uma coisa.

Esconder um pecado é cometer outro.

Felipe era um funcionário pouco importante do governo, que trabalhava nos arquivos nacionais em Spanish Town. Ele era educado e ambicioso, mas o que ganhava mal dava para sobreviver. Sua tarefa principal tinha sido procurar nos arquivos antigos qualquer coisa sobre a mina perdida. Mas, quando lhe foi oferecida a oportunidade para trabalhar com outra pessoa, esse traidor resolveu cuspir no prato em que comeu.

Por sorte, Felipe falava demais.

O que era bom, uma vez que, sabendo da situação, Béne pôde manter um espião seu.

Béne acenou para que seu homem trouxesse o telefone. O sinal nas montanhas era excelente, e ele apertou um dos números gravados na memória. Três toques depois, o homem em Viena atendeu.

— O que está acontecendo aí? — perguntou ele.

— Está ficando... complicado.

— Talvez esteja na hora de agir.

— Eu estava pensando a mesma coisa.

— Então faça. Tudo tranquilo por aqui.

— Bom saber.

Ele desligou.

Já havia alguns dias desde que soubera que Simon estava em movimento. Coisas estavam acontecendo ao mesmo tempo na Áustria e na Flórida. Quanto a isso, ele não tinha certeza absoluta, mas sabia o suficiente para entender que seu sócio europeu estava fazendo jogo duplo. Para sua sorte, Béne encontrara um novo cemitério, com um jarro e um X marcado com um gancho. Agora tinha a escritura. Tudo isso estava ajudando a aliviar a dor da traição e a ansiedade que sentia por causa do que precisava ser feito.

Seu olhar se fixou no homem com a arma. Manteve o olhar fixo no seu empregado por uma fração de segundo, depois assentiu. A arma foi apontada e uma bala na cabeça acabou com a vida de Felipe.

Fale sempre a verdade, custe o que custar.

— Jogue-o no túmulo e encha o buraco — ordenou ele. — Depois enterrem o traficante.

Seus cães nunca comiam o que não matavam.

— Vou para Spanish Town.

ONZE

Tom estava sentado no sofá. Zachariah Simon tinha ido embora uma hora antes. Desde então, ele estava pensando em Alle. Sua única filha. Que o odiava.

O que tinha acontecido com eles?

Não conseguia identificar o momento definitivo em que o rompimento ocorreu. Pelo contrário, o afastamento se desenvolveu, começando quando Alle estava no início da adolescência e percebeu o distanciamento entre seus pais. Quando chegou ao ensino médio, o rompimento já era completo.

Será que Michele encorajou esse rompimento? Não que ele tenha percebido. Não, a culpa era toda sua. Ele magoara a ex-esposa além da conta. Pior ainda, parecera não se importar. Isso foi na época em que nunca estava errado. Em que era invencível. Pelo menos, era assim que pensava. Quantas amantes tivera? Ele balançou a cabeça. Muitas para conseguir contar, em muitos lugares. Michele nunca teve certeza de nada. Ela só desconfiava. A intimidade cria um radar capaz de detectar a mais leve mudança emocional, e Michele acabou percebendo sua traição. Infelizmente, ele estava absorvido demais em si mesmo para ligar.

Arrependimentos?

Tantos que estava pronto para morrer.

— *Nosso casamento acabou, Tom.*

— *E Alle?*

— *Temo que, se você não agir rápido, esse relacionamento também acabe. Você deixou as coisas irem longe demais. Ela vê o sofrimento nos meus olhos. Não consigo esconder.*

— *Vou consertar as coisas com ela. Juro para você, Michele. Vou consertar.*

Mas ele nunca consertou.

Alle tinha 17 anos quando ele foi demitido e sua desgraça apareceu em todas as mídias disponíveis no mundo. Infelizmente, resgatar seu relacionamento com a filha não parecera uma prioridade na época. Um erro? Ah, sim. Dos grandes. Mas ele estava falando isso em retrospecto, oito anos depois, e não tinha como voltar no tempo.

Mas podia fazer alguma coisa agora.

Podia libertá-la de Zachariah Simon.

Assinara os papéis. Amanhã apareceria no cemitério e garantiria que ela estivesse bem.

Depois disso?

Terminar o que tinha começado?

Esfregou os olhos cansados com mãos trêmulas e olhou para o relógio. Duas e quinze da tarde. Do lado de fora, estava tranquilo. A maioria dos antigos vizinhos de seus pais se mudara ou morrera. Árvores que antes eram apenas mudas agora faziam sombra em tudo. Ao dirigir pela vizinhança, percebera que tudo estava em bom estado. O tempo tinha sido gentil com este lugar.

Por que fora tão cruel com ele?

Tomou uma decisão.

Não iria morrer hoje.

Talvez amanhã, mas hoje, não.

Em vez disso, estava na hora de fazer uma coisa que deveria ter feito muito tempo atrás.

Alle entrou no café Rahofer, um lugar que descobrira duas semanas atrás e que não ficava longe de seu apartamento em Viena. Havia tomado banho e trocado de roupa, vestindo calças cáqui, um suéter e sapatilhas.

Estava se sentindo um pouco melhor e imaginava o que tinha acontecido na Flórida, mas presumiu que seu pai cooperara, uma vez que Rócha não entrara mais em contato. Estava marcado para se encontrarem de novo amanhã, às quatro horas da tarde, no mesmo lugar onde o vídeo foi gravado, enquanto o túmulo estivesse sendo aberto, prontos para outro show, se fosse preciso.

Ela não gostava da ideia de exumar o corpo do avô. Ele fora um homem querido, que a amara incondicionalmente. Era o pai de sangue que ela nunca tivera, e a morte dele ainda mexia com ela. Alle sempre teve esperanças de que sua conversão ao judaísmo tivesse compensado, pelo menos um pouco, todo o sofrimento que seu pai causou a ele. Apesar de tudo que tinha acontecido, sua neta se tornou judia.

— Seu avô deixou algum documento ou instrução que lhe pareceu estranho? — perguntou Zachariah.

Ela nunca tinha falado sobre isso, mas agora, depois de três anos, parecia não ter problemas em discutir isso com ele.

— Ele pediu que um pacote fosse enterrado com ele.

— Descreva-o.

Ela usou as mãos para fazer o contorno de uma coisa com mais ou menos 30 centímetros.

— Era uma dessas embalagens a vácuo que vendem na televisão. Era fina e leve.

— Dava para ver alguma coisa dentro?

Ela balançou a cabeça.

— Não prestei atenção. Ele deixou instruções escritas para que eu, como administradora do espólio, garantisse que o pacote fosse colocado em seu caixão. Eu mesma fiz isso, colocando-o em cima de seu peito, pouco antes de a tampa ser fechada.

— Deve ter sido difícil.

— Chorei o tempo todo.

Ela se lembrava de como Zachariah segurara sua mão e de como rezaram juntos por Abiram Sagan. Ela aderira à crença judaica de que corpo e alma acabariam se reencontrando, o que significava que o corpo tinha de ser respeitado. O costume dizia que alguém devia cuidar do morto, fechando seus olhos e sua boca, cobrindo seu rosto, acendendo velas.

E ela fizera tudo isso.

Um câncer diagnosticado tarde demais tirou-lhe rapidamente o avô. Mas, pelo menos, ele não tinha sofrido. A Torá diz que um corpo não podia virar a noite sem ser enterrado, e ela se certificou de que seu avô fosse enterrado antes do pôr do sol. Ela também não o embalsamara, envolvendo-o com uma simples mortalha de linho dentro de um caixão comum. Ela o ouvira dizer muitas vezes:

— *Rico ou pobre, nada deve nos distinguir na morte.*

Ela até deixara uma janela aberta na sala onde esperou com ele pelo enterro, para que sua alma pudesse escapar com facilidade. Depois, ela seguiu todos os quatro estágios do luto, incluindo o *avelut*. Obedientemente, absteve-se de festas, comemorações e qualquer tipo de diversão durante 12 meses.

Seu avô teria ficado orgulhoso.

Ela encontrou uma mesa e se sentou.

Gostava do café Rahofer, com seus tampos de mesa de mármore, lustres de cristal e cadeiras de madeira. Ela descobrira que o lugar tinha história, pois tanto Stalin quanto Trotsky jogaram xadrez ali. Um piano no canto entretinha o pequeno grupo que estava ali até depois das nove horas em uma noite de terça-feira. Uma taça de vinho e um prato de *schnitzel* pareciam perfeitos. Pediu-os, além de água mineral, e começou a relaxar.

— Você está sozinha?

Ela se virou e viu um homem a poucos centímetros. Ele parecia um pouco mais velho que ela, talvez 30 anos, arrumado, em forma, com uma barba de dois dias cobrindo o queixo e o pescoço. O cabelo era fino e rente, como um chapéu de monge; os olhos azuis eram alertas e vivos.

— Estou sozinha — respondeu ela. — E prefiro continuar assim.

Ele abriu um sorriso e se sentou à mesa dela.

— Eu já disse que não estou interessada — repetiu Alle.

— Mas vai ficar.

Ela não gostou da audácia dele.

— Que tal você ir embora antes que eu chame alguém?

Ele chegou mais perto.

— Aí você não vai ficar sabendo o que tenho para dizer sobre Zachariah Simon.

DOZE

Zachariah entrou no quarto e fechou a porta. Ele dirigira de Mount Dora até seu hotel na parte oeste de Orlando. Logo encontrou seu laptop e conectou-o à internet, usando um servidor seguro da Áustria, o mesmo usado durante a transmissão do vídeo para Tom Sagan. Ele mesmo encomendara o sistema, equipado com um programa de criptografia altamente sofisticado. Após falar com sua secretária pessoal na Áustria, ficou satisfeito por nenhum assunto precisar de sua atenção imediata. Então, desconectou e pediu comida pelo serviço de quarto.

Sagan estava cooperando. Ele assinara os papéis e estaria no cemitério pela manhã.

Conseguira completar a primeira fase.

Mas o tempo estava se esgotando.

Ele lera as reportagens elogiando a reunião de cúpula que estava para acontecer. Danny Daniels, presidente dos Estados Unidos no último ano de seu mandato, estava apostando seu legado em conseguir algum tipo de paz duradoura no Oriente Médio. Que bom que a reunião só aconteceria daqui a quatro meses.

Tempo suficiente para ele terminar o que tinha começado.

Mas o que ele procurava estava escondido havia muito tempo.

Poderia ser um mito?

Não. Existia. Tinha de existir. Deus não permitiria nada menor.

Alle confirmara que seu avô pediu que um pacote fosse enterrado com ele, mesmo contrariando a tradição ortodoxa que dizia que nada além do corpo deveria ir para o túmulo. Ainda mais convincente era o fato de que ela tinha informações que ninguém, além do Levita, poderia saber.

Estava no caminho certo.

Tinha de estar.

Certamente o Levita tinha sido cuidadoso com o que compartilhou com a neta, uma vez que a tarefa era exclusivamente masculina. Abiram Sagan não poderia passar sua mais importante responsabilidade para a neta. Então, ele resolveu seu dilema levando o segredo com ele para o túmulo.

Que bom que Alle estava sob total controle. Uma parceira disposta a ajudar e que não tinha conhecimento do que estava realmente em jogo. Ela era uma idealista, consumida por sua paixão pela nova religião e pelas lembranças do avô. Suas crenças eram sinceras. Só era preciso lidar com ela com cuidado.

E isso ele podia fazer.

Até que ela não fosse mais necessária.

Então, ele mataria Alle Becket.

Alle estava intrigada, então perguntou:

— O que sobre Zachariah Simon?

— Você deveria se preocupar com ele — disse o homem sentado do outro lado da mesa.

Ela não estava no clima para jogos.

— Você planeja se explicar? Ou posso ir embora?

— Você conheceu Simon na Espanha. Não achou estranho ele tê-la encontrado?

— Eu nem sei seu nome.

Ele sorriu.

— Pode me chamar de Brian.

— Por que você está aqui?

— Vim falar com você. Em particular.

Sinais de alerta soaram em sua cabeça. Este estranho a estava assustando a ponto de desejar que Rócha e Meia-noite estivessem por perto

Brian colocou a mão no bolso e tirou algumas folhas dobradas de papel brilhoso, que ela reconheceu como seu artigo para *Minerva*.

— Eu li isso — disse ele. — Fascinante. Deixe-me adivinhar... Simon queria saber suas fontes.

Tinha sido uma das primeiras coisas que eles conversaram, além do fato de que ambos eram judeus reformistas. Ela gostou disso imediatamente. Diferente dos ortodoxos, os judeus reformistas acreditavam que a Torá, embora tivesse inspiração divina, tinha sido, na verdade, escrita, editada e revisada por homens. E, embora respeitassem os valores e a ética da Torá, judeus reformistas eram livres para seguir o que quer que achassem que pudesse enriquecer seu relacionamento pessoal com Deus. Nada era absoluto. Tudo estava sujeito à interpretação. Ainda mais importante para ela, os judeus reformistas tratavam os sexos com igualdade.

— Você ainda não disse o que quer.

O garçom trouxe o vinho dela.

— Não, obrigado — disse Brian para ela. — Não quero nada.

Para irritá-lo, ela tomou um gole com prazer.

— Você não vai ficar.

— Zachariah Simon não é o que diz ser. Ele está usando você.

— Para quê?

Para descobrir o que seu avô sabia.

Ela bebeu mais vinho, tentando apreciar o gosto.

— Como você sabe?

— Sei que ele está na Flórida, onde seu avô está enterrado. Sei que ele entrou em contato com seu pai. E também sei que você acabou de mentir para seu pai de uma forma vergonhosa.

— E por que veio aqui me insultar?

— Para tentar salvar sua vida miserável.

TREZE

Tom saiu do carro e entrou no cemitério em uma tarde sem nuvens. Este era o lugar onde os judeus do centro da Flórida descansavam havia muito tempo. Décadas atrás, Abiram ajudara a conquistar o terreno e manter o lugar sagrado. Ficava longe de quase tudo, entre montanhas, colinas de carvalhos, fazendas de cavalo e plantações de laranja.

Tom odiava cemitérios.

Eram lugares do passado, e era melhor esquecer o seu.

Olhou para as matsevás, placas verticais arrumadas em filas mal-definidas, a maioria virada para o leste, todas em formato retangular simples com poucos elementos decorativos — círculos, cantos ornados, formas diferentes. Lembrou-se de seus estudos quando garoto. Cada pedra evidenciava a essência eterna da pessoa descansando ali embaixo. Como Alle fora responsável pelo enterro do avô, e como Abiram era uma alma intransigente, ele supunha que a filha apenas seguira estritamente o ritual.

O que significava que a placa só teria sido colocada um ano depois da morte. Durante esse tempo, Alle deveria manter a memória dele viva com visitas regulares, analisando outros túmulos e escolhendo com cuidado o epitáfio. Uma vez decidida, deveria contratar um escultor e erguer a matsevá em uma cerimônia simples.

Ele não fora envolvido em nada disso.

Apenas recebera a escritura da casa e uma breve explicação do advogado dizendo que a propriedade agora era sua. Quando finalmente viera visitar o lugar em uma tarde triste, seis meses depois da morte de Abiram, ficou parado na chuva e se lembrou do último encontro deles.

— *Vou ser batizado como cristão — dissera ele.*

— *Por quê?*

— *Michele é cristã e quer que nossos filhos sejam cristãos.*

— *Isso não exige que você abandone a nossa fé.*

Ele sacudiu os ombros.

— *Nunca acreditei em nada. Nunca mesmo. O judaísmo é importante para você, não para mim.*

— *Seus pais são judeus. Você é judeu e sempre será.*

— *Minha intenção é ser batizado na igreja episcopal. É a que Michele frequenta.*

O choque tomou conta dos olhos de Abiram.

— *Se você fizer isso, vamos romper nossa relação.*

— *Você e eu já rompemos há muito tempo. Tenho 25 anos, mas você me trata como se eu tivesse 10. Não sou um de seus alunos, sou seu filho. Mas, se você não quer mais que eu seja, então assim será.*

Dessa forma, ele deixou de ser judeu, casou-se, tornou-se cristão e teve uma filha. Ele e Abiram mal se falaram depois. Reuniões de família e feriados eram os piores momentos. Sua mãe, embora fosse devota e respeitasse o marido, não tinha conseguido se manter afastada. Ela ia à Califórnia, mas sempre sozinha. Tom e Michele, como família, nunca fizeram uma visita à Flórida. Alle passava algumas semanas com os avós durante o verão, indo e voltando sozinha. Depois que a avó morreu, as visitas se tornaram mais longas. Alle amava ficar com o avô. O ressentimento de Abiram respingou em Michele, e o relacionamento entre eles sempre foi tenso. O velho era um judeu orgulhoso, e apenas nos últimos dois anos Tom conseguira compreender um pouco dessa paixão. Ao perder o rumo da vida, ele passou a se lembrar cada vez mais do que Abiram lhe ensinara naqueles anos passados.

Quando eles ainda se falavam.

Ele fitou o túmulo.

Um pássaro gritou. *O pássaro lamentador* era como um de seus tios o chamava, por causa de seu canto que parecia humano.

Na primeira vez que viera, a placa não estava ali. Alle fizera um bom trabalho em sua criação. Alta e substancial, representando bem o homem que estava enterrado ali. Ele se abaixou e analisou as gravações, passando os dedos pelas duas elegantes letras em cima.

פנ

Po nikbar. Aqui jaz.

Notou uma figura embaixo.

Uma jarra inclinada, como se estivesse sendo servida.

Lembrou-se mais de seus estudos da juventude.

Árvores caídas marcavam pessoas que morriam jovens. Livros mostravam pessoas cultas. Um serrote indicava um artesão.

Jarros significavam que o morto era um Levita.

Tom não sabia disso a respeito de seu pai.

De acordo com a Bíblia, os levitas eram descendentes da tribo de Levi, o terceiro dos 12 filhos de Jacó. Moisés e Aarão eram levitas. Eles cantavam salmos nas cerimônias na época do Primeiro e do Segundo Templos e mantiveram esses santuários. A Torá mandava especificamente que os levitas protegessem o templo para o povo de Israel, mas sua utilidade acabou quando esses locais foram destruídos. Como uma das tarefas designadas a eles era lavar as mãos do rabino antes da cerimônia, a jarra se tornou seu símbolo. Tom sabia que os judeus ainda se dividiam em três grupos: os cohanim, a casta dos sacerdotes; os levitas, da tribo de Levi; e os israelitas, todos os outros. Costumes e leis específicos aos cohanim e levitas ainda eram uma prática. Os levitas existiam em sinagogas, embora seu papel fosse pouco mais do que honorário.

Era por isso que o símbolo estava aqui?

Um reconhecimento pelos serviços de Abiram?

Olhou para a matsevá de sua mãe.

Ele estivera presente no funeral dela, mas Abiram não falara com ele, como de costume. Tom viera mais uma vez, um ano depois, quando a pedra foi erguida, mas, de novo, não participou de sua criação. Uma menorá decorava a pedra, símbolo de uma mulher virtuosa.

E ela fora.

Ele escutou um som e se virou.

Um carro estava se aproximando do lugar onde ele estacionara, a uns 200 metros dali. Um pequeno sedã com vidros escurecidos.

Ninguém saiu.

Será que Simon o seguira até aqui?

O cemitério ficava a apenas poucos quilômetros da casa de seu pai e ninguém viera atrás dele.

Mas havia alguém ali.

Ele encarou o intruso e gritou:

— O que você quer?

Nenhuma resposta.

— Eu perguntei o que você quer.

Silêncio.

Com a coragem de um homem que nem planejara estar vivo neste momento, ele seguiu naquela direção.

O carro foi embora.

Ele o observou se afastar.

Meu Deus do Céu.

Ele se virou para o túmulo e pensou em Alle.

— Em nome de Deus, o que você fez, meu velho?

CATORZE

Béne odiava Spanish Town. Embora tenha sido a capital da Jamaica por trezentos anos e tivesse uma arquitetura encantadora na margem oeste do rio Cobre, o local se tornara um centro urbano infestado por gangues bem definidas e habitado por duzentas mil pessoas pobres. Ele raramente visitava a cidade, uma vez que seus negócios estavam ao leste, em Kingston, nas montanhas ou no litoral norte. Ele nascera e fora criado nos arredores de Spanish Town, em uma vizinhança violenta que sua família controlou até seu pai cometer o erro de matar um agente do departamento antidrogas americano. Os Estados Unidos exigiram justiça; o governo jamaicano finalmente acatou, mas seu pai teve o bom senso de morrer na prisão. A morte dele foi difícil para sua mãe, que não podia mais ter filhos. Como Béne era filho único, ela o fez prometer que nunca seguiria os passos do pai. Sua mãe era uma ativa senhora de 71 anos que até hoje não fazia ideia do que constituía o império de Béne. Ele detestava mentir para ela, mas, felizmente, também era dono de negócios legítimos — café, hotéis, minas —, para os quais podia apontar com orgulho e garantir a ela que não era um criminoso.

O que, na verdade, em seu ponto de vista, não era.

De fato, odiava criminosos.

Verdade, ele oferecia prostituição, jogos e pornografia para compradores interessados. Mas seus clientes eram homens adultos, e ele se certificava de que crianças nunca estivessem envolvidas com seus produtos. Uma vez, atirou em um homem que se recusou a parar de oferecer meninos a turistas em Montego Bay. E teria atirado em mais alguns se fosse necessário.

Podia quebrar as regras da sociedade.

Mas seguia suas próprias leis.

Estava no banco traseiro de seu Maybach 62 S, com dois de seus homens na frente, ambos armados. O carro lhe custara meio milhão de dólares americanos, mas valia cada centavo. Amava o couro de alta qualidade e o banco de trás que reclinava até quase deitar. Aproveitava-se disso com frequência, tirando cochilos entre seus destinos. O teto era do que mais gostava. Bastava apertar um botão e o vidro deixava de ser opaco e se tornava transparente.

Passaram por um conglomerado de vizinhanças, cujas fronteiras eram claras apenas para quem vivia ali.

E para ele.

Conhecia esses lugares.

A vida transbordava das lojas e casas para as ruas, formando um mar de rostos escuros. Seu pai mandara ali, mas agora uma confederação de gangues, comandadas por homens que se autodenominavam *Dons*, lutavam umas contra as outras por controle.

Por quê?

Provavelmente porque a vida oferecia-lhes poucas outras coisas satisfatórias, o que era triste. O que ele escutara muitas vezes soava como verdade: *"A Jamaica tem um pouco de tudo, mas não tem o suficiente de nada."*

Atravessaram o congestionamento; os prédios velhos, de dois ou três andares, eram tão próximos que até uma brisa teria dificuldade de passar. Quando viraram em uma rua lateral, dois homens fizeram um sinal, com os braços esticados, para o carro parar. Ambos tinham tranças no cabelo e barba selvagem. Cercaram o veículo. Camisas compridas para fora das calças escondiam as armas.

Béne balançou a cabeça e resmungou:

— *Buguyagas.*

E era exatamente o que pensava.

Vagabundos nojentos.

Desceu o vidro e perguntou:

— Precisam de alguma coisa?

Intencionalmente, evitou o patoá, que ele sabia ser a forma como eles preferiam falar. O homem do lado do carro obviamente não o conhecia e estava prestes a falar, mas o outro deu a volta e agarrou o braço do amigo, fazendo um sinal para o motorista seguir.

— O que houve? — perguntou Béne. — Não sabem falar?

Ambos trocaram alguns sussurros que ele não conseguiu escutar e saíram correndo.

Ele balançou a cabeça.

O que eles iam fazer? Roubá-lo bem aqui na rua?

— Eles têm sorte por estarmos sem tempo de atirar. Vamos.

Ele encontrou o lugar onde Felipe morava, onde as paredes eram formadas por uma colagem de tábuas velhas e latas enferrujadas. Quatro cômodos individuais estavam trancados por fora. Havia barris de água de chuva alinhados na porta — um indício de que não havia rede de esgoto, confirmado pelo forte cheiro de urina. Bodes vagavam por ali.

— Arrombe — mandou ele, e seus homens chutaram as portas improvisadas.

Dentro, o maior cômodo tinha uns 6 metros quadrados. Havia uma cama, televisão, fogão, cômoda e cesto de roupas sujas. Oitenta por cento do povo de Spanish Town e Kingston vivia nessas condições ou piores.

Fitou a cama e, exatamente como Felipe dissera, havia uma pilha de documentos antigos no chão imundo. Um de seus homens trouxe-os para ele. Outro manteve guarda na porta. Armas em punho. Os dois homens que os receberam poderiam ter alertado o *Don* local de que Béne Rowe estava na vizinhança, então talvez recebessem uma visita.

De cortesia, com certeza.

Mas ainda assim uma visita.

— Se alguém nos incomodar, tire-o daqui — ordenou ele.

Seus capangas assentiram.

Ele encontrou a escritura que o homem descrevera, de 1671, escrita em espanhol ou português, não tinha certeza, pois a tinta desbotada tornava a leitura difícil. Havia vários outros pergaminhos, todos muito amarelados, com as pontas marrons e quebradiças e na mesma língua. Conseguiu ler algumas palavras porque aprendera espanhol.

Escutou uma comoção e se virou quando uma mulher e duas meninas apareceram à porta. Seus homens tiveram o bom senso de esconder as armas. A mulher era muito escura, usava um vestido amarelo, cor-de-rosa e verde. Os pés descalços estavam sujos da poeira da rua.

— Quem você? — perguntou ela.

— Um amigo.

Ela entrou no cômodo com um olhar desafiador.

— Você invadiu?

— Foi necessário. — Ele apontou para os documentos que estava segurando. — Vim buscá-los.

— Cadê Felipe?

— Você é a esposa dele?

Ela assentiu.

— Filhas dele?

— Uma só.

Tinha uma coisa chata em matar. Alguém sempre sofria. Mas Béne não podia deixar que ninguém o fizesse de bobo. Nesta ilha, reputação significava tudo, e Felipe selou seu destino quando se vendeu.

Uma pena, porém, que essas três também fossem pagar o preço.

Colocou a mão no bolso e encontrou seu maço de dinheiro. Pegou vinte notas de cem dólares e jogou-as em cima da cama.

— Isso pra quê? — questionou ela.

— Devo ao Felipe. Pagamento.

Ela o avaliou com uma mistura de raiva e dependência que ele já vira diversas vezes. Esta mulher nunca mais veria Felipe. A criança de olhos enormes nunca mais veria o pai. Ninguém nunca saberia o que aconteceu. Felipe apodreceria em um cemitério abandonado no alto das Montanhas Azuis.

Mas esse era o destino dos mentirosos.

— Vamos embora — disse ele. — Cuide-se.

Ele andou para a porta com os documentos nas mãos.

— Ele não vai voltar, vai? — perguntou a mulher, com palavras envolvidas em preocupação e medo.

Ele decidiu ser honesto.

— Pegue o dinheiro em cima da cama. Vou mandar mais. Seja agradecida e fique em silêncio.

O rosto bruto da mulher ficou tenso e os olhos castanhos, injetados. Sua vida difícil tinha acabado de ficar ainda mais difícil.

— Toda garota procura homem pra cuidar dela. Quando encontra, é mulher e é fiel. — A voz dela estava gelada.

Ele sabia o que ela queria dizer. Os homens que ela atraía trocavam de amantes como quem troca de roupa. Ela finalmente conseguira encontrar Felipe.

Mas não havia nada que ele pudesse fazer.

Então, foi embora.

QUINZE

Alle manteve a compostura e simplesmente encarou o homem que dizia se chamar Brian.

— Você e Simon já discutiram religião? — perguntou ele.

Como se ela fosse responder.

— Quero jantar. Eu agradeceria se você fosse embora.

— Ele é um judeu ortodoxo devoto. Você não é. Como se entendem?

Esse comentário a surpreendeu. Nas várias vezes em que discutiram o judaísmo, Zachariah se mostrara reformista. O fundamentalismo o deixava enojado. Judeus ortodoxos se diziam *autênticos*, o que era um insulto, dizia ele, a todo o resto. Ela concordava. Até o século XIX, os ortodoxos dominavam. Mas isso tinha acabado. *Graças a Deus*, dissera Zachariah.

— Você não sabe o que está falando.

— O que você sabe sobre Simon? — perguntou ele. — Sobre a história da família? O pai e o avô de Zachariah eram grandes defensores de Israel. Seu dinheiro e sua influência política ajudaram a construir aquele Estado. Eles eram ultrarradicais, ligados a coisas que hoje seriam motivos de processos. Os Simon têm ligações políticas com todos os governos eleitos em Israel, sempre aliados aos conservadores.

— Isso não torna Zachariah um radical — disse ela, odiando a si mesma por discutir o assunto.

— Tenho certeza de que ele tentou convencê-la de que é algum tipo de reformista. Ele provavelmente precisa que você acredite nisso para conseguir o que quer.

O garçom voltou e colocou uma salada na frente dela.

Alle pegou o garfo.

A mão de Brian atravessou a mesa e segurou-a.

— O que você acabou de fazer com seu pai é deplorável.

Ela corou de raiva.

— Solte a minha mão.

— Ele é seu pai. Independente do que possa ter acontecido entre vocês. Mentir para ele da forma como você mentiu é imperdoável.

Ela puxou a própria mão e levantou-se. Já era ruim o suficiente ter seus arrependimentos. Não ia escutar um estranho censurá-la.

— Vá em frente — disse ele. — Vá embora. Mas saiba que isso é muito maior do que você pensa e que acabará morta.

Ninguém nunca tinha usado a palavra *morta* para se referir a ela.

— Por que você está dizendo isso?

— Você não sabe nada sobre com quem está lidando. Simon encontrou você por um motivo específico. Ele está atrás de alguma coisa.

Brian apontou para as páginas do artigo dela, que ainda estavam em cima da mesa.

— E tem alguma coisa a ver com isso.

De todos os grandes exploradores, Cristóvão Colombo é o mais enigmático. Seu nascimento, sua personalidade, sua carreira e suas conquistas são mistérios. Não existe nenhum retrato autêntico. Aqueles que aparecem nas galerias de todo o mundo foram pintados décadas depois de sua morte e entram em conflito nos aspectos mais óbvios. Sabe-se que ele se casou em 1478 e que um filho, Diego, nasceu em 1480. Ou a esposa morreu ou Colombo pegou Diego e a abandonou. Parece que ninguém sabe o verdadeiro destino dela. Depois, ele teve um relacionamento com uma castelhana que lhe deu um filho

ilegítimo, Fernando, em 1488. Durante toda a vida, ele esteve próximo aos filhos. É claro que Fernando mostrava sua herança espanhola enquanto Diego carregava sua origem italiana. Infelizmente, não existe nada que ateste onde Colombo nasceu. Ele mesmo falava pouco de si e não escreveu a respeito. Embora o dia de sua morte seja comprovado — 20 de maio de 1506 —, o ano de seu nascimento é um assunto muito debatido. O próprio Colombo disse ter sido em 1447, em uma ocasião, e em 1453, em outra. A melhor estimativa é algo entre 25 de agosto e 31 de outubro de 1451. Fernando procurou parentes do pai em Gênova, na Itália, mas não os encontrou. É claro que a tendência espanhola de sua terra natal pode ter prejudicado as investigações. A história, porém, tem uma grande dívida de gratidão com Fernando. Em sua casa às margens do rio Guadalquivir, em Sevilha, ele criou uma das maiores bibliotecas europeias. Também herdou os documentos pessoais do pai. Em seu testamento, Fernando tomou providências para garantir que a biblioteca e os documentos sobrevivessem, mas, apesar de sua precaução, a propriedade foi contestada por décadas até acabar nas mãos da catedral de Sevilha. Infelizmente, milhares de originais se perderam até que essa transferência acontecesse. O que sobrou, aproximadamente sete mil itens, é chamado de biblioteca Colombina e ainda existe na Espanha.

A história mostra que Colombo manteve registros da sua primeira viagem, o Diário de bordo. Esse relato foi apresentado para a rainha Isabel quando ele voltou, e ela própria mandou que um escriba preparasse uma cópia exata. Mas, em 1554, tanto o original quanto a cópia tinham desaparecido. Por sorte, antes que sumisse, a cópia passou pelas mãos do bispo Bartolomeu de las Casas que se baseou nela para escrever El libro de la primera navegación — ou, como é mais conhecido hoje, O diário de Colombo. Mas não temos como saber se a descrição de Las Casas é completa e precisa. Resumindo, não existe nenhum relato autêntico, original, da primeira viagem de Colombo. Pior ainda, o mapa que ele usou para guiar seu caminho também foi perdido, não tendo sido visto desde o começo do século XVI.

Também não se sabe nada sobre sua juventude. A descendência italiana não sustenta a realidade, pois ele sempre escreveu em castelhano, nunca em italiano. Não se conhece seu histórico escolar, mas era claramente culto. Fernando escreveu uma biografia afirmando que seu pai estudou na Universidade de Pavia, mas o próprio Colombo nunca mencionou o fato. Essa omissão é curiosa, uma vez que ele passou grande parte de sua vida tentando convencer os monarcas da Europa de que era qualificado para gastar o dinheiro real em uma viagem para o oeste, atravessando um oceano desconhecido. Ter formação universitária seria um excelente argumento para aumentar seu prestígio com os estudiosos das diversas coroas que avaliaram sua proposta.

Ironicamente, toda sua aventura pelo oceano foi baseada no erro de que o litoral oeste da Europa levaria para as ilhas orientais da Ásia. A crença moderna de que o povo daquela época acreditava que a Terra era plana é pura ficção. Desde os gregos, todos os marinheiros sabiam que a Terra era uma esfera. Apenas desconheciam o que havia além do horizonte ocidental, onde a vista não alcançava, onde só se via água. Na realidade, Colombo não descobriu a América, pois milhões de pessoas já viviam lá. Ele não foi o primeiro europeu a colocar os pés ali, pois os vikings já tinham realizado tal feito séculos antes. Em vez disso, foi o primeiro europeu a colocar o Novo Mundo no mapa, embora, baseado em seu ponto de vista, ele o tenha colocado na Ásia.

Desde jovem, escutei histórias sobre Colombo. Meu avô e meu bisavô eram fascinados por ele. Muitos mitos são associados a esse homem, mas nenhum mais romântico do que a ideia de que veio ao Novo Mundo com algum propósito que não fosse o lucro. La empresa de las Indias era abertamente destinada aos lucros. A ideia era descobrir e explorar. Mas alguns dizem que Colombo possuía outros motivos, que podem variar. Muito se falou sobre ele não ter levado consigo nenhum padre na primeira viagem, mas levou um tradutor do hebraico chamado Luís de Torres. A história nunca foi capaz de dar uma explicação para isso, embora aqueles que acreditavam em uma conspiração nunca tenham desistido.

Outra história que ganhou notoriedade através dos séculos e que escutei quando criança fala sobre a mina perdida de Colombo. Por volta de 1600, a Espanha havia triplicado a quantidade de ouro europeu em circulação antes da primeira viagem de Colombo. Uma história foi criada sobre como Colombo encontrou uma mina na Jamaica, mas escondeu sua localização de todo mundo, incluindo a coroa espanhola. Meu avô era fascinado por essa história e gostava de contá-la para mim, além de ter me apresentado a assinatura de Colombo.

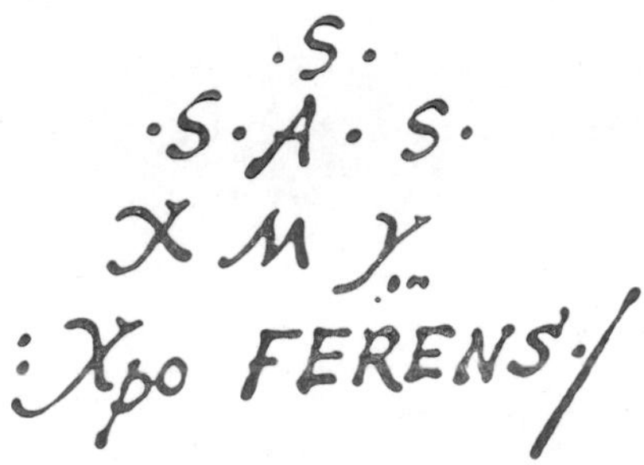

É incomum, para dizer o mínimo; um código que nunca foi decodificado. Por que ele simplesmente não assinava seu nome? Por que uma série em formato triangular de letras que não tinham quase nenhum significado? E por que o X marcado com um gancho aparece duas vezes? Meu avô sempre apontava para esse fato, mas nunca explicou seu significado. Como acontece com tantas outras coisas, apenas não conhecemos a história real. Mas é difícil não se fascinar. Sei que eu me fascinei. Tanto que o assunto Cristóvão Colombo tornou-se a base da minha vida acadêmica.

Zachariah parou de ler o artigo de Alle Becket. Pegara-o na pasta para refrescar a memória.

Por sorte, ele mantinha uma vigilância mundial relacionada a qualquer menção a Cristóvão Colombo. Alertas do Google e serviços similares o mantinham informado sobre qualquer coisa relacionada a esse assunto.

Um dia, surgiu um artigo na *Minerva.*

A maior parte do texto não trazia novidades, mas uma coisa chamou sua atenção.

O X marcado com um gancho.

Poucas pessoas no mundo relacionavam isso a Cristóvão Colombo.

Então, ele localizou Alle Becket.

Agora encontrou Tom Sagan.

Claramente estava no caminho certo.

E amanhã estaria dentro do túmulo do Levita.

DEZESSEIS

Tom entrou em casa, o único lugar do planeta onde ainda sentia um pouco de conforto. Passava a maior parte de seu tempo ali, atrás de janelas fechadas e portas trancadas. Tentara morar em apartamentos, mas não gostava da proximidade dos vizinhos. Não queria conhecer ninguém e certamente não queria que ninguém o conhecesse. Gostava da solidão, e sua casa alugada, sem nada de especial, localizada no final de uma rua no sul de Orlando, oferecia-lhe exatamente isso.

Ainda estava nervoso por causa da visita ao túmulo de Abiram.

E também por causa do carro que apareceu e sumiu.

Enquanto dirigia, seus pensamentos se voltaram para a escritura da casa que lhe fora enviada. Ela chegou pelo correio, junto com outro item mandado pelo advogado.

Um breve bilhete escrito à mão.

Precisava vê-lo de novo, então abriu a gaveta onde havia deixado o bilhete e a escritura três anos antes.

Desdobrou as páginas e leu pela segunda vez

A casa é sua. Você foi criado aqui, então deve ficar com ela. Eu nasci como um simples judeu. Minha fé e minha religião eram importantes para mim, mas não são importantes para você. Não posso dizer que compreendo isso. Infelizmente, embora tenhamos o mesmo sangue, somos estranhos. Muita vida foi desperdiçada entre nós. As coisas mudaram. É triste, mas não há como voltar atrás. Acabou. Se isso fizer diferença, sei que você não é uma fraude. Qualquer que seja a explicação para o que aconteceu, você não inventou a notícia. Quero que saiba que senti a dor da sua destruição, embora a tenha guardado para mim mesmo. Filho, guardei muita coisa para mim. Coisas que o surpreenderiam. Agora, levo esses segredos comigo para o túmulo. Por favor, entenda que sempre quis fazer a coisa mais honrada. Espero que um dia você também faça.

Nada de *Desculpas.* Nada de *Eu te amo.* Nada de *Boa sorte.* Nem mesmo um *Vá para o inferno.*

Apenas direto.

E aquela penúltima frase. *A coisa mais honrada.*

Típico de Abiram.

Arrogante até o final.

Três anos atrás, ele não entendera realmente o *"agora, levo esses segredos comigo para o túmulo".* Achara que era algum drama paterno. Já não tinha tanta certeza. Como Zachariah Simon poderia saber de alguma coisa que estava ou não dentro do túmulo? A única explicação era Alle ter lhe contado.

O que ela sabia?

Tom se aproximou da janela e olhou para fora. Não havia movimento na rua; a vizinhança mantinha sua diária letargia. Não moravam muitas crianças ali. Alguns aposentados aproveitando o sol da Flórida e a ausência de imposto de renda sobre propriedades.

Por que alguém o estava seguindo?

Simon tinha o que queria. Então, quem apareceu no cemitério?

Outra pessoa que sabia o que Abiram ou Simon fizeram? Estava pensando como um repórter de novo, com sua mente inquisitiva a mil por hora, cheia de perguntas. Afinal, ele era bom demais no que fazia. Aparentemente, tão bom que alguém decidiu destruí-lo.

Quem?

Ele sabia o suficiente.

Mas não havia nada que pudesse fazer a respeito.

Nem na época, nem agora.

Nada mesmo.

Alle fitou o artigo publicado na *Minerva*. Trabalhara nele durante semanas, mantendo o tamanho do texto dentro dos padrões de admissão da revista e montando-o em tópicos para que um público mais amplo pudesse compreender seus pontos de vista. Pagaram-lhe trezentos euros, e ela ficara exultante por ter um artigo publicado, principalmente com 25 anos de idade, recém-saída da pós-graduação. Uma rápida biografia após o artigo explicava quem ela era e fornecia seu e-mail para contato.

Foi assim que Zachariah a encontrou.

— Não há nada sinistro nesse artigo — disse ela, sentando-se de novo. — Simplesmente descreve os mistérios envolvendo Colombo.

— Ainda assim, um bilionário recluso vai atrás de você — disse Brian. — Então, convence você a enganar seu próprio pai para abrir o túmulo do seu avô?

Ela estava curiosa.

— Como você sabe?

— Você não me respondeu. O que fez com seu pai foi errado.

Ela não gostava daquela postura. Aquele homem não sabia quanta dor Tom Sagan causara a ela e à sua mãe.

— Meu relacionamento com meu pai não é da sua conta.

O olhar dele vagou pelo salão antes de se concentrar nela de novo.

— Você está sendo usada. Simon quer o que seu avô confiou que você manteria em segredo. Não se incomoda que o túmulo dele seja reaberto?

Mais do que qualquer um poderia imaginar.

Ainda assim...

— Seu avô guardava um grande segredo — dissera Zachariah. — Um segredo importante para todos nós.

— Mas abrir o caixão dele? Essa é a única forma?

— O que está com ele é vital, Alle. Ele era o Levita. Não um descendente da casa de Levi, mas o escolhido para uma missão. Um dos poucos homens, desde a época de Colombo, que soube a verdade.

— Que verdade?

Ela escutara o que ele tinha a dizer e, finalmente, concordara que abrir o caixão era a única forma.

— Judeus em todo o mundo vão agradecer a você — disse Zachariah. — O que ficou escondido por quase dois mil anos mais uma vez verá a luz. Nossas profecias estarão completas. E tudo graças a você.

Ela nunca sonhara que algum dia estaria em uma posição tão singular. Sua nova religião e sua herança adotada significavam tanto para ela quanto significaram para seu avô. Poder ajudar, de qualquer forma, seria importante.

— O túmulo precisa ser aberto — disse ela para Brian.

Ele balançou a cabeça.

— Você é uma tola. E fala de seu *pai* como um problema. Mas ele está participando *contra* a vontade dele. Você, não.

— E quem é você? Por que se importa?

— Diferente de você, tenho os pés no chão. Zachariah Simon é um extremista. E eles são um problema para todos nós.

O olhar dela passou por Brian e parou na porta da frente do café.

Rócha e Meia-noite entraram.

Brian também os viu e levantou-se.

— Hora de ir embora.

Os homens de Zachariah seguiram em frente.

Brian passou por eles.

Rócha agarrou o paletó de Brian. Dois homens sentados em outras mesas se levantaram na mesma hora; obviamente estavam com Brian. Rócha pareceu avaliar a situação e soltou-o.

— Muito bem — disse Brian para Rócha, e ele e seus dois companheiros saíram.

— Quem era? — perguntou Alle a Rócha.

— Responda você. Era você quem estava jantando com ele.

— Ele não pediu licença. Disse que se chama Brian.

— Você deve ficar longe dele.

Isso a deixou interessada.

— Por quê?

O rosto bronzeado de Rócha mostrou sinais de irritação.

— Precisamos ir.

— Vou ficar.

Ele agarrou o braço dela. Com força. Levantando-a da cadeira.

— Tire suas mãos de mim ou vou gritar.

— Precisamos ir — disse ele, com um tom de voz mais suave. — É para a sua segurança.

Ela podia perceber que Rócha estava falando sério.

— Quem era aquele cara? — perguntou de novo.

— Um problema do qual o Sr. Simon deve saber imediatamente.

Tom se deitou na cama, totalmente vestido. Esta manhã, decidira morrer. Agora, precisaria ver um cadáver.

Que reviravolta.

— Ele vai voltar atrás — disse Michele. — Ele é seu pai. Ele ama você. Vai entender que você tem de fazer as suas próprias escolhas, mesmo quando se trata de religião.

— Você não conhece Abiram. Ele fez a escolha dele. Agora é a minha vez. Preciso dar o próximo passo.

— Por que você o chama pelo primeiro nome? Ele é seu pai.

— É assim desde a faculdade, quando começamos a nos afastar. Isso me dá uma sensação de... distância.

— Ele ainda é seu pai.

Ele sacudiu os ombros.

— Para mim, ele é apenas Abiram.

Ela o abraçou.

— Não concordo com a forma como as coisas aconteceram, mas amo você por fazer isso. Abrir mão da sua fé é algo importante.

— Se deixa você feliz, então eu fico feliz.

Ela o beijou.

Eles estavam casados havia menos de um ano.

— Tenho uma notícia — disse ela.

Ele olhou dentro dos seus olhos.

— Você vai ser pai.

Oito meses depois, Alle nasceu. Que criança linda. Durante os primeiros anos de vida, ela era o mundo para Tom; então, o mundo começou a significar mais. A duração de suas viagens foi aumentando até chegar uma época em que passava mais tempo longe do que em casa. Tentações começaram a aparecer, e ele sucumbiu. No que estava pensando? Exatamente. Ele não estava pensando.

E Abiram. Um Levita?

Ele se lembrava de Deuteronômio, a bênção de Moisés aos israelitas.

*Levi disse a seu pai e a sua mãe: Nunca os vi; e não conheceu a seus irmãos, não estimou a seus filhos, pois guardaram a Tua palavra e observaram a Tua aliança. Ensinaram os Teus juízos a Jacó, e a Tua lei a Israel. Puseram incenso no Teu nariz, e o holocausto sobre o Teu altar.**

Era impressionante ainda se lembrar das palavras, mas Abiram fora rígido em seus ensinamentos. Também se lembrava de que, depois do pecado do Bezerro de Ouro, quando os israelitas adoraram um falso ídolo, os Levitas, que se abstiveram de tal ato, foram escolhidos para manter o templo.

Mas o que tudo isso tinha a ver com Abiram?

Nunca ninguém da família mencionou que suas raízes judaicas vinham dos Levitas.

Até Tom chegar ao ensino médio, ele e Abiram eram próximos. Ser filho único tinha uma vantagem — e desvantagem: a constante

---

*Tradução retirada de Bíblia On-line. Deuteronômio 33:9, 10. (*N. da T.*)

atenção dos pais. Durante sua adolescência, eles começaram a se afastar. A distância aumentou na faculdade. Conhecer Michele e se apaixonar finalmente confirmou o que ele já sabia.

Ele não era judeu.

Independente de seu nascimento, herança, costume ou missão.

Isso não significava nada para ele.

Sua mãe tentou lhe convencer do contrário. Talvez ela soubesse o que o marido faria. Mas Tom não se deixou convencer. Então, renunciou ao seu direito de primogênito e, para agradar a esposa, se tornou cristão. Durante alguns anos, ele, Michele e Alle foram às missas episcopais. Isso aconteceu cada vez menos, conforme ele viajava cada vez mais. Acabou percebendo que o cristianismo também não significava nada para ele. Simplesmente não era religioso.

Acrescente isso como mais um fracasso.

— *Faça as pazes com seu pai* — *disse Michele.*

— *É tarde demais.*

— *Eu estou fora da jogada. Estamos divorciados. Ele deve estar feliz.*

— *As coisas não são simples assim com Abiram.*

— *Ele nunca gostou de mim, Tom. Nós dois sabemos disso. Ele se ressentia por você ter sido batizado e me culpava. Ele só se importa com Alle. Só com ela.*

Talvez não, pensou ele.

Talvez ele se importasse com alguma coisa que ninguém nunca soube.

Filho, guardei muita coisa para mim. Coisas que o surpreenderiam. Agora, levo esses segredos comigo para o túmulo.

DEZESSETE

Zachariah estava pronto para descansar. Amanhã poderia ser o dia pelo qual esperara toda a sua vida. Será que encontrara o Levita? O guardião do segredo? Finalmente?

Colombo fora um guardião inteligente, era preciso admitir.

Em 1504, o Almirante do Oceano voltara para a Espanha após a sua quarta e última viagem e passara os dois anos seguintes tentando forçar Fernando e Isabel a honrarem suas promessas. Em 1506, ele morreu e seus filhos assumiram a causa. Quando eles morreram, sobrou para uma de suas viúvas finalmente conseguir fazer um acordo com a coroa que desse à família Colombo total controle sobre a Jamaica pelos próximos 150 anos.

Luís de Torres, intérprete de hebraico que viajou com Colombo, nunca voltou para a Europa.

Ele ficou.

E por uma boa razão.

Seu nome verdadeiro era Yosef Ben Ha Levy Haivri — José, filho de Levi, o Hebreu —, tornando-o a primeira pessoa com origem judaica a se estabelecer no Novo Mundo. Ele tinha sido forçado a se converter ao cristianismo para poder fazer a viagem, mas, como tantos outros conversos, continuou sendo judeu por toda a vida. A história gostava de subestimar o fato de que De Torres foi, muito provavelmente, a primeira pessoa a desembarcar em Hispaniola em outubro de 1492. Como era o intérprete da expedição, ele teria sido o primeiro a confrontar os nativos. Que pensamento incrível. As primeiras palavras faladas no Novo Mundo foram provavelmente em hebraico.

Alguns historiadores acreditam que De Torres morreu em 1493, em Hispaniola, sendo um dos 39 homens deixados lá por Colombo no final da primeira viagem, no assentamento chamado La Navidad. Todos esses homens foram massacrados pelos nativos antes que Colombo voltasse, meses depois, na segunda viagem.

Mas De Torres não morreu.

Ele protegeu três arcas que cruzaram o Atlântico com Colombo na primeira viagem e foram enterradas para ficarem seguras.

Foi a primeira pessoa, chamada Levita, incumbida dessa missão.

E houve uma sucessão de outros desde então. Todos eles guardando o segredo, permanecendo na obscuridade.

Até Abiram Sagan.

Finalmente, um erro.

Sagan contara coisas para a neta. Sem importância para ela e para 99 por cento do resto do mundo.

Mas não para Simon.

Quanto mais os Levitas se esforçavam para manter o segredo, mais os Simon se esforçavam para expô-lo. Seu pai e seu avô fizeram pesquisas, descobrindo algumas coisas em documentos antigos, principalmente encontrados em um arquivo perdido. Eles queriam dar ao novo estado de Israel um presente magnífico, devolvendo o tesouro do templo, mas ambos fracassaram. A história era importante, dizia seu pai. Graças a Deus existia a internet. Esse recurso não estava disponível antes de sua geração. Ali, ele conseguiu descobrir o erro de Abiram.

Agora, ele exploraria esse erro.

Deitou-se.

Seu telefone tocou e ele verificou o nome no visor. Rócha.

— O que houve?

Ele escutou enquanto seu assistente contava sobre Alle Becket e o que tinha acontecido no café em Viena.

— Era ele — afirmou Rócha. — Brian Jamison. Ele está aqui.

Isso significava problemas.

Simon passara os últimos meses paparicando Alle Becket, escutando as suas baboseiras progressistas e pensando que ela incorporava tudo que havia de errado no estado atual do judaísmo. Ela era tão ingênua que chegava a ser burra. Mas o contato inesperado de Brian Jamison sinalizava um problema.

Simon não podia se dar ao luxo de cometer erros.

— Onde ela está agora? — perguntou a Rócha.

— Voltou para o apartamento. Estou vigiando.

— O que ela disse que aconteceu?

— Ele apareceu. Sentou-se sem pedir licença. Ela mandou que fosse embora algumas vezes, então nós aparecemos.

— Ela não revelou nada?

— Disse que não.

Mas ele ficou na dúvida.

Brian Jamison trabalhava para Béne Rowe. Estava para Rowe como Rócha estava para Simon. O fato de Jamison aparecer em Viena e entrar em contato com Alle era uma mensagem clara de que seu sócio jamaicano estava bem-informado e irritado.

Ele vinha ignorando Rowe.

Mas Rowe não o vinha ignorando.

Por sorte, ele e Rócha tinham discutido planos de contingência antes da viagem para a Flórida. Uma dessas contingências dizia respeito ao que aconteceria com Alle Becket quando não fosse mais útil.

— Faça como concordamos. Não deixe pistas.

— Ela pode não cooperar.

Ele sabia o que Rócha queria dizer. *Considerando o que aconteceu no vídeo.*

— Vou garantir que ela coopere; me dê uma hora. Mais uma coisa: depois da sua atuação de hoje, não faça as coisas com as suas próprias mãos. Ela não irá a nenhum lugar com você. Use outra pessoa.

E ele desligou.

Alle estava furiosa e confusa. Rócha a seguira até o apartamento, tendo Meia-noite logo à frente. O homem que dizia se chamar Brian tinha sumido, mas seu aviso não saía de sua cabeça. Rócha lhe perguntara o que acontecera, e ela dissera a verdade.

Quase toda.

— *Zachariah Simon é um extremista. E eles são um problema para todos nós.*

Como podia ser? Zachariah parecia tão genuíno. Tinham passado bastante tempo juntos. Havia uma diferença de trinta anos entre eles, mas ela o achava interessante e charmoso. A não ser por alguns elogios, que também pareceram sinceros, ele se mostrou um perfeito cavalheiro e se mantinha concentrado nos negócios. Não que ela se incomodaria se ele tivesse tentado alguma investida. Ele não fora nada além de aberto e honesto em todas as discussões, sem o menor sinal de fingimento. Parecia realmente se importar com a religião deles.

Alle ficou sentada no apartamento de três cômodos, com as janelas abertas para o ar frio noturno. Viena era fascinante após o escurecer, e o ângulo lhe proporcionava uma vista impressionante do telhado da catedral de São Estevão, onde a luz refletia nas telhas padronizadas.

Ela pensou em Mount Dora, lembrando-se de todos os verões que passou com seus avós. Um lugar tão pitoresco, com suas alamedas contornadas por árvores, postes de luz vitorianos, parques, lojas e galerias. Em uma época posterior, viu como a cidade se parecia com a Nova Inglaterra, com um terreno montanhoso demais para o centro da Flórida. Avenidas numeradas de leste para oeste desciam na direção do lago Dora — cidade e lago receberam o nome em homenagem a Dora Ann Drawdy, a primeira moradora dali. Alle sempre tivera fascinação por Drawdy, lendo sobre ela e escutando as histórias do povo local.

Mulheres fortes e independentes a interessavam.

Considerava-se uma mulher desse grupo, assim como sua mãe fora.

Seu laptop apitou, mostrando que um e-mail tinha chegado. Aproximou-se da mesa e viu uma mensagem de Zachariah.

Está tudo bem aqui, mas preciso da sua ajuda. Viajaremos bastante na próxima semana, então você poderia arrumar suas malas? Rócha providenciará que a levem para o aeroporto. Imagino que você tenha ficado chateada com o que aconteceu durante o vídeo. Também fiquei e conversarei com Rócha. Seu voo sai daqui a três horas, com uma conexão em Nova York. Estarei no aeroporto de Orlando esperando por você amanhã à tarde. Peço desculpas por avisá-la em cima da hora, mas explicarei assim que chegar. Cuide-se.

Ela imaginou o motivo de tanta urgência, mas, na verdade, preferia mesmo ir embora. Rócha fora longe demais. Sem mencionar Brian, que aparecera do nada. Ela se sentiria mais segura com Zachariah. Ainda assim, queria saber uma coisa, então resolveu escrever de volta.

Um homem chamado Brian entrou em contato comigo hoje. Rócha me aconselhou a ficar longe dele, dizendo que representava algum tipo de ameaça, mas não explicou. O que está acontecendo?

A resposta chegou rápido.

Ele me informou. Há pessoas que querem impedir o que estamos tentando fazer. Sempre houve pessoas assim. Para sua segurança, será melhor ficar comigo. Explicarei tudo quando você chegar.

Ela decidiu não pressionar e começou a arrumar as suas coisas.

Chegara em Viena um mês atrás, vinda da Espanha com apenas algumas roupas, sem esperar ficar muito tempo. Seu guarda-roupa de verão não era exatamente apropriado para a Áustria, por isso Zachariah a levara para fazer compras. Ela se sentira um pouco desconfortável com aquela generosidade, mas ele a tranquilizara dizendo que era o mínimo que podia fazer.

— *Considere isso uma compensação por todo o seu trabalho* — *dissera.*

— *Não fiz nada.*

— *É aí que você se engana. Você fez muita coisa.*

Aquele dia em Viena com Zachariah fez com que se lembrasse de outro, anos atrás, quando tinha apenas 11 anos. Seu pai, ao menos uma vez, estava em casa e levou-a ao shopping. As aulas começariam em duas semanas, e ele quisera estar por perto enquanto ela escolhia as roupas novas. Eles passearam por lojas, procurando nas araras e balcões e experimentando peças. No final, foram embora com muitas sacolas cheias.

Um daqueles dias mágicos do qual ela nunca se esqueceria.

Pai e filha.

O que tinha acontecido com eles?

Como algo tão natural pode ter se transformado em algo tão feio?

Ela não queria odiá-lo, mas passara a acreditar que precisava fazê-lo. Era sua forma de evitar ser magoada, porque havia mais lembranças ruins do que boas.

E ela simplesmente não *gostava* nem confiava no seu pai.

Zachariah?

Ela não apenas gostava dele como não tinha razão para duvidar dele.

Então, continuou arrumando a sua mala.

DEZOITO

Béne estava perturbado após seu confronto com a viúva de Felipe. Ele nunca esqueceria o olhar dela — distante, mas penetrante. Mas Felipe o entregara e quase colocara tudo a perder. E, se Béne tivesse confiado exclusivamente nesse agente duplo para dar-lhe informações precisas, não saberia praticamente nada sobre o que Zachariah estava fazendo. Por sorte, ele não cometera esse erro. Aprendera muito tempo atrás o valor de um espião, principalmente um que pudesse testemunhar tudo. Mesmo assim, ainda não tinha certeza do que Simon estava procurando.

Supostamente, era a mina perdida de Colombo.

Mas ele tinha suas dúvidas.

Os documentos que pegara na casa de Felipe poderiam ajudar a responder às suas perguntas. Para decifrá-los, procurou um homem em quem realmente confiava, e havia poucos no mundo.

Seus homens dirigiram por alguns quilômetros para leste de Spanish Town e atravessaram o terrível trânsito de Kingston até a Universidade de West Indies, a melhor da Jamaica. Ele se formara ali quase vinte anos antes e se recordava com carinho da sua época no campus. Enquanto muitos de seus amigos entraram para gangues ou permaneceram desempregados, ele ansiara por receber educação. Não era o melhor aluno, mas era dedicado, o que agradava a sua mãe. Gostava especialmente de história. Percebeu cedo que nunca seria um líder político — a reputação de seu pai era um obstáculo grande demais —, mas isso não significava que ele não poderia fazer a diferença. Atualmente, controlava quase um quarto do parlamento nacional e a maioria dos ministros. Seu dinheiro era valorizado, assim como sua postura adequada. A Jamaica era dividida em 14 paróquias, e ele era influente em todas aquelas importantes para os seus negócios. Tornara-se uma pessoa respeitada pelos ricos e pelos pobres. Também era temido, o que não era necessariamente ruim.

O guarda da universidade autorizou a entrada de seu carro com um sorriso.

O homem que viera encontrar estava esperando por ele perto do campo de rúgbi, onde alunos jogavam uma disputada partida entre times da própria universidade. Ele amava o esporte e jogara quando estudava aqui. O time atual estava no topo da liga intercolegial. Ele era um grande patrocinador da universidade, ajudando tanto a parte acadêmica como os esportes.

O professor Tre Halliburton era chefe do Departamento de História e Arqueologia. Tinha cabelos louros, rosto quadrado, lábios comprimidos e olhos inteligentes. Não nascera na ilha, mas adotara a Jamaica como seu novo lar. Béne o conheceu em uma reunião da universidade, alguns anos atrás, e começaram uma amizade. Halliburton conhecia a reputação do amigo, assim como fazia a maior parte da administração da universidade, mas Béne nunca tinha sido preso, muito menos condenado, por nada. Boatos eram apenas boatos. A realidade era que a universidade gostava do dinheiro de Rowe, e Béne gostava de doar seu dinheiro para eles.

Saiu do carro já no final da tarde. Na Jamaica, o tempo estava sempre igual, sendo inverno ou verão. Ou pouco quente ou muito quente, nada mais. Já eram quase seis horas; o sol começava a se esconder atrás das Montanhas Azuis ao norte de Kingston. Béne precisava seguir naquela direção logo, pois lhe esperavam em casa para jantar.

— Béne, você esteve na selva hoje — disse Halliburton para ele.

Suas roupas estavam encharcadas de suor, e ele ainda exalava o fedor da casa de Felipe.

— Estive ocupado, meu amigo. — Ele levantou os documentos. — Preciso que dê uma olhada nisso para mim.

Usou o inglês correto. Nada de patoá aqui.

O professor folheou os pergaminhos, fazendo uma leitura dinâmica.

— Um achado e tanto, Béne. São originais espanhóis. Onde você conseguiu?

— Não pergunte — disse ele, terminando com um sorriso.

— Os espanhóis mandaram nesta ilha por 150 anos — afirmou Tre. — Quando foram embora, em 1655, enterraram a maioria de seus documentos, achando que voltariam. É claro que nunca voltaram, e é por isso que temos tão poucos relatos escritos daquela época.

Béne entendeu a mensagem, mas não se importou.

— Presumo que você queira que eu lhe diga o que eles falam — disse Tre.

— Ajudaria. Parece espanhol, mas não consegui ler quase nada.

Ele observou enquanto o acadêmico analisava os escritos, colocando-os em certo ângulo para que a fraca impressão fosse iluminada pelo sol. — É castelhano. Essa língua mudou muito desde o século XVI. Você sabe que esses pergaminhos não deviam estar expostos à luz do dia.

Béne também não estava preocupado com preservação.

— O que são esses papéis?

Tre sabia sobre seu interesse pela mina perdida.

Eles conversaram sobre o assunto muitas vezes.

— É incrível, Béne, mas talvez você realmente tenha encontrado alguma coisa.

Extremistas de ambos os lados fora de controle

Tom Sagan, *Los Angeles Times*

Hebron, Cisjordânia — Ben Segev mora em uma humilde casa nos arredores da cidade, com sua esposa e dois filhos. Segev é americano, natural de Chicago, e trabalhava em um banco de investimentos. Agora, ele se autoproclama um guerreiro.

— Nós vamos expulsar esses árabes malditos da terra de Israel — diz Segev. — Se o governo não se livrar desse lixo, nós faremos o serviço.

A casa é um arsenal. Armas automáticas. Munição. Explosivos. Neste dia, Segev leva oito compatriotas para as montanhas, onde treinarão para a guerra que se aproxima.

— Uma pequena faísca é suficiente para criar um incêndio aqui — diz um dos colonos. — Esta cidade é amaldiçoada.

Hebron é uma cidade antiga, disputada há milênios, onde, acredita-se, o profeta Abraão foi enterrado. Atualmente, 450 judeus extremistas vivem entre 120 mil palestinos. Por séculos, árabes e judeus viveram em paz aqui, mas um massacre, em 1929, resultou na morte de mais de sessenta judeus. Os britânicos, que governavam o que era a Palestina na época, reassentaram os judeus restantes em outro lugar. Em 1967, depois que Israel retomou a Cisjordânia, os judeus voltaram. Mas os que voltaram eram extremistas ideológicos. Para piorar, políticas governamentais árabes encorajaram mudanças para a Cisjordânia. Os israelenses, então, reivindicaram seu direito bíblico pela cidade e exigiram que os árabes fossem embora. Então, em 1997, o exército israelense se retirou de oitenta por cento da cidade e cedeu o controle para a Autoridade Palestina. O território restante ficou para os colonos. Muitos, como Segev e seus colegas, estão agora se preparando para o combate.

— É uma tragédia anunciada — diz Segev. — E nenhuma autoridade parece disposta a ajudar.

Nas montanhas, longe das cidades, sob o céu azul, eles praticam carregando e descarregando rifles automáticos. Explica-se como maximizar cada disparo, tendo como objetivo matar o máximo possível com o menor número de balas.

— Mire o meio da multidão — ensina Segev. — É o maior alvo, com menos chance de erro. Continue atirando até que todos estejam caídos. Depois, siga para o próximo alvo. Nada de misericórdia. Isso é uma guerra e eles são os inimigos.

Os temores de Segev não são injustificáveis. Em praticamente todos os dias do último ano, a colônia dele foi alvo dos tiros de franco-atiradores palestinos. Violência contra os colonos judeus é comum. Pelo menos trinta foram mortos por atiradores palestinos. As autoridades do governo árabe não fazem quase nada para impedir os ataques. Finalmente, em resposta, Israel ordenou um cerco a trinta mil palestinos, cujas casas circundam a colônia, com vigilância de 24 horas. O cerco proíbe os palestinos de saírem de suas casas até para ir ao médico ou à escola, prendendo os que saem. Duas vezes por semana, eles cessam o cerco durante algumas horas para que os moradores possam fazer compras.

— Isso funcionou — afirma Segev. — Por um tempo.

Depois, centenas de tropas israelenses, com o apoio de dezenas de tanques e buldôzeres, invadiram Hebron e destruíram prédios identificados como sendo os usados pelos franco-atiradores palestinos. Mas os ataques recomeçaram alguns dias depois.

Segev e seus homens continuam se preparando.

— Nós nos sentimos abandonados pelo governo de Israel — diz um colono que não quis se identificar. — Estamos determinados a livrar a Cisjordânia dos árabes.

Nenhum deles se considera um voluntário. Oficiais israelenses e palestinos confirmam que existem problemas de extremismo em ambos os lados. Atos extremistas por parte de judeus já aconteceram antes. Em 1994, o colono americano Baruch Goldstein matou 29 árabes em uma mesquita. Em 1995, um radical de direita fanático assassinou o primeiro-ministro Yitzhak Rabin. Porém, a recente onda atua com mais frequência, confirmou um oficial israelense, e Hebron se tornou o epicentro dessa violência. Mas quão sério é o problema?

— Não é tão ruim quanto você pensa — afirmam os analistas da Universidade de Tel Aviv. Eles estimam que apenas dez por cento dos 177 mil colonos na Cisjordânia e em Gaza são extremistas. — Mas essa minoria se vê como guardiã de Hebron, considerada por muitos como a segunda cidade mais sagrada do judaísmo, depois de Jerusalém.

Embora alguns milhares de soldados e policiais israelenses estejam lá para protegê-los, eles não acham que isso seja suficiente.

Segev e seus amigos terminam o trabalho e zombam dos grupos defensores de direitos humanos que dizem que os colonos costumam provocar violência. Mas os policiais palestinos contam outra história. Diferente dos palestinos, os colonos são livres para sair de casa quando bem entendem. Existem relatos de que extremistas saqueiam regularmente lojas palestinas enquanto os moradores, que são obrigados a ficar dentro de casa, podem apenas assistir. Mahmoud Azam, 67, é palestino. Seu quiosque foi saqueado três vezes. Ele também foi atingido nas costas por um tijolo e levou vários socos. Sua loja está fechada agora e ele sobrevive de esmolas de comida e dinheiro.

— Se eu pudesse, lutaria contra eles — diz Azam. — Não podiam ter tirado nossas casas.

Mas os colonos discordam.

— Queremos que Israel retome o controle dessa área — afirma Segev ao jogar as armas no carro. — Israel precisa reocupar toda a região de Hebron. Até isso acontecer, tomaremos ações preventivas para impedir o fogo palestino. — A paixão de Segev fica clara em sua declaração. — O povo está extremamente descontente com os tiroteios diários, assassinatos e ataques pelos palestinos. O povo daqui se sente abandonado pelo governo. Se não lutarmos, morreremos.

Tom abaixou o artigo. Ele ficava guardado em sua carteira havia oito anos.

Uma lembrança do fim.

— Quem foi sua fonte para esse artigo? — perguntou sua chefe. — Por favor, me diga que há mais aqui do que foi descoberto.

Robin Stubbs não era apenas sua editora, era uma amiga. Quando as alegações contra ele começaram a aparecer, ela ficou ao seu lado. Quando um comitê de antigos editores e repórteres do Los Angeles Times *se reuniu para investigar, ele ficou feliz. Não tinha nada a esconder.*

Mas as provas o traíram.

— A única coisa que posso dizer é que o comitê descobriu que está errado. O artigo é verdadeiro.

— Não é suficiente, Tom. Sua fonte, Segev, não existe. Os israelenses procuraram. Nós procuramos. O palestino, Azam, já estava morto havia mais de um ano quando você supostamente o entrevistou. Isso é fato. Vamos lá. Diga o que está acontecendo aqui.

O comitê revisou todas as 1.458 matérias que ele escrevera para o Los Angeles Times durante os 19 anos em que exerceu seu cargo. Nada levantou qualquer suspeita, exceto uma: "Extremistas de ambos os lados fora de controle."

— Eu aprovei o uso do "colono anônimo" e outras fontes não identificadas — disse Robin. — Levei as políticas do jornal até o limite. Mas agora é o meu que está na reta, Tom. Essa matéria é mentira. Nada nela é verdadeiro. Não há colonos preparando um ataque. Nenhuma conspiração em massa. Claro, tem muita violência naquela área, mas não na extensão que você relatou.

Ele mesmo fizera todas as entrevistas cara a cara. Seus relatórios de gastos provavam que ele realmente tinha estado nos locais especificados.

Mas isso não era suficiente.

— Estou lhe falando, Robin. Eu falei com Azam dois meses atrás.

— Ele estava morto, Tom.

Uma foto de Mahmoud Azam exibida para ele era compatível com o homem com quem conversara durante uma hora em Hebron.

Mas aquele homem não era Azam.

— Anos atrás, eu lhe disse para gravar suas entrevistas — disse Robin.

Mas ele odiava gravações. As fontes eram muito mais receptivas sem uma máquina entre eles, e aquelas que insistiam em ser gravadas eram geralmente suspeitas.

— Você tem as minhas anotações — disse ele, como se isso fosse suficiente.

— Elas também são falsas.

Não, não são. Elas detalhavam precisa e exatamente o que lhe disseram. Mas isso não importava se ninguém acreditava nele.

Sua credibilidade como repórter fez com que a matéria crescesse e fosse distribuída por agências de notícias de todo o mundo. O resultado foi uma *interrupção em uma nova rodada de conversas pela paz, que estava obtendo progressos. O governo palestino, em um raro passo, abriu seus arquivos e permitiu que Israel verificasse que a pessoa que supostamente deu a entrevista — Mahmoud Azam — já estava morta havia muito tempo. Israel também colaborou e permitiu que oficiais palestinos estivessem presentes enquanto eles procuravam por Ben Segev, que nunca foi encontrado.*

A conclusão era inevitável.

O repórter aparentemente inventou a história toda.

— Tom — disse Robin, em voz baixa —, você não é o único que vai ser prejudicado com isso.

Ela trabalhava havia mais de duas décadas no Los Angeles Times, *chegando a editora de assuntos internacionais. Era respeitada no meio e seu nome tinha sido cogitado para o cargo de editora executiva. Ela sempre o defendera.*

Confiara nele.

Ele sabia disso.

— O comitê verificou, sem deixar a menor sombra de dúvida, que a matéria foi fabricada. Você pode provar que eles estão errados?

Junto com a pergunta, havia uma súplica.

Não, ele não podia.

Ele a fitou.

O segundo marido a deixara havia pouco tempo. Não tinha filhos. Apenas dois cachorros, um gato e uma carreira no Los Angeles Times.

Que acabou.

Um mês depois que Tom foi demitido, Robin pediu demissão.

Ele não tentou entrar em contato com ela. O que diria? *Desculpe-me? Está tudo errado? Eu não fiz isso?*

Quem acreditaria?

Suas quatro indicações e o prêmio Pulitzer que ganhou foram revogados; seu nome foi riscado dos registros oficiais. Todos os seus outros prêmios como jornalista, aqueles para os quais foi apenas indicado e aqueles que ganhou, foram retirados. O jornal colocou um aviso em todas as suas matérias on-line, garantindo que, embora ele tivesse escrito 1.457

matérias corretas, aquela em questão fosse seu legado. Outros jornais continuaram suas investigações, atacando Tom e seus editores por suas políticas negligentes e gerenciamento relapso.

Principalmente Robin.

Que Deus a ajude.

Foi um golpe. Por incrível que pareça, ela conseguiu um emprego em um pequeno grupo de jornais comunitários, mas seu nome sempre seria associado ao escândalo. Tom sempre se perguntava como ela estaria.

Será que ela choraria a sua morte?

Ele fitava o teto do quarto. Do lado de fora, a luz do dia enfraquecia. Ele deveria dormir, mas muitos fantasmas tinham vindo visitá-lo. Mais do que ele poderia esperar. Sua filha. Abiram. Sua ex-chefe. O passado.

Mesmo assim, só uma pergunta importava.

Quando devolvessem a sua arma amanhã, e depois que tivesse certeza de que Alle estava bem, ele terminaria o que tinha começado?

Alle carregou sua mala até um carro que a esperava.

— Tem certeza de que não quer ficar? — perguntou Rócha, com um sorriso nojento. — Nós mal conversamos.

Ela colocou a mala no porta-malas aberto e quis saber uma coisa.

— Você estava me seguindo? Como sabia onde eu estava?

— Eu estava fazendo o meu trabalho. Que é proteger você.

— Proteger-me de quê?

Ele apontou um dedo para ela.

— Você é uma mulher muito inteligente. Acha que, se me fizer perguntas suficientes, vou responder. O Sr. Simon me disse que vai conversar com você quando estiver na Flórida. Meu dever é levá-la em segurança até o aeroporto e não responder a perguntas. — Rócha abriu a porta para ela entrar. — Esse homem a levará.

Ela viu Meia-noite atrás do volante e fez uma careta.

— Nenhuma outra pessoa pode me levar? — perguntou ela.

— O quê? Ainda está chateada? Ele estava interpretando um papel, como você. Só isso. Agora, deve se apressar. Seu voo sai daqui a duas horas e meia. Pegue a sua passagem no balcão da Lufthansa.

Ela passou por ele, entrou pela porta e fechou-a.

— Um beijinho antes de ir? — sugeriu Rócha pela janela aberta.

Ela juntou coragem e levantou um dedo.

— Acho que não. Boa viagem.

O carro desceu a rua estreita, entrando em uma avenida no final. Ali, Meia-noite virou à esquerda e eles seguiram para o aeroporto.

DEZENOVE

Zachariah não conseguiu mais dormir. A situação com Alle Becket tinha levantado muitas preocupações. Béne Rowe era muito mais inteligente do que ele podia imaginar. Por sorte, assim como fez com Tom Sagan, ele investigara o jamaicano.

Uma personalidade e tanto.

Sua mãe era parte taino, parte africana, com raízes que remetiam aos escravos importados para trabalhar nas plantações. Filho de um africano, Béne era um descendente de escravo jamaicano tão puro quanto possível, considerando toda a miscigenação que ocorreu. Os pais de Rowe eram *maroons*, seus ancestrais escravos foram fugitivos que se organizaram nas montanhas e travaram tantas batalhas contra os donos das plantações que o Reino Unido finalmente decidiu estabelecer a paz.

Ele estudara os *maroons*, para tentar compreendê-los. Os primeiros escravos foram trazidos para a Jamaica pelos espanhóis em 1517 para complementar a mão de obra dos nativos tainos, que estavam morrendo. Os africanos se tornaram vaqueiros, caçadores e agricultores, tendo uma vida semilivre. Eles se acostumaram à terra e se familiarizaram com a mata fechada. Os espanhóis e ingleses lutaram durante anos, e os africanos se uniram aos espanhóis. Em 1660, os espanhóis deixaram a ilha para sempre, mas os africanos permaneceram, tornando-se os primeiros *maroons*. O governador inglês da época previu que um dia eles se tornariam um grande problema.

E estava certo.

Ao controlarem o interior da Jamaica, todo colonizador que se arriscou longe do litoral pagou um preço.

Mais escravos chegaram conforme a cana-de-açúcar prosperava. As revoltas eram comuns, e muitos africanos fugiram para as montanhas para se juntar aos que já estavam lá. Fazendeiros ingleses queriam que os *maroons* fossem exterminados. Houve uma primeira guerra *maroon* em 1731, e uma segunda em 1795, resultando em centenas de deportados. Apenas poucas famílias sobreviveram a essa limpeza, permanecendo em suas aldeias na montanha.

A família Rowe foi uma dessas.

Béne significava "terça-feira" em *maroon*, o dia da semana em que ele nasceu, seguindo a tradição dos nomes. Rowe era o nome de um inglês, dono de uma fazenda. Mais uma vez, isso não era raro, explicava o relatório sobre o passado dele. Rowe odiava seu sobrenome, algo que fazia com que se lembrasse todos os dias do que seus ancestrais tinham passado. Embora a escravidão tivesse acabado na Jamaica em 1834, sua lembrança ainda a assombrava. A ilha era a última parada na rota dos navios mercantes da África, que começava na América do Sul, seguindo para a parte mais baixa do Caribe e, finalmente, a oeste para a Jamaica. Os melhores e mais obedientes africanos já tinham sido comprados e despachados quando os escravos ancoravam no porto de Kingston. O resultado foi uma população de negros agressivos, alguns audaciosos o suficiente para fugir e lutar contra seus antigos donos. Em nenhum outro lugar do ocidente isso aconteceu com tanto sucesso.

Béne Rowe é um produto direto dessa dinastia de rebeldes. Seu pai fora um gângster esperto o suficiente para envolver a família na produção do café das Montanhas Azuis. Béne era um homem de negócios sagaz, dono de resorts por todo o Caribe e dos direitos de exploração de várias minas de bauxita jamaicanas, que lhe rendiam milhões de dólares vindos de empresas americanas. E tinha também o direito de exploração de uma propriedade nas Montanhas Azuis, na qual empregava quase mil pessoas. Era um homem sem vícios. O que era surpreendente, considerando que vendia tantos deles. Tinha horror a drogas e bebia apenas moderadas quantidades de vinho e rum. Não fumava e não havia mulheres na sua vida além de sua mãe. Não tinha filhos, nem ilegítimos.

Sua única obsessão parecia ser a mina perdida de Colombo.

Que foi o que os uniu.

Em sua primeira viagem pelo Atlântico, Colombo comandou três navios carregados com comida e água suficiente para um ano. Ele também levava equipamento náutico, bugigangas para escambo, todo o almoxarifado do navio e três arcas de madeira sem nenhuma marcação. Foi preciso arranjar espaço no *Santa María* para acomodá-las. Vários tripulantes conversos — judeus de coração forçados pela Inquisição a se batizar cristãos — carregaram essas arcas a bordo. Infelizmente, o *Santa María* encalhou em um banco de areia na costa de Hispaniola no dia de Natal de 1492. Todos os esforços foram feitos para salvá-lo, mas o navio estava perdido, e sua carga foi desembarcada na ilha. As três arcas foram enterradas, à noite, pelo Almirante do Oceano e seu intérprete, Luís de Torres. Béne tinha certeza disso porque, décadas atrás, seu pai encontrara documentos, preservados em um esconderijo particular, que contavam essa história.

Depois, a história virava um borrão.

As três arcas desapareceram.

E nasceu a lenda da mina perdida de Colombo.

Béne esperou que Halliburton explicasse, mas gostou do sorriso que se abria no rosto bronzeado do amigo.

— Espero que não deem falta desses pergaminhos no arquivo nacional — falou Tre.

— Eles vão ser guardados em segurança. Conte-me o que dizem.

— Este aqui, que tem um selo de cera, é uma escritura. Para 420 acres. A descrição da terra é vaga. Na época era assim, mas acho que podemos localizá-la. Muitos rios são mencionados como limites, e eles ainda existem.

O leste da Jamaica é riscado por centenas de canais que drenam a chuva quase constante, levando-a desde as mais altas elevações até o mar.

— Você pode realmente localizar a propriedade?

Halliburton assentiu.

— Acho que podemos, sim, mas a terra certamente não se parecerá em nada com o que era trezentos anos atrás. A maior parte era floresta fechada e selva. Grande parte foi aberta desde então.

Béne sentiu-se encorajado. A Jamaica tinha aproximadamente 11 mil quilômetros quadrados. As montanhas mais altas do Caribe estavam em sua superfície e milhares de cavernas salpicavam seu terreno poroso. Havia muito tempo, ele acreditava que qualquer mina perdida estaria nas Montanhas Azuis ou em John Crow, que ocupavam a metade oriental da ilha. Atualmente, parte dessa terra era propriedade privada — ele mesmo era um dos proprietários —, mas a maior parte se tornara um parque nacional controlado pelo governo.

— Isso é importante para você, não é? — indagou Tre.

— É importante para os *maroons*.

— Não pode ser pela possibilidade de riqueza. Você é multimilionário.

Ele riu.

— Fato que não precisamos divulgar.

— Acho que não é um segredo.

— Não se trata de dinheiro. Se aquele italiano maldito encontrou uma mina, foram os tainos que mostraram. Era deles. Ele não tinha direito. Quero-a de volta.

— Os tainos não existem mais, Béne.

— Nós, *maroons*, somos o que restou de mais próximo a eles.

— Você pode realmente ter uma chance de conseguir — afirmou Tre, apontando para os documentos. — Este documento é importante.

Ele escutou enquanto Halliburton explicava sobre Abraham e Moisés Cohen Henriques. Em maio de 1675, os dois aparentemente processaram um ao outro. O documento que Felipe roubou dos arquivos era o acordo desse processo, no qual Abraham concordava em dar a Moisés quarenta animais de fazenda em troca de proteção à sua propriedade na sua ausência.

— O interessante é que não foi uma corte local que cuidou do caso — comentou Halliburton —, e sim o próprio chefe de justiça da ilha, o governador da época, Thomas Modyford. Foi ele quem tomou a decisão.

— Uma causa muito pequena para ele julgar?

— Exatamente. A não ser que houvesse mais coisa envolvida. Se me lembro bem, em 1675, os Cohen já deviam ter 70 e poucos anos.

Tre explicou como os irmãos ajudaram a estabelecer a Jamaica. Abraham Cohen foi expulso da ilha em 1640, embora aparentemente tenha retornado em 1670, comprando 420 acres, dos quais seu irmão cuidou até 1675, quando eles discordaram sobre o pagamento por esse trabalho.

— Posso ver nos seus olhos que tem mais — disse Béne para Halliburton. — O que é, meu amigo?

— No acordo, Moisés oferecia retirar o processo se Abraham lhe desse determinada informação. A mina, Béne. Era isso que esses dois velhos estavam disputando.

Alle recostou-se no banco do carro, sentindo-se melhor por estar deixando a Áustria. O aeroporto ficava 20 quilômetros a sudeste da cidade, em um lugar chamado Schwechat. Ela não conhecia o caminho, mas percebeu que no trajeto havia placas com o símbolo europeu de um aeroporto. O trânsito estava tranquilo na estrada de quatro vias — compreensível, uma vez que era quase meia-noite. Ela estava cansada e planejava dormir durante o voo. Já fizera muitas viagens durante a noite, então essa não seria um problema. Ela descansaria e estaria pronta para o que quer que Zachariah precisasse no dia seguinte.

Estava sozinha de novo.

Por que os homens a decepcionavam tanto? Primeiro seu pai. Depois uma sucessão de relacionamentos fracassados. Então, um casamento desastroso. Nada dava certo quando o assunto era eles. Zachariah, porém, parecia diferente. Seria ele uma figura paterna? O que ela sempre desejara? Ou alguma outra coisa?

Difícil dizer.

Só sabia que o respeitava, e, desde que seu avô morrera, não podia dizer isso de nenhum outro homem.

Estar no carro com Meia-noite a deixava nervosa. Sentia-se suja só de saber que ele estava a poucos centímetros. Mais alguns minutos, repetiu para si mesma, e iria embora para nunca mais voltar.

Parte de Alle se sentia mal pelo que fizera com o pai. Não ia gostar que um filho seu fizesse isso. Mas precisava ser feito. Graças a Deus as coisas tinham dado certo e seu pai ia cooperar. O fato de ter sido chamada por Simon indicava que algo significativo tinha acontecido. Ela só esperava que aquilo não a levasse a ficar cara a cara com o pai.

Já dissera tudo que queria para ele.

O carro entrou em uma ladeira sem nenhuma referência para o aeroporto de Schwechat.

Estranho.

— O que você está fazendo? — questionou ela.

Meia-noite não respondeu.

Eles viraram à esquerda e entraram em uma autoestrada de duas vias que parecia cortar uma floresta escura. Não havia carros atrás deles, nem na pista em direção oposta.

A velocidade aumentou.

— Aonde estamos indo? — perguntou ela de novo, ficando ansiosa.

Meia-noite diminuiu a velocidade e virou uma segunda vez, entrando em uma floresta ainda mais escura, onde os postes iluminavam um beco com chão de terra e cheio de buracos.

— Por que você está fazendo isso? Aonde estamos indo?

Um pânico crescente tomou conta dela. Tentou abrir a porta, mas estava travada. Apertou o botão para abrir a janela. Travado. À frente, ela conseguiu ver alguma coisa. Um carro. Estacionado onde o beco terminava e se abria uma grande área vazia, nada além de escuridão à volta.

Um homem saiu do veículo.

À pouca luz, ela conseguiu ver o rosto.

E um terror tomou conta dela.

Brian.

VINTE

Tom despertou em um sobressalto. O relógio na mesa de cabeceira marcava seis e meia da tarde. Sua testa estava molhada de suor e sua respiração era ofegante. Tentou se lembrar do sonho, mas não conseguiu. Tinha alguma coisa a ver com Robin Stubbs. Como havia pensado nela mais cedo, não era surpreendente sua antiga chefe ainda estar em sua mente. Alguns meses atrás, gastara 125 dólares em uma pesquisa pela internet e descobrira que ela ainda trabalhava em Ohio para o mesmo grupo de jornais que a contratara oito anos antes. Era incrível ter conseguido um emprego, mas Tom se lembrava de como alguns especialistas a defenderam. A matéria que fora acusado de falsificar parecia legítima. Apenas em uma investigação mais meticulosa os erros se tornaram evidentes. E nenhum editor se ocupava desse tipo de análise detalhada. Eles confiavam em sua equipe.

— Como tudo isso começou? — perguntou ele para Robin. — Como uma matéria minha chamou a sua atenção?

— Recebi um bilhete anônimo. Dizia que a matéria era falsa e me mostrava onde procurar.

— E você acreditou?

— Não, Tom, não acreditei. — Havia raiva na voz dela. — Mas sou sua editora, então precisava investigar.

— O que prova que armaram para mim. Um bilhete anônimo? Por favor, Robin! Está mais claro que o dia.

— Só sei que tudo que o bilhete dizia se provou verdadeiro, e tudo que você escreveu se provou falso. Perguntei a você repetidas vezes se tinha alguma coisa que pudesse usar para refutar as acusações. Qualquer coisa. Mas você não pôde, Tom.

Ele via a preocupação nos olhos dela.

— Trabalho aqui há muito tempo — falou ele. — Trabalhei duro. Eu não fiz isso.

— Infelizmente, os fatos mostram o contrário.

Foi a última vez que se falaram.

Ela saiu da sala dele, e Tom foi demitido uma hora mais tarde.

Ela pediu demissão um mês depois.

E nunca soube a verdade.

Béne não podia acreditar no que estava ouvindo.

— O que esse documento diz? Diga, Tre.

O sol já tinha se posto atrás dos picos pontiagudos, e ele sentiu o gosto salgado da brisa que vinha do oceano próximo. Estava se sentindo melhor sobre a sua viagem às montanhas. O dia se tornara extraordinário.

— Você roubou isso dos arquivos nacionais? — perguntou Halliburton.

— Outra pessoa roubou.

— Esse é o problema, Béne. Muitos roubos em um lugar importante.

— Podemos devolver depois que descobrirmos o que diz.

— Você não é o único roubando aquele arquivo. Não sobrou praticamente nada da época espanhola. Sumiu tudo. Estou surpreso que este ainda estivesse lá.

Sua atenção se afastou brevemente para o campo de rúgbi, onde os jogadores se amontoavam. Lembrou-se da sensação: estar alinhado em filas, braços entrelaçados, músculos contraídos sobre músculos contraídos. Era preciso ser cuidadoso. Escutara ossos sendo quebrados nesse momento do jogo. Mas era divertido. Amava o jogo. Intenso. Acelerado. Arriscado.

Assim como a vida.

— Preciso saber, Tre. O que esses documentos revelam?

Tom se assustou com o homem.

Estava perambulando pela seção de história da Barnes & Noble, matando o tempo em uma tarde de sábado. Ele passava muito tempo em livrarias ultimamente. Nunca a mesma, porém; dirigia por Orlando e escolhia onde passaria seu tempo. Um ano após ficar desempregado, ainda se sentia envergonhado. Era difícil ser demitido. Principalmente sob o olhar do mundo todo.

O homem à sua frente era de meia-idade e tinha cabelos curtos. Vestia calças de veludo e uma jaqueta leve; nada incomum, pois estava realmente frio naquele dezembro na Flórida. O que o deixou alarmado foi a forma como o homem o encarou.

Reconhecendo-o.

— Vim falar com você — anunciou ele.

— Você deve ter me confundido com alguém.

— Você é Thomas Sagan.

Tom não escutava ninguém falar seu nome diretamente para ele havia um bom tempo. Mesmo achando que todo mundo sabia quem ele era, a verdade era que ninguém o conhecia. Seu rosto fora comum na televisão, mas fazia mais de um ano desde a última vez em que aparecera. E a memória do público era fraca.

— O que você quer? — perguntou ele.

Quero lhe dizer uma coisa.

A voz chamou sua atenção. Um mero sussurro. E Tom não gostou do olhar desconfiado. Essa pessoa estava ali para dizer o quanto se ressentia por ele ter mentido? Logo depois de sua demissão, recebeu centenas de e-mails maldosos. Lera apenas alguns. Depois apagou o restante e cancelou a conta.

— Acho melhor não — retrucou ele, virando-se para seguir pelo corredor e se dirigir para a porta.

— Eu sei quem armou para você.

Ele parou.

Nunca escutara ninguém sequer insinuar que tinham armado para ele, muito menos afirmar.

Virou-se.

O homem se aproximou.

— Resolvemos não lhe contar até que tivesse passado tempo suficiente para você não poder fazer mais nada.

Tom sentiu um tremor nos braços, mas conseguiu se acalmar.

— Quem são vocês?

— Assistimos à sua destruição. Foi rápida, não foi? Mas nós somos bons naquilo que fazemos.

— A quem você se refere quando diz "nós"?

O homem chegou ainda mais perto. Tom não se moveu.

— Em algum momento, você parou para pensar nas consequências do que escreveu? Você sabe que pessoas morreram por causa do que escreveu? Mandaram que parasse, mas você se recusou a escutar.

Mandaram que ele parasse? Tom vasculhou seu cérebro. Quem?

Então, lembrou-se.

Cisjordânia. Dois anos atrás. Um oficial palestino lhe concedera uma entrevista e depois voltou atrás, mas não sem antes acrescentar:

— Você precisa parar, Sr. Sagan. Antes que seja tarde demais.

— Isso mesmo — confirmou o homem. — Você se lembra.

Agora Tom sabia quem eles eram.

— Primeiro, o que fazemos não tem nada a ver com nenhum governo. Somos uma entidade independente. Trabalhamos fora da lei. Fazemos os serviços que não podem ou não serão feitos por outros. Você se encaixa nas duas categorias.

— Então, vocês me destruíram?

— Nós o silenciamos. Nem sempre é necessário matar as pessoas. Às vezes, é até melhor não fazer algo tão drástico. No seu caso, matamos a sua credibilidade, e isso foi suficiente.

Ele pensou na matéria que lhe custou tudo.

— Vocês armaram tudo. Fizeram com que eu procurasse as fontes palestinas e israelenses que vocês queriam. Entregaram o material, me deixaram escrever e depois apagaram todas as pistas.

O homem assentiu.

— Levou muitos meses. Você era um profissional. Era bom no que fazia. Tínhamos de ser cuidadosos. Mas você acabou mordendo a isca. Era bom demais pra ser verdade, não era?

Era, sim.

"Extremistas de ambos os lados fora de controle."

— Você deixou pessoas importantes muito irritadas — afirmou o homem. — Elas não gostaram. Então, fomos contratados para cuidar do problema. Estamos lhe contando isso agora para que saiba que estaremos lá, prontos para derrubá-lo de novo, caso você pense em voltar.

— Você está dizendo que israelenses e palestinos se uniram para me destruir como repórter?

— De certa forma, sim. Nós procuramos os dois lados separadamente e lançamos a ideia, e eles pagaram para que fizéssemos o serviço. Nenhum dos dois sabia que a outra parte estava envolvida. Eles só queriam você fora do caminho, cada um por seus motivos.

— Não serei tão burro da próxima vez.

— Mesmo? Como você saberá? Você não fazia ideia. Eu já lhe disse que somos bons naquilo que fazemos. Pense nisso antes de voltar. A cada fonte com quem conversar, você vai se questionar. A cada pista que surgir, você vai se questionar. Isso é real? Eles voltaram? Vai acontecer de novo?

O maldito filho da puta estava certo. Ele sempre se questionaria. Tudo que aconteceu destruiu a sua vida, mas também destruiu outra coisa.

Seu faro.

— Você mexeu com as pessoas erradas — observou o homem. — Vim contar para que você soubesse. Escute esse recado e continue o que está fazendo. Escritor-fantasma. É perfeito para você, contanto que permaneça um fantasma.

E o homem foi embora.

Béne escutou enquanto Halliburton respondia à sua pergunta.

— Moisés Cohen era um pirata. Um dos melhores. Ele assaltava navios espanhóis. Seu irmão, Abraham, era um empreendedor. Os irmãos nunca foram chegados. Frequentavam sinagogas diferentes e vi poucas coisas que ligassem um ao outro. Isso é o que torna tão interessante este documento que você trouxe. Pelo que sabemos, eles não se gostavam, e aqui temos a prova de que Moisés processou Abraham. Irmão contra irmão.

— Por que é importante? Parece trivial.

— De forma alguma. De fato, pode ser crucial.

Oliver Cromwell morreu em 1658 e, como foi registrado em um diário, "só os cachorros choraram". Seu puritanismo não deixou muita escolha às pessoas a não ser contemplar seus pecados e implorar perdão. Depois de miséria suficiente, a Inglaterra procurou seu herdeiro exilado, Carlos II. Em 1660, ele foi restaurado ao trono em um retorno magnífico ao seu país, que ele comparou, de forma interessante, ao "retorno dos judeus depois do cativeiro na Babilônia".

Ele voltou ao trono, mas encontrou um problema.

A coroa estava falida.

Assim como a Inglaterra.

O Lorde Protetor Cromwell levara a nação à falência.

Para resolver esse problema, Carlos virou-se para os judeus.

Eduardo I expulsara-os 370 anos antes, e eles continuaram praticamente inexistentes no país até 1492, quando Espanha e Portugal decretaram a expulsão de seus judeus. Estes acabaram encontrando refúgio na Inglaterra e um protetor em Cromwell, que permitiu que eles ficassem. Com a volta do rei, muitos comerciantes ingleses esperavam que os judeus fossem mandados para o exílio de novo. Mas Carlos também foi tolerante e lutou por uma lei do parlamento que os protegesse.

O rei era mais inteligente do que muita gente acreditava. Ele percebeu que expulsando os judeus daria aos comerciantes ingleses total controle do comércio, o que significava que poderiam definir os preços ao seu bel-prazer. A presença dos comerciantes judeus contrabalançava esse poder. Além disso, sendo tolerante, Carlos conquistou um grupo de amigos que tinha dinheiro e recursos.

Abraham Cohen estava na Holanda quando Carlos retomou o trono. Ele observou, com muito interesse, a política real para os judeus sendo estabelecida. Nessa época, a Jamaica já estava sob domínio britânico; os espanhóis tinham ido embora, então Abraham decidiu que estava na hora de se aproximar do rei. Em

5 de março de 1662, Cohen e dois outros judeus holandeses ricos — Abraham e Isaac Israel, pai e filho — se reuniram com Carlos.

O pai, Isaac, contou ao rei o que ouviu dos judeus sobre a mina perdida de Colombo na Jamaica, quando esteve preso lá, pouco antes de o Reino Unido invadir a ilha em 1655. Ele estava prestes a ser solto, então seus colegas prisioneiros confidenciaram a ele a situação extrema em que se encontravam.

O poder da família Colombo sobre a ilha não existia mais. A Espanha tinha retomado o controle, e a Inquisição estava a caminho. Ninguém mais protegeria os judeus jamaicanos. Por sorte, a comunidade tomara suas precauções, escondendo sua riqueza em um lugar conhecido apenas por um homem, identificado como o Levita.

— É a mina do grande Almirante do Oceano — confidenciou um prisioneiro judeu a Isaac.

O próprio Colombo escolhera a localização onde a riqueza deles ficaria escondida até que os espanhóis fossem embora. Os judeus presos encorajaram Isaac a promover uma invasão estrangeira à Jamaica, vendo isso como a única esperança.

E foi o que aconteceu.

A Inglaterra reivindicou a ilha em 1655.

— Você conhece a localização dessa mina? — questionou o rei.

— Nós achamos que sim — retrucou Cohen. — Mas a Jamaica é um lugar vasto.

Carlos tinha sido fisgado. Depositando confiança nas habilidades de Cohen, ele deu ao homem total poder e autoridade para "procurar, cavar e resgatar a mina de ouro, estando ela aberta ou não". Dois terços do achado iriam para Carlos; um terço iria para seus sócios judeus. Cohen também foi esperto e assegurou sua cidadania inglesa e o monopólio para o comércio de pau-brasil e pimenta, os produtos mais importantes da Jamaica naquela época.

Cohen voltou para a Jamaica em 1663 com os Israel, prontos para a busca. Mas após um ano, como não encontraram a mina, foram acusados de fraude e banidos da ilha.

— Cohen cegou Carlos com sonhos dourados — destacou Tre. — O que ele realmente queria eram esses monopólios comerciais. Durante aquele ano inteiro, em que deveria estar procurando a mina, ele ganhou dinheiro com madeira e pimenta.

— Tudo isso está nesse pergaminho? — indagou Béne.

— A história de como Abraham Cohen manipulou Carlos II é um fato histórico. Aqui, nesses documentos, descobrimos que Moisés forçou Abraham a revelar coisas sobre a mina durante o processo. Isso explica o envolvimento do governador.

— Você disse que talvez tivéssemos alguma coisa aí.

O amigo sorriu.

— Pelo que fez com Carlos II, Abraham Cohen foi banido da Jamaica em 1664. Se fosse encontrado aqui, seria preso. — Tre levantou um dos pergaminhos. — Ainda assim, ele voltou em 1670, tomando posse de um pedaço de terra. Uma terra que o irmão dele, Moisés, o pirata, considerava vital.

Béne compreendeu.

— Você acha que Abraham encontrou alguma coisa durante o ano em que passou ganhando dinheiro aqui e voltou para reivindicar?

— É totalmente possível.

Béne gostava de Halliburton. Eles sempre ficavam à vontade, e para Béne poucas pessoas na ilha se encaixavam nessa categoria. Então não tinha vergonha de mostrar seu profundo interesse pelo assunto.

— Você pode procurar nos arquivos? — perguntou ele. — Encontrar mais?

— É uma bagunça, mas vou tentar.

Ele apertou o ombro de Tre.

— Hoje à noite. Por favor. Isso é importante. É o mais perto que já cheguei.

— Sei que isso é importante para você, Béne.

Mais do que esse homem sabia.

Muito mais.

VINTE E UM

Alle assistiu enquanto Meia-noite parava o carro e Brian caminhava até a sua porta.

— Saia — mandou ele.

Ela balançou a cabeça.

Meia-noite desligou o motor e saiu para a noite austríaca, deixando os faróis acesos.

Brian abriu a porta.

Ela recuou no banco.

— Por favor, me deixe em paz. Vou gritar. Se você chegar perto, eu grito.

Brian agachou para que ela pudesse ver seu rosto.

— Não sou seu inimigo.

Meia-noite se agachou também.

— Conte para ela — pediu Brian para o outro homem.

— Recebi ordens para matá-la.

Ela estava em Viena havia quase um mês e vira esse homem negro praticamente todos os dias. Mas era a primeira vez que escutava a voz dele.

— De quem? — questionou ela.

— Simon deu a ordem para Rócha. Eles querem que você desapareça. Não tem nenhum voo para a Flórida, pelo menos não para você.

Ambos a fitaram com olhares preocupados.

— Eu lhe disse que a história é muito maior do que você pensa — disse Brian. — Simon não precisa mais de você. O que quer que precisava do seu pai, parece que já conseguiu. Você não faz mais parte do plano.

— Não acredito em você.

Ele balançou a cabeça.

— Olhe, estou me arriscando muito revelando a você que tenho olhos e ouvidos próximos de Simon. Este homem aqui está arriscando a vida para salvar a sua. No mínimo, você deveria ser grata.

— Por que vocês estão fazendo isso?

Ela se manteve firme ali, longe da porta aberta, percebendo que não havia quase nada que pudesse fazer. A porta atrás dela provavelmente não abriria. Ela estava sozinha e indefesa, na floresta, nas mãos deles.

— Alle — disse Brian —, escute o que estou falando. Você estaria morta, neste exato momento, se não fosse por mim. Mandei que ele a trouxesse aqui. Meia-noite...

— Seu nome é mesmo esse? — perguntou ela. — Achei que só Rócha chamasse você assim.

Ele sacudiu os ombros.

— Recebi esse apelido quando era criança.

— Você me apalpou. — Ela não tinha esquecido.

— Se eu não tivesse apalpado, Rócha ficaria irritado. Ele me mandou fazer aquilo, então interpretei o meu papel. Assim como você, senhorita.

Então, ela compreendeu.

— Você contou para Brian tudo o que aconteceu.

Meia-noite assentiu.

— Sim, senhora. É o meu trabalho.

— Saia — mandou Brian de novo.

Ela balançou a cabeça e não se moveu.

Ele bufou, balançou a cabeça e se levantou. Colocou a mão por baixo da jaqueta e tirou uma arma.

— Levante a bunda daí. Agora. Se não levantar, nós a arrastaremos. — Para mostrar que não estava blefando, enfiou a arma dentro do carro. — Não estou com paciência para isso.

O cérebro dela parecia congelado e o corpo, paralisado.

Nunca tinha encarado o cano de uma arma.

Ela deslizou pelo banco até a porta aberta.

— Está tarde — comentou ele. — Estou cansado e temos uma viagem pela frente.

— Aonde vamos?

— Para algum lugar onde você possa parecer morta, pelo menos para Simon. Meia-noite precisa voltar e reportar que você não está mais respirando.

— Por que Zachariah me quer morta?

— Porque aquele homem, moça ingênua, está fazendo um joguinho com você há semanas — respondeu Meia-noite. — Ele diz o que você quer escutar, e você acredita em cada palavra. Ele conseguiu o que queria. Agora, você está no caminho dele.

— O que ele quer?

— Ter seu pai nas mãos — disse Brian. — Simon quer muito o que quer que esteja no caixão do seu avô. E você acabou de ajudá-lo a conseguir.

Ela ainda não estava preparada para admitir que Zachariah queria machucá-la.

— Por que você se importa com o que acontece comigo? — perguntou ela, ainda dentro do carro, mas perto da porta.

Brian se aproximou, ainda segurando a arma.

— Tenho novidades pra você: eu não me importo. Só me importo com o que você sabe. Mas, diferente do seu grande benfeitor, salvei a sua vida.

— E eu deveria ser grata por isso?

Ele balançou a cabeça e, de novo, apontou a arma para ela.

— Você tem noção de quantos problemas criou?

Ela estava se esforçando para controlar o pânico em seu peito. Queria se encolher dentro do carro, mas sabia que seria inútil.

— Você vai cooperar? — perguntou Brian, com um olhar esperançoso e alerta.

— Parece que não tenho escolha.

Brian virou-se para Meia-noite.

— Volte para a cidade e diga que ela está morta. Depois, fique de olhos e ouvidos bem abertos. Estou com a sensação de que muita coisa vai acontecer à sua volta.

Meia-noite assentiu e colocou a mão na maçaneta da porta do motorista.

— Você vai ter de sair — informou Brian para ela.

Alle colocou o pé no chão.

O porta-malas foi aberto e Brian pegou sua mala, jogando-a à margem da estrada. Meia-noite entrou no carro e foi embora, levando toda a luz e deixando os dois na escuridão fria. Não dava para escutar nenhum som na floresta em volta.

— Hora de irmos embora — disse ele.

Brian andou na direção de seu carro, ignorando a mala de Alle.

Ela pegou a mala e seguiu-o.

VINTE E DOIS

Tom acordou por volta das sete, depois de quase seis horas de sono. Um recorde para ele. Geralmente tinha sorte quando conseguia um descanso de três horas; a ansiedade era um poderoso estimulante, suficiente para privá-lo de uma boa noite de sono há oito anos. Ele chegou a pensar que o sofrimento desapareceria, ou que pelo menos diminuiria, mas só parecia piorar. Seus últimos pensamentos antes de pegar no sono foram as lembranças daquele dia na livraria, quando descobrira quem e por quê.

O que só piorara seu dilema.

O mensageiro estava certo. Não havia nada que ele pudesse fazer. Ninguém acreditaria sem que houvesse provas. E conseguir uma era praticamente impossível. Se ele conseguisse convencer alguém a contratá-lo, nada impediria seus inimigos de fazer aquilo com ele de novo.

E ele não saberia quando.

Não tinha opções.

Nenhuma.

Estava acabado.

Mas talvez não totalmente.

Tomou banho e vestiu calças jeans, uma camiseta e tênis; depois comeu duas fatias de torrada. Comida era outro prazer que perdera muito tempo atrás. O caminho até Mount Dora, depois até o cemitério, levou menos tempo do que previra. O trânsito era um pesadelo em Orlando, mas ele estava saindo da cidade, não entrando, seguindo contra o fluxo naquela manhã de quarta-feira, o que fez com que sua viagem levasse os costumeiros trinta minutos.

Chegou pouco antes das dez horas e viu um grupo trabalhando depois do pequeno muro de tijolos, entre as matsevás, no túmulo de seu pai. A luz do sol inundava o solo sagrado; o ar úmido estava tomado pelo cheiro de terra revirada. Ele foi até o local, onde a lápide tinha sido tirada, e espiou dentro do buraco.

Nenhum caixão.

Aparentemente, Zachariah Simon obtivera a permissão que queria e tinha pressa.

Caminhou até o salão de cerimônias. Tinha um andar, com paredes de madeira e telhado íngreme. Cortinas pretas emolduravam as janelas. Ainda se lembrava de estar ali dentro durante diversos funerais quando criança — principalmente de sua mãe e de seus tios. Abiram também ficara ali. Agora estava voltando.

Uma mulher saiu pela porta semiaberta. Ela era baixa, parruda e se vestia como uma advogada, o que Tom presumiu que ela fosse. Advogada de Simon. Fora esperto em não ter aparecido. Menos testemunhas para verem seu rosto e escutarem suas conversas.

Quando ele se aproximou, a mulher se apresentou, esticando a mão que ele apertou, forçando um sorriso que dizia "vamos acabar logo com isso".

— A lei exige que um parente esteja presente. É claro que você pode apenas esperar do lado de fora, contanto que o médico-legista saiba que você está aqui. Ele está esperando a sua chegada.

— Eu aguento.

Tom não tinha muita certeza se esse era o caso, mas sabia que não ficaria esperando ali fora. Ele refletira no caminho. Simon estava se metendo em muita encrenca para conseguir o que estava no caixão. Uma vez que conseguisse, não havia garantia de que soltaria Alle. Na verdade, por que soltaria? Ela poderia ir a uma delegacia e testemunhar contra ele. É claro que se podia dizer o mesmo dele próprio. Mas ele supunha que Simon não estava preocupado com essa ameaça. A última pessoa no mundo em quem a polícia acreditaria seria em um repórter desgraçado por uma farsa.

Além disso, ele poderia se matar antes que o dia terminasse.

Ou talvez não.

Ainda estava considerando esse assunto.

Entrou no prédio e desceu por um pequeno corredor que levava a uma porta aberta. A decoração não tinha mudado muito no decorrer dos anos. O mesmo carpete gasto, as paredes sem nada e o cheiro de mofo.

Um caixão de pinheiro repousava sobre uma mesa robusta de carvalho, que estava ali havia décadas. O exterior do caixão parecia razoavelmente intacto, considerando que estava enterrado na terra úmida da Flórida havia três anos. Um homem que usava um macacão azul e se identificou como "médico-legista" se apresentou e pediu um documento de identidade para confirmar que ele era mesmo Tom Sagan. Ele mostrou a carteira de motorista sem tirar os olhos do caixão. Queria mesmo ver um cadáver em decomposição? Não. Mas precisava saber o que Zachariah Simon queria. Alle dependia dele. Então, ele se preparou e assentiu para que abrissem a tampa.

Levou alguns minutos. Pregos compridos tinham sido usados, o que era apropriado. Abiram gostaria de manter todas as tradições. Tom escutou conforme cada prego se soltava. A advogada estava ao seu lado, sem demonstrar emoção, como se assistisse a caixões sendo abertos todos os dias.

O último prego foi retirado.

O médico-legista deu um passo atrás. Era a hora de o herdeiro fazer o que quer que o tivesse levado à exumação. Como era essa pessoa, todos os olhos se fixaram em Tom.

Mas a Sra. Advogada se aproximou da mesa.

Ele segurou o braço dela.

— Eu cuido disso.

— Acho que seria melhor se eu cuidasse. — Os olhos dela mandavam uma mensagem muito mais enfática. *Fique fora disso.*

Mas ela não era o homem na Barnes & Noble.

— Eu sou filho dele. O peticionário. Eu cuido disso.

Ela se segurou, e os olhos dele também mandaram sua mensagem. *Não se meta comigo.*

Ela entendeu o recado e se afastou.

— Tudo bem — disse ela. — Cuide disso.

Zachariah olhou para o relógio.

Dez e vinte da manhã.

A advogada que contratara para conseguir a ordem judicial e estar presente durante a exumação ligara vinte minutos atrás, avisando que Sagan tinha chegado. Já deveriam estar diante do caixão, e tudo acabaria logo. As notícias de Viena eram boas. Alle Becket não era mais um problema. Ela não contaria nada para ninguém. Rócha estava sentado ao seu lado no carro após um voo noturno de Viena para Orlando, passando por Miami. Ele pegara o voo que Alle achara que pegaria.

Precisariam lidar cuidadosamente com Tom Sagan.

Sem sua filha para apresentar quando a exumação acabasse, a única coisa a fazer seria eliminar a testemunha restante.

Eles, na verdade, estariam fazendo um favor a Sagan.

Ele queria morrer.

Então, Rócha lhe ajudaria.

Tom sentiu o cheiro forte de decomposição. O médico-legista tinha avisado que ele fosse rápido, pois as coisas só piorariam.

Ele se aproximou e olhou para dentro do caixão.

Não restava muita coisa. Aparentemente, Alle seguira a tradição e não embalsamara o corpo. O cadáver estava enrolado em um pano branco que já tinha se desintegrado quase totalmente, expondo o pouco que sobrara do rosto. As cavidades dos olhos vazios pareciam buracos negros — o olhar rabugento, às vezes hostil, de que se lembrava não existia mais. Pele e músculo desmoronavam. Uma dobra de pele, parecida com o rabo de uma lagartixa, pendia do pescoço. Tentou se lembrar da última vez que vira aquele rosto.

Cinco anos atrás?

Não, mais perto de nove. Antes da queda. No funeral de sua mãe.

Fazia tanto tempo assim?

Nos anos seguintes, Abiram não tentou entrar em contato com ele. Nenhum bilhete, nenhuma carta, cartão, e-mail, nada. Enquanto a imprensa e os especialistas o destruíam, seu pai permanecia em silêncio. Só depois de morrer, no bilhete final enviado junto com a escritura da casa, Tom recebeu alguma consolação — "senti a dor da sua destruição" —, mas isso nem chegava perto de ser suficiente. Verdade, Tom poderia ter ligado, mas também não ligou. Os dois estavam errados. Nenhum estava disposto a ceder.

E ambos perderam.

Tom lutou contra ondas de medo, apatia, ressentimento e resignação, mas recompôs-se, recuperando certo equilíbrio.

Um pacote selado estava sobre o que um dia fora o peito de Abiram. Parecia embrulhado a vácuo, o que as rugas de ar comprovavam. Estendeu a mão para pegar, mas o médico-legista tirou para ele.

— Melhor assim — falou o homem, mostrando as mãos cobertas por luvas. — O corpo está infestado de bactérias.

O pacote era fino como papel, com uns 30 centímetros quadrados, e parecia leve. O legista perguntou se havia mais alguma coisa. Tom não viu mais nada fora do normal ali, então balançou a cabeça.

A tampa foi recolocada.

Uma pia enfeitava uma parede; ele se lembrou de que era usada para purificação. O médico-legista lavou o pacote e trouxe-o para ele.

A Sra. Advogada se aproximou.

— Eu fico com isso.

— Não fica mesmo — disse Tom. — Até onde sei, eu sou o peticionário aqui.

A raiva o deixou mais forte.

— E, a propósito — acrescentou ele —, você tem alguma coisa para mim?

Ela pareceu compreender e pegou uma mochila que estava jogada no chão. Tirou dali uma caixa da FedEx e entregou-a para ele. Então, virou-se para o médico-legista e pediu o pacote de novo.

Mas Tom pegou-o primeiro.

— Isso é meu.

— Sr. Sagan — contestou a advogada —, isso deve ser entregue a mim.

Ele não estava no clima para discussão.

— Suponho que a senhora não faz ideia do que está acontecendo aqui. Digamos que nem deseja saber. Então, que tal calar a boca e sair do meu caminho?

Tom tinha decidido que o pacote no caixão era sua moeda de troca e não estava disposto a abrir mão dele. Precisava se certificar de que Alle estava bem. Nunca acreditara em paraíso nem em nada depois que a pessoa morria; assim como aconteceu com Abiram, você primeiro decompõe e então vira pó. Mas, caso seus pais e Michele estivessem esperando por ele depois que finalmente estourasse seus miolos, Tom queria poder dizer que fizera a coisa certa.

Ele se dirigiu para a porta.

A advogada foi atrás.

— Suponho que a senhora saiba o que tem na caixa? — perguntou ele.

Ela parou. Aparentemente sabia. E também parecia não querer muito papo na frente do médico-legista.

— Diga ao seu cliente que entrarei em contato para uma troca. Ele vai saber do que estou falando.

— Como você vai encontrá-lo?

— Através de você. Qual é o nome da firma em que trabalha?

Ela disse.

E ele foi embora.

VINTE E TRÊS

Alle assistia ao vídeo. Estava com Brian em uma casa na fronteira da Áustria com a República Tcheca. Tinham vindo de carro na noite anterior, direto de Viena. Ela ainda estava incerta sobre tudo que acontecera e passara o dia no seu quarto, com a mente fervendo de ansiedade. Agora, assistindo às imagens gravadas na Flórida, novas preocupações tomaram conta dela.

Reconheceu o lugar onde seu avô estava enterrado. As imagens que recebiam estavam sendo filmadas através do para-brisa de um carro, a certa distância e altura. O cemitério ficava no condado de Lake, um dos locais mais elevados da Flórida. Ali havia montanhas, além de quase mil lagos. O homem que trabalhava para Brian escolhera um monte perto do cemitério para ter uma visão privilegiada. Ela se lembrava dali. Um monte com arbustos de carvalho, pinheiros e palmeiras. Ela assistira, uma hora atrás, os funcionários exumarem seu avô, levando o caixão para o salão, a mesma casa de madeira em que fizera vigília quando ele morreu. A câmera oferecia uma visão clara da porta principal.

— Por que você está filmando isso? — questionou ela.

— Para tentar descobrir o que está dentro do caixão.

— O que você vai fazer? Roubar?

— Não tenho certeza do que vou fazer, mas, se eu puder, vou pegar.

Matsevás pontilhavam o terreno; uma parte do muro à altura da cintura cobria a visão. Durante as visitas de verão à casa de seus avós, ela costumava visitar o cemitério, ajudando a avó a cuidar dos túmulos.

Comentou que ainda não tinha visto Zachariah.

— Ele coloca outros para assumirem os riscos — disse Brian. — É o jeito dele. Mas ele está lá. Assistindo.

O pai dela e uma mulher tinham desaparecido dentro da casa vinte minutos antes.

— Você não sabe nada sobre a minha família — dissera ela para Brian.

— Só sei que seu pai não merecia aquela palhaçada que você fez ontem. Ele acha que você está em perigo. Todas as decisões que tomar serão baseadas nessa mentira.

— Nós só queríamos que ele assinasse os papéis. Ele nunca faria isso se eu apenas pedisse.

— Que história é essa de *nós*? Você é parte do que Simon está fazendo?

— Você fala como se fosse um crime.

— Posso garantir pra você que isso não envolve apenas assinar uns papéis. Simon queria você morta. Vai querer seu pai morto também. É por isso que um homem meu está lá

Era tão difícil acreditar.

— Você não fica perturbada sabendo que seu pai estava prestes a se matar ontem? — perguntou ele

— Claro que sim. O que eu fiz impediu que ele se matasse.

Brian pareceu não acreditar.

— E é assim que justifica o que fez? Você não fazia ideia do que ele faria. Você só queria ajudar Zachariah.

Ela ressentia o tom de voz dele e as acusações.

Tom apareceu na tela, correndo para fora, segurando o que parecia ser uma caixa azul e branca na mão direita e um pacote na esquerda, que ela reconheceu. O embrulho que ela colocara dentro do caixão.

— Está vendo isso? — Uma voz soou pelo computador.

— Estou, sim — respondeu Brian. — Prepare-se para agir.

Zachariah esperara tempo suficiente. Trinta minutos eram suficientes. Por que estava demorando tanto? Ele e Rócha estavam estacionados a 1 quilômetro do cemitério, longe o bastante para ninguém saber que estavam lá, mas perto o bastante para agir. Ele instruíra a advogada a, assim que estivesse com o pacote em mãos, entregar a Sagan um número de telefone de um celular descartável, que ele comprara ontem e que, através de uma ligação, atrairia o jornalista até o lugar onde Rócha cuidaria dele.

Simon esperava que Sagan poupasse o trabalho e se matasse. Por isso devolveu a arma. Um suicídio facilitaria muito as coisas. Poderia ter mantido Alle Becket viva pelo menos até hoje, mas, com Brian Jamison em Viena, não pôde arriscar. A última coisa de que precisava era que Béne Rowe soubesse mais sobre seus negócios. Contara ao jamaicano apenas o estritamente necessário, e manteria as coisas desse jeito. Não tinha chegado tão longe para jogar tudo por água abaixo. Principalmente por causa de um caribenho que só estava interessado no ouro da lenda.

Seu telefone tocou.

— Sagan pegou o pacote e saiu — informou a voz feminina.

— E você permitiu?

— Como eu poderia impedi-lo?

Inútil.

— Você deu o número de telefone para ele?

— Não deu tempo. Ele disse que entraria em contato com você através de mim.

— Quando ele procurar você, dê o número.

Desligou o telefone e encarou Rócha.

— Parece que o Sr. Sagan decidiu ter coragem. Ele deve passar por aqui logo. Cuide dele antes que se afaste muito.

Alle assistiu seu pai correr para um carro no estacionamento ao lado do muro de tijolos.

— Descreva a configuração do lugar — mandou Brian.

Ela o fitou.

— A configuração — explicou ele, aumentando o tom de voz. — A estrada que leva até lá? Para onde vai? O que tem nela?

Ela vasculhou a memória.

— O cemitério fica a uns 5 quilômetros da autoestrada. Uma estrada pavimentada cercada por fazendas e laranjeiras leva até ele. Há alguns lagos paralelos à estrada.

— Casas?

Ela balançou a cabeça.

— Bem poucas. Isoladas. É por isso que o cemitério fica ali.

— Escutou tudo isso? — perguntou Brian, virando-se para o computador.

— Estou ligado.

O pai dela estava no carro, dando marcha a ré e saindo. A mulher apareceu na porta com um telefone celular na mão.

— Você sabe para quem ela está ligando — afirmou Brian para o computador. — Siga-o.

O movimento na tela confirmou que o carro com a câmera estava deixando sua posição.

— O que está acontecendo? — questionou Alle.

— Seu pai está tentando salvar a sua vida. Ele provavelmente se deu conta de que ficar com aquilo fazia muito mais sentido do que simplesmente entregá-lo. E ele está certo. Mas ele tem um problema. Rócha está lá.

O coração dela disparou.

O que a surpreendeu.

— Ele pegou o seu voo ontem à noite. Seu pai está encrencado até o pescoço.

Tom se afastou do cemitério.

Conseguira escapar.

"Agora, levo esses segredos comigo para o túmulo."

Seu pai fora literal a esse respeito, e esses segredos aparentemente estavam no banco do carona ao seu lado. Queria abrir o pacote e ver por si mesmo, mas não agora. Precisava sair dali. Dirigiu para longe do cemitério e viu de relance a advogada sair da casa.

Com o telefone na mão.

Falando com Simon?

Quem mais?

Ele esperaria mais ou menos uma hora e entraria em contato através da advogada. Ele não tinha um celular. Não precisava de um. Quem ligaria para ele? Então, teria de encontrar um telefone em algum lugar. Voltar para casa não era uma opção, pois Simon com certeza sabia onde ele morava.

Diminuiu a velocidade entre os bosques de carvalhos. Pequenas palmeiras margeavam a rua. O cheiro pútrido do morto permanecia em suas narinas. Na autoestrada, virou à esquerda e seguiu para Mount Dora, pelo asfalto que abrira caminho através das plantações de laranja. A maioria dos pomares da Flórida tinha desaparecido; muito tempo atrás, os agricultores tinham escolhido abóbora, repolho, alface e morango.

Aqui, porém, as frutas ainda reinavam.

Pelo espelho retrovisor, viu um carro.

Em alta velocidade.

Zachariah estava sentado no banco do carona enquanto Rócha dirigia. Eles se aproximavam de Tom Sagan. Que perturbação inesperada. Não previra resistência. A troca deveria ter sido feita, e Sagan deveria aceitar que não podia fazer nada além de cooperar. Em vez disso, esse tolo decidiu mudar as regras.

— Precisamos pará-lo antes que ele entre na autoestrada — disse ele para Rócha.

Estavam a menos de 500 metros.

— Force-o a sair da estrada.

VINTE E QUATRO

Béne saiu de sua caminhonete e seguiu para a entrada do museu. Viera sozinho. Nunca trazia homens nem armas. Não precisava. A minúscula vila de Charles Town ficava no vale do rio Buff Ray, um lugar sossegado a poucos quilômetros do litoral norte da Jamaica. Após a seita Maroons Windward, comandada pelo capitão Quao, derrotar a Inglaterra em 1793, um tratado de paz assinado entre ex-escravos e donos de terras concedeu 1.000 acres para os *maroons* de Charles Town, livres de impostos. Cerca de 1.200 *maroons* ainda viviam naquela terra, sob as sombras das montanhas, ao lado do rio, lutando contra o alto índice de desemprego e o empobrecimento constante. A agricultura continuava sendo a principal fonte de renda, com pequenas extensões de terra arrendadas por donos ausentes que produziam café, noz-moscada e carvão vegetal. Mas também havia uma usina de concreto, uma loja de móveis, uma escola e alguns bares que vendiam rum.

Béne conhecia todas as famílias proeminentes. Dean, Duncan, Irving, Hartley, Shackleford. A maioria pertencia ao Conselho de Anciãos. Frank Clarke era o coronel *maroon*, eleito três anos atrás para estar à frente da comunidade.

Béne gostava dele; era um homem educado, muito experiente e precavido. Formado pela Universidade de West Indies e nascido ali, Clarke trabalhou nos Estados Unidos durante três décadas como corretor da bolsa de valores antes de se redescobrir e voltar para casa em Charles Town. Agora, ele lutava por causas em toda a ilha, tornando-se algo parecido com um porta-voz nacional, algo que os *maroons* nunca tiveram.

— Ah, Béne, *tu num morreu inda?* — perguntou Clarke.

Ele riu do jeito patoá de perguntar como vão as coisas.

— Ainda não morri, meu amigo. Mas não por falta de tentativa.

Frank sorriu. Estava chegando aos 70 anos, mas tinha apenas alguns fios de cabelo branco. Um pouco de gordura enfeitava seu corpo esbelto. Ele usava óculos com lentes grossas em uma armação de metal redonda, que dava uma intensidade singular aos seus olhos escuros. Ele estava usando calças jeans rasgadas nos dois joelhos e uma camisa preta e suja. Em uma das mãos, segurava um *machet* velho.

— Trabalhando? — perguntou Béne, apontando para as roupas.

— Vou levar algumas pessoas para o alto da montanha. Para as ruínas. Mostrar como era antigamente.

Frank Clarke era apaixonado pela história *maroon*. Aprendera com uma tia-bisavó, que fora uma líder local. No ano passado, Clarke deu vida a essa herança, criando o Museu Maroon de Charles Town. Béne ajudara dando o dinheiro para construir o prédio em estilo antigo, com madeira talhada, paredes de lata e telhado de palha.

— Como estão as coisas por aqui? — perguntou ele.

Fazia alguns meses que não visitava o lugar.

— Trazemos as pessoas. Não muitas, mas algumas. Os guias trazem. Devagar e sempre. Cada dólar que ganhamos ajuda a manter o lugar aberto.

Os coronéis encabeçavam as comunidades *maroons*. Ele sabia que todos eles se encontravam uma vez por mês em uma espécie informal de parlamento. A terra *maroon* não estava sujeita aos impostos jamaicanos nem aos regulamentos. Eles próprios se governavam, com alianças antigas que garantiam sua independência.

Béne gostava de vir aqui conversar sobre o passado e aprendera com Frank Clarke muitas coisas sobre a mina perdida.

A lenda taino contava a história de duas cavernas, uma chamada Amayauna, que significa "sem importância", e a outra, Cacibajagua, "de muita importância". Nenhuma tinha sido descoberta. Parte da lenda, que os *maroons* adotaram como sua, contava como os tainos mostraram para Colombo um lugar nas montanhas, uma caverna, onde corriam veios de ouro com 5 centímetros de largura. Mas, após quinhentos anos de busca, nenhum traço de uma mina foi encontrado. Um mito? Talvez não. Uma coisa que Tre Halliburton dissera ontem não saía de sua cabeça.

"O poder da família Colombo sobre a ilha não existia mais. A Espanha tinha retomado o controle, e a Inquisição estava a caminho. Ninguém mais protegeria os judeus jamaicanos. Por sorte, a comunidade tomara suas precauções, escondendo sua riqueza em um lugar conhecido apenas por um homem, identificado como o Levita."

Por isso, Béne dirigira pelas montanhas, da sua propriedade ao sul até ali, para se encontrar com um homem sábio.

— Preciso saber mais sobre a mina — informou ele a Clarke.

— Ainda procurando? Não vai parar?

— Agora não.

Frank uma vez lhe contou sobre outra lenda, de uma caverna supostamente protegida por um portão de ferro que nenhum *maroon* conseguiu atravessar. Eles a chamavam de Cacibajagua, igual aos tainos. Muitos tentaram atravessar o portão, mas todos fracassaram. Ele sabia que os *maroons*, assim como os tainos, viviam de acordo com suas lendas. Quanto mais fantásticas, melhor. Os jamaicanos gostavam de dizer que se orgulhavam dos *maroons*, mas poucos sabiam alguma coisa sobre eles. Mais estranho ainda, os próprios *maroons* sabiam pouco sobre si mesmos. Assim como os tainos, eles não deixaram história escrita, edifícios nem nada para lembrá-los, exceto músicas, provérbios, nomes de lugares e trilhas nas florestas. A esperança de Béne era que essa velha lenda tivesse fundamento em algum fato.

Então, questionou:

— Os judeus... Como eles eram com os *maroons*?

Era um assunto que nunca tinham discutido, mas agora ele queria saber.

— Os judeus eram diferentes — explicou Frank. — Nem espanhóis nem ingleses. Nem africanos. Nem tainos. Mas eles eram perseguidos, como nós. Claro, eles eram donos de quase todos os negócios e tinham dinheiro, mas não eram iguais aos espanhóis e ingleses. Eles eram humilhados. Foram aprovadas muitas leis contra eles. Você sabia que os judeus só podiam possuir dois escravos? A não ser que fossem donos de uma plantação, o que era raro. E só podiam ter funcionários que também fossem judeus.

Não, ele não sabia.

— Mas nenhuma lei impedia que os judeus fizessem negócios com os escravos — continuou Frank. — Eles vendiam objetos para eles, algo que os brancos odiavam. Diziam que encorajava os escravos a roubarem de seus donos, uma vez que os judeus ofereciam a eles um lugar onde gastar o dinheiro. Isso causou muito ressentimento. Os judeus também vendiam munição para os *maroons*. Essa é a única coisa que nunca conseguimos fazer sozinhos. Roubávamos armas dos soldados britânicos mortos, mas tínhamos de comprar munição.

— Você nunca me contou essas coisas.

— Béne, tem muita coisa que você nunca perguntou.

— Onde fica esse lugar dos portões de ferro?

Frank sorriu.

— Tem coisas que não posso falar.

— Eu sou um *maroon*.

— É verdade. Então, deveria saber que tem coisas das quais não falamos.

— Então me fale mais sobre os judeus.

Frank o fitou com um olhar cético.

— Como eu disse, eles vendiam munição para os *maroons* lutarem contra os ingleses. Mas também vendiam para os ingleses. Então, havia ressentimento dos dois lados. As pessoas de cor conquistaram todos os direitos aqui em 1830. E os judeus passaram a ser os únicos homens livres sem direito a voto. Isso demorou muito para mudar, e foram os negros libertados que lutaram contra a igualdade dos judeus por tanto tempo. — Ele fez uma pausa. — Sempre achei isso estranho. Mas não podemos culpar os judeus. Eles eram negociantes e temiam que os ingleses deixassem de ser tolerantes, tomassem suas terras e os expulsassem daqui. Por isso jogavam dos dois lados.

Béne pegou o *machet* da mão de Clarke e usou a lâmina para fazer um esboço no chão.

— O que é isso? — questionou Béne.

Apenas o canto de pássaros e os zumbidos de insetos perturbavam a manhã tranquila.

— Onde você viu isso?

As palavras saíram baixas, ásperas, roucas.

— O que é isso?

Frank o encarou.

— A chave para o portão de ferro.

VINTE E CINCO

Alle fitava os monitores de vídeo enquanto o carro acelerava pela familiar autoestrada. Campos de laranja se estendiam por quilômetros nos dois lados, entre fazendas de cavalos e montanhas arborizadas.

— O que o seu homem vai fazer? — questionou ela.

— Boa pergunta — respondeu Brian.

— Tem um carro seguindo Sagan — informou a voz que vinha do computador. — Está se aproximando rapidamente.

— Onde você está?

— Atrás desse carro, mas a uma boa distância.

— Não precisa ser sutil. Ajude-o. Você sabe quem está atrás dele.

Os olhos de Brian confirmaram o que ela já sabia.

Zachariah e Rócha.

Um nó se formou na garganta de Alle, tornando difícil engolir. Nunca considerou a possibilidade de que seu pai pudesse ser machucado.

Ainda assim, aqui estava.

A resolução da câmera no painel do carro não era boa o suficiente para verem muito à frente, e a vibração da estrada fazia com que a imagem tremesse constantemente.

O que seu pai estava fazendo? Apenas dê a eles o que querem. Isso não deveria estar acontecendo.

— Simon o alcançou — afirmou a voz do computador.

Zachariah abaixou o vidro conforme Rócha emparelhava o carro com o veículo de Sagan, na pista oposta. Nenhum carro estava vindo naquela direção. As mãos de Sagan estavam firmes no volante; o rosto estava tenso. Primeiro, ele os ignorou; depois, finalmente olhou.

— Pare o carro — gritou Zachariah.

Sagan balançou a cabeça.

Tom nunca dirigira um carro em velocidade tão alta. Estava a quase 150 quilômetros por hora. Felizmente, essa estrada era uma grande reta com poucas curvas. Ele olhava para a esquerda e para a direita e só conseguia ver laranjeiras, suas folhas verdes pesadas com as flores da primavera. Quando jovem, trabalhara nos campos do condado de Lake nos verões e outonos para ganhar um dinheiro extra. Naquela época, várias famílias locais, todas amigas, eram donas dos maiores pomares. Tom sabia onde estava e o que tinha à sua volta. Uma regra que todo repórter rapidamente aprendia era a disposição do local onde estava.

O carro atrás dele desviou para a esquerda na pista oposta e emparelhou com seu carro.

Simon.

Mandando-o parar.

Não tinha como se esquivar da objetividade do olhar dele, dos olhos frios e confiantes. Então, estendeu a mão para o outro banco, pegou a caixa com sua arma e colocou-a no colo.

Simon estava acenando de novo para ele parar.

Suas mãos seguraram a caixa e abriram-na.

Ele segurou o volante de novo quando a mão esquerda encontrou a arma e abriu a janela.

— Mais devagar — berrou Simon.

Sagan estava apontando a arma diretamente para ele.

Rócha apertou os freios, desacelerando o suficiente para o carro de Sagan disparar na frente.

O maldito idiota queria atirar nele.

— Vá — ordenou ele. — Jogue-o para fora da estrada.

Tom estava feliz por não ter precisado puxar o gatilho. Na verdade, nunca disparara uma arma e aquela não parecia uma boa hora para começar.

Mas estava preparado para fazê-lo.

Negociaria com Simon Zachariah, mas nos seus próprios termos. O que tinha a perder? Duvidava de que Zachariah fosse machucar Alle, não antes de ter o que queria. E Tom não se importava a mínima consigo mesmo. Já deveria estar morto, então qualquer tempo extra que passasse respirando já era um bônus. Estranho como ele nem pensara em morrer no calor da perseguição. A única coisa que queria saber era se Alle estava bem. E o pacote fechado em cima do banco do carona garantiria isso.

Alguma coisa bateu na sua traseira, fazendo o volante estremecer.

Ele retomou o controle e manteve as rodas retas. Estava prestes a sair da estrada, pois ela levava à outra, com trânsito mais pesado.

Outra batida na traseira.

Simon estava batendo nele por trás, ficando longe do alcance de um tiro. Tom olhou pelo espelho retrovisor enquanto o carro de Simon perdia velocidade e acelerava de novo na sua direção, desta vez desviando para a pista esquerda e batendo na lateral do seu carro. Esforçou-se para manter o veículo na estrada, depois decidiu entrar na briga. Que se dane. Com uma virada para a direita, os pneus dianteiros saíram do asfalto, impulsionando-o sobre um canal de escoamento estreito paralelo à estrada e jogando-o no pomar de laranjas.

A dianteira do carro bateu na terra e quicou, mas os pneus traseiros o fizeram seguir em frente. Apertou o freio, diminuiu a velocidade e entrou em um caminho de terra entre duas longas filas de árvores.

E acelerou.

Simon estava impressionado.

Uma manobra e tanto.

Tom Sagan estava se mostrando um desafio.

Rócha parou o carro e deu marcha a ré até onde Sagan entrara.

— Vamos — mandou ele.

Rócha afastou-se na estrada e então acelerou, saltando sobre o canal de escoamento e aterrissando com força do outro lado. Girou o volante para a esquerda, depois para a direita, e entraram no mesmo caminho que Sagan usara, com a visão obscurecida por uma nuvem de poeira.

Teriam de seguir mais devagar.

Mas seguiriam.

Béne esperou que Frank Clarke se explicasse.

A chave para o portão de ferro?

Sabia que os *maroons* zelavam por seus segredos. A sociedade nascera em crise, crescera entre lutas e passara quatro séculos quase totalmente reclusa. Tinham sido guerreiros brilhantes, com a moral alta; sua existência inteira se baseava na lembrança de seus maiores feitos e as histórias passavam de geração para geração.

Um portão de ferro?

Não estava interessado em lendas.

Queria vingança.

E Clarke também deveria querer.

— Frank, você precisa me ajudar. Estou tentando encontrar essa mina. Está por aí, à nossa volta, em algum lugar nessas montanhas. Você sabe que está. Não é uma lenda. Esse lugar e suas riquezas pertencem aos *maroons*. São nossas.

Estava falando direito, usando um inglês perfeito, deixando claro que essa seria uma solução moderna para um velho problema.

— Não tenho tanta certeza, Béne.

— Os espanhóis roubaram dos tainos. Somos o que sobrou deles. Pense no que podemos fazer se a lenda for verdadeira.

Seu amigo não disse nada.

— Por que esse símbolo no chão é tão importante?

Frank fez um sinal para que entrassem no museu.

A estrutura era similar a uma cabana, parecida com o lugar onde Felipe morava. Era uma residência *maroon* autêntica, exceto que tábuas cortadas tinham sido substituídas por troncos talhados. O piso era de estilo antigo, argila e cinzas misturadas até chegarem à consistência de concreto. Ele mesmo usara a mistura nos estábulos de sua propriedade, barracões de trabalho e nas instalações de processamento de café. Artefatos estavam alinhados nas paredes externas do retângulo que parecia um galpão, todos escavados nas montanhas próximas. Placas explicavam seus significados. Nada luxuoso, tudo simples. Como se para lembrar o povo.

Passaram por tábuas de madeira que exibiam tigelas e utensílios. *Junges* com as lâminas das lanças enferrujadas e afiadas. Um *abeng* ocupava lugar de destaque, com razão. Quando criança, Béne aprendera a tocar o chifre de vaca — a antiga versão *maroon* da internet —, criando notas específicas que se traduziam em mensagens a longas distâncias. Também havia tambores, armadilhas para passarinho, caldeirões e até uma réplica de uma cabana de cura usada nas comunidades para tratar os doentes.

— Já fazia um tempo que eu não entrava aqui — comentou ele. — Tem mais objetos à mostra do que antes.

Frank o encarou.

— Você deveria vir mais vezes. Como você mesmo disse, é um *maroon*.

O que era uma questão de nascimento. Se um dos pais fosse *maroon*, o filho também seria.

— Você não me quer por perto — disse ele.

— Não é verdade, Béne. Ninguém se importa que você ganhe dinheiro com jogos ou prostituição. Todos nós sabemos, então não tenha vergonha. Nós não temos. Olhe de onde viemos. Quem somos.

Pararam perto de um balcão de madeira que ocupava um canto nos fundos, onde havia três tambores. Ele sabia que a música era uma grande parte da atração do museu. Alguns bateristas dali eram os melhores da ilha. Shows eram um evento comum aqui, atraindo tanto *maroons* quanto turistas. Ele possuía um dos tambores, talhado em um tronco de árvore encontrado nas montanhas. Frank se abaixou e puxou o baú de madeira sem tampa que estava embaixo do balcão. Dentro, havia uma pedra, com cerca de 30 centímetros quadrados, na qual havia o mesmo símbolo.

Encarou o amigo.

— Você conhece isso?

— Duas linhas angulares cruzando-se, com um gancho na ponta. Foi encontrado em diversos locais sagrados.

Ele analisou a pedra, quase idêntica em tamanho e forma àquela que encontrou no túmulo ontem.

— Quer ver outra? — perguntou Frank. — Nas montanhas?

— Achei que estivesse esperando visitantes.

— Outra pessoa pode levá-los. Você e eu precisamos conversar.

VINTE E SEIS

Tom continuou acelerando pelo pomar, tendo o caminho à frente vazio por quase 1 quilômetro. Não seria fácil segui-lo, pois os seus pneus estavam levantando uma nuvem de poeira. Pelo menos, seu instinto estava certo. Simon não era um homem digno de confiança. E mais uma coisa: quando olhou para o outro carro, conseguiu ver o rosto do motorista — achatado, com ossos angulares e cabelos curtos enrolados —, um dos homens que molestaram Alle.

O trabalho da advogada era pegar o que estava no caixão. O que o motorista estava fazendo aqui? Isso significava que Alle estava escondida em algum lugar aqui perto? Considerando as possibilidades da internet, não havia como saber onde ela estava sendo mantida prisioneira, mas o fato de um de seus sequestradores estar aqui significava que ela podia estar por perto. O que fazia sentido. Simon teria de mostrá-la em algum momento. Ou será que achou que seu alvo era tão fraco e estava tão arruinado, tão fracassado, que faria apenas o que lhe mandassem sem questionamentos?

Talvez.

E isso o deixava ainda mais furioso.

Neste momento, ele tinha as cartas na mão. Seu sangue fervia. Seus nervos formigavam. Sentia-se como anos atrás, seguindo o rastro de uma matéria.

E gostava disso.

À frente, uma ponte improvisada de dormentes escurecidos passava por cima de um canal de irrigação. Ele sabia que as plantações de laranja eram cheias de canais para drenar a água da chuva. Antigamente, eles abasteciam as bombas. Passara muitos dias de verão tirando grama e lixo dos canais.

Teve uma ideia.

Desacelerou, atravessou a ponte planejada para tratores e parou do outro lado.

Abriu a porta e correu para trás.

O canal tinha uns bons 6 metros; os dormentes extralongos eram mantidos por um suporte central. Tom sabia que foram planejados para serem móveis, com outros suportes espaçados por todo o canal. Também passara horas levando dormentes de um lugar para outro.

A poeira começava a assentar da estrada do outro lado do canal.

Escutou o som de um motor.

Aproximando-se.

Os dormentes, com uns 10 centímetros de espessura, eram colocados dois a dois, separados por 1 metro, o suficiente para acomodar os pneus de um veículo. Correu para a ponte e tirou um par dos trilhos, enfiando-os dentro do canal.

Depois, mais um par.

Seus músculos se retesavam com a força.

Virou-se para seu lado da ponte e tirou mais dois dormentes.

Seis metros o separavam de Simon.

A poeira do outro lado abaixara.

Viu o carro.

Simon olhava para a frente com atenção.

Rócha estava atravessando o caminho entre as árvores o mais rápido que podia na pouca visibilidade. Mas, por sorte, parecia que a névoa estava se dissipando.

Então, ele viu.

Tom Sagan estava na margem oposta de um canal largo. Havia um suporte sozinho no meio do canal. Rócha também vira, pisando nos freios. O carro derrapou até parar enquanto o cinto de segurança o mantinha no lugar.

Rócha xingou.

Ele olhou pelo para-brisa.

— Desligue o carro.

Tom voltou para seu carro e pegou a arma. Deixou a porta do motorista aberta; a porta e o carro eram tudo entre ele e Simon. É claro que eles poderiam atravessar o canal, mas Tom atiraria antes que chegassem ao outro lado.

Empate.

Exatamente o que ele queria.

Uma brisa quente bateu em sua pele, deixando seus pelos do pescoço e do peito arrepiados.

— Ok — gritou Simon. — O que você quer?

— Minha filha.

Tom ficou abaixado, olhando pela janela aberta.

— Sei que você tem a sua arma e que escolheu a sua posição com cuidado. Não vamos desafiá-lo.

O outro homem ficou ao lado de Simon, sem se mexer.

— Eu deveria atirar no seu amigo — ameaçou Tom. — Ele violentou minha filha.

Nenhum deles se moveu.

— Ele estava fazendo o trabalho dele — explicou Simon. — O que eu pago para ele fazer. Minha advogada não conseguiu fazer o dela.

— Quero Alle. Depois eu entrego o que está comigo.

— Ela não está aqui.

— Como esse filho da puta que você paga está aqui?

— Ele pegou um voo ontem à noite.

Ele estava escutando.

— Ela está em Viena. Se você quer encontrá-la, terá de ir para lá.

Áustria?

— É onde eu moro. Mas talvez você já saiba. Afinal, você é um repórter.

— Vá se danar.

Simon riu.

— Garanto que ainda posso causar um sofrimento imensurável à sua filha. E posso fazer isso simplesmente pela situação em que você me colocou.

Esse cara estava blefando. Ontem Tom poderia hesitar, mas hoje não. Ele era Tom Sagan, jornalista investigativo ganhador de um prêmio Pulitzer, independente do que falassem.

— Então você pode dar adeus ao que está comigo.

Silêncio do outro lado.

— O que você propõe? — perguntou Simon finalmente.

— Fazemos uma troca.

Mais silêncio, então Simon anunciou:

— Não posso trazê-la aqui.

— Como você planejava soltá-la, se é que planejava fazer isso?

— Pensei em fazer um vídeo da libertação, talvez um reencontro cheio de lágrimas depois.

— Não vai ser suficiente.

— Obviamente não. O que você propõe?

— Fazemos a troca em Viena.

Zachariah tinha escutado certo?

— Você vai para lá? — indagou ele.

— E você também.

Isso até podia dar certo. Ele tinha um problema sério, considerando que Alle Becket estava morta, mas talvez conseguisse atingir seu objetivo final.

— Ok. Quando?

— Amanhã à tarde, às cinco horas. Na catedral de São Estevão.

Tom fez sua escolha com cuidado. Visitara Viena diversas vezes e passara quase um mês na cidade enquanto cobria a guerra em Sarajevo. Conhecia o lugar. Conhecia a catedral gótica que ficava no coração da cidade. Um lugar público. Muita gente. Um bom lugar para a troca. Estaria seguro lá. O mais difícil seria escapar antes que Simon pudesse fazer alguma coisa.

Mas pensaria nisso depois.

— Amanhã, às cinco horas da tarde — gritou ele.

— Estarei lá.

Simon e o outro homem voltaram para o carro e saíram, levantando uma nuvem de poeira que obscureceu tudo.

Tom saiu de trás da porta e abaixou a arma. Grandes manchas de suor encharcavam sua camisa. Por dentro, ele fervia como lava, e o ar saía de seus pulmões em baforadas. Pela primeira vez, sentiu o cheiro das flores de laranjeira e viu as árvores pontilhadas de branco à sua volta.

Um cheiro familiar da sua infância.

Tanto tempo atrás.

Passou a mão pela barba de três dias que cobria seu rosto.

Nenhum de seus temores tinha desaparecido, mas, para um cara que deveria estar morto, ele se sentia incrivelmente vivo.

Simon estava satisfeito.

— Encontre um caminho para sair daqui — exigiu ele. — Depois, direto para o aeroporto.

Ligaria antes para que preparassem seu jatinho. Viera para cá em um avião particular e voltaria para a Áustria da mesma forma. Deveria voltar com o segredo do Levita, mas logo o teria.

Sagan provavelmente se achara esperto escolhendo a catedral. Verdade, um local público deixava os dois lados em condições iguais. Não era um lugar ruim para trocar a filha por um pacote.

A não ser...

Simon abriu um sorriso triunfante enquanto sua mente trabalhava em uma ideia e ele compreendia a força de seu plano.

Tom Sagan cometera um erro fatal.

E o fato de Alle Becket estar morta não faria diferença.

O pai logo faria companhia para a filha.

VINTE E SETE

Tom saiu do laranjal e pegou a Interestadual 4, seguindo para oeste na direção de Orlando. O cansaço que costumava deixar sua cabeça pesada e seus pensamentos morosos desapareceu. Infelizmente, depois que a adrenalina baixou, só conseguia pensar na massa decadente em que se transformara Abiram Sagan. Filhos não deviam ver seus pais assim. Ele fora um homem forte. Duro. Implacável. Respeitado em sua comunidade. Homenageado por seu templo. Amado pela neta...

E o filho dele?

Ainda não estava preparado para chegar lá.

Muita coisa tinha acontecido entre eles.

E tudo por causa de religião.

Por que era tão importante ele ser judeu ou não? Por que essa decisão levou-o a ser renegado? Muitas vezes, Tom tentara encontrar respostas para essas duas perguntas. Talvez elas estivessem ao seu lado, dentro do pacote lacrado.

Não esperaria mais.

Saiu da autoestrada, encontrou um posto de gasolina e estacionou. Abriu o pacote com a chave do carro, cortando o grosso plástico o suficiente para conseguir olhar o que tinha ali dentro.

O saco se encheu de ar.

Havia três coisas ali dentro.

Um pequeno envelope plástico lacrado com fita, um mapa e uma bolsa de couro preta com uns 20 centímetros de altura.

Passou a mão pelo lado de fora da bolsa.

O que estava dentro era leve, fino e metálico.

Abriu-a e tirou um objeto.

Uma chave.

Com cerca de 15 centímetros de altura, tinha um dos lados decorado com três estrelas de Davi entrelaçadas. Uma chave esqueleto. Ele sabia que o nome vinha por ter apenas as partes essenciais — ou seja, algumas fendas em sua ponta que se encaixariam nos eixos da fechadura correspondente. Não se via mais essas chaves. Lembrava-se de que, na sua infância, uma chave similar era usada para abrir a sinagoga em cerimônias. Aquela chave era de ferro. A que segurava era de bronze. Nenhuma mancha de ferrugem maculava o bronze.

Desviou sua atenção para o envelope, abrindo a porta do carro para entrar um pouco de ar. Dedos firmes se esforçaram para tirar a fita até que conseguisse puxar uma ponta.

Dentro, uma folha de papel dobrada em três. Datilografada. Espaço simples.

> Se você está lendo isso, filho, é porque abriu o meu túmulo. Sou o último dos Levitas. Não nasci dessa linhagem, mas fui escolhido. O primeiro, Yosef Ben Ha Levy Haivri, José, filho de Levi, o Hebreu, foi escolhido por Cristóvão Colombo. José era conhecido na sua época como Luís de Torres. Ele foi o primeiro judeu a viver no Novo Mundo. Desde De Torres, a linha não se quebrou, e cada Levita é escolhido por seu antecessor. Fui nomeado pelo Saki. Ele foi escolhido pelo pai dele. Meu desejo era que você fosse meu sucessor. Trabalhei duro quando você era menino para treiná-lo de acordo com a nossa cultura. Eu queria que você se tornasse alguém em quem esse segredo pudesse

ser confiado. Quando você me contou a sua decisão de abrir mão da nossa fé, fiquei arrasado. Eu estava prestes a lhe revelar tudo que eu sabia, mas a sua decisão tornou isso impossível. Você me achava forte e indestrutível, mas, na verdade, eu estava frágil e fraco. Pior ainda, o orgulho não me permitiu reparar os danos que causamos um ao outro. Choramos o seu batismo como se você tivesse morrido, e, para mim, de uma forma, tinha. Eu queria que você fosse como eu, um Levita, mas você não tinha esse desejo. Existem tão poucos judeus, filho. Não podemos nos dar ao luxo de perder nenhum. Alle agora é uma de nós. Não sei se você sabe disso. A conversão dela me deixou muito satisfeito, embora eu saiba como a mãe dela teria sofrido. Ela descobriu a nossa fé sozinha e escolheu se converter por livre e espontânea vontade. Eu nunca a pressionei de nenhuma forma. Ela é sincera e devota. Mas o Levita precisa ser homem e não consegui encontrar ninguém capaz. Então, levei o segredo confiado a mim para o túmulo. Suponho que só você ou Alle podem abrir meu caixão. Então, agora, passo a você o que Saki me deu.

3. 74. 5. 86. 19.

Não faço ideia do que isso significa. Decifrar não é função do Levita. Somos apenas os guardiões. Até a época de seu avô, o Levita também guardava outro item. Mas este foi escondido depois da Segunda Guerra Mundial. Recebi de Marc a chave que está junto com esta carta, mas ele nunca me explicou seu significado. Ele viveu em uma época em que os nazistas ameaçavam tudo que era importante para os judeus. Ele me disse que tomara providências para que o segredo nunca fosse violado. O que nós protegemos, filho, é o local do tesouro do templo dos judeus, com a menorá de ouro, a mesa do pão ázimo e as trombetas de prata.

Colombo, que era judeu, trouxe-as para o Novo Mundo e escondeu-as. Marc viveu em uma época em que os judeus eram massacrados aos milhões. Parte da tarefa de um Levita é adaptar-se. Então, ele escolheu fazer mudanças, mas me falou pouco sobre isso, dizendo que era melhor assim — apenas que o golem agora protege nosso segredo em um lugar há muito tempo considerado sagrado pelos judeus. Ele também me deu um nome. Rabino Berlinger. Saki era um homem difícil. Você provavelmente diz a mesma coisa sobre mim. Mas ele me escolheu para guardar o que restava do segredo e nunca o questionei. Filho, faça o mesmo. Continue a missão. Não quebre a cadeia. Você pode se perguntar que diferença isso faz agora. Não cabe ao Levita decidir. Nosso dever é simplesmente guardar a fé de todos aqueles que vieram antes de nós. É o mínimo que podemos fazer, levando em consideração o sacrifício deles. Os judeus sofreram tanto e por tanto tempo. E, pelo que vem acontecendo no Oriente Médio a cada dia, talvez Saki estivesse certo em fazer aquelas mudanças e guardá-las para si. Saiba de mais uma coisa, filho. Fui sincero no que escrevi para você no bilhete que lhe entregaram junto com a escritura da casa. Em nenhum momento acreditei que você fez alguma coisa errada. Não sei o que aconteceu, mas sei que você não é uma fraude. Sinto muito por não ter dito isso enquanto estava vivo, mas eu amo você.

Ele leu a última linha de novo.

Era a primeira vez que Abiram dizia que o amava, pelo que se lembrava.

E a referência ao seu avô, Marc Eden Cross.

Saki.

Uma deturpação do hebreu. *Sabba,* avô. *Savta,* avó. Quando começou a falar, Tom chamava o avô de *Saki,* e o apelido ficou até o dia em que o velho morreu.

Examinou o terceiro item, um mapa Michelin das estradas da Jamaica. Cuidadosamente, abriu-o e viu o contorno distinto da ilha com sua topografia e estradas. Notou a data de impressão. 1952. Depois, viu marcações em tinta azul desbotada. Números individuais. Fez uma conta rápida. Talvez cem ou mais escritos de uma costa a outra.

Olhou para tudo que estava no pacote.

O tesouro do templo?

Seria possível?

Alle estava sentada com Brian. A transmissão de vídeo havia acabado. Tinham assistido quando o homem saltou um canal e entrou em um laranjal, atravessando um caminho de terra entre as laranjeiras que floresciam. Então, ele saíra do carro, voltando 15 minutos depois para relatar o que acontecera.

Estava a uns 50 metros, mas conseguira escutar Simon e Tom Sagan gritando um para o outro. Sagan queria a filha, e Simon deixou claro que ela estava em Viena.

— Mas ele acha que estou morta — comentou ela com Brian. — Ele está blefando?

— Um bom blefe, considerando que não tem como seu pai saber a verdade.

Ela escutara enquanto os olhos e ouvidos de Brian na Flórida informavam o local do encontro amanhã: cinco horas da tarde dentro da catedral de São Estevão.

— Seu pai acha que estará seguro lá — ressaltou Brian.

Ela visitara a catedral duas semanas antes.

— Tem muita gente lá.

— Mas, como você mesma disse, você está morta para Simon. Ele sabe que não pode fazer a troca.

Ainda assim, Zachariah concordara com o encontro.

Os olhos dela externaram suas preocupações.

— Isso mesmo — concordou Brian. — Seu pai vai exatamente para onde Zachariah quer que ele vá. A questão aqui é: você se importa?

VINTE E OITO

Béne seguiu Frank Clarke pela trilha gasta coberta por um tapete de folhas e pedras cheias de limo. Por sorte, ele se vestira para a trilha até Charles Town, usando calças jeans e botas. O coronel estava armado com um *machet*, que usava para cortar galhos baixos que bloqueavam o caminho. O estridente grito de um papagaio ecoava pela floresta alta, assim como o incessante trabalho dos pica-paus. Não era preciso ter medo de cobras venenosas. Fuinhas importadas da Índia séculos atrás para resolver o problema dos ratos tinham eliminado todas elas.

Faltavam três anos para Béne completar 40, e ele estava em boa forma, mas essa escalada exigia muito. Suor escorria pelo seu rosto e encharcava sua camisa. O coronel tinha trinta anos a mais, no entanto a trilha inclinada não parecia ser um problema para ele; seus passos eram lentos e cuidadosos e sua respiração, superficial. Toda vez que começava uma escalada pelas montanhas, Béne pensava em seus ancestrais. *Eboes* da enseada do Benim. Mandingos de Serra Leoa. *Papaws* roubados do Congo e de Angola. Coromantes capturados na Costa do Ouro.

Estes eram os mais fortes.

Praticamente todos os grandes líderes *maroons* tinham sido coromantes, incluindo seu tataravô.

Sua mãe muitas vezes lhe contara sobre os tortuosos caminhos dos africanos até o Novo Mundo. Primeiro, eram capturados e confinados em um forte ou posto de troca. Em seguida, eram amontoados com outros cativos, sendo a maioria estranha, alguns inimigos. A quarta tortura envolvia embarcar em navios superlotados para cruzar o Atlântico. Muitos não sobreviviam a essas viagens e seus corpos eram jogados no mar. Os que sobreviveram formaram laços que durariam gerações — "irmãos ou irmãs de viagem" era como se chamariam para sempre. O quinto trauma acontecia na chegada, quando eram preparados como gado e vendidos. A tormenta final, conhecida como adaptação, era quando os outros, que já estavam acostumados com a escravidão, ensinavam os recém-chegados a sobreviver.

Os holandeses, ingleses e portugueses são culpados.

E, embora os castigos físicos não existissem havia muito tempo, outra forma de escravidão mental permanecia naqueles jamaicanos que se recusavam a abraçar seu passado africano.

Os *maroons* não estavam nessa categoria.

Eles não tinham esquecido.

E nunca esqueceriam.

Béne e Frank continuavam subindo. O barulho de água chegava até eles. Bom. Béne estava com sede. As árvores nomeadas "Chama da Floresta" estavam incandescentes. Quando criança, aprendera sobre essas flores vermelhas, e sua mãe lhe explicou que o suco fedorento feito com elas era bom para curar infecções nos olhos. Quando era garoto, costumava imaginar a vida de um guerreiro *maroon*. Subir pelos rios para disfarçar seu cheiro. Andar para trás para criar trilhas para lugar nenhum. Atrair soldados britânicos para precipícios dos quais não havia escapatória ou amontoá-los em passagens estreitas e atacá-los com pedras, paus e flechas. Bodes eram usados para experimentar os suprimentos de água, que os inimigos gostavam de envenenar, mas os animais não eram permitidos nos assentamentos, pois seus barulhos poderiam mostrar a localização. Guerreiros eram mestres das emboscadas e camuflavam seus corpos na natureza, da cabeça aos pés. Nem os olhos ficavam expostos. Até a lança, a *jonga,* ficava escondida embaixo do denso cobertor de folhas, o que os tornava totalmente invisíveis na floresta. Uma enorme vantagem da qual nunca se falava. Um daqueles segredos que os *maroons* guardavam para si.

Depois da batalha, eles abatiam os soldados inimigos, exceto um ou dois, que soltavam para que pudessem relatar a derrota e levar um desafio não verbal.

Mandem mais.

Por favor.

— Os antigos estão com a gente hoje — comentou Frank.

— Você escuta os *duppies,** Frank?

— Os espíritos do mal, não. Só os antigos. Eles vagam pela floresta e cuidam de nós.

Béne tinha escutado muitas histórias de *duppies.* Espíritos que falavam com uma voz alta e nasal e eram afastados usando sal. Quando eles estão por perto, a pessoa sente a cabeça inchada e a pele, quente. Eles até podem fazê-la passar mal. Era por isso que sua mãe sempre lhe perguntava, quando era pequeno e se machucava, se o *duppy* tinha batido nele.

Ele sorriu ao pensar na mãe.

Uma mulher tão pacífica, casada com um homem tão violento. Mas o único filho dela também era violento. Ontem mesmo, matou dois homens. Perguntou-se se os *duppies* dos homens que matou estavam vagando através das árvores, procurando por ele.

— Risque o fósforo — mandou sua mãe.

Ele obedeceu.

— Agora, sopre, diga "um" e jogue fora.

Ele seguiu as instruções. Estavam na floresta da montanha acima de Kingston. Ambos gostavam desse lugar, longe do ritmo frenético da cidade. Aqui, ela contava para ele sobre os tainos, os africanos, os maroons.

Essa noite ela falava sobre os duppies.

— Faça de novo — instruiu ela. — E diga "dois".

**Duppies* fazem parte do folclore caribenho. São espíritos malévolos. (N. da T.)

Ele riscou o fósforo, assoprou, pronunciou a palavra e jogou-o.

— Com o terceiro fósforo — explicou ela—, sopre e diga a palavra, mas guarde-o. Assim enganamos o duppy. *Ele passa a noite procurando o terceiro fósforo enquanto você foge.*

— É ali — afirmou Frank, trazendo os pensamentos de Béne ao presente. — Cuidado com as pedras. São escorregadias.

Ele viu uma fenda em uma rocha baixa, embaixo de uma robusta figueira, cujas raízes bloqueavam a entrada como barras.

— Aquela caverna leva por dentro da montanha até o outro lado — revelou Frank. — Os *maroons* usavam esse caminho para fugir. A gente atacava os ingleses, causava o mal que podia e fugia. Os soldados nos seguiam, mas a gente já tinha sumido na montanha. Bom para nós que os ingleses não gostassem de cavernas.

A Jamaica era como uma esponja, com milhares de passagens interconectadas por uma enormidade de túneis e rios que desapareciam embaixo da terra em uma área e surgiam em outra. Conhecer o caminho por baixo da superfície foi a salvação dos *maroons*.

Frank o levou até a entrada, onde Béne viu que tábuas tinham sido usadas para improvisar uma porta, bloqueando o caminho.

— Não deixa os morcegos entrarem.

Eles removeram as tábuas. Béne viu três lanternas.

— Mais fácil deixar aqui.

Eles pegaram uma lanterna e entraram, agachados no duto estreito. Béne tomou cuidado com o teto, que tinha pontas afiadas, e com o solo de argila úmida. Pelo menos, não fedia a guano.

Alguns metros adentro, eles pararam. Frank apontou sua lanterna para a parede, e Béne viu o que estava gravado na pedra.

Um X marcado com um gancho.

— É taino? — questionou ele.

— Vamos entrar mais.

A passagem finalmente se abriu em uma câmara alta, onde o ar era escuro e gelado. Quando apontaram suas lanternas para as paredes, Béne contou quatro aberturas que levavam para fora.

Então, ele viu as pictografias.

Milho, pássaros, peixe, sapos, tartarugas, insetos, cachorros e o que parecia ser um chefe nativo com vestimenta completa.

— Os tainos acreditavam que os espíritos de seus primeiros ancestrais habitavam cavernas e só saíam à noite para comer *jobos* — explicou Frank. — Numa noite, as ameixas estavam boas demais, e eles ainda estavam comendo quando o sol nasceu, o que os tornou humanos.

Béne escutara de sua mãe a mesma história sobre a criação do povo.

— As cavernas eram o refúgio dos tainos — prosseguiu ele. — Eles não eram enterrados; eram colocados deitados em lugares escuros. Dizem que suas cinzas ainda cobrem o piso das cavernas.

Ele se sentiu honrado por estar ali, em um lugar tão sereno quanto uma capela.

— Os tainos odiavam os espanhóis. Para evitar a escravidão, eles se escondiam em cavernas como esta e morriam de fome. Alguns eram mais rápidos e tomavam um veneno chamado *cassava.* Outros duravam um pouco mais.

O coronel ficou em silêncio.

— Colombo chamou-os de índios. Hoje, eles são erroneamente chamados de aruaques. Eles eram tainos. Chegaram aqui sete mil anos antes dos espanhóis, remando canoas e vindos de Yucatán. Essa era a casa deles. Ainda assim, os europeus destruíram-nos em apenas cem anos. Sessenta mil pessoas massacradas.

Béne escutou o desprezo na voz do coronel, que ele também sentia.

— Esse X não é taino — afirmou Frank. — Nunca foi encontrado nas cavernas em que eles pintaram. É espanhol e marca um lugar importante. Os *maroons* conhecem esse símbolo há muito tempo, mas não falamos a respeito. Aqueles que procuram a mina perdida também buscam esse símbolo.

Era exatamente o que Zachariah Simon lhe dissera, sem dar nenhuma explicação.

— Então a mina é real? Nunca ouvi você falar desse jeito.

— A lenda não faz o menor sentido. Os tainos não valorizavam o ouro. Eles davam mais importância ao *guanín*.

Ele conhecia a combinação: uma mistura de cobre, prata e ouro. Já vira artefatos feitos do metal avermelhado.

— Eles amavam o cheiro exalado quando o óleo da pele deles reagia ao *guanín* — explicou Frank. — O ouro puro era amarelo e esbranquiçado, sem cheiro e pouco atraente. O *guanín* era diferente. Tornou-se especial para eles, principalmente porque não sabiam derretê-lo. Foi o povo da América do Sul, que veio para o norte, que ensinou. Para eles, o ouro simplesmente vinha dos rios; *guanín* vinha do paraíso.

— Então você está me dizendo que eles não teriam uma mina de ouro?

— Não sei, Béne. Eles definitivamente usavam ouro. Então, ter uma fonte seria importante. O que eu sei é que duzentas toneladas de ouro foram tiradas do Novo Mundo e levadas para a Espanha nos cem anos após Colombo. Uma parte dele saiu da Jamaica, e dezenas de milhares de tainos morreram por causa disso.

Clarke ficou em silêncio e fixou o olhar nos desenhos que a luz revelava.

Aquilo também chamou a atenção de Béne.

— Eles molhavam galhos em carvão misturado com gordura e excremento de morcego. — Frank baixou o tom de voz. — Tão simples e, ainda assim, olhe como o trabalho durou.

— Quem conhece este lugar?

— Ninguém fora da comunidade. Os *maroons* vêm aqui há muito tempo.

Ele também se sentia especialmente à vontade ali.

Frank virou-se e entregou-lhe uma folha de papel. Antes de começarem a subir a montanha, o coronel tinha sumido por alguns instantes dentro do museu.

Béne ficara imaginando por quê.

— Essa é a assinatura de Colombo. — Frank iluminou as letras. — É uma bagunça que fala muito sobre ele. Mas o que importa é o X.

.S.
.S.A.S.
X M Y
:Xpo FERENS./

Béne já tinha notado. Ambos marcados com um gancho. Exatamente como o que vira no túmulo, nos documentos espanhóis, no museu e na parede da caverna.

Ele encarou Clarke.

— Você nunca me contou isso.

— Nós seríamos amaldiçoados, Béne. Como duzentos anos atrás, os *maroons* ainda brigam muito entre si. Nós nos tornamos nosso pior inimigo. O governo sabe disso e, como os ingleses fizeram muitos anos atrás, estimulam nossas brigas. Assim eles não precisam escutar as nossas reclamações. Eu tento, mas é difícil satisfazer os outros coronéis.

Ele sabia que tudo aquilo era verdade.

— Você, Béne, é um homem que todos os coronéis respeitam. Mas eles também temem você. Eles conhecem seus outros negócios. Aceitam seu dinheiro, mas sabem que você mata pessoas.

— Apenas quando não tenho escolha.

— É assim que os *maroons* se justificam desde a primeira vez que fugimos para as montanhas. Todo escravo fugitivo dizia a mesma coisa. "Apenas quando não tenho escolha." Mas já matamos muitos.

Ali, embaixo da terra, com aquele homem culto, Béne decidiu ser sincero.

— Eu faço o que precisa ser feito. A violência é a única coisa que algumas pessoas entendem. É verdade que ganho dinheiro com jogos, prostituição, filmes pornográficos. Nada envolvendo crianças. Nada. Minhas mulheres vão ao médico e são limpas. Tenho regras. Tento fazer as coisas certas.

Clarke levantou a mão, rendendo-se de forma debochada.

— Não precisa me convencer, Béne. Eu não me importo.

Mas ele achava que precisava se justificar.

Será que estava sob o efeito dos *duppies*?

— Seja você mesmo, Béne. É tudo o que podemos fazer.

Normalmente, ele nunca se questionaria, mas este lugar o estava afetando.

— Acredito que esse X seja a marca de Colombo — continuou Frank. — Um símbolo para um lugar importante. Talvez para a própria mina perdida.

— Nesta caverna?

O coronel balançou a cabeça.

— O lugar não é esse. Mas eles o marcaram por alguma razão. Por quê? Ninguém sabe. O lugar verdadeiro é desconhecido.

Simon falara sobre Colombo, a mina perdida e o Levita, supostamente revelando tudo que sabia. Mas não mencionou a assinatura de Colombo nem as outras coisas que Frank Clarke explicara.

Porque ele não sabia?

De forma alguma.

Simon sabia muito. O suficiente para estar na Flórida com um tal homem e sua filha. Uma mulher que escreveu um artigo sobre Colombo para uma revista, que Béne não lera.

Hora de corrigir esse erro.

— Todos querem nos preservar — afirmou Clarke. — Eles falam da cultura *maroon* e de nós como se não existíssemos mais. Porém ainda estamos aqui.

Ele concordou.

— Talvez esteja certo, Béne. Se você encontrar a mina perdida, essa riqueza pode ser usada para mudar a nossa situação. Dinheiro sempre significa poder, e nós não temos nenhum dos dois. Diferente de outros *maroons*, nunca culpei os judeus por lucrarem em cima de nós. Precisávamos de suprimentos e munição. Eles forneciam. Os ingleses precisavam da mesma coisa, e eles forneciam. O mundo é assim. Aqueles judeus não estão mais aqui, mas nós ainda estamos

Béne lembrou-se do que Tre lhe contara sobre os irmãos Cohen e a riqueza dos judeus escondida na época dos espanhóis.

E sobre o Levita.

Que sabia de tudo isso.

— Você acha que os judeus podem ter escondido a riqueza deles na mina também?

Frank sacudiu os ombros.

— É possível. Todas as lendas parecem ter se misturado. O negócio é o seguinte, Béne: ninguém tem certeza de nada.

Ele estava satisfeito por ter vindo.

Finalmente, respostas.

E o que Clarke dissera era verdade. Dinheiro realmente significava poder. Ele estava intensamente ligado à esquerda e ao Partido Nacional do Povo, mas preferia o Partido Trabalhista de centro-direita, que estava no poder. Seus telefonemas para os governantes nunca eram ignorados. Seus pedidos nunca eram esquecidos. Raramente pedia alguma coisa para um ministro, mas sempre que o fazia a resposta era sim.

Uma crença dos *maroons* veio à sua cabeça.

O inocente e o tolo podem se passar por gêmeos.

Ele não era nem um nem outro.

— Encontrarei a mina — afirmou ele para o amigo e para os ancestrais.

VINTE E NOVE

Alle detestava a postura de superioridade de Brian. Duas horas já tinham se passado desde que o vídeo feito na Flórida acabara, e ele passara todo o tempo em outro quarto, ao telefone, com a porta fechada. Ela estava sentada na minúscula cozinha, esperando o tempo passar e bebendo uma xícara de café. A paisagem rural, de uma floresta, não mostrava nenhuma estrada nem casas por perto. Já passava das sete horas da noite. Horário tcheco, o que significava que era início da tarde na Flórida. Aparentemente, seu pai estava vindo para Viena negociar a liberdade dela.

O que ainda a surpreendia.

Uma porta se abriu e passos soaram pelo assoalho de madeira. Brian entrou na cozinha ainda usando o coldre de ombro com a arma. Serviu-se de uma xícara de café.

— As coisas estão mudando rápido — disse ele para Alle.

— Eu não gosto de você.

Ele riu.

— Como se eu me importasse. Se dependesse de mim, eu deixaria Simon matar você.

A ousadia dele estava ficando cada vez menos convincente.

— O que vai acontecer agora?

— Não está nem um pouco interessada no seu pai? Ele colocou a vida dele em risco por você. O que faremos a respeito?

Ela não disse nada.

— Ele vai entrar em uma armadilha na catedral.

— Então, impeça-o. Mande seu homem na Flórida contar para ele o que está acontecendo.

— Como você sugere que eu faça isso? Não fazemos ideia de como ele planeja vir para Viena. Meu homem o perdeu no laranjal. Ele certamente não vai pegar um voo diretamente de Orlando. Aposto que vai dirigindo até Tampa ou Jacksonville ou Miami. Ele não é bobo, ao contrário do que você pensa, e não vai pegar um voo direto para Viena. Ele virá por outra rota. Então, não temos como falar com ele antes que chegue à catedral.

— Você não se importa com meu pai. Só quer o que está com ele.

— Claro que quero. Mas ainda tenho que lidar com o problema dele em Viena. E, para deixar claro, ele não é *meu* pai, então, não, não dou a mínima para ele.

— Meu pai foi um dos melhores repórteres do mundo — comentou ela. — Ele sabe o que está fazendo.

Alle nunca dissera essas palavras antes.

— É o que diz para si mesma para se sentir melhor? Posso lhe garantir que seu pai nunca lidou com um cara como Zachariah Simon. — Ele bebeu um gole do café. — Quero saber o que está acontecendo. O mínimo que você pode fazer é me contar.

— Eu não sei.

— Então me conte o que você contou para Simon.

Em 71 d.C., após massacrar os judeus rebeldes e destruir Jerusalém, Tito voltou para Roma. Seu pai, Vespasiano, agora imperador, recebeu o filho com a maior celebração que Roma já tinha visto. Quase um milhão de pessoas tinham morrido na Judeia, e toda a Roma saiu para prestar sua deferência. Oito anos depois, quando subiu ao poder como imperador, Tito imortalizou o dia com uma escultura que o mostrava como conquistador, desfilando pelas ruas em uma carruagem com o tesouro do templo dos judeus — a menorá de ouro com sete braços, a mesa do pão ázimo e as trombetas de prata — sendo levado à sua frente.

Durante 384 anos, esses tesouros permaneceram em Roma. Então, em 455 d.C., vândalos saquearam a cidade. Um historiador bizantino escreveu que o líder, "sem ninguém para impedi-lo, entrou em Roma e carregou todo o dinheiro e ornamentos da cidade até seus navios, entre eles os tesouros de ouro e pedras preciosas da igreja e os vasos judeus que o filho de Vespasiano, Tito, trouxera para Roma depois do cerco a Jerusalém".

O tesouro do templo foi levado para a cidade africana de Cartago, ao sul, e lá ficou de 455 a 533 d.C., até os bizantinos dominarem os vândalos. Outro autor descreveu a volta triunfante do vencedor para Constantinopla em 534. "E havia também milhares de objetos de prata de todos os feitios e todo o tesouro real, e dentre esse estavam os tesouros dos judeus, que Tito, filho de Vespasiano, levara para Roma após o cerco a Jerusalém."

O imperador Justiniano exibiu o tesouro judeu em diversos locais por toda a cidade. Embora tenha sido um dos maiores líderes bizantinos, Justiniano não era popular, e o descontentamento comum finalmente terminou em uma revolta aberta. Um contemporâneo da época relatou que: "E um judeu, vendo essas coisas, abordou uma pessoa próxima ao imperador e disse: 'Não acho recomendável levar esses tesouros do templo para o palácio em Bizâncio. Na verdade, não é possível estarem em qualquer outro lugar que não o lugar onde Salomão, o rei dos judeus, colocou-os. Foi por causa deles que os vândalos saquearam os palácios romanos e que pudemos roubar dos vândalos.' Quando isso chegou aos ouvidos do imperador, Justiniano teve medo e rapidamente enviou tudo para os santuários dos cristãos em Jerusalém."

— Justiniano era supersticioso e paranoico — continuou Alle. — Ele deixou que um cortesão judeu o assustasse com a afirmação de que todas as civilizações que possuíram o tesouro do templo desde 70 d.C. tinham ruído. Primeiro, os judeus; depois, Roma; depois, os vândalos. Ele seria o próximo? Então, em algum momento entre 535 e 554, ele mandou que o tesouro fosse devolvido à Terra Santa.

Brian tinha um olhar desconfiado.

— Simon está atrás do tesouro do templo?

Ela assentiu.

— Os três objetos mais sagrados do judaísmo. Eles nunca chegaram à Terra Santa. A história perdeu o rastro deles quando saíram de Constantinopla. Zachariah disse que meu avô sabia onde eles estavam escondidos. Que era o Levita, a única pessoa viva que sabia a localização. Ele disse que o que estava enterrado com meu avô nos levaria até o tesouro.

— Para quê? Não é pelo valor. Ele é bilionário.

— Ele quer devolver aos judeus.

— E você acreditou nele?

Ela queria saber uma coisa.

— Qual é o *seu* interesse?

— Conte-me o resto. Como *você* entra nessa história?

Depois que Roma saqueou Jerusalém em 70 d.C. e o Segundo Templo foi demolido, mais de oitenta mil judeus foram deportados da Judeia para a Península Ibérica — que, na época, ficava no extremo ocidente do Império Romano. Mais judeus imigraram para lá com o decorrer do tempo, até que uma comunidade próspera se formou e passou a ser conhecida como sefardita.

A vida dos judeus era tolerável, pois a Igreja católica que estava emergindo tinha dificuldades em se estabelecer tão a ocidente. Os visigodos, que mandavam na terra, não se converteram até 587 d.C., dando início a um fenômeno recorrente na política da Ibéria: os judeus seriam obrigados a se converter cristãos ou seriam expulsos. Muitos se converteram, tornando-se os primeiros conversos e mantendo suas identidades judaicas em segredo enquanto professavam ser algo que não eram. Dezenas de milhares deixaram o país ou foram expulsos. Períodos de tolerância e intolerância se seguiram. Penhora de bens eram frequentes, principalmente quando os monarcas precisavam do dinheiro dos judeus. Quando os mouros invadiram a Península Ibérica, em 711, os judeus os receberam como libertadores. A vida sob o domínio mouro se tornou uma era de ouro para os judeus sefarditas. Eles cresceram em número e muitos imigraram.

Mas a Reconquista mudou tudo.

Os cristãos lentamente reivindicaram a Península Ibérica e forçaram as conversões, usando violência e realizando massacres. Em 1400, judeus haviam se tornado o foco do ódio espanhol. Para evitar a morte ou a perseguição, outros milhares se converteram ao cristianismo, criando uma nova onda de conversos. Leis que restringiam a indústria judaica estagnaram o comércio. O solo deixou de ser cultivado, as finanças ficaram prejudicadas. Comunidades inteiras foram destruídas; muitas outras foram reduzidas à pobreza. Para restabelecer a economia espanhola, a coroa tentou atrair os judeus de volta para o país, oferecendo privilégios.

E deu certo, mas a prática também ressentiu os cristãos.

Quando ascenderam ao trono e concluíram a Reconquista em 1492, expulsando os últimos mouros do solo espanhol, Fernando e Isabel assinaram um decreto ordenando que todos os judeus deveriam se converter ou deixar a Espanha.

Eles também reinstituíram a Inquisição para caçar falsos conversos.

Cento e sessenta e cinco mil judeus escolheram deixar o país.

Muitos ficaram e guardaram seu segredo.

Muitos outros foram massacrados.

— Quanto dessa história você ouviu de Simon? — questionou Brian.

— Eu conheço a história judaica — esclareceu ela. — Foi o que estudei.

— Eu não disse que você não conhecia. Só preciso saber o que aquele doido está tentando fazer.

— Ele me contou uma história. Não sei se é verdade. Mas é um tanto incrível. Sobre os judeus na Espanha na época da viagem de Colombo.

— Conte-me.

— Por que eu faria isso?

— Para salvar a vida do seu pai.

TRINTA

Tom dirigiu até Orlando e pegou um atalho que levava à sua casa. Precisava buscar seu passaporte. Já tinha passado em uma biblioteca e usado um computador para reservar um voo saindo de Nova York para Bratislava, na Eslováquia. A parte noturna da viagem, cruzando o Atlântico, começaria em Nova York às oito horas da noite. Para chegar lá, pegaria um avião em Jacksonville. Achou mais seguro fazer isso do que usar o aeroporto de Orlando, que Simon devia estar vigiando. A viagem para o norte durava cerca de duas horas e meia por uma autoestrada interestadual. Teria de mudar de avião em Londres, mas aterrissaria na Eslováquia com muito tempo. Lá, ele alugaria um carro e cruzaria a fronteira com a Áustria até Viena, a uns 65 quilômetros.

Estacionou a uma quadra de sua casa e usou a porta dos fundos para entrar. Ficou de olho em qualquer coisa que pudesse chamar a atenção, mas a vizinhança estava calma. Percebeu que a dose de conforto que sempre sentira ali não existia mais. O lugar agora fedia a insegurança, e ele só queria sair dali. Rapidamente, mudou de roupa, pegou o passaporte, uma jaqueta e algumas centenas de dólares que sempre tinha em casa e saiu. Compraria o que precisasse pelo caminho. Parecia voltar aos velhos tempos, quando corria atrás de pistas, juntando peças e esperando que os pontos se fechassem e formassem uma matéria. Lidara bem com a situação hoje, antecipando o passo de seu inimigo e ficando à frente. Sua filha estava contando com ele, e desta vez Tom não a decepcionaria.

Agora também compartilhava algo incrível: um segredo que aparentemente estava na sua família fazia um bom tempo.

O que, apesar de tudo, o deixava animado.

Saiu pela porta e foi para o carro.

Uma coisa, porém, o estava perturbando.

Zachariah Simon pareceu concordar com os termos com muita facilidade.

Fontes que cooperavam com facilidade sempre o deixaram nervoso.

Imaginou por quê.

Será que cometera algum erro?

Zachariah embarcou no jatinho particular. Não era seu. Desperdício de dinheiro. Muito mais barato alugar. Este estava esperando por ele no aeroporto internacional Sanford, em Orlando, uma instalação menor ao norte da cidade. Imaginou por onde Tom Sagan sairia dos Estados Unidos. Certamente não seria por Orlando. O homem com certeza era esperto demais para fazer isso. Mas ele não se importava. Queria o ex-repórter em Viena e não interferiria na viagem dele.

Sentou-se em uma das poltronas acolchoadas e prendeu o cinto de segurança. O motor do avião já estava roncando. Ar frio saía dos ventiladores. Rócha, depois de arrumar a bagagem, juntou-se a ele.

— Uma pena ela estar morta — disse ele, referindo-se a Alle. — Acho que fui apressado.

Rócha sacudiu os ombros.

— Jamison soube exatamente onde procurar.

Esse problema exigia atenção. Um espião no meio da operação? Sem dúvida. Simon precisava conversar com Béne Rowe e descobrir por que o jamaicano o estava perseguindo. Ele subestimara o desejo de Rowe de encontrar o tesouro perdido de Colombo e fornecera apenas informações suficientes para provar que sabia do que estava falando.

Mas talvez não o suficiente.

— *Estou procurando um túmulo — disse ele para Rowe. — É o que precisamos encontrar. O túmulo de um Levita.*

— *O que isso faz?*

— *O Levita é a pessoa que guarda o segredo da mina. Apenas ele sabe a localização. Ele deve passar a informação para alguém antes de morrer, mas é possível que isso não tenha acontecido. Uma vez, meu pai encontrou uma pista no túmulo de um Levita. Procure uma jarra gravada na lápide. Esse é o símbolo do Levita. E um X marcado com um gancho. Também tem de aparecer.*

Simon não se importava a mínima com a mina perdida de Cristóvão Colombo. O que buscava era muito mais valioso. Mas se pensar em encontrar essa mina motivava Béne Rowe a agir, então por que não? Quando se aproximou de Rowe pela primeira vez, buscava uma pista para o Levita, mas suas conversas iniciais com o jamaicano começaram muito antes de encontrar Alle Becket e descobrir que o Levita atual morava na Flórida, e não na Jamaica.

E ele estava certo.

O segredo tinha sido levado para o túmulo.

Na verdade, já havia até esquecido Rowe. Eles tinham se unido um ano atrás, como resultado de sua tentativa de encontrar alguém na Jamaica que compartilhasse a sua paixão e estivesse disposto a procurar o túmulo. Foi quando conheceu Brian Jamison. Um dos homens de Rowe. Americano, esperto, habilidoso.

O jatinho taxiou na pista.

Infelizmente, não poderia mais ignorar Rowe.

Béne estava sentado na varanda, olhando para sua propriedade. Nuvens pesadas de chuva estavam vindo do norte, atravessando as Montanhas Azuis, um trovão distante anunciava sua chegada. Chovia muito ali, o que era bom para os grãos de café.

A grandiosa casa, uma mansão georgiana construída em estilo crioulo, ficava no cume de um pequeno monte. Tinha sido construída entre 1771 e 1804 por um latifundiário inglês. Paredes brancas de pedra ainda contrastavam com o exuberante verde da floresta. Esse inglês fora um dos primeiros a plantar café. Os primeiros grãos foram importados em 1728 e rapidamente floresceram. Embora o café levasse mais tempo para amadurecer no ar frio, resultava em mais qualidade. Hoje, apenas 9.000 acres em toda a Jamaica ficavam acima do mínimo de 600 metros exigidos pelos padrões nacionais de qualidade para qualificá-lo como café Blue Mountain. Seu pai estabelecera esses padrões, sabendo que toda a terra da família ficava acima dessa altura. Antigamente, as pulperias ficavam perto dos campos para que os grãos pudessem ser processados logo, mas os transportes modernos tornaram isso desnecessário. O que saía das pulperias, porém, continuava a ser seco, classificado e selecionado apenas após curar por seis semanas. Nenhum outro café no mundo passava por esse processo. Béne tinha orgulho de sua terra e de sua propriedade, principalmente da casa, cuja reforma custara milhões. Escravos não trabalhavam mais aqui. A maioria era de *maroons* a quem ele pagava um salário acima da média.

A pedra do túmulo do Levita estava em cima da mesa à sua frente. Ele a limpara, removendo cuidadosamente a terra escura e deixando o X à mostra. Sua volta de Charles Town, passando pelas montanhas, fora problemática. Frank Clarke tinha contado coisas das quais não sabia. Ficou irritado pelo fato de o amigo ter guardado a informação por tanto tempo, mas não devia estar surpreso. Perguntou-se se havia uma conexão entre o mito taino da caverna importante, a lenda *maroon* do lugar com um portão de ferro, o tesouro judeu supostamente escondido e a mina perdida de Colombo.

Quatro histórias.

Parecidas, mas diferentes.

Separá-las era difícil. Será que a escritura que Felipe encontrara poderia lhe mostrar o caminho? Esperava que Tre Halliburton tivesse sucesso nos arquivos. Ainda não tivera notícias do amigo.

Seus dedos roçaram a pedra.

Que símbolo estranho.

Qual era seu significado?

Seu celular vibrou. Poucos possuíam o número; basicamente apenas seus capangas. Olhou para o visor e viu que a ligação era de Zachariah Simon. Deixou que tocasse várias vezes. Que ele espere. Na sétima, atendeu.

— Sei que o tratei mal — reconheceu Simon.

— Você mentiu para mim.

— Eu simplesmente não lhe contei o que estava fazendo fora da Jamaica. Mas, na verdade, isso não é da sua conta.

— Se tem alguma coisa a ver com a mina perdida, é da minha conta. E o que você está fazendo na Flórida definitivamente tem a ver com a mina.

— Estou ciente de que está por dentro das minhas atividades — admitiu Simon.

— Você mentiu para mim — repetiu ele.

— Tem mais em jogo do que simplesmente encontrar ouro perdido.

— Para mim, não.

— Agradeço o que fez quando estive na Jamaica. As informações que me passou foram interessantes, mas nada que eu já não soubesse. Minha sensação era de que eu estava dando muito mais do que você poderia me oferecer em troca.

Béne fitou as montanhas e a tempestade que se aproximava.

— Eu não subestimaria o que tenho a oferecer.

Simon riu do outro lado da linha.

— Vamos lá, Béne, sejamos realistas. Esta busca vai muito além da sua ilha. É um segredo guardado há quinhentos anos. Talvez algumas das pistas estejam aí, mas a resposta definitivamente está em outro lugar.

— Em Viena?

Jamison já telefonara e informara tudo que acontecera no laranjal na Flórida. Béne supunha que Simon tinha ido diretamente da plantação para um aeroporto e agora estava a bordo de um avião.

— Você *está* bem informado — observou Simon. — O que quer, Béne?

— Que me diga a verdade. Que me trate como um igual. Que me respeite.

— E o que você me dá em troca?

— Algo de que está precisando muito.

— E o que seria isso?

— Alle Becket

TRINTA E UM

Em meados do século VI, o imperador bizantino Justiniano ordenou que o tesouro do templo judeu fosse retirado de Constantinopla. Acreditava que fosse amaldiçoado e queria que os objetos sagrados fossem levados de volta para a Terra Santa. Simplesmente derreter o ouro e a prata e reutilizar as pedras preciosas não seria suficiente para acabar com a maldição, na opinião dele. Apenas o exílio seria suficiente. O imperador confiou a missão aos seus subordinados, que contrataram comerciantes locais para transportar em barcos o tesouro para o sul. Os três objetos — a menorá de ouro, a mesa do pão ázimo e as trombetas de prata — estavam a bordo.

Mas assim que sumiram de vista, o capitão e a tripulação — todos judeus — viraram para oeste, contornaram a bota da Itália e seguiram para o norte, na direção da Península Ibérica. Lá, os três tesouros foram desembarcados e confiados aos sefarditas. Muitos eram descendentes distantes daqueles que os romanos mandaram para o exílio quando o Segundo Templo foi destruído. Finalmente, após 470 anos, os tesouros do templo tinham sido devolvidos.

E esses homens não arriscariam perdê-los de novo.

Os tesouros foram escondidos nas montanhas, onde ficaram por quase mil anos, protegidos por descendentes dos mesmos sefarditas. Esse milênio foi turbulento. Por um tempo, os judeus viveram em segurança, mas, por volta do século IV, quando o cristianismo finalmente consumiu o Império Romano, os judeus passaram a ser perseguidos de novo. Muitos, porém, tinham alcançado posições importantes no comércio e nas artes, servindo como coletores de impostos, ministros financeiros, tesoureiros, banqueiros e astrônomos. Reis confiavam neles. A Igreja católica passou a se ressentir da influência que tinham e começou uma campanha para destruí-los. Chacinas eram comuns; a pior se deu no século XIV, quando dezenas de milhares foram massacradas e tiveram suas riquezas e propriedades confiscadas. Fernando e Isabel finalmente expulsaram os judeus, obrigando-os a vender suas casas, terras, lojas e gado a preços baixos. Ouro e prata não podiam sair do país, então eles foram obrigados a trocar objetos valiosos por mercadorias. Cento e vinte mil judeus fugiram para Portugal, fazendo um acordo com o rei, que acabou renegando sua promessa de segurança e escravizando-os. Outros foram para o norte da África, mas os mouros não lhes deram refúgio. Outros mais tentaram a Itália e a Turquia, mas só encontraram dor e sofrimento. Em 3 de agosto de 1492, dia em que Colombo deixou a Espanha para sua primeira viagem, a situação dos judeus sefarditas parecia perdida.

— Então, houve uma tentativa desesperada - contou Alle. — A única coisa que achavam que funcionaria.

Brian estava escutando com atenção.

— O mundo deles estava destruído. Não tinham para onde ir. Europa. África. Ninguém os queria. Então, eles tiveram a esperança de que poderia haver um lugar melhor do outro lado do mundo, na Ásia. Para onde Colombo partia.

— Você está dizendo que Cristóvão Colombo estava procurando uma terra para os judeus?

— É exatamente isso que estou dizendo. Na época, havia lendas de um lugar a leste onde os judeus viveriam livremente. Era real? Ninguém sabe. Mas mitos eram tudo o que esse povo tinha. Precisava haver um lugar melhor do que onde eles estavam. Você sabe quem realmente financiou a primeira viagem de Colombo? Não foi Isabel, vendendo suas joias, como a história conta A monarquia espanhola estava falida. Não havia dinheiro para aventuras tolas, que era o que achavam da ideia de Colombo. Foram os judeus que financiaram aquela viagem.

Brian estava visivelmente surpreso.

— Luís de Santangel era um converso, um judeu de Aragão que se converteu para manter o patrimônio que conseguira com uma vida inteira de trabalho. A família dele trabalhava para o governo, e, quando Fernando precisava de dinheiro, procurava os Santangel. Infelizmente, eles estiveram entre os primeiros alvos da Inquisição, e Luís foi levado a julgamento. Finalmente, o próprio Fernando interveio a favor dele. Luís conhecia os maiores segredos do rei e cuidava dos mais difíceis assuntos de Estado. Fernando precisava dele, por isso ele foi poupado. Foi Santangel quem convenceu o rei e a rainha a apoiarem Colombo. Mas eles só concordaram depois que Santangel investiu 17 mil ducados do próprio dinheiro na aventura. Outros três conversos também colocaram dinheiro. A coroa espanhola não tinha nada a perder.

— Por que nunca escutei isso antes? — questionou Brian.

— Porque ninguém quer reconhecer que Colombo pode ter sido judeu e que os judeus pagaram pelo descobrimento do Novo Mundo. Mas é a verdade. Eu vi os livros de contabilidade de Santangel nos arquivos em Simancas. Eles mostram claramente em que o dinheiro foi usado.

Alle tinha passado os últimos dois anos estudando esse assunto. O que seu avô plantara dentro dela tanto tempo atrás. O que Zachariah Simon parecia tão interessado em compreender.

— Os judeus descobriram a América — afirmou Brian, balançando a cabeça. — Bem, isso mudaria bastante as coisas.

— Na primeira viagem de Colombo para o Novo Mundo — continuou Alle —, havia 87 homens naqueles três navios. Ao contrário da versão de Hollywood, não havia nenhum padre. Nenhum. Mas havia um intérprete de hebraico a bordo. Um homem chamado De Torres, que provavelmente foi o primeiro a desembarcar naquele dia de 1492. Colombo trouxe um intérprete de hebraico por alguma razão. Ele achava que estava navegando para as Índias e para a Ásia, para um lugar onde os judeus pudessem viver em paz. Então, precisava ser capaz de se comunicar com eles. Além disso, a bordo do navio *Santa María* havia três arcas que guardavam os tesouros do templo. Quando financiou a viagem, Santangel impôs uma condição secreta a Colombo: "Leve nossos tesouros com você e esconda-os. A Espanha não é mais segura."

— Então, esse tesouro está em algum lugar do Caribe? — perguntou Brian.

— Mais provavelmente na Jamaica. A família de Colombo controlou a ilha por 150 anos. Zachariah disse que a família dele procurou por gerações e descobriu o máximo que pôde. Mas o Levita sabe tudo. E meu avô era esse homem.

Brian ficou em silêncio por alguns segundos, pensando.

Ela se perguntava se ele era um amigo. Ou um inimigo.

Difícil dizer.

— Você quer ajudar o seu pai?

— Não quero que ele se machuque.

Alle estava sendo sincera.

— O que eu posso fazer? — perguntou ela.

— Talvez muita coisa.

TRINTA E DOIS

Tom reclinou a poltrona o máximo possível, tentando encontrar uma posição confortável, na esperança de conseguir dormir um pouco. Viera para Nova York e embarcara no voo noturno para Londres sem problemas. Tinham decolado exatamente às oito horas e chegariam, de acordo com o piloto, cerca de meia hora mais cedo. Isso ajudaria na sua conexão para Bratislava, que era apertada. Todas as poltronas estavam ocupadas. As luzes da cabine diminuíram e o movimento no avião começou a acalmar depois do serviço de bordo. Alguns assistiam a filmes ou escutavam música, outros liam.

Ele estava pensando.

A caminho do aeroporto de Jacksonville, ele passara por uma biblioteca pública. Tinha tempo, então usou um dos computadores, navegando pela internet por meia hora para descobrir o que podia sobre Zachariah Simon.

O homem tinha 60 anos e nascera em uma família rica. Era solteiro e levava uma vida reclusa. Sabia-se pouco a seu respeito, apenas os esforços filantropos para suas diversas fundações. A família sempre apoiou Israel, e artigos de jornais arquivados descreviam como o pai de Simon contribuiu com dinheiro para a formação do Estado judaico. Nada sugeria que Zachariah tinha se envolvido na política do Oriente

Médio, e Tom não se lembrava de ter escutado o nome dele ser mencionado durante o tempo em que trabalhou lá. Simon era dono de uma propriedade em Viena, onde organizava uma reunião sionista todos os anos para angariar fundos para suas fundações. Mais como um evento social, nada político. O homem claramente sabia manter seus negócios em sigilo, talvez reconhecendo que o mundo tinha mudado. Era possível descobrir tanto sobre uma pessoa com apenas alguns cliques em um mouse ou alguns toques em uma tela. Se você não quer que ninguém saiba da sua vida, então precisa ficar longe da mídia cibernética.

Era o que Simon fazia.

A carta encontrada no túmulo de Abiram, o mapa da Jamaica e a chave estavam na bandeja à sua frente, todos iluminados pela luz acima de sua cabeça, como um projetor no palco. Pegou a chave e examinou as três estrelas de Davi que formavam uma das pontas. O que ela abria? Virou-a; o bronze refletiu a luz. Não a examinara de perto no carro, mas agora alguma coisa na haste chamou sua atenção. Minúscula. Gravada. Aproximou o metal e analisou o que tinha ali.

Reconheceu as duas primeiras marcas. Letras hebraicas.

Po nikbar. Aqui jaz.

פנ

Igual ao que vira na lápide de seu pai. Mas essas letras adornavam muitos túmulos de hebreus. Não conhecia a terceira marca. Um X com um gancho em uma haste. Balançou a cabeça. Qual era o significado disso tudo?

A mulher ao seu lado estava dormindo embaixo do cobertor. Outras pessoas à sua volta quase dormiam.

Ele também deveria.

Tomara algumas medidas de precaução na biblioteca, pagando para usar uma impressora. Mas precisava se proteger mais. O que faria amanhã na catedral de São Estevão?

Boa pergunta.

Precisava de uma resposta.

E rápido.

Béne olhou para o relógio. Nove e meia da noite na Jamaica; três e meia da manhã em Viena.

— Não tive escolha — falou ele para Brian pelo telefone. — Teremos de trocá-la. — Foi preciso informar Jamison sobre a conversa com Zachariah Simon na qual revelou que Alle Becket ainda estava viva.

— Você comprometeu seu homem infiltrado — criticou Brian.

— Já mandei que ele desaparecesse. Simon e seu cão de guarda estão dentro de um avião voltando para casa. Meu homem já saiu da residência dele.

— Você tem ideia do que acabou de fazer? — questionou Brian, elevando o tom de voz. — Trabalhamos com você porque *tinha* um homem infiltrado nos negócios de Simon.

E isso era verdade.

Brian Jamison aparecera em sua casa, quase um ano atrás, sem marcar hora. Era um agente da inteligência americana, que trabalhava para uma unidade chamada Magellan Billet e viera fazer perguntas sobre o que Zachariah Simon estava fazendo na Jamaica. Béne lhe ofereceu café e bolo e não disse nada. Jamison retornou três dias depois, desta vez com um arquivo que continha mais informações sobre os negócios ilegais de Béne do que ele achava possível reunir em tão pouco tempo.

— Na verdade, isso tudo foi levantado antes da minha primeira visita — informou Brian. — Minha superior quis lhe dar a chance de trabalhar pra nós por livre e espontânea vontade.

Ele riu.

— Como se eu fosse fazer isso.

Brian apontou um dedo para ele e riu junto.

— Foi exatamente o que eu disse a ela. Mas ela é a chefe, então tive de fazer o que mandou. Que bom que você disse não, assim vamos fazer do meu jeito.

Jamison, então, deixou claro que havia provas mais do que suficientes para sustentar acusações de crimes na Jamaica, nos Estados Unidos, na América do Sul e na maioria dos países do Caribe. Quase todas essas jurisdições também previam confisco de bens no caso de condenação, o que significava que toda a riqueza de Rowe poderia ser desapropriada. Claro que essa perturbação poderia ser evitada se Béne estivesse disposto a fazer uma simples coisa.

Trabalhar com eles.

— Você teria alguma coisa a oferecer? — perguntou Brian.

— Que tal uma fonte infiltrada dentro do campo de Simon?

Jamison fora apresentado a Simon como braço direito de Béne, simulando um relacionamento próximo entre eles. Brian chegou até a interagir com Simon e seu pessoal por duas vezes, na Jamaica, incluindo o próprio braço direito do austríaco, Rócha. Sua aparição em Viena certamente assustou Simon o suficiente para mandar matar Alle Becket. Béne sabia que os americanos não iam gostar quando revelasse que a jovem ainda estava viva. Mas não se importava. Gostar das coisas não fazia parte do acordo entre eles.

— Se eu não tivesse contado a Simon sobre ela — esclareceu ele —, tudo já estaria acabado. Ele não precisa mais de mim.

O silêncio que se seguiu mostrou que Jamison sabia que aquilo era verdade. Finalmente, Brian perguntou:

— O que você quer que eu faça?

— Leve-a amanhã para a troca. Ele ainda acha que você trabalha para mim. Não dedurei *você*.

— Béne, você não faz ideia de com quem está lidando. Simon é um homem perigoso, metido em coisas que vão muito além de encontrar uma mina de ouro perdida. Percebi que tem algo maior acontecendo aqui.

— Suponho que não vai querer compartilhar essas ideias comigo.

— Supôs certo.

Ele riu.

— Achei que não. Mas saiba de uma coisa: encontrar essa mina perdida ainda é importante para ele. Percebi isso na voz dele. Sorte sua Simon ainda precisar de mim. Ou melhor, ainda precisar dessa mulher.

— Eu poderia mandar prender você.

— Mas não vai. O que eu fiz manteve seu plano vivo. E você sabe disso.

— Vou ter de colocar pessoas bem acima de mim nessa jogada.

— Faça isso. Mas sugiro que esteja amanhã naquela igreja com a filha de Sagan. Simon está esperando por ela.

— Você sabe que ele quer matar a ambos, a filha e o pai, e provavelmente eu também.

Ele riu de novo.

— Problema seu.

— Não estou entendendo essa história, Béne. Simon poderia ter ignorado você. Ele não precisa tanto da mulher. Você deve ter oferecido mais.

— Ah, sim. Você está certo. Definitivamente tenho algo que ele quer. Então, seja um bom agente e faça o seu trabalho. Leve-a até lá. Veja o que acontece. Depois, saiba que Simon virá atrás de mim.

Ele fez uma pausa.

— E assim vamos encontrar o que queremos.

Tom cochilava e acordava. Sempre conseguira dormir em aviões. Era seu tempo de descanso, entre um aeronave e outra, quando se preparava para o que vinha pela frente. Mas estava afastado havia oito anos e perdera a prática. Vinha pensando em Michele e no que ele fizera com suas vidas.

— Você é um traidor, Tom. Mulheres são o seu fraco.

— Também sou uma fraude?

Ela nunca lhe dissera o que achava de tudo que tinha acontecido com ele.

— Isso eu não sei. Mas está certamente em você: traidores sempre traem. Devo admitir que fiquei chocada com tudo aquilo.

A voz dela era calma; as palavras eram claras. A raiva que existia entre eles tinha desaparecido no ano que se passara desde o divórcio.

— Conheci uma pessoa — contou ela. — Vou me casar.

Ele não estava surpreso. Outros homens a encontrariam rapidamente.

— Fico feliz por você.

— É com Alle que você precisa se preocupar. Já lhe disse para não esperar até que seja tarde demais.

— Eu sei. Eu sei.

— Preciso ir agora, Tom. E eu estava errada no que disse. Você foi um marido relapso e um pai ausente, mas era um bom repórter.

Ele se lembrou de que a forma como ela afirmou que ele era inocente doeu ainda mais.

Depois de tudo que ele tinha feito a ela.

Ainda assim, ela acreditava nele.

Foi a última vez que se falaram.

Ele passou os sete anos seguintes atolado em autopiedade, vivendo sozinho. Ela se casou de novo, mas perdeu a vida cedo demais.

E a filha dele nem permitiu que fosse ao funeral.

Tom retomou o controle de si mesmo.

E perguntou-se: o que diria para Alle quando ela estivesse livre?

TRINTA E TRÊS

Zachariah sentou-se em frente ao computador. Chegara a Viena quatro horas atrás, e Rócha o levara de carro diretamente para sua propriedade. Cochilara e acordara por umas duas horas durante o voo transatlântico, ansioso.

Hoje era o dia. O Levita deixara algo em seu túmulo, exatamente como seu avô e seu pai previram que poderia acontecer, e ele encontrara. A façanha de Tom Sagan na Flórida acabou sendo vantajosa para Zachariah, uma vez que se livrar de dois corpos no final do dia seria bem mais fácil em Viena do que nos Estados Unidos. Fizera até um acordo com Béne Rowe. Não houve escolha. Ter Alle Becket para mostrar para Sagan tornaria as coisas muito mais fáceis. Mas ainda havia o problema do espião infiltrado em sua equipe. Tinha 32 empregados na sua propriedade, incluindo Rócha. A identidade do traidor era óbvia, mas, quando chegou em casa, ficou sabendo que o homem chamado Meia-noite tinha ido embora.

E deveria ir mesmo.

Parte do seu acordo com Rowe era que o homem dele não seria machucado.

Normalmente, ele poderia não honrar tal acordo, mas Rowe o seduzira com um achado em outro túmulo de um Levita na Jamaica. Um X marcado com um gancho. E documentos que poderiam indicar o caminho para a mina perdida. Era importante manter todas as possibilidades abertas.

Pelo menos por enquanto.

O computador ganhou vida, e o rosto de um homem apareceu. Tinha meia-idade e barba com costeletas compridas.

— Como estão as coisas em Israel, meu amigo? — perguntou ele para a tela.

— Mais um dia de negociações. Estamos fazendo progressos, finalmente, na direção da paz.

E ele sabia como.

— O que estamos cedendo?

— Não seja tão inflexível, Zachariah. Não é errado conversar com o inimigo.

— Contanto que não faça nenhuma concessão.

— Bem, isso não posso prometer. Ontem, o Knesset considerou mais concessões. Os Estados Unidos estão pressionando. Mais do que nunca. Eles querem algum movimento da nossa parte. Um movimento significativo. Estamos nos esquivando, mas, no final, tenho a sensação de que vamos ter de fazer alguma concessão.

Esse homem era o líder de um dos seis pequenos partidos israelenses. A tendência variava de ultrarreformista a ortodoxo. Seu partido era mais moderado, centrista, e por isso Zachariah mantinha a linha de comunicação aberta. Normalmente, a presença de todos esses partidos seria ignorada, mas o parlamento israelense estava severamente dividido e coalizões eram feitas e desfeitas o tempo todo. Cada voto contava.

— Bilhões de dólares em ajuda chegam dos Estados Unidos — informou o homem. — Nós podemos ignorá-los por um tempo, mas não para sempre. É a realidade. Está até se discutindo a destruição do muro de separação. Muitos acham que já está na hora.

Uma barreira física de 760 quilômetros construída como fronteira entre Israel e a Palestina, a maior parte formada por três camadas de arame farpado. As seções que passavam por centros urbanos foram feitas de muro de concreto. Postos de observação controlavam o acesso de um lado para o outro. A ideia fora definir uma fronteira e prevenir ataques terroristas, sendo bem-sucedida nos dois objetivos. Retirá-lo parecia impensável.

— Por que considerar tal coisa?

— Porque para receber é preciso dar algo em troca.

Não, não é.

— Esse governo está na reta final. As eleições para o parlamento estão chegando. Todos sabem que vai haver mudanças. Ainda não sabemos quais. Ninguém sabe, Zachariah. A incerteza exige acordos.

Ele odiava que o mundo interferisse em Israel. Um líder mundial após o outro, presidentes americanos principalmente, queriam selar a paz. Mas judeus e árabes estavam em conflito havia muito tempo. Suas divisões eram impenetráveis. Ninguém, além dos participantes, conseguia entender a profundidade das discordâncias entre eles.

Ele compreendia.

E planejava fazer alguma coisa a respeito.

Que não envolvia concessões.

— Nossos inimigos não estão interessados na paz — esclareceu ele. — Nunca estiveram. Eles só se interessam pelo que estamos dispostos a ceder para conseguir a paz.

— Esse tipo de pensamento é exatamente o motivo por que estamos no impasse atual.

De forma alguma. O motivo eram homens como aquele na tela, e outros em Israel, que realmente achavam que podiam negociar um fim para os cinco mil anos de conflitos.

Idiotas.

Todos eles.

Era preciso *impor* a presença dos judeus.

E eles fariam isso.

Tom caminhava pela praça na frente da catedral de São Estevão. Seu relógio marcava meio-dia e vinte e cinco. Chegara em Viena com tempo de sobra. A viagem desde Bratislava levara apenas quarenta minutos; seu carro alugado estava em um estacionamento público a poucas quadras dali. Olhou para a imponente catedral, cuja torre cortava o céu azul como uma flecha. Depois de Simon ter concordado tão prontamente com a troca, Tom decidira que precisava de ajuda. Então, enquanto navegava pela internet na biblioteca em Jacksonville, teve sorte. Uma conhecida ainda trabalhava no *Der Kurier*, um dos principais jornais de Viena. Na sua época, o jornal era apenas impresso. Agora, era uma mistura de versão eletrônica e impressa, e ele notou o nome de um dos editores executivos da versão on-line.

Inna Tretyakova.

Saiu da praça e encontrou uma passagem estreita que levava a uma série de ruas laterais. Dez anos após a última visita, ainda se lembrava do local. Era um talento útil. Ele sempre esquecia nomes, mas nunca esquecia um rosto ou um lugar. O café que procurava fora um de seus preferidos, frequentado pela imprensa local e estrangeira. Entrou por uma porta de vidro, fitando o teto com afrescos. Pouco tinha mudado. Também reconheceu um rosto na multidão.

— Inna, você está linda como sempre — disse ele em inglês, aproximando-se.

— E você ainda é um homem muito charmoso.

Ela tinha 40 e poucos anos e cabelos muito louros que caíam em cachos até os ombros. Seu rosto não exibia nenhuma mancha e seus olhos tinham um tom pálido de azul. O tempo tinha sido generoso; o corpo continuava magro e pequeno, as curvas de que Tom se lembrava ainda estavam ali. O relacionamento entre eles nunca ultrapassou o profissional, pois Inna era casada, mas tinham sido amigos. Ele ligara para ela quando chegou em Bratislava, e, embora não se falassem havia muito tempo, ela concordou imediatamente em se encontrar com ele.

— Preciso de um favor, Inna. Estou com um problema e sem tempo, mas espero que você possa ajudar.

— Você nunca tem tempo, Thomas. — Ela era uma das poucas pessoas que o chamavam assim.

— Minha filha se meteu numa encrenca aqui em Viena e vim ajudá-la. Para fazer isso, preciso da sua ajuda.

— Como você está?

Ele permitiu que ela trocasse de assunto, pois parecia verdadeiramente interessada.

— Não muito bem, Inna. Mas estou sobrevivendo.

— Você foi o melhor repórter que conheci — declarou ela. — Eu queria lhe dizer isso depois que tudo aconteceu, mas não consegui encontrá-lo.

— Eu meio que desapareci. Fiquei sozinho.

— Isso não deve ter sido bom, imagino. Você tem amigos, Thomas. Pessoas que respeitam você. Pessoas que não acreditaram em nada do que foi dito.

Ele apreciava a lealdade dela, mas poucos desses amigos vieram em sua defesa quando precisou.

— Thomas Sagan nunca foi desonesto perto de mim — continuou ela.

Ele sorriu. Não escutava um elogio havia muito tempo.

— Tenho pressionado meu pessoal agora — disse ela. — Da mesma forma como você pressionou quando escrevemos matérias juntos. Lembro-me do que você me ensinou.

Uma década atrás, ela trabalhava na editoria internacional do *Der Kurier*, e várias vezes eles trabalharam juntos no Oriente Médio. Sempre foi organizada e concisa, e ele já achava que ela seria uma ótima editora.

— Sua filha está com problemas sérios? — perguntou ela.

— Infelizmente, sim. Não somos muito chegados, mas tenho de ajudá-la.

— Claro que sim, ela é sua filha.

— Seus filhos estão bem? — Dois, se ele se lembrava bem.

— Os dois estão crescendo. Um deles talvez até seja repórter.

Estavam tão à vontade um com o outro quanto costumavam se sentir anos atrás. Talvez ele estivesse errado em ter classificado todos seus antigos amigos como farinha do mesmo saco.

Fizera a escolha certa ao entrar em contato com Inna.

Ela se debruçou sobre a mesa.

— Thomas, diga-me, o que posso fazer para ajudar a sua filha?

TRINTA E QUATRO

Alle escutou quando os sinos da catedral de São Estêvão anunciaram cinco horas. Ela e Brian se aproximaram da igreja pelo lado oeste e se posicionaram na ponta da enorme praça que se estendia a partir do portal principal.

— Simon não é nosso problema neste momento — afirmou Brian. — Ele precisa que você apareça para mostrar para seu pai. Nosso problema vai começar depois que ele pegar o que quer.

Ela estava ansiosa com tudo isso, e nem um pouco satisfeita por ser a isca.

— Preciso tirar você e seu pai daqui antes que Simon tente alguma coisa — informou Brian. — Ele vai agir. A questão é onde e quando.

Pessoas seguiam apressadas em todas as direções. Estavam no coração de Viena, onde o tamanho da catedral era acentuado por fileiras de prédios baixos. Duas das ruas mais exclusivas da cidade irradiavam da praça, nas quais havia inúmeras lojas. Alle focou o olhar em um dos muitos restaurantes a céu aberto e num quarteto de cordas tocando Brahms. Sentiu cheiro de frango sendo frito ali por perto. Tudo estava vivo, cheio de som e movimento. Impossível saber onde estava a ameaça.

— Tem pessoas para ajudar você aqui? — perguntou ela.

— Trabalho sozinho.

— Você tinha reforços quando nos conhecemos no café.

Ele olhou para ela.

— Precisava deles naquele dia.

— Você já pensou que pode estar errado a respeito de Zachariah?

— Se esse é o caso, você não vai ter problema em ir sozinha.

Ela ficou surpresa.

— Não posso ir com você — anunciou ele. — Só complicaria as coisas. Isso é entre vocês três. Seu pai veio atrás de você. Simon sabe que estamos com você. Ele também sabe que você vem.

— Você contou a ele?

Ele balançou a cabeça.

— Eu, não. Mas outros contaram.

Ela queria saber sobre esses *outros.*

Para quem esse homem trabalhava?

Observou enquanto Brian estudava a praça movimentada. O olhar dela se ergueu para a torre sul da catedral, que subia como um jato de água em uma ascensão contínua, ficando mais estreita da base até a ponta. O telhado principal, que a torre parecia perfurar, brilhava com suas telhas amarelas e pretas, que eram sua marca registrada. Uma paisagem familiar, que ela vira muitas vezes de seu apartamento não muito longe dali. A torre norte da catedral nunca fora concluída, o que dava à construção uma distinta aparência inacabada. Uma frase de Goethe veio à sua cabeça. *"Arquitetura é música congelada."*

Brian pegou um telefone celular e apertou um botão. Falou em hebraico com a pessoa do outro lado da linha; Alle entendeu a maior parte. Ela estudara o idioma na faculdade e na pós-graduação, mas decidiu não deixar que ele percebesse que ela sabia que havia um homem no alto da torre sul da catedral, que podia ser escalada mediante uma taxa. Ela mesma já subira e apreciara a ampla vista. Interessante como ele queria que ela acreditasse que Zachariah era um perigo, enquanto não podia, ou não queria, ser sincero com ela.

E falar em hebraico?

Quem era esse cara?

Ele desligou o telefone.

— Hora de você entrar.

Zachariah admirou o interior da catedral. Raios longos e triangulares do sol de final de tarde penetravam através dos enormes pilares que levavam ao altar principal. Minúsculos fragmentos dourados de poeira flutuavam na luz, dançando ao compasso do órgão. Havia esculturas em todos os lugares, como sentinelas em vigília. Vidros coloridos cintilavam nos vitrais. Os cristãos sabiam como embelezar suas igrejas, isso ele precisava admitir. As sinagogas eram decoradas, mas não com imagens humanas — que era a mesma coisa que idolatria. Com frequência, pensava no contraste entre tamanha simplicidade e os dois primeiros templos judaicos, que não deixavam a desejar à cristandade.

Mas eles não existiam mais; os prédios tinham sido demolidos.

Os tesouros, levados.

Ver lugares como a catedral de São Estêvão o deixava enojado. Construída oitocentos anos atrás, quase reduzida a pó no final da Segunda Guerra Mundial e reconstruída em apenas sete anos.

E a realidade só fortalecia sua decisão.

Entrara sozinho. Rócha estava esperando do lado de fora, de onde seguiria Sagan e sua filha assim que saíssem. Nenhum dos dois deixaria Viena vivo. Já era hora de terminar essa fase da operação e começar a próxima.

Grupos turísticos vagavam por ali. O dia estava acabando, mas a igreja permanecia aberta até as dez horas da noite. Talvez por isso Sagan tenha escolhido o local. Mas como ele poderia saber? O homem tinha feito pouca coisa além de se afundar em autopiedade nos últimos oito anos. Ele estava derrotado e falido.

Mesmo assim, reagira na Flórida.

Mas quem podia culpá-lo?

Sua única filha estava supostamente em perigo.

De qualquer maneira, Zachariah se perguntava qual seria a reação de Sagan se soubesse a verdade.

Tom esperou do lado de fora do espaço que uma placa identificava como capela de Santa Catarina, que saía da torre sul da catedral. Dali, ele podia ver o portal de entrada oeste, a nave inteira e o altar principal.

Viu Zachariah Simon passar pelo púlpito e se dirigir ao altar. Graças à Inna, conseguira entrar por uma porta pouco usada do lado norte, que não era aberta ao público. Como ele suspeitara, ela tinha contatos e fizera uma ligação do próprio café para o diretor de relações-públicas da diocese. A história era simples. Um amigo americano estava na cidade, um famoso autor recluso, que queria visitar a catedral sem ser notado. Seria possível entrar sem precisar passar pela entrada principal? O conhecido ficou muito satisfeito em ajudar, o que permitiu que ele chegasse mais cedo e escolhesse um lugar onde não pudesse ser visto.

Com uma olhada rápida, estimou que havia umas cem pessoas presentes com câmeras em mãos e vozes às vezes mais altas do que as notas do órgão. A catedral era impressionante. Suas paredes romanescas foram construídas com pedras vermelhas e roxas com sombras e listras mais escuras, como se formassem uma tapeçaria. Maravilhava-se com o tempo e a energia necessários para construir algo tão grandioso e invejava a paciência. Seu mundo sempre fora corrido, sem tempo para nada além de cumprir o próximo prazo.

Sentia falta do ritmo frenético.

Usava como cobertura um dos robustos pilares do telhado abobadado, olhando por suas laterais, observando Simon. Seu olhar correu pelo transepto até a outra extremidade, onde havia uma grade de ferro aberta, operada por um único funcionário.

A entrada da catacumba.

Ele já sabia que ela fechava ao público às cinco horas. A funcionária, uma senhora, verificava os ingressos, pois a visita exigia o pagamento de uma taxa. Inna lhe dera um guia, e ele lera sobre as catacumbas, decidindo que elas lhe dariam a oportunidade de que precisava.

Ele fizera o dever de casa e estava pronto.

Simon parou na frente do altar principal.

Tom se dirigiu à entrada.

Alle entrou na igreja.

TRINTA E CINCO

Béne fazia uma curva após a outra na tortuosa estrada. Primeiro, ela lhe abrira caminho para o pico estreito da montanha, agora o levava de volta ao vale arborizado que ficava 30 quilômetros a noroeste de sua propriedade. No cume, ele conseguia visualizar o litoral norte da Jamaica com sua cintilante água azul e ondas distantes. Um sol de meio-dia brilhava no céu e a intensidade dos raios era aguçada pela altitude.

Finalmente, duas horas atrás, Tre Halliburton telefonara, e eles decidiram se encontrar no local — ou onde Tre acreditava que fosse o local. Ele sabia que coisas estavam acontecendo em Viena, mas estavam fora de seu controle. Brian Jamison certamente tentaria fazer o que podia para evitar um desastre, mas Béne não podia se importar menos. Só queria a cooperação de Simon, e esta só viria dependendo do que ele pudesse dar em troca. Ele não gostara de ser forçado a trabalhar com os americanos, ressentindo-se de sua intromissão e odiando a arrogância deles. Mas cooperara. E daí que eles não estavam satisfeitos? Deveriam tratar dos próprios negócios e deixá-lo em paz.

À frente, viu Tre Halliburton, já fora do veículo, segurando uma pasta. Parou e juntou-se a ele. Os dois ainda estavam em um ponto alto o suficiente para ver o lindo panorama da selva densa por muitos quilômetros. Bem ao longe, podia enxergar o oceano e as ondas compridas do mar do Caribe quebrando nos arrecifes que protegiam o litoral norte.

— A escritura que você encontrou, Béne, era sozinha uma mina de ouro. Ela me levou a lugares.

Béne gostava do que ouvia.

Tre soara animado ao telefone e parecia ainda estar. Ele apontou para o mar distante.

— Durante sua quarta viagem, em 1504, Colombo ficou preso aqui por quase um ano. Devido ao péssimo estado de sua nau, foi obrigado a ancorar no litoral norte. Foi um ano difícil. Nenhum barco de resgate foi enviado. O governador espanhol local detestava Colombo, então decidiu deixá-lo aqui para morrer. Sua tripulação se rebelou e os tainos se tornaram hostis, negando-lhes comida. Você sabe como Colombo resolveu esse problema?

Não sabia.

— Ele tinha em sua nau uma cópia das *Efemérides*, de Regiomontanus, impressa em Nuremberg em 1490, que continha previsões de eclipses para os trinta anos seguintes. E descobriu que um eclipse total aconteceria em três dias, 29 de fevereiro de 1504. Então, reuniu os chefes locais e disse a eles que seu deus no céu estava furioso por eles negarem comida. Disse a eles que a lua nasceria vermelha e inflamada naquela noite — o que, é claro, aconteceu graças ao eclipse. Então, falou para eles que a lua desapareceria. Evidentemente, isso também aconteceu. Os tainos entraram em pânico e imploraram a Colombo para impedir aquilo.

Béne escutou enquanto Tre explicava como Colombo se retirou para sua cabine, supostamente para rezar a seu deus, pedindo que eles fossem perdoados. Mas o que realmente fez foi usar sua ampulheta para medir a duração do eclipse e poder calcular a longitude da Jamaica.

— Ele voltou quando o eclipse estava acabando e disse aos tainos que seu deus os tinha perdoado e que a lua voltaria ao seu lugar, desde que continuassem fornecendo comida aos espanhóis. A lua reapareceu e não houve mais problemas com os locais. E Colombo só errou esse cálculo da longitude por meio grau, o que é notável para a época.

Béne se perguntava aonde Tre queria chegar com essa história. Odiava tudo que tivesse a ver com a Espanha.

— Colombo entendia de navegação — continuou Halliburton. — Ele era bom com as estrelas e conhecia sua relação com o tempo e a geografia. Ontem à noite, voltei aos arquivos e descobri algumas coisas que seu ladrão deixou passar.

Tre abriu a pasta e tirou um bloco de papel.

— Encontrei isso escrito em outra folha, que devia estar junto com a primeira sobre o acordo judicial entre os irmãos Cohen.

Entrada em uma terra aberta a 01: 94:01: a. 01. na costa de 01 . aa . 94 .66 a da parte direita contra a ilha a a .01 . 94 . 61. 01 . 94 66.13 .01 A primeira fórmula que será contestada pela sentença 24. 19. p.p. 000. nl pp. pp. 66. pp são 11 . 61 94 .61.91 1 ou 22. 4. 85. ou os portugueses vão levá-lo lá .61 .61. 01 . 60. nl 85.

— É isso que Abraham Cohen tinha de dar ao irmão, Moisés, como parte do acordo. O governador que conduzia o julgamento registrou essas informações em um relatório que fez para a Espanha sobre a disputa. Parece que havia muito interesse entre os espanhóis em tudo que dissesse respeito à mina perdida.

Béne já contara a Halliburton sobre o X marcado com um gancho na caverna que Frank Clarke lhe mostrara e sobre a assinatura de Colombo.

Tre apontou de novo para o mar e continuou:

— Colombo caminhou para o interior a partir de algum lugar da costa e encontrou a mina. Para marcar o caminho, ele usou pontos de navegação. É isso que são esses numeros no bloco. Mas não temos como saber ao que se referem. É um código. O que sabemos, Béne, é que os 420 acres que Abraham Cohen comprou em 1670 estão ali, embaixo de nós, no vale. Encontrei muitos pontos de referência nos mapas. Se realmente existe, a mina fica lá.

Ele fitou as palmeiras, as samambaias e a vegetação exuberante, muitos metros abaixo, que se estendia até o mar. Nenhuma casa, cidade ou fazenda à vista.

— A boa notícia é que é terra *maroon* não cultivada — contou Tre.

O que significava que houvera pouca interferência externa. Os *maroons* protegiam a sua terra com uma ferocidade famosa. Era preciso permissão para explorar.

— E agora? — perguntou ele.

— Pedi uma lista das cavernas dessa área. A Sociedade de Geologia da Jamaica mapeou quase todas. Quero ver o que temos aqui.

Era um pensamento coerente.

— Mas a mina não pode estar em nenhuma caverna conhecida, pode?

— É um ponto de partida.

— Você já não acha que sou louco, acha? — questionou Béne.

— Eu só sei, Béne, que esta ilha não era famosa por ter ouro. Havia pouco nos riachos daqui. O valor da Jamaica estava no seu solo e na sua localização. Estamos exatamente no meio das rotas de comércio. Pode-se plantar tudo nesta terra. Os espanhóis nunca reconheceram isso, e Fernando jamais acreditou em uma mina perdida. Foi por isso que deu a ilha para os herdeiros de Colombo. Ele considerava este um lugar sem valor. A lenda veio mais tarde. Ceder a Jamaica para a família de Colombo foi a forma mais fácil de se livrar do problema. Tinha resolvido tudo com eles. Finalmente.

— Tenho homens que podem esquadrinhar o vale — disse Béne.

— Ainda não. Vamos ver se conseguimos estreitar a busca. Chequei a escritura que você encontrou. Os rios e riachos mencionados são chamados pelos nomes em espanhol, mas sabemos a tradução atual. Acho que posso limitar a área de busca.

Ele escutou mais alguma coisa na voz de Tre Halliburton.

— O que é?

— Tem mais uma fonte de documentos, Béne. Da época dos espanhóis. O curador do arquivo ontem à noite me lembrou. Poucas pessoas já o viram, mas eles seriam úteis. Estão em mãos particulares.

— Onde?

— Em Cuba.

TRINTA E SEIS

Alle entrou na catedral de São Estêvão e, na mesma hora, viu Zachariah a uns 60 metros, na outra extremidade da nave.

Caminhou na direção dele.

Ele estava vestido impecavelmente, como sempre, ereto e elegante, nenhum sinal de preocupação no rosto barbado. Estava parado no meio do transepto. Ela parou a alguns metros.

— Você está bem? — perguntou ele, imediatamente.

— Por que você mandou me matar?

— Foi o que lhe disseram? Que *eu* mandei matar você?

— Seu capanga me levou para o mato com ordens para me matar.

Ele balançou a cabeça.

— Alle, ele não trabalhava para mim. Trabalhava para Brian Jamison. Aquele homem desapareceu ontem da minha propriedade. Ele era um espião de Jamison.

Ela sabia que isso era verdade, mas perguntou-se como ele sabia.

— Estou aqui por causa do seu pai — disse Zachariah. — Ele não cumpriu a parte dele no acordo e insistiu que nos encontrássemos. O chefe de Jamison entrou em contato comigo ontem e disse que estavam com você. Eles queriam chegar a mim através de você. Por isso, eles a pegaram e mentiram sobre mim.

— Para quem Brian trabalha?

— Para um homem chamado Béne Rowe, com quem eu nunca deveria ter feito negócios, pelo menos pelo fato de ele ter colocado a sua vida em perigo.

— Onde está Rócha?

— Sei que você está chateada por causa do vídeo. Já falei com Rócha a esse respeito e isso não sairá impune. Mas fez com que seu pai agisse.

O que era verdade.

— Tentei lhe falar diversas vezes que existem pessoas que vão tentar impedir a nossa busca. Béne Rowe e Jamison são duas dessas pessoas. Eles estão interferindo no que queremos fazer...

— Eu vi o que aconteceu na Flórida quando vocês foram atrás do meu pai.

— Viu?

— Havia uma câmera lá.

— Não tive escolha. Precisei confrontá-lo. Mas quando ele exigiu um encontro *aqui* para fazer a troca, eu aceitei.

— Cadê ele? — perguntou ela.

— Bem aqui.

Ela se virou, assim como Zachariah.

Seu pai estava a poucos metros.

Tom analisou a filha; os cabelos estavam mais compridos do que alguns anos atrás, mas ainda ondulados. Tinha puxado dele a pele morena e a estrutura compacta, assim como o nariz grosso, as maçãs do rosto altas e o maxilar arredondado. Os olhos castanhos eram da mãe. Como ele, Alle não usava óculos nem joias. Ela estava usando calças jeans, um pulôver e botas sem salto. Observando-a, pensou em Michele. Era realmente filha da mãe dela.

— Sr. Sagan — começou Simon —, aqui está ela, como prometido. Agora, pode me dar o que me pertence?

Ele encarou Alle.

— Você está bem?

Ela apenas assentiu. O que o perturbava era ela e Simon terem chegado separadamente e estarem conversando com toda a calma, como se fossem amigos.

— Sr. Sagan — continuou Simon —, quero o que está com o senhor.

— E o que vai fazer se eu não entregar?

— Sua filha está aqui, como combinado. Não podemos concluir nossos negócios?

Alguma coisa não estava certa. Alle não demonstrava nenhuma das emoções que ele esperava ver em uma pessoa que fora amarrada a uma cama e molestada por estranhos. Olhou nos olhos dela, buscando uma explicação para seus receios, mas ela não a ofereceu.

— Dê o que ele quer — ordenou ela, finalmente.

— Seu avô não ia querer que eu fizesse isso.

— Como você pode saber?

— Eu li o que ele deixou no túmulo.

Tom viu que a filha ficou curiosa, mas não deu mais informações. Em vez disso, tirou uma folha de papel dobrada do bolso e entregou a Simon.

— Aqui está. Uma carta para mim.

Enquanto Simon lia, Tom observava Alle, que estava claramente pouco à vontade.

— Só isso? — perguntou Simon.

— Abiram era um homem de poucas palavras. Na verdade, isso era uma conversa longa para os padrões dele. Acho que a carta deixa claro que eu não fazia ideia de que ele era algum tipo de Levita. Agora, essa tarefa é minha.

— Como eu lhe disse na Flórida, você não é digno nem de pronunciar essa palavra.

— Terminamos por aqui?

Simon assentiu.

— Nossos negócios acabam por aqui. Talvez você possa terminar o que começou na casa de seu pai.

Resistiu à vontade de dar um soco no filho da puta.

— Ou talvez eu dê um tiro em você.

Simon franziu a testa.

— Tem outro assunto de que você deve cuidar. Algo que duvido que a sua filha vá lhe contar. Ela não foi sequestrada. Pelo menos não por mim. Ela participou por vontade própria do vídeo a que você assistiu.

Tom disse a si mesmo para ficar calmo.

— Conte a ele — ordenou Simon. — A verdade é sempre o melhor caminho.

Alle não disse nada, mas estava claramente surpresa com a admissão de Simon.

— Estou mencionando isso porque ontem ela foi realmente sequestrada por terceiros, e só foi solta hoje graças a mim.

— Eles me disseram que *você* ia me matar — informou Alle.

— Posso lhe garantir que eles são perigosos, não eu. — Simon encarou Tom. — Os sequestradores trabalham para um sócio meu que decidiu mudar nosso relacionamento. Eu interferi e fiz um acordo para que ela fosse libertada. Estou falando isso porque o homem que a sequestrou acaba de entrar na igreja.

Alle girou e viu Brian parado na outra extremidade da nave. Ele dissera que a esperaria do lado de fora.

Outra mentira.

— Ele não é um amigo meu — afirmou Zachariah. — Nem seu. Boa sorte.

— Vou com você — falou ela.

— Seu pai não permitiria. Converse com ele. Resolvam tudo que precisa ser resolvido entre vocês.

Um medo que nunca sentira tomou conta de Alle.

— Por que você me traiu?

— A verdade nunca é uma coisa ruim. Concorda, Sr. Sagan?

— Acho que você vai descobrir.

*

Zachariah saiu e caminhou pelo piso quadriculado até onde Brian Jamison esperava. Casualmente, enfiou o papel que Sagan lhe dera no bolso das calças. Parou a alguns metros.

— Conseguiu o que queria? — perguntou Jamison.

— Isso é entre seu chefe e eu.

— Então, você vai simplesmente embora daqui? Deixá-los ir? Deixar que eu fique com eles?

Simon virou-se de novo para onde Alle Becket e Tom Sagan estavam.

— Não exatamente.

Tom observou a cena a uns 30 metros de distância. Depois, virou-se para Alle:

— O que ele disse é verdade?

Ela não respondeu, mas ele viu incerteza e medo em seu rosto, e ambos o deixaram alarmado.

— Aquele homem ali... — informou ela. — O nome dele é Brian Jamison e ele me sequestrou ontem. O que Zachariah disse sobre ele pode ser verdade.

O homem andou na direção deles enquanto Simon saía da igreja.

Graças a Deus, ele estava pronto.

— Vamos — disse ele.

— Para onde? — perguntou a filha.

— Para fora daqui.

Ele a levou pelo transepto até o portão de ferro, onde havia uma atendente. Ela não estava mais verificando ingressos para a catacumba — Inna providenciara para que Tom tivesse um passeio particular depois que a área subterrânea estivesse fechada ao público. Ele conversara com a atendente mais cedo, e ela o estava esperando, deixando ambos entrarem. Com uma olhadela rápida para trás, ele viu que o homem chamado Brian Jamison se dirigia para a entrada. Tom deu um passo e chegou aos degraus de pedra que levavam às catacumbas. Atravessou o portão, agarrou as grades de ferro e fechou-as, ouvindo o clique da fechadura.

Quando chegara, duas horas antes, notara que seria preciso uma chave para reabri-la. A atendente, surpresa, certamente trazia a chave, mas aquele minuto ou dois que ganhariam seriam cruciais para a fuga.

Achara que Simon era o inimigo.

Agora, havia outra ameaça.

— Venha comigo — ordenou ele para Alle.

Correndo, eles desceram as escadas para a cripta.

Zachariah hesitou, na entrada principal, e observou Alle e o pai dela entrarem para as catacumbas. Parecia que Sagan tinha fechado o portão de ferro, o que impediu que Jamison avançasse; agora, a atendente da catedral estava tentando abrir a fechadura. Imaginara qual seria o próximo passo de Rowe. Aparentemente, ele ainda queria Alle Becket — e o pai dela. Ele entregara Alle porque queria que ela fosse embora com o pai. Assim, Rócha poderia cuidar dos dois. Claro, Zachariah presumira que eles sairiam pela porta principal.

Mas não foi o que aconteceu.

E o que Sagan lhe dissera sobre a verdade.

"Acho que você vai descobrir."

Saiu e imediatamente viu Rócha. Acenou. Seu capanga se aproximou e disse:

— Vi que Jamison entrou.

— Todos desceram para as catacumbas.

Perguntou-se se poderia ser uma oportunidade.

— Venha.

E entrou de novo na catedral com Rócha.

TRINTA E SETE

Tom e Alle desceram as escadas correndo.

Chegaram à parte mais baixa.

À frente, se abria um labirinto de corredores talhados na rocha séculos atrás. Agora, o lugar era uma elaborada necrópole barroca onde bispos e cardeais jaziam. Estudara o guia da catedral enquanto esperava e conhecia sua disposição, sabendo para onde tinha de ir. Quando se encontrara com Inna, pedira o favor de colocá-lo dentro da catedral sem ser notado.

O outro favor era tirá-lo de lá.

— Por ali — apontou ele.

Zachariah pensou no que ele e Rócha deveriam fazer enquanto se mantinham escondidos atrás de um pilar. Brian Jamison estava apressando a atendente, que ainda tentava abrir o portão. A comoção atraíra a atenção de alguns visitantes, mas não muitos. Ele já entrara nas catacumbas. Muitas tumbas, criptas e ossos, mas se perguntava se havia outra saída.

A senhora mexia nas chaves e finalmente inseriu a certa na fechadura.

Jamison desapareceu escada abaixo.

Zachariah e Rócha correram na mesma direção quando a mulher estava começando a trancar de novo o portão. Ele teve o cuidado de manter o rosto em uma posição que ela não conseguisse ver.

— *Entschuldigen sie bitte* — disse ele quando passaram.

A atendente abriu a boca para falar, mas Rócha fechou o portão.

Alle estava confusa e trêmula. Não tinha alternativa a não ser seguir seu pai. Zachariah a traíra. Ele parecia irritado. Mas como podia culpá-lo? Ela o acusara de tentar matá-la. Ele realmente a havia salvado? Será que Brian, e não Zachariah, estava mentindo para ela?

Não fazia ideia.

Ela conhecia as catacumbas. Uma série de câmaras subterrâneas abobadadas. Muitos clérigos estavam enterrados ali, além dos corpos, corações e vísceras dos Habsburgo, que mandaram em grande parte da Europa por séculos. Havia também os ossos de quase 11 mil pessoas, retirados dos cemitérios acima após uma praga em meados do século XVIII. Os restos mortais foram empilhados, e a exibição era um pouco macabra para o gosto dela. Lembrava-se de que todas as câmaras subterrâneas se interligavam, iluminadas pelo brilho âmbar de lâmpadas incandescentes. Seu pai parecia saber exatamente para onde estava indo, passando pelas principais áreas de visitação que se estendiam à frente das escadas e levando-os para a esquerda, na direção da câmara dos ossos. Pelo caminho, passaram por diversos monumentos fúnebres impressionantes, com elaborados caixões de cobre.

Ela parou.

— Aonde vamos? — perguntou.

Ele se virou.

— Sair daqui.

— Como você sabe que tem uma saída?

Ela viu a irritação no rosto dele.

— Ao contrário do que você pode achar, não sou burro. Planejei tudo.

— Por que está fazendo isso?

— Talvez porque eu tenha assistido a dois homens apalparem minha filha amarrada a uma cama. Você acha que é suficiente para motivar alguém? Agora, fico sabendo que aquilo tudo foi uma encenação. Foi mesmo, Alle?

Ela não via seu pai com raiva havia muito tempo e aquilo a deixou nervosa, mas mentir seria inútil.

— Ele disse a verdade. Foi uma encenação.

Ele deu um passo na direção dela.

— E você tem a coragem de me julgar.

Alle sabia do que ele estava falando. De todas as vezes em que dissera que ele era um marido e um pai negligente, chamando-o de mentiroso, dizendo que ele era uma fraude, e culminando no funeral da mãe dela, quando ela o expulsou do velório.

— Nada a dizer? — perguntou ele.

— Eu queria que você abrisse o túmulo. Sabia que você não faria se eu simplesmente pedisse.

— Eu não faria mesmo. Ainda assim, você deveria ter pedido.

Eles estavam parados em uma junção; o corredor principal continuava à frente e outro desaparecia, à esquerda. Uma placa indicava que a câmara dos ossos ficava naquela direção. Pelo canto do olho direito, ela viu um movimento.

A 15 metros, Brian apareceu.

Seu pai também o viu.

O homem que os perseguia colocou a mão dentro do paletó. Ela sabia o que havia ali.

O coldre de ombro.

Uma arma apareceu.

Ao ver a arma, Tom reagiu, decidindo que não deveriam seguir pelo corredor em frente, pois o homem poderia atirar neles com facilidade. Mais cedo, quando fizera o reconhecimento das catacumbas, Inna lhe mostrara o caminho mais curto para a saída — que, infelizmente, ficava aonde eles já não podiam ir.

Não tinha escolha.

Agarrou a mão de Alle e correram pelo corredor que levava para a câmara dos ossos.

Zachariah desceu as escadas que conduziam às catacumbas. A luz que vinha de baixo iluminava os degraus, e ele percebeu um leve movimento de uma sombra desaparecendo à sua esquerda.

Agarrou o braço de Rócha e acenou para que fossem mais devagar.

Também fez um aceno com a cabeça para Rócha pegar sua arma; um silenciador já estava conectado ao curto cano da automática. Estava esperando ter alguns minutos tranquilos aqui embaixo. O problema de Brian Jamison o estava irritando, assim como outra coisa.

Sagan lhe entregara tudo?

No fundo da escada, abria-se uma câmara com fileiras de bancos de igreja. Uma espécie de igreja subterrânea. Um crucifixo barroco estava pendurado em cima do altar. Com cuidado, ele olhou em volta, encostado na parede. Um corredor se estendia. Jamison estava a 15 metros, com a arma em punho, virando à esquerda em outra esquina.

Ele e Rócha o seguiram.

Tom estava preocupado. As coisas não estavam saindo como o planejado. Ele devia ter entrado nas catacumbas com Alle, trancado o portão ao passar e deixado Zachariah encurralado. Não esperara ter uma terceira pessoa na perseguição e, certamente, não esperava que sua própria filha estivesse em conluio com o outro lado. Pelo desenho das catacumbas no guia, ele sabia que aquele trajeto levaria à saída que ele planejava usar, só que por um caminho mais longo e complicado.

Inna estava esperando lá, no topo de outra escadaria na fachada leste da igreja, onde a saída se abria em um beco lateral existente há séculos, mas raramente usado. Uma porta de metal que só podia ser aberta por dentro protegia a entrada, mas Inna conseguira convencer seu conhecido na diocese a permitir que o visitante americano recluso saísse por ela quando terminasse o passeio particular. A própria Inna se responsabilizou por fechar a porta assim que eles saíssem. A pessoa encarregada pelas relações-públicas da diocese se mostrou mais do que disposta em ajudar, sabendo que a imprensa ficaria lhe devendo um favor que poderia ser útil.

Tom conhecia essa moeda.

Já fora um mestre em usá-la.

Chegaram ao final do corredor e viraram.

Nichos se abriam à direita e à esquerda, bloqueados por grades de ferro. Atrás das grades, iluminados por lâmpadas incandescentes, ossos estavam empilhados a dois metros e meio de altura. Alguns em pilhas perfeitas, outros em uma mistura confusa, como se tivessem sido jogados ali. A visão era desconcertante e surreal. Tanta morte em um espaço tão pequeno. Quem eram aquelas pessoas? Como viveram? Qual era a história delas?

Notou que o olhar de Alle também estava fixo nos ossos.

Ele só queria sair dali, mas o corredor que cortava as câmaras dos ossos era comprido e reto. Talvez uns 20 metros de uma ponta a outra, com arcos de pedra e grades de ferro dos dois lados. Não tinham como se proteger. Não era bom.

— Fiquem parados onde estão — ordenou a voz atrás deles.

Ele e Alle pararam e se viraram.

O homem que os perseguia estava a uns 6 metros.

Com a arma apontada para eles.

TRINTA E OITO

Béne estava sentado na cabine do King Air C90B, um pequeno turbopropulsor que sempre alugava quando viajava para algum lugar do Caribe. Por sorte o avião estava disponível, mesmo fazendo a reserva em cima da hora, e ele e Tre Halliburton embarcaram em Montego Bay. Tre dissera que provavelmente haveria mais informações em Cuba, então Béne fez uma ligação e conseguiu acesso para entrarem no país. Fazia negócios regularmente com os cubanos. Eles o conheciam bem e tiveram prazer em cooperar. O avião podia acomodar até sete passageiros, mas, com apenas eles dois a bordo, havia muito espaço. O que ele gostava nesse voo particular era o serviço. A cozinha estava sempre estocada com comida de qualidade e o bar tinha prateleiras carregadas de boas bebidas. Não que se importasse muito, pois bebia pouco, mas seus convidados gostavam. Tre estava tomando rum com Coca-Cola.

— O arquivo é propriedade particular — informou Tre. — Sempre quis dar uma olhada, mas nunca consegui autorização para entrar em Cuba.

— Por que você acha que pode ajudar?

— Em algumas coisas que encontrei ontem à noite, havia referências constantes a Cuba e aos documentos espanhóis deixados na Jamaica. Eu e o arquivista já tínhamos conversado sobre esse lote. Na verdade, ele já viu. Disse que tem mais documentos da época dos espanhóis lá do que em qualquer outro lugar que ele conheça.

— Ele não sabe o que você está procurando, sabe?

— Não, Béne. Não sou burro. Presumo que teremos um carro ao desembarcarmos.

— Está esperando por nós.

— Parece que você já esteve aqui antes.

— Apesar de todos os defeitos, é fácil trabalhar com os cubanos.

— Quando eu estava nos arquivos ontem — começou Tre —, um dos assistentes me falou de outro funcionário, que está desaparecido. O nome dele é Felipe. É o homem que roubou os documentos para você?

— Para mim, não. Para outra pessoa.

— Ele está morto, não está?

Ele não admitiria isso. Para ninguém. Nunca.

— Por que está me perguntando?

— O assistente me disse que Felipe nunca faltou ao trabalho. Jovem Inteligente. Agora, desaparecido.

— Um pulo muito grande entre isso e eu.

— Por que você faz isso, Béne? Por que não fica só com os negócios legais?

Ele se fazia essa mesma pergunta com frequência. Talvez fossem os genes de seu pai circulando em seu corpo. Infelizmente, era impossível ignorar a atração do dinheiro fácil e do poder que isso trazia, embora às vezes desejasse resistir.

— Precisamos mesmo ter esta conversa? — perguntou Béne.

— Estamos só nós dois aqui, Béne. Sou seu amigo.

Talvez fosse, mas ele não era bobo.

— Não faço nada que prejudique ninguém. Nada mesmo. Cultivo café e tento ficar na minha.

— Esse homem... Felipe. Talvez ele discorde de você.

Ainda podia sentir o olhar da esposa de Felipe quando jogou o dinheiro em cima da cama. Ele destruíra a vida dela. Por quê? Por orgulho? Raiva? Não. Simplesmente tinha de ser feito. A Jamaica era um lugar violento, muitas gangues fortes. Era verdade que ele não fazia parte formalmente desse sistema — gostava de pensar que estava acima disso —, mas, para manter o status, precisava usar o medo. Matar aquele traficante fazia parte do trabalho. Felipe? Nem tanto, pois ninguém nunca saberia o que aconteceu, exceto seus capangas. Mas esse era o ponto. Se um assistente podia mentir para ele e não enfrentar as consequências, o que *eles* fariam?

Agora sabiam o preço a se pagar por esse erro.

— É uma pena que o homem esteja desaparecido — falou Béne finalmente.

— Eu li sobre o seu pai — revelou Tre. — Ele era um homem e tanto. Parece que criou sozinho a indústria inteira do café Blue Mountain.

Béne era jovem quando o pai morreu, mas se lembrava de algumas coisas, e sua mãe lhe contara muitas outras. Ela parecia se lembrar apenas das coisas boas. Seu pai achava necessário regulamentar o produto de exportação mais valioso da Jamaica. É claro que a família Rowe se beneficiou, mas qual era o problema disso?

— Meu pai também queria encontrar essa mina — confessou para Tre Halliburton. — Ele foi a primeira pessoa que me contou sobre ela.

Queria mudar de assunto. Esta viagem era sobre a mina, não sobre sua família, nem seus negócios. Mas gostava o bastante de Tre para não ficar furioso com a intromissão.

— E o que você vai fazer se o lugar realmente existir? — perguntou Tre.

Uma onda de turbulência sacudiu o avião. Estavam 6.000 metros acima do mar do Caribe, seguindo para nordeste, na direção de Santiago de Cuba, uma cidade populosa no litoral sudeste. O voo era curto, e logo aterrissariam.

— Ela existe? — questionou ele.

— Há dois dias, eu diria que não. Agora, não tenho mais tanta certeza.

— Está lá — afirmara Zachariah Simon para ele. — Minha família procura essa mina há muito tempo.

— Por que ela é importante para você?

— É importante para a minha religião.

Isso o surpreendeu.

— Como?

— Cristóvão Colombo era judeu. Ele se converteu ao cristianismo sob ameaça, mas continuou sendo judeu no coração.

Nunca tinha ouvido isso antes.

— O nome verdadeiro dele era Cristóvão Arnoldo de Ysassi.

Béne não se esforçou para esconder sua descrença.

— É verdade — confirmou Simon. — A família dele adotou o sobrenome Colombo depois da conversão.

— Qual é a importância disso? — Ele realmente queria saber.

— Para a minha família, isso é muito importante. Para os judeus, ainda mais. Você conhece a história da morte de Colombo?

— Como Colombo morreu? — perguntou Béne subitamente para Tre Halliburton.

— De onde você tirou essa pergunta?

— De uma coisa em que eu estava pensando. Como foi?

— Ele morreu na Espanha em maio de 1506, após um longo período doente. Ninguém conhece a causa. A morte em si não interessa muito, mas sim o que aconteceu depois.

Escutou Halliburton explicar como Colombo foi enterrado em um convento em Valladolid e como depois, em 1513, sua nora solicitou que seus restos mortais fossem levados para a catedral de Sevilha. Em 1537, a família obteve permissão para trazer o corpo para o Novo Mundo, e Colombo foi enterrado em uma igreja recém-construída em Santo Domingo.

1537.

Conhecia o significado desse ano.

Foi o ano em que a mesma nora — viúva de um dos filhos de Colombo — conseguiu que a coroa espanhola lhe cedesse o controle da Jamaica.

Colombo ficou em Hispaniola até 1795. Quando a Espanha perdeu o controle da ilha para os franceses, os restos dele foram transferidos para Havana. No início do século XX, no final da guerra Hispano-Americana, quando Cuba conquistou sua independência, os ossos foram levados de volta para Sevilha, onde permaneceram.

— Mas tem um problema... — acrescentou Tre. — Podem não ser os ossos de Colombo. No final do século XIX, alguns homens estavam cavando na igreja de Santo Domingo e encontraram um baú cheio de ossos. Do lado de fora estava escrito "Homem notório Dom Cristóvão Colombo". Esse fato fez com que todos acreditassem que os espanhóis tinham cavado o túmulo errado em 1795.

— Eu estive na igreja em Santo Domingo — contou ele. — Tem um monumento e uma tumba para Colombo.

— Nessa tumba estão os ossos encontrados no baú. O governo construiu tudo isso em 1992, para comemorar os quinhentos anos da primeira viagem. Mas também existe uma tumba magnífica em Sevilha. Vários testes de DNA já foram feitos, mas nada ficou resolvido. Os ossos dele foram removidos várias vezes e espalhados por aí. Podem estar em todos esses lugares. Ou em nenhum.

— Minha família procura o túmulo de Cristóvão Colombo — confessou Simon. — Acreditamos que os ossos tenham sido secretamente transportados para a Jamaica e escondidos na mina perdida. A localização parece ser um lugar em que a família confiava e que o próprio Almirante do Oceano descobriu.

Mas Béne não acreditara em Simon na época e ainda continuava em dúvida. Isso não era sobre encontrar um túmulo. De forma alguma. Simon estava atrás de outra coisa, alguma coisa importante o suficiente para chamar a atenção de agentes da inteligência americana. Béne não dava a mínima para os ossos de Colombo. Aquele homem foi um invasor. Um destruidor. Sua chegada significou a morte de dezenas de milhares de tainos e levou à escravidão, que trouxe ainda mais dor e sofrimento. Os *maroons* se rebelaram contra tudo isso, tornando-se os primeiros africanos a conquistar a liberdade no Novo Mundo. Se existia uma mina perdida, ela definitivamente pertencia a eles.

— O que é, Béne?

O furioso som do motor mudou, e eles começaram a descer. Pela janela, Béne viu Cuba e o baluarte verde de montanhas que contornavam a costa. La Sierra Maestra. Ele sabia que os escravos tinham usado seu terreno difícil como proteção quando escapavam das plantações de cana. Eles não ganharam um nome como *maroons*, mas eram a mesma coisa.

Tre Halliburton estava olhando pela janela também.

— Foi onde a Revolução Cubana começou. Castro e seus homens se esconderam nessas montanhas.

Béne sabia que café era cultivado ali. Uma mistura forte que tentava competir com seus grãos premiados.

— Quero encontrar essa mina — afirmou ele, em voz baixa. — Se não houver nada lá, tudo bem. Mas quero encontrá-la. Preciso que você me ajude. — Ele encarou Tre e perguntou: — Você me ajuda?

— Claro, Béne. Posso fazer isso.

Ele viu que o amigo percebeu a urgência em sua voz. Também viu outra coisa. Apreensão. Nunca vira isso nos olhos de Tre Halliburton. Detestava o fato de que seu amigo podia estar com medo dele, mas não fez nada para apaziguar esse sentimento.

Não toleraria mais mentiras, mais erros.

Nem de amigos, nem de inimigos.

TRINTA E NOVE

Tom fitou a arma e perguntou:

— O que você quer?

O homem que Alle disse se chamar Brian aproximou-se.

— Eu sabia que você era o problema — acusou Alle.

— Sua filha já lhe contou que é uma excelente atriz?

Seu olhar estava fixo na arma. Estranho. Dois dias atrás, não temia a morte. Hoje era um pouco diferente. Não que ele definitivamente quisesse viver, era só que, naquele momento em particular, não queria morrer. Os dois bilhetes de Abiram e a traição de Alle levantaram questões.

E fazia muito tempo que não ficava curioso.

— Qual é o seu envolvimento aqui? — quis saber Tom.

— Ele trabalha para um homem que está tentando impedir Zachariah — respondeu Alle.

Brian o encarou.

— Você e eu precisamos conversar.

Zachariah andava na frente enquanto Rócha o seguia por um corredor, passando por tumbas centenárias de cardeais e padres. Chegaram à junção onde Brian tinha escapado, e ele viu um corredor, de uns 10 metros talvez, talhado em pedra, que terminava em outro ângulo reto. Uma lâmpada iluminava a passagem mais perto dele, depois havia outra. Escutou vozes vindas da passagem e fez sinal de silêncio enquanto seguiam até um ponto onde pudesse olhar ao redor. Estava contando com o fato de que Sagan, Alle e Brian não o estariam esperando.

"Você e eu precisamos conversar."

Era a voz de Jamison.

Antes disso, escutara tanto Alle quanto Sagan. A forma como ela se referiu a ele soava quase como uma defesa. Talvez ele a tivesse confundido o suficiente com suas revelações sobre Jamison para ter uma segunda chance. Arriscou uma olhadela rápida e viu Brian a 15 metros, de costas para ele, segurando uma arma e olhando para Sagan e Alle.

Ele e Rócha recuaram.

Moveu-se para a esquerda e sussurrou:

— Já estive aqui. O corredor onde eles estão vai cruzar o nosso. Tem muitas voltas, mas é um grande círculo. Vou esperar aqui.

Rócha assentiu, mostrando que compreendera.

Depois, ele explicou o que queria que fosse feito.

Alle só sabia de uma coisa: tinha de escapar de seu pai e de Brian. Ambos pareciam acreditar que Zachariah era o inimigo, mas a única pessoa que a colocara em perigo estava parada bem na sua frente, segurando uma arma.

— O que você vai fazer? — perguntou ela a Jamison.

— Vamos dar o fora daqui. Sr. Sagan, suponho que tenha vindo aqui para baixo por algum motivo.

Ela observou enquanto o pai permanecia em silêncio.

— Ele conhece uma saída — disse Alle.

— Foi o que pensei. Por isso eu os segui. Vamos sair. Depois eu explico tudo.

Tom não parecia convencido, e sim ainda mais irritado com a filha.

— Sugiro que a gente vá logo — opinou Brian. — As pessoas que estão descendo devem passar por aqui.

— Não, ninguém vai passar — garantiu Sagan. — Cuidei disso. O portão vai ficar trancado a noite toda.

— Então vamos sair daqui. Posso garantir que o que tenho para dizer é importante.

Tom se colocou na frente de Alle e encarou Brian.

— Nós não vamos a lugar nenhum. Se você quer atirar em mim, vá em frente. Não ligo.

— Eu sei o que aconteceu na Flórida. Que você estava prestes a se matar. Mas não se matou. Está aqui. Nós estávamos observando, junto com Simon. Mandei um homem meu para amedrontar você no cemitério, que estava no carro quando você visitou o túmulo do seu pai, mas você não recuou. Não sou seu inimigo, Sr. Sagan. Sou um agente da inteligência americana, trabalhando para uma unidade chamada Magellan Billet. Estamos atrás de Zachariah Simon e precisamos da sua ajuda.

Alle viu um movimento por cima do ombro de Brian.

Rócha apareceu, segurando uma arma.

Ela arregalou os olhos.

Brian percebeu sua surpresa e começou a se virar.

Tom viu o homem e imediatamente se jogou em cima de Alle, protegendo-a com seu corpo e jogando ambos no chão.

Dois tiros ecoaram.

O corpo de Brian cambaleou, seus braços levantaram e ele soltou a arma, que caiu no chão.

Outro tiro.

Sangue escorria pelos lábios de Brian. Então o corpo dele ficou fraco e caiu, tendo convulsões.

Tom rolou duas vezes e conseguiu pegar a arma no chão, colocando o dedo no gatilho. Virou o braço e atirou. A resposta chegou logo.

A bala ricocheteou e, instintivamente ele cobriu a cabeça.

Quando levantou o olhar, o homem no final do corredor tinha sumido.

Alle também.

Zachariah continuou andando na direção do cruzamento entre os corredores. Escutou tiros e torceu para esse ser o fim de Brian Jamison. Béne Rowe certamente tinha outras pessoas trabalhando para ele, mas a perda de seu braço direito eliminaria os olhos e ouvidos mais importantes que tinha na Áustria. Ele lera a carta de Abiram Sagan, que era explícita, mas não tanto quanto ele esperara, levando em consideração que um Levita deveria passar adiante tudo que sabia. Será que Sagan mudara o teor da carta? Afinal, estava digitado. Não teria sido difícil. Principalmente para um homem acusado de falsificar matérias.

Seu plano original tinha mudado.

Precisava de alguns momentos a sós com Alle.

Um som alto e mais tiros vindos das catacumbas.

Um problema certamente resolvido.

Restavam dois.

Alle viu Brian ser baleado três vezes, e seu corpo finalmente ficar imóvel no chão. Seu pai estava tentando encontrar a arma de Brian, e ela usou esse movimento para ficar de pé e sair correndo, encontrando a ponta do corredor. Não fazia ideia de onde estava indo, mas era na direção que seu pai escolhera.

As palavras de Brian ainda soavam em seus ouvidos.

Sou um agente da inteligência americana.

Como assim?

Um tiro ecoou atrás dela, mais alto do que os outros. Alle diminuiu o ritmo, mas continuou acelerada, virando a cabeça para trás a todo momento, verificando sua retaguarda. Viu uma escada a uns 15 metros e um caminho bem iluminado.

Olhou para trás de novo.

Mais tiros.

Alguém agarrou seus ombros pela frente e girou seu corpo.

A violação inesperada a assustou. Estava pronta para gritar quando a mão tampou a sua boca e ela viu o rosto de Zachariah.

Tom estava encurralado, preso por uma grade de ferro entre o corredor e a câmara dos ossos. Segurou as grades, protegendo o corpo, e percebeu que o portão não estava trancado. Abriu a porta e rolou para dentro da câmara, tocando a pilha de ossos enegrecidos. Olhou para trás, tentando ver quem estava atirando nele.

Então, conseguiu ver.

A câmara de ossos não era individual. Os nichos formavam um longo caminho separado do corredor central. Luzes iluminavam os nichos e os ossos. Na verdade, ele poderia fugir do atirador mesmo não estando no corredor, sob proteção do ângulo e dos pilares.

Abaixou-se e começou a sair.

Outro tiro.

Ossos a poucos centímetros dele quebraram quando uma bala atingiu a pilha.

Jogou-se no chão e ficou deitado.

Péssima ideia.

Disse a si mesmo para se acalmar e respirar mais devagar. Pense. Ele ainda tinha uma arma. Seu tiro, poucos instantes atrás, na primeira vez na vida em que usava uma arma, fora uma mensagem de que estava armado. Estranho seu primeiro tiro ser aqui, no meio de tantas lembranças da morte, quando deveria ter sido dois dias atrás. Arrastou-se para a frente pelo chão arenoso, seguindo paralelamente aos ossos, a poucos centímetros. Um cheiro de mofo e de sujeira encheu suas narinas e fez com que se lembrasse do caixão aberto de Abiram, mas continuou se movendo, arrastando o corpo pelo chão.

Escutou um movimento atrás de si.

Rolou e ficou de costas, olhando através dos arcos e das grades.

Uma sombra cresceu.

Alguém se aproximava.

Zachariah segurava Alle com força, cobrindo sua boca com a mão. Podia senti-la tremer de medo.

Tirou a mão.

— Você está bem? — sussurrou ele, com preocupação em seus olhos e voz.

Ela balançou a cabeça.

— Estou bem. Brian ficou para trás. Ele foi baleado. Alguém está lá com uma arma.

— Escute o que vou falar, Alle. Preciso da sua ajuda. Rócha vai garantir que seu pai fique bem. Nada de mal vai acontecer com ele. Mas preciso que você vá com ele. Descubra o que seu pai sabe.

— Ele já lhe disse.

Zachariah balançou a cabeça.

— Ele está guardando informações. Ele não tem nenhum motivo para ser leal a mim. Eu não teria como descobrir se ele disse a verdade, e ele sabe disso.

— Por que ele mentiria?

— Talvez ele sinta algum laço ou dívida com o pai. Preciso saber se ele está sendo totalmente sincero.

— Brian é um agente do governo.

O coração dele disparou.

Ele escutara certo?

— Ele disse que trabalhava para a inteligência dos Estados Unidos.

Como era possível?

Zachariah conteve sua surpresa e decidiu usar o fato.

— Isso é exatamente o que sempre falei. Os americanos farão de tudo para me impedir.

— Por quê?

— Depois eu explico. Neste momento, descubra para mim o que seu pai sabe. Tem muita coisa em jogo para todos nós.

— Por que você me entregou?

— Eu queria que você fosse com ele. Achei que aquela seria a única forma de você não vir atrás de mim.

Uma mentira, mas das boas.

Ele olhou nos olhos dela, buscando uma confirmação de que ela ainda estava do lado dele.

— Está bem — concordou ela. — Posso ir com ele e descobrir.

— Eu sabia que você podia. Você sabe que eu nunca deixaria que nada acontecesse com você. Eu me arrisquei muito descendo até aqui. Brian era um risco, mas eu precisava garantir que você ficaria bem. — Ele entregou a ela seu celular. — Pegue isso. O telefone da minha casa está na memória. Ligue para mim quando souber alguma coisa.

— Você matou Brian? — perguntou ela.

— Eu, não. Tem outra pessoa aqui. É por isso que você e seu pai precisam sair. Rócha vai tirá-los daqui. Temos inimigos em todos os lugares.

Ela não sabia o que dizer.

Ele gentilmente segurou os ombros dela.

— É uma pena que tudo isso tenha acontecido, mas muita coisa depende de você. Por favor, descubra o que precisamos saber.

QUARENTA

Béne já visitara Santiago de Cuba várias vezes, uma cidade com meio milhão de habitantes. Era a segunda maior da ilha, atrás apenas de Havana, que ficava a 900 quilômetros a oeste. Sua baía profunda a tornava de valor inestimável, sendo entrada e saída de quase todos os bens que Cuba importava e exportava. O que ele não sabia era sua história relacionada aos espanhóis. Isso nunca fora importante.

Tre explicou que um dos primeiros conquistadores espanhóis, Diego Velázquez de Cuéllar, fundou a cidade em 1514, antes de armar um cerco à ilha. A partir dali, Cortez começou sua conquista do México e De Soto, suas explorações da Flórida. Esse fora o centro do poder espanhol sobre Cuba, sendo a capital da ilha até 1589. Mais recentemente, a batalha de San Juan Hill aconteceu não muito longe dali, dando um fim à guerra Hispano-Americana e a qualquer presença europeia em Cuba.

— Castro proclamou a vitória da Revolução Cubana na varanda da prefeitura dessa cidade — contou Tre.

Eles estavam entrando na Range Rover que os esperava no aeroporto. Béne conseguira o veículo por meio de contatos que fizera em seus negócios de exportação.

— Colombo chegou aqui em outubro de 1492 — explicou Tre. — Ele achava que estava na Ásia, em um novo continente, então procurou o Grande Khan. A bordo do seu navio, havia um homem chamado Luís de Torres, o intérprete. Ele sabia falar hebraico e um pouco de árabe. Colombo mandou De Torres e outro homem desembarcarem e procurarem o Khan. É claro que eles só encontraram nativos seminus, vivendo de forma simples. Mas De Torres descobriu uma coisa... — Tre fez uma pausa. — Os locais lhe ensinaram a enrolar folhas em volta do que eles chamavam de *tabacos*. Eles acendiam uma das pontas e tragavam pela outra. Ele observou que os nativos levavam isso com eles quando saíam para caçar, parando a toda hora para mais tragadas. Eles conseguiam percorrer grandes distâncias graças a essas tragadas. Hoje, chamamos isso de cigarro e as folhas, de tabaco. De Torres pode ter sido o primeiro europeu a fumar. Mas, em cem anos, o tabaco se espalharia por toda a Europa.

Béne dirigia o carro, saindo do aeroporto na direção de uma pequena comunidade na parte oeste da cidade. Tre lhe dera a localização do arquivo e havia um mapa no carro.

— De Torres nunca voltou para a Espanha — informou Tre. — Ele permaneceu no Novo Mundo e se estabeleceu aqui, em Cuba. Iniciou uma plantação e foi o primeiro europeu a cultivar o tabaco. Esta ilha, mais do que Hispaniola, tornou-se o quartel-general da Espanha no Novo Mundo. Então, faz sentido que seja o local onde poderemos encontrar a maioria dos documentos daquela época.

O que provavelmente os salvou, pensou Béne. Como um estado socialista, Cuba estava fechada para a maior parte do mundo desde 1959, só tendo mudado sua política nos últimos anos.

— Fiquei sabendo que esse arquivo está em um pequeno museu sobre a era espanhola em Cuba — informou Tre.

— Eu odeio Colombo. — Béne se sentia suficientemente à vontade com Tre Halliburton para se expressar abertamente, pelo menos sobre esse assunto.

— Você não é o único. Doze de outubro, dia de Colombo nos Estados Unidos, não é celebrado em quase nenhum outro lugar. No México, é chamado de dia de uma única raça, *Raza*, sem nem mencionar Colombo.

No Uruguai, os nativos o comemoram como o último dia de liberdade. Muitas outras nações das Américas do Sul e Central sentem o mesmo. O que aconteceu em 1492 definitivamente mudou o mundo, mas criou uma era de genocídio, crueldade e escravidão sem igual.

Eles seguiram viagem em silêncio por quilômetros de estrada margeada por canaviais. Béne pensou na informação que Simon lhe dera, que não era grande coisa. Não contara nada a Tre Halliburton sobre a existência do austríaco. Isso só cabia a ele saber. Mas o que o amigo lhe contara sobre Luís de Torres, um *intérprete de hebraico,* não saía de sua cabeça.

— Por que havia uma pessoa que falava hebraico no navio de Colombo?

— Ninguém sabe, Béne. Algumas pessoas acham que Colombo era judeu e que estava procurando uma terra prometida onde os judeus pudessem viver em paz.

Era no que Simon acreditava.

— Isso é possível?

Tre sacudiu os ombros.

— Quem pode saber? Sabemos tão pouco sobre Colombo que tudo é possível. O fato de não ter trazido nenhum padre na primeira viagem sempre causou estranheza. Colombo era um enigma na época, e ainda é. Quem pode imaginar que ele teria encontrado uma mina de ouro perdida, pertencente aos tainos? Mas talvez tenha encontrado.

A autoestrada levou-os a um pequeno vilarejo com construções em estilo colonial, um lugar onde as coisas pareciam constantemente reutilizadas e recicladas. Três lojas de suprimentos e alimentos abasteciam as fazendas, mas também havia uma funilaria, uma tabacaria e o que parecia ser uma igreja. Ele estacionou a Range Rover perto de uma praça de paralelepípedos cercada por mais casas em estilo colonial. O ar quente fedia a fruta madura e suor. Pouca brisa; apenas um ar parado e fervendo com cheiros conflitantes. Passaram pelo destino deles; uma placa indicando o Museo de Ambiente Histórico Cubano informava que ficava aberto até as quatro horas da tarde. Ele não viera desprevenido.

Uma semiautomática estava escondida por baixo do fino paletó. Cuba, apesar de toda sua suposta inocência, ainda era um lugar hostil, onde ele aprendera a ter cuidado. Apenas algumas pessoas estavam à vista. Um cão sarnento veio investigá-los. Jazz cubano saía de um dos cafés.

Béne encarou Tre.

— Você disse que esse lugar é particular. Quem é o dono?

— Os judeus de Cuba.

Essa informação o deixou interessado.

— Também fiquei surpreso — confessou Tre. — Já houve dezenas de milhares de judeus aqui. Vieram depois de Colombo. E fugiram para o Brasil no século XVII por causa da Inquisição. Voltaram depois de 1898, quando a ilha conquistou sua independência em relação à Espanha. Agora, só restam uns 1.500 judeus. Por incrível que pareça, Castro não se mete com eles. Na última década, eles ficaram famosos por preservarem a história da ilha. Alguns são descendentes distantes dos conversos, que imigraram para cá no início do século XVI, com De Torres. Eles gastaram muito tempo e dinheiro reunindo documentos e artefatos daquele período e armazenando-os. Graças a Deus têm um benfeitor generoso. Como você e os *maroons*.

Béne saiu do carro e desejou uma bebida gelada.

— Eu não sabia que havia pessoas ricas em Cuba. Todos com quem faço negócios alegam ser pobres.

— Esse é estrangeiro. Uma fundação. É patrocinado por um austríaco rico chamado Zachariah Simon.

QUARENTA E UM

Tom ficou deitado no chão, observando a sombra se aproximar. Decidiu esperar até que a pessoa chegasse mais perto para atirar. Mirou a arma para as grades de um nicho a uns 6 metros. Seu cotovelo roçou nos ossos empilhados à sua direita, e ele recuou na mesma hora. Então viu algo na parede à sua esquerda, a mais ou menos 1 metro do chão. Estava dentro do nicho, escondido de forma que não se podia vê-lo do corredor.

Um interruptor.

O conduíte de aço subia pelas pedras e seguia pela junção da parede com o teto. Ramificações levavam até as lâmpadas que iluminavam os nichos. Analisando rapidamente, Tom percebeu que esse interruptor apagava todas as luzes nos nichos de um lado ao outro.

Levantou-se e esticou a mão direita até o interruptor, deixando seu lado da caverna no escuro. Ainda havia luz nos nichos do corredor central, atrás das grades, mas estava escuro o suficiente para ele conseguir escapar.

Abaixado, seguiu em frente, esperando encontrar outro portão de ferro sob um arco que estivesse aberto e lhe permitisse fugir.

Dois tiros soaram.

Eles atingiram os ossos atrás de Tom.

Seu perseguidor o estava procurando, mas ele conseguiu se adiantar.

Chegou ao fim.

O portão de ferro estava aberto. Cuidadosamente, olhou para a direita e para o corredor principal quase escuro. Ninguém estava lá. Imaginou se o perseguidor tinha entrado nos nichos, assim como ele. Não querendo esperar para descobrir, correu pelo corredor, na direção da saída que Inna lhe indicara.

Chegou ao pé de uma escadaria e olhou para trás.

Ninguém o estava seguindo.

Subiu dois degraus de cada vez e, no topo, virou à esquerda, correndo pelo pequeno corredor em direção à luz do dia.

Duas formas escuras o esperavam.

Inna e Alle.

— O que aconteceu? — perguntou Inna.

— Não temos tempo. Precisamos.

Alle parecia perturbada, mas ele também estava.

Saíram dali e entraram em uma viela entre duas fileiras de prédios. Tom acreditava que estavam em algum lugar a leste da catedral, que alguém na torre não veria por causa dos telhados.

— Quem estava lá? — perguntou Inna.

— Convidados indesejados.

Inna pareceu compreender, assentindo e dizendo:

— Sigam-me.

Zachariah estava agachado no topo das escadas, vigiando a porta a 10 metros de distância e escutando Tom Sagan conversar com outra mulher.

Rócha se juntou a ele.

A porta de saída se fechou.

Escuridão e silêncio tomaram conta do lugar.

Eles precisavam sair. Era possível que os tiros tivessem sido ouvidos na catedral, e ele não queria estar por perto quando alguém viesse investigar. Por sorte, tiveram alguns minutos que se mostraram úteis. Só podia desejar que Alle fizesse o que ele tinha pedido.

— Jamison está morto? — sussurrou ele.

— Está. Mas tem uma coisa que você precisa saber.

Ele escutou enquanto Rócha contava o que Jamison dissera antes de morrer, a mesma coisa que Alle relatara. Agora, Zachariah se perguntava sobre Béne Rowe. Será que tudo e todos estavam comprometidos?

Mas, primeiro, precisava lidar com aquilo.

— Vá pegar o corpo e arrumar a bagunça.

Ele esperou alguns minutos até Rócha voltar, com Jamison sobre o ombro. Andou na frente até a saída e, cuidadosamente, abriu o trinco interno.

O dia estava escurecendo.

— Espere aqui.

Ele saiu e caminhou casualmente até outra rua, que levava à saída da viela. Uma lixeira chamou sua atenção. Pequena, mas grande o suficiente. Voltou à porta de ferro e notou que não havia trinco nem fechadura pelo lado de fora. Era uma porta de mão única. Tom Sagan tinha tudo planejado.

De novo.

O que só reforçava a desconfiança de que Sagan mentira para ele.

— Estou indo embora. Jogue o corpo no contêiner que está na esquina e me encontre no carro.

Alle percebeu que estava tremendo. Medo? Dúvida? Confusão? Não tinha certeza. A mulher que se apresentara como Inna Tretyakova, aparentemente uma colega do seu pai, levou-os para uma estação de metrô próxima. Cruzaram a cidade até um bairro residencial com muitos prédios. No céu que escurecia, a torre da catedral de São Estêvão se agigantava a cerca de 2 quilômetros. Um relógio na estação mostrou-lhe que eram quase sete horas.

Seu pai não falara nada no trem, conversando apenas rapidamente com Inna. A mulher parecia ter 40 e poucos anos e era atraente, com olhos azuis que a avaliaram de forma intensa. Ela se apresentara como editora do *Der Kurier*, que Alle sabia ser um dos jornais diários de Viena.

Disse a si mesma para ficar calma, mas não conseguia afastar a lembrança de Brian Jamison levando um tiro. Nunca vira nada parecido. Ele era um perigo, uma pessoa que ela nunca aceitara e em quem nunca acreditara. Ele mentira para ela sobre estar sozinho do lado de fora da catedral. Ele falava hebraico e carregava uma arma — nada disso fazia sentido.

O que está acontecendo aqui?

Ela era uma aluna de pós-graduação com 25 anos de idade, interessada em Cristóvão Colombo, e que escrevera um artigo para um periódico britânico. Um dia, ela estava em Sevilha, analisando com dificuldade documentos de quinhentos anos atrás; no dia seguinte, estava na Áustria, envolvida com um homem que procurava o tesouro do templo. Agora estava fugindo com seu pai, de quem tinha muita mágoa, e servindo de espiã.

Inna levou-os a um prédio modesto e subiu até um apartamento no terceiro andar, não muito maior do que aquele que Zachariah lhe oferecera para morar enquanto estivesse em Viena. Inna morava com seus dois filhos, ambos adolescentes, que foram apresentados. Ela explicou que tinha se divorciado do marido há cinco anos.

— Você não me contou isso mais cedo — comentou Tom.

— Isso era importante? Você me pediu ajuda, e eu ajudei. Agora, me conte o que aconteceu.

— Um homem foi morto.

— O que você entregou para Zachariah? — perguntou Alle.

— Você tem ideia do que me fez passar? — questionou o pai. — Eu achei que você estivesse em perigo. Vi homens...

— Aquilo foi real.

E ela estava sendo sincera. Ainda podia sentir o toque nojento deles.

— Assumi muitos riscos por sua causa — afirmou seu pai.

— Fiquei sabendo que você estava prestes a se matar.

— Mais alguns segundos e eu nunca mais seria um problema para você.

— Não me arrependo do que fiz. Precisava ser feito. Tem muita coisa em jogo aqui.

— Explique.

Isso ela não planejava fazer, principalmente na frente de uma estranha, sobre quem não sabia nada.

Então, ela perguntou de novo:

— O que você encontrou no túmulo do vovô?

QUARENTA E DOIS

Zachariah saiu do carro e mandou Rócha esperar atrás do volante. Eles tinham saído da parte central de Viena, seguindo para os arredores a oeste e para Schönbrunn. Em uma época, ficara ali a residência dos imperadores da Casa de Habsburgo, agora transformada em um palácio barroco que servia como atração turística.

Muito popular.

Ele mesmo já visitara o palácio uma vez, admirando alguns dos 1.400 cômodos e ficando particularmente impressionado com a Sala de Espelhos, onde, lhe falaram, Mozart se apresentou quando tinha 6 anos de idade. No magnífico salão, líderes do Congresso de Viena dançaram em uma noite de 1815, após dilacerarem o império derrotado de Napoleão. Zachariah admirava essa audácia.

O interior do palácio já estava fechado, mas os jardins ficavam abertos até o anoitecer. Várias alamedas se abriam em filas de arbustos perfeitamente podados e em um mar de flores do final do inverno. Um obelisco decorava o céu. Fontes esculpidas jorravam água. Ele absorveu a cuidadosa mistura de cores e estilos, permitindo que o ambiente o tranquilizasse, assim como certamente tranquilizou os imperadores.

Esperava que Alle Becket estivesse fazendo o que ele pedira. Já encaminhara todas as ligações feitas para sua casa para o celular de

Rócha, que confiscara antes de sair do carro. Quando Alle ligasse, ele atenderia imediatamente. O que lhe preocupava agora era a identidade de Brian Jamison. Por isso, fizera outra ligação e marcara uma reunião.

Seu contato na embaixada israelense era um subsecretário que lhe fornecia informações valiosas. Ele era jovem, ambicioso e ganancioso. Mas Zachariah encontrou sentada em um banco no canto do jardim uma mulher de meia-idade. Alta, larga, com cabelos pretos e compridos.

A embaixadora israelense na Áustria.

Quando ele se aproximou, ela se levantou e disse em hebraico:

— Acho que já estava na hora de conversarmos pessoalmente.

Ele ficou alarmado e pensou em ir embora.

— Relaxe, Zachariah. Sou sua amiga.

— Esclareça. — Ele manteve a conversa em hebraico.

Ela sorriu.

— Sempre cauteloso, não? Tão preparado. Exceto hoje.

Eles se conheciam. Dado seu status como um dos judeus mais ricos dessa parte do mundo, era compreensível que fosse bem-tratado.

E essa mulher o tratava bem.

Ela fora professora e entrara para a carreira diplomática, designada inicialmente para um posto na Ásia Central. Dera aulas no colégio de Defesa Nacional e fora conselheira política do parlamento de Israel, o Knesset, o que certamente permitiu que tivesse contato com a elite política do país. Ela era descrita como rígida, objetiva a ponto de ser arrogante e brilhante.

— Em que aspecto não fui cauteloso?

— Eu sei o que você está fazendo. Tenho observado.

Agora ele estava preocupado.

— Diga-me, Zachariah, quem você acha que será o nosso novo primeiro-ministro?

Ele entendeu aonde ela queria chegar.

— Seu nome nunca foi mencionado.

Ela sorriu.

— É assim que deve ser. O candidato líder hoje é o perdedor de amanhã.

Ele concordava, mas permaneceu alerta.

— Seu plano é audacioso — afirmou ela. — Engenhoso também. E, acima de tudo, pode dar certo. Mas é o que virá *depois* que realmente importa, não é?

— E *a senhora* é o que vem depois?

— Israel precisa de outra Dama de Ferro.

Ele sorriu ao escutar a referência a Golda Meir e o termo usado para descrever sua força muito antes de os britânicos o associarem a Margaret Thatcher. A primeira e única mulher a ser primeira-ministra israelense; muitos diziam que ela foi "o melhor homem no governo". Obstinada e direta, com seus cabelos grisalhos presos em um coque, ganhou outro título: avó do povo judeu. Zachariah lembrava-se de seu pai e de seu avô falarem dela com profunda reverência. Meir fora uma das 24 pessoas que assinaram a declaração de independência de Israel em 1948. No dia seguinte, a guerra começou, e ela lutou como todos os outros, ordenando a caçada e a morte de todos os terroristas que massacraram os atletas judeus nos Jogos Olímpicos de 1972. E comandou Israel durante a guerra do Yom Kippur, tomando decisões inteligentes que salvaram o Estado.

— Por que está me dizendo isso?

— Como eu disse, você cometeu um erro mais cedo. O homem que você matou era um agente da inteligência americana. Eles também estão de olho em você.

— E por quê?

Ela riu.

— Ok, Zachariah, seja cauteloso. Cuidado com cada palavra. Mas saiba de uma coisa: estamos conversando sozinhos. Se eu fosse seu inimigo, você estaria preso. Em vez disso, mandei homens para limpar a sua bagunça. O corpo que você deixou num contêiner de lixo? Sumiu. Eu não gosto dos americanos. Não gosto que eles se metam nos nossos assuntos. Não gosto de servi-los.

Nem ele.

— Jamison estava trabalhando com alguns dos nossos agentes extraoficialmente. Tenho muitos amigos, então cuidei para que esses agentes também não gostassem de americanos. Verifique. Você vai descobrir que o corpo de Jamison sumiu e não encontrará menção à morte dele na imprensa. Os próprios americanos só ficarão sabendo daqui a semanas. Considere isso como uma forma de mostrar a minha boa-fé em relação a você.

Sua cabeça estava confusa, algo que ele sempre tentava evitar. Mas se manteve firme, calado, e escutou.

— Logo vou voltar para casa. Para concorrer ao Knesset. De lá, vou ascender à primeira-ministra. O apoio a mim continua crescendo e, se Deus quiser, vai aumentar ainda mais depois do que você planejou.

— Como a senhora conhece os meus planos?

Ela estreitou os olhos.

— Jamison descobriu bastante coisa com Alle Becket. Ele teve um dia inteiro para interrogá-la, como você bem sabe. Ele relatou tudo aos seus superiores *antes* de você matá-lo.

— Então a senhora tem contatos com os americanos?

Ela assentiu.

— Excelentes. Com o que Jamison descobriu e aquilo de que eu desconfiava, foi fácil juntar as outras peças. Devo confessar que gostaria de ter pensado nisso.

— E os americanos? Eles serão um problema daqui a algumas semanas?

Ela sacudiu os ombros.

— Eu diria que eles não são mais uma ameaça, e vou garantir que continuem assim.

Ele percebeu a ameaça no tom de voz dela.

Ela podia agir assim com os dois lados.

— Zachariah, quando você atingir o seu objetivo, quero assumir o assunto. Isso se encaixa perfeitamente com o que tenho em mente. Assim, teremos o que *nós* queremos.

— Para ficar claro, o que *nós* queremos?

— Um Estado de Israel forte e determinado, que tenha apenas uma voz e seja firme. Um fim para o problema árabe, sem concessões. E, acima de tudo, que o mundo não diga como devemos viver.

Ele ainda estava profundamente desconfiado, mas não havia nenhuma outra forma, a não ser checar aquele contêiner, para verificar a credibilidade dela.

— Você está certo — continuou ela. — A faísca necessária para despertar Israel não pode vir por um caminho oficial. Isso nunca daria certo. Precisa ser espontâneo e externo, sem o menor indício de política. Tem de ser sincero e profundo, para evocar uma resposta emotiva e incondicional. Quando finalmente compreendi o que você planejava, soube na mesma hora que era o caminho certo.

— Se eu for bem-sucedido, a senhora seguirá em frente e tomará todas as medidas necessárias?

A compreensão do que aquilo envolvia era um teste que ela pareceu entender.

— Claro, Zachariah. Os judeus se lembrarão do mês de Av.

Ela sabia.

— É mais do que uma coincidência que nosso Segundo Templo tenha sido destruído no nono dia do mês de Av, em 70 d.C., o mesmo dia que os soldados babilônicos de Nabucodonosor escolheram para destruir o Primeiro Templo seis séculos antes. Sempre considerei isso um sinal — afirmou ela.

Ele estava curioso.

— E a senhora tem aliados que pensam da mesma forma?

Isso poderia ser importante.

— Só eu, Zachariah. Tenho amigos poderosos? Muitos. Mas eles não sabem de nada. Irei apenas usá-los. Só nós dois somos parte disso.

— A senhora seguirá em frente e tomará *todas* as medidas necessárias?

Ele viu que ela compreendia.

— Fique sossegado, Zachariah. Os judeus terão o seu Terceiro Templo. Isso eu lhe garanto.

QUARENTA E TRÊS

Béne e Tre Halliburton entraram no museu, um prédio afastado que parecia ter sido uma casa de dois andares, com muita madeira, piso de mármore e afrescos nas paredes. Influências mouras ficavam claras nos ornamentos e treliças; um quintal cheio de plantas era visível atrás das janelas. Vitrines enchiam os cômodos do chão até o teto, que se abriam um para o outro, mostrando estojos com pedras, fósseis, fotografias, livros e relíquias. As explicações apareciam impressas apenas em espanhol, e Béne não tinha o menor problema em ler. Um homem de uns 50 anos, de cara amarrada, estava parado ao lado de uma das vitrines. Tre apresentou a si mesmo e a Béne, explicando que era um acadêmico da Universidade de West Indies e que viera ver a coleção de documentos da época da colonização espanhola. O homem, que se identificou como o curador, estendeu a mão e explicou que os documentos eram particulares e que precisariam de uma permissão para examiná-los.

— De quem? — quis saber Béne.

A revelação de que Zachariah Simon tinha uma conexão com este lugar o deixara nervoso. Não estavam na Jamaica. Ali ele não era Béne Rowe. Era apenas um estrangeiro, e não gostava da sensação de impotência. Era verdade que estava armado e que sairia atirando até chegar ao avião se fosse necessário, mas sabia que isso poderia ser inútil. A diplomacia era o caminho mais inteligente. E em Cuba isso significava suborno. Exatamente por isso trouxera dinheiro.

— Diga-me, meu amigo — falou ele para o curador —, dólares americanos são aceitos por aqui?

— Ah, sim, *señor*. São muito apreciados.

Apesar de toda a ladainha insolente, o governo cubano aceitava dólares americanos. Béne pegou seu maço de dinheiro e tirou cinco notas de cem dólares.

— Seria possível conseguir essa permissão? Rápido?

Ele colocou o dinheiro em um balcão ao lado.

—*Sí, señor*. Vou dar um telefonema para Havana.

Tom fitava Alle. Ela o desprezava, isso era claro, mas ele queria respostas.

— Você se converteu?

— Como você sabe?

— Abiram me contou.

— Na carta que escreveu?

Ele assentiu.

A filha ainda parecia surpresa.

— O que fiz com você foi pela minha religião.

— Ser judeu significa criar uma farsa? — Ele balançou a cabeça. — Sua mãe nunca aprovaria a sua conversão.

— Minha mãe me amava. Sempre me amou.

— Ainda assim, você não teve dificuldade em mentir para ela. Você se converteu antes de ela morrer, mas guardou segredo.

A revelação também a surpreendeu.

— Como você sabe?

Ele ignorou a pergunta dela.

— Você é uma hipócrita. Diz que fui inútil como pai e marido, mas não passa de uma mentirosa.

Eles estavam sozinhos na sala de estar; os dois filhos de Inna estavam em seus quartos. Deveriam ter saído para conversar, mas ele se sentia mais seguro dentro de um dos inúmeros apartamentos que enchiam a rua.

— Quem é essa mulher? — perguntou Alle.

— Uma amiga.

— Você tinha um monte de *amigas*.

— Isso é um insulto?

— É um insulto. Eu via o sofrimento no rosto da minha mãe. Eu a via chorar. Vi você partir o coração dela. Eu não era mais uma criança.

Ela falava de uma realidade que ele aprendera a não negar.

— Eu fui uma pessoa ruim. Fiz coisas ruins. Mas nunca deixei de amar a sua mãe. Eu ainda a amo.

— Que piada.

Ele ouviu a amargura de Michele na repreensão da filha, viu sua angústia nos olhos de Alle. Tom sabia que era responsável por essa raiva. Não seguira o conselho de Michele sobre consertar o relacionamento abalado com a filha. Em vez disso, afogara-se em autopiedade enquanto Alle aprendia a odiá-lo.

— Você vai me contar o que encontrou no túmulo do vovô? — questionou ela.

Ele decidiu deixar que ela mesma lesse. Pegou outra cópia do que entregara a Simon e deu para ela. Alle levantou o olhar quando acabou de ler. Seus olhos jovens estavam cheios de perguntas.

— Ele lhe contou sobre mim.

Tom assentiu.

— Até o velho Abiram teve arrependimentos, no final.

— Foi isso que você entregou para Zachariah?

O fato de usar o primeiro nome de Simon era mais um sinal de que não podia confiar nela.

— Foi — respondeu ele.

Tom redigitara a carta original em Jacksonville, usando o computador da biblioteca e imprimindo duas cópias. Tinha sido fácil editar as partes sobre onde estava o golem, o nome do rabino, as direções em código e todas as referências à chave. Ele não tinha certeza do que aconteceria na Áustria, mas se preparara.

— Isso não diz quase nada — admitiu ela.

— Então, me diga, valeu a pena?

Alle não tinha certeza de que seu pai estava mentindo. Seu avô claramente deixara uma mensagem. Havia referências ao tesouro do templo e a um grande segredo guardado pelo Levita. Mas ele não teria revelado esse segredo? Não teria escrito tudo que sabia? Explicado tudo? Zachariah estava certo. O texto fora mudado.

— Você não está preocupada que um homem tenha morrido nas catacumbas? — perguntou o pai dela.

— Ele me sequestrou. Ameaçou me matar mais de uma vez.

— Ele disse que era um agente americano.

— Pelo que sei, ele trabalhava para um homem chamado Béne Rowe.

— Quem lhe disse isso?

Ela decidiu não responder.

— Zachariah de novo? — Ele balançou a cabeça. — Por que você acha que esse tal de Brian permitiu que você encontrasse Simon na igreja? Se ele quisesse machucá-la, teria feito isso.

— Você escutou o que ele disse. Zachariah fez um acordo para me soltarem.

— Você presta atenção em alguma coisa?

Ela se ofendeu com a atitude condescendente dele, mas não conseguiu pensar em uma boa defesa.

— Não foi o que entendi — discordou seu pai. — Aquele cara, Brian, não queria nos machucar. Ele estava lá para ajudar.

Inna saiu da cozinha e avisou que tinha preparado a comida. Seu pai pareceu agradecido, mas Alle não se importou. Ainda estava com a carta nas mãos.

— O que você vai fazer agora? — perguntou ela.

— Voltar para onde eu estava.

— Você não está nem um pouco curioso?

— Eu vim porque achei que você estava em apuros. Vou deixar que você salve sua religião.

— Você é mesmo um inútil.

— E você é uma vadiazinha insolente — disse Inna para ela.

Ela ficou tensa.

— Seu pai veio até aqui pensando que você estava em perigo. Fez o que fez para salvá-la. Arriscou a vida dele. E isso é tudo que você tem a dizer?

— Isso não é da sua conta.

— Passou a ser da minha conta quando ajudei a tirar você daquela igreja.

— Não sei por que você fez isso, nem me importo. Não pedi a sua ajuda. *Ele* pediu.

A mulher mais velha balançou a cabeça.

— Só espero que meus filhos nunca tenham tanta mágoa de mim.

Brian tentara influenciá-la, agora Alle percebia. Ele também defendera o pai dela e fizera com que se sentisse mal com o que tinha feito. E tudo por motivos questionáveis. Mas escutar outra estranha defendendo-o era demais.

Zachariah teria de encontrar outro jeito.

— Vou embora — anunciou ela.

Tom ficou feliz com a forma como Inna o defendeu. Ele mesmo deveria ter dito aquilo, mas não conseguiu. Ele aturara as ofensas de Alle por muito tempo, acreditando ser seu castigo por todos os erros que cometera com ela. Interessante como o mundo o odiava por uma coisa que não tinha feito — falsificar uma matéria para um jornal —, mas quase ninguém conhecia seu verdadeiro erro.

Um erro que era todo seu.

Assim como o castigo.

Ele viera salvar Alle porque tinha de fazer isso. Agora sabia que a coisa toda fora uma artimanha. Uma farsa. Que sua filha participara e não se arrependia.

Ficou olhando para a porta fechada por onde ela havia saído.

— Sinto muito — lamentou Inna.

Ele balançou a cabeça.

— A culpa é minha.

— Existe muita coisa entre vocês dois.

— Mais do que nós dois sabemos.

— Ela vai procurar Zachariah Simon — anteviu Inna.

— Ele a domina.

— Ela levou o que você deu para ela.

Ele assentiu.

— Era mesmo para ela.

Inna olhou-o, confusa.

— Redigitei a carta do meu pai antes de pegar o avião e tirei as partes importantes. Eu não sabia o que faria aqui, mas queria ter opções. Todo bom repórter precisa ter opções.

Ela sorriu.

— Lembro-me dessa regra. Fico feliz que também se lembre.

— Ainda não estou morto.

E ele estava falando sério.

— Então, o que você vai fazer?

— Não o que disse a ela.

QUARENTA E QUATRO

Zachariah observou enquanto a embaixadora saía dos jardins de Schönbrunn. O sol tinha se posto às oito horas da noite, deixando o ar mais frio.

Uma mudança um tanto inesperada.

Mandaria Rócha verificar o contêiner de lixo.

Mas já sabia que ela falara a verdade.

Ele não se importava muito com política. Nunca vira nada de bom sair desse processo enrolado. Não passava de uma conversa sem fim que levava a compromissos debilitantes, tudo com o objetivo de conseguir apoio popular para as eleições seguintes. Ele queria resultados, não votos. Ação, não papo-furado. Mudança, não *status quo*.

E o sigilo fora seu aliado.

Mas não era mais.

Pelo menos uma pessoa pensava da mesma forma que ele.

O telefone vibrou em seu bolso.

Encontrou o aparelho e não viu nenhum número no visor. O aparelho pertencia a Rócha, então achou melhor atender.

— *Señor*, é o Mateo, de Cuba.

Ele conhecia o nome.

— Aqui é Zachariah, Mateo. *Buenas tardes.* — Ele sabia que ainda era tarde em Cuba. Não tinha notícias de seu curador há um bom tempo.

— *Señor* Simon, temos um problema.

Escutou o relato sobre um homem negro chamado Béne Rowe e um branco chamado Tre Halliburton que estavam lá para ver os arquivos. Estava satisfeito porque o curador tinha seguido suas instruções. Ele deveria ser informado imediatamente se alguém solicitasse ver os arquivos. Seu avô encontrara os documentos, e seu pai os protegera fazendo uma contribuição para criar um museu local. Uma forma de os judeus cubanos terem algo importante, e deu certo.

— O que devo fazer? — perguntou Mateo.

— Deixe-os ver o que quiserem. Ligarei mais tarde.

Alle saiu do prédio e caminhou bastante, até ter certeza de que estava sozinha. Por que seu pai não podia ter simplesmente entregado o que o avô deixou? Não pedira nenhum ato heroico. Não pedira que ele se envolvesse. Isso se tratava de corrigir um erro ocorrido milhares de anos atrás. E não de recuperar um relacionamento irrecuperável. Ou de uma ocasião para ele tentar, pelo menos uma vez em sua vida infeliz, fazer a coisa certa.

Ela era judia havia pouco tempo, mas não era uma novata no estilo de vida judaico. Vira seus avós viverem assim e sempre quisera seguir os passos da devoção deles. Se ela também pudesse ajudar a recuperar o que muitos consideravam sagrado havia tanto tempo, melhor.

Mas ela se perguntava por que seu avô não queria a mesma coisa. Por que manter o tesouro do templo em segredo? Por que não contar para ela? Seria por causa *daquelas pessoas* sobre as quais Zachariah lhe prevenira?

Só sabia que não podia lidar com seu pai.

Então, pegou o celular e ligou para o primeiro número armazenado na memória.

Béne não estava gostando nem um pouco da situação. É claro que não diria nada para Tre Halliburton, pois suas apreensões levantariam questões que ele não queria responder. O curador voltara cheio de sorrisos e levara-os a uma sala sem janelas, cercada por prateleiras de madeira e caixas de plástico, todas cheias de jornais, livros e pergaminhos. A organização era imprecisa, com caixas identificadas pela época e pelo lugar. Tre não ficou impressionado com os esforços de conservação, mas pareceu animado com o conteúdo.

— Tem quatro caixas com manuscritos do século XVII. É a maior quantidade que já vi reunida em um só lugar.

— Seja rápido e olhe tudo.

— Isso levaria horas.

— Mas não temos horas. Dê uma olhada no que puder.

— Algum problema, Béne?

— Sim, Tre. Aqui é Cuba. Então, ande rápido.

Tom estava sentado na cozinha, comendo um pedaço de pão preto. Inna tinha preparado tomates cozidos com arroz branco, que exalavam um aroma fantástico, mas ele estava sem apetite.

— Escrevi livros nos últimos anos — contou ele. — Escrevo para outras pessoas. Alguns de ficção, outros não. Todos se tornaram best-sellers. Alguns chegaram ao primeiro lugar na lista dos mais vendidos.

Ele estava respondendo à pergunta dela sobre o que vinha fazendo desde o escândalo.

— Sou bom nisso, e os autores querem que eu seja totalmente invisível.

Ela estava bebericando uma xícara de café e beliscando sua comida.

— Você sempre foi bom no que faz.

Ele gostava dessa mulher prática. Então, decidiu contar a verdade para ela.

— Foi tudo uma armação, Inna. A matéria sobre extremistas israelenses foi plantada. Eles me levaram até as fontes, me deram as informações e fugiram. As principais fontes eram falsas, as informações também. Eles fizeram um bom trabalho. Não desconfiei de nada. Tudo era perfeito. Sólido. Não vi nenhum problema.

— Quem fez isso?

— Um grupo que faz esse tipo de coisa. Parece que as minhas matérias irritavam os dois lados no Oriente Médio. Então, sem saber da existência do outro, os dois me tiraram de cena.

— Não tem como provar o que aconteceu?

Ele balançou a cabeça.

— Como eu disse, eles são bons.

— Sempre achei que havia uma explicação. Thomas Sagan não é um mentiroso.

Ele apreciava a lealdade dela.

— Ninguém ficou do seu lado, Thomas?

Ele pensou em Robin Stubbs. Ela ficou. Por um tempo.

— As provas eram muito fortes, e eu não tinha nenhuma explicação além de "não fiz isso". Foi uma armadilha perfeita. Não deixaram nenhum nó desatado. Só fiquei sabendo quem havia feito isso um ano depois.

Ele contou a ela sobre a manhã de sábado na livraria Barnes & Noble. Era a primeira vez que falava sobre o assunto com alguém.

— Sinto muito — lamentou ela.

— Eu também.

— Sua filha é um problema.

Ele riu.

— O que deixou você com essa impressão?

— Ela não tem a menor ideia do que está fazendo, mas acha que sabe tudo.

— Eu era bem parecido com ela quando tinha 25 anos. Já estava casado e me achava infalível.

— Por que você deixou que ela fosse embora?

— Ela vai voltar.

Ele viu o olhar curioso no rosto de Inna se transformar em compreensão.

— Você acha que Simon a mandou?

— É a única coisa que faz sentido. Eles conversaram na igreja como velhos amigos. Ela queria ir com ele, até ele entregá-la.

E Tom se perguntou se isso também fazia parte do plano.

— Quando encontrou você nas catacumbas, Alle estava andando ou correndo? — perguntou ele.

— Andando. Por quê?

— Ela estava calma?

Inna assentiu.

— Estavam atirando em nós. Ela fugiu. Depois, ela simplesmente andou até você, uma estranha, e me esperou?

Ele viu que ela tinha compreendido.

— Então, o que você vai fazer? — questionou ela.

Ele pegou outra fatia de pão.

— Não tenho escolha. — Então, pegou uma folha de papel dobrada, que estava guardada no bolso, e entregou a ela. — Aqui está a carta que encontrei no túmulo.

Ela leu.

— Fiz uma pesquisa na internet sobre a parte que diz "o golem agora protege nosso segredo em um lugar há muito tempo considerado sagrado pelos judeus". E o nome. Rabino Berlinger. Eles só têm conexão com um lugar do mundo.

— Praga.

Ele ficou impressionado.

— Conheço a lenda do golem — anunciou ela. — É bem famosa lá. Mas nunca ouvi falar de Berlinger.

— Ele foi o chefe da congregação por muitas décadas. Pode ter conhecido Abiram e Saki, o pai da minha mãe, Marc Eden Cross. Berlinger ainda está vivo.

— Estranho você chamar seu pai pelo nome próprio.

— É como penso nele. Distante. Um estranho. Agora, só consigo me lembrar do rosto decomposto dele. Julguei mal aquele velho homem, Inna. Nós guardamos muitos segredos.

A sala estava tranquila. Os dois filhos de Inna tinham ido para a casa de um vizinho. Ela já comunicara a ele que passaria a noite lá, no sofá. Amanhã, eles pegariam o carro alugado. Tom estava cansado demais para discutir. O fuso horário estava cobrando seu preço.

— Esse segredo... — falou ele em um sussurro. — É hora de ser exposto.

— Parece que Simon tem toda a intenção de fazê-lo.

— Mais uma razão para eu encontrar esse tesouro do templo primeiro.

Ele pensou em Brian Jamison.

— Por que a inteligência americana estaria interessada nisso? Ele disse que trabalhava para alguma coisa chamada Magellan Billet. Você pode descobrir o que é?

Ela assentiu.

— Tenho contatos na embaixada americana.

Ele estava feliz por ter procurado por ela.

— Um corpo ficou nas catacumbas, mas alguma coisa me diz que não está mais lá. Ainda assim, alguém deveria dar uma olhada.

Ela assentiu.

Ficaram sentados por alguns momentos. Ele observava enquanto ela comia o arroz com tomates.

— Eu vou para Praga — anunciou ele. — E vou levar Alle comigo.

— Isso pode causar muitos problemas.

— Provavelmente. Mas ela é minha filha, Inna, e preciso fazer isso.

Inna sorriu. Depois, esticou o braço e apertou a mão dele.

— Thomas, você se subestima. Você é um pai muito melhor do que a sua filha e você se dão conta.

QUARENTA E CINCO

Zachariah ficou mais um pouco nos jardins de Schönbrunn, com a mente a mil. Imaginou a tranquilidade do lugar duzentos anos antes, quando o único filho de Napoleão morava no palácio. Ou o imperador Francisco José, que lutou aqui para manter o império austríaco unido para enfrentar a guerra mundial. Ou em 1918, quando Carlos I renunciou ao trono e deixou o palácio pela última vez, dando fim à monarquia.

Mas ele não se importava a mínima com a história austríaca. Para o seu povo, esse país fora apenas um obstáculo. A Áustria nunca ligou para os judeus, perseguindo-os e massacrando-os por toda a história, chegando a dezenas de milhares. E, embora os austríacos tenham passado a odiar Hitler, não foi porque ele odiava os judeus. Poucas das sinagogas destruídas pelos nazistas foram reconstruídas. Apenas uma fração dos judeus que viveram no país ainda permanecia. Sua família ficou e aguentara as tempestades. *Por quê?*, ele se perguntava quando menino. *Porque é a nossa casa.*

O telefone vibrou na sua mão. Desta vez, o número que apareceu na tela era familiar. O seu.

Alle estava ligando.

Ele atendeu.

— Espero que tenha boas notícias.

Zachariah escutou enquanto ela lhe contava o que tinha acontecido com o pai. Então pediu que ela lesse o que recebera e percebeu que era a mesma coisa que Sagan já entregara.

Agora, estava convencido.

— Ele está escondendo o que descobriu. Ele não lhe mostrou nada.

— Talvez só exista isso.

— Não pode ser. Está incompleto demais.

Mas ele percebeu que certamente Sagan desconfiava da filha.

— Alle, provavelmente seu pai acha que você está com ele como espiã. Mas ele ainda é seu pai. Não vai rejeitá-la.

— O que devo fazer?

Ele queria perguntar a ela sobre Brian Jamison e sobre o que eles tinham conversado, mas pensou melhor. *Deixe isso quieto.* Em vez disso, falou para ela:

— Volte. Fique de olhos e ouvidos bem abertos. Você mesma disse que os americanos agora estão envolvidos. Brian era um agente. Não podemos permitir que eles encontrem o que procuramos. Isso é por *nós,* Alle.

Ele esperava que o silêncio do outro lado da linha significasse que ela concordava.

— Vou tentar — concordou ela finalmente. — Você quer saber onde ele está?

— Não há necessidade. — Ele tinha algo melhor do que um endereço. — Se você mantiver o celular ligado, posso rastreá-lo. Mas economize a bateria. Pode fazer isso?

— Claro.

— Então, volte. E boa sorte.

Béne voltou para a sala onde Tre Halliburton ainda revirava as caixas plásticas, lendo pergaminhos e examinando delicados livros antigos, diários, mapas e desenhos.

— Essas coisas precisam ser guardadas a vácuo — comentou Halliburton. — Estão se desfazendo.

Béne checou a porta, mantendo-a semiaberta para escutar qualquer coisa que acontecesse na parte da frente do prédio. Ele observava, na ponta de um pequeno corredor, quando o curador saiu para fazer uma ligação ao celular. Não podia chegar mais perto sem ser visto, por isso não escutou o que foi dito, mas notou que o homem voltou e trancou a porta. Olhou para o relógio, que marcava pouco mais de duas horas. Não estava nem perto da hora de fechar o museu, então por que trancar a porta? Perguntou a si mesmo se sua paranoia era justificada, mas, desde que descobrira quem controlava o museu, tinha um mau pressentimento.

— Olhe isso.

Tre estava segurando um livro antigo, cuja encadernação se desfazia, com páginas secas encardidas.

— Isso foi encadernado em 1634. É uma narrativa da vida aqui na ilha. — Tre abriu o livro com cuidado. — Está em castelhano, mas consigo ler.

Béne escutou um trecho e voltou para a porta, saindo para o corredor. O curador estava atendendo ao celular e pediu, em espanhol, para que a pessoa na linha esperasse.

Béne decidiu arriscar e foi até a janela, grudando a orelha ali.

Zachariah falava com o curador do museu cubano. Já cuidara de Brian Jamison, Tom Sagan e Alle Becket. Agora estava pronto para cuidar de Béne Rowe.

— Eles ainda estão aí? — perguntou ele.

— Estão vendo a coleção particular. Mais interessados nos arquivos mais antigos, da época de Colombo. Mas os outros arquivos não estão lá, como o senhor mandou. Nem mencionei.

Simon não sabia como o jamaicano conseguira descobrir o arquivo, mas esse fato só aumentava o seu problema. Rowe dissera ao telefone que recebera novas informações sigilosas. Era disso que estava falando? Se fosse, os documentos não tinham valor, pois a família Simon já os controlava havia muito tempo e os originais estavam seguros por trás das restrições de viagem a Cuba e dos excessivos zelos socialistas.

Hora de acabar com esse problema.

— Quero que você os segure um pouco mais aí. Seja cordial. Simpático. Não os perturbe. Entendeu?

— *Sí, señor* Simon. Posso fazer isso.

Ele desligou o telefone e voltou para o carro, onde Rócha o esperava. Entrou peio lado do carona e entregou-lhe o telefone. Você ainda tem contatos na Polícia Nacional Revolucionária?

A polícia federal cubana.

Rócha assentiu.

— Pago em dia. Eles não cansam de repetir que, se precisarmos de alguma coisa, é só pedir.

— Peça. Depois rastreie meu celular. Quero saber exatamente onde Alle Becket está. Não vou confiar tudo que está em jogo aos caprichos de uma menina ingênua.

Béne escutou o nome.

Simon.

Um arrepio subiu por sua espinha.

Esse homem não estava pedindo nenhuma autorização de Havana. Estava ligando para receber ordens sobre como lidar com a situação. Ele mesmo empregava centenas de indivíduos como este. Olhos e ouvidos por toda a Jamaica garantiam que ele estivesse sempre bem informado, e o dinheiro era o combustível que mantinha as informações fluindo.

Afastou-se da janela e voltou para a sala.

— Precisamos ir embora — informou ele a Tre.

— Mal comecei a ver o que temos aqui. Preciso de mais tempo.

— Precisamos ir, Tre.

— O que está havendo?

— O curador está nos entregando.

Tre arregalou os olhos.

— Como você sabe?

— Como você disse no avião, tenho experiência nesse tipo de coisa. Precisamos ir.

— Só mais alguns minutos, Béne. Pelo amor de Deus, temos coisas boas aqui. Acabei de encontrar referências a Luís de Torres.

Ele percebeu a urgência no tom de voz e se deu conta da importância daquilo. E também se lembrou de outra coisa que o curador dissera. *Mas os outros arquivos não estão lá, como o senhor mandou.*

Eles tinham vindo até aqui. Alguns minutos a mais não machucariam.

Por outro lado, podiam se tornar um problema real.

Tom estava sentado no escritório. Inna estava no quarto dela, dando telefonemas, juntando informações, fazendo o que repórteres fazem. Claro que nem tudo que se descobria era verdadeiro ou relevante, e o mais difícil da profissão era separar o joio do trigo. Fazia muito tempo desde que ele reunira informações e escrevera uma matéria pela última vez, mas não tinha se esquecido. A história que o envolvia no momento não era atípica e suas camadas estavam ficando mais claras. O Levita. A chave. Um homem chamado Berlinger. O golem. O tesouro do templo. O velho Abiram.

E, o mais preocupante de tudo, Alle.

Ele ainda não sabia como tudo isso se encaixava.

Escutou uma porta se abrindo e viu Inna aparecer no fim do corredor. Os filhos dela pareciam bons garotos que amavam e respeitavam a mãe. Ele a invejava e admirava.

— O que houve com seu marido? — perguntou ele. — Pelo que me lembro, você tinha um bom casamento.

— Era o que eu achava também. Mas ele tinha outras ideias. Chegou em casa um belo dia e disse que ia embora, há cinco anos. Mal nos vimos desde então.

— Ele não visita os filhos?

— Os filhos não são importantes para ele.

Grande erro, pensou Tom.

— Como eles estão? — perguntou ele.

— Parecem não ligar, mas eu sei que não é bem assim. Filhos precisam dos pais.

Precisam mesmo.

— Descobri que Magellan Billet é uma divisão secreta do Departamento de Justiça dos Estados Unidos — continuou ela. — Doze agentes que recebem designações especiais do Procurador-Geral de Justiça ou da Casa Branca. É chefiado por uma mulher chamada Stephanie Nelle. Também consegui descobrir que um dos 12 agentes é um homem chamado Brian Jamison.

— Preciso saber por que eles estão interessados em Zachariah Simon.

— Estou tentando descobrir, mas vai ser difícil. Afinal, esse pessoal não está disposto a admitir nada, Thomas.

— Talvez eles admitam se souberem que um agente deles está morto.

— Esse é o problema. Nada de diferente foi relatado nos arredores da catedral. Nenhuma atividade policial. Certamente não encontraram o corpo.

Tom não estava surpreso. Exatamente como oito anos atrás, ele estava sozinho.

— Vou encontrar esse tesouro do templo.

— Por que você sente essa necessidade? Não é uma briga sua.

— Tornou-se minha quando li a carta do meu pai no túmulo.

— Você não entra em uma briga há um tempo, não é?

— Não — replicou ele com um sussurro. — Não.

— E você quer entrar em uma.

Ele olhou nos olhos dela, que pareciam entender o seu sofrimento.

— Eu preciso.

— Isso não será a sua redenção. O que foi feito a você não será desfeito.

Talvez não, mas...

Bateram na porta.

Ele sabia quem tinha voltado.

Inna abriu a porta e convidou Alle a entrar.

— Olhe — começou a filha para ele —, sinto muito por meu comportamento. Os últimos dias foram difíceis. Sei que os seus também foram. Isso é importante para mim. Era importante para o vovô. Fiz o que achei melhor. Entendo que você esteja furioso, de verdade, mas quero fazer parte disso.

Ela estava mentindo, mas Tom estava feliz por ela ter voltado.

Alle era tudo o que lhe restava no mundo.

— Vou a Praga amanhã — avisou ele. — Você pode vir comigo.

Ela assentiu devagar.

— Posso ir.

— Está com fome? — indagou Inna.

— Comer alguma coisa seria bom.

As duas mulheres entraram na cozinha.

Ele ficou sentado.

Que confusão inacreditável. Poderia deixá-la aqui, mas viera até Viena para garantir que ela ficaria bem. Era melhor mantê-la ao seu alcance enquanto ela quisesse ficar.

E perdoá-la por mentir.

Como Inna disse.

É isso que os pais fazem.

QUARENTA E SEIS

Béne olhou para o relógio. Quase meia hora tinha se passado. Buscara o curador duas vezes e encontrara o cubano sentado atrás da mesa, lendo um livro. Tre Halliburton vira todas as quatro caixas marcadas como documentos dos séculos XVI e XVII, separando vários itens que pareciam promissores e estudando-os com mais cuidado. Béne notara duas outras portas no corredor — ambas trancadas — e imaginou o que elas guardavam.

— Encontrou alguma coisa? — indagou ele a Tre.

— Escrituras e relatórios coloniais da época espanhola. Dois diários também. Tudo está em péssimo estado de conservação. Mal dá para ler.

Ele decidiu que valia a pena contar um pouco da verdade.

— Tre, você disse que esse arquivo é controlado por Zachariah Simon. Eu o conheço. Ele é um *bad bwai. Pyaka.* — Ele sabia que o amigo entendia o suficiente de patoá para compreender. Homem mau. Criminoso. — Precisamos ir.

Os mentirosos pareciam estar em todos os lugares. Felipe. Simon. O curador. Béne resolvera o primeiro problema. O segundo ainda estava em aberto. Mas o terceiro poderia ser resolvido agora mesmo. Colocou a mão embaixo do paletó e pegou sua arma.

Tre ficou surpreso.

— Para que precisamos disso?

— Espero que não precisemos. Fique aqui.

Ele foi até a frente do prédio. A sala com as vitrines estava calma; o homem ainda lia o livro. Enfiou a mão com a arma no bolso e casualmente passou por ele.

— Você poderia nos ajudar? — pediu ele, em espanhol.

O curador sorriu e se levantou. Béne deixou-o passar, tirou a arma do bolso e encostou o cano curto na nuca do homem. Depois, passou o braço em volta do pescoço dele e apertou com força.

— Você é um mentiroso — afirmou ele em espanhol. — Você ligou para Simon, não para Havana. Eu escutei. O que ele disse?

O homem não disse nada e apenas balançou a cabeça.

Tremores sacudiam o corpo dele.

Béne aumentou a força de seu braço.

— Vou atirar em você. Aqui. Agora. O que ele disse? — Com o polegar, Béne puxou o percussor da arma. Seu prisioneiro certamente escutou o clique.

— Ele só mandou segurar vocês aqui. Segurar aqui. Deixar que vissem o que quisessem. Segurar aqui.

— Você disse que as coisas importantes estão guardadas em outro lugar. Onde?

Ele escutou o som de motores do lado de fora.

Segurando o homem e mantendo a arma no mesmo lugar, ele o arrastou para a janela. Dois carros Peugeot com luzes azuis em cima, ambas com a palavra PATRULLA, pararam na rua.

Três oficiais da polícia saíram.

Segurar vocês aqui.

Agora ele sabia por quê.

Eles poderiam sair pelos fundos, mas as chances de chegarem até a Range Rover e irem embora sem atrair a atenção da polícia pareciam remotas. Não. Esses três oficiais teriam de ir embora por livre e espontânea vontade.

— Escute-me, *señor* — disse ele ao curador e, para enfatizar, pressionou mais a arma no seu pescoço. — Eu vou ficar bem ali, no corredor. Quero que você despache esses policiais. Diga a eles que fomos embora. Seguimos para oeste, para fora da cidade, em uma Mercedes. Amarela. Escutou?

O homem assentiu.

— Se você fizer alguma coisa, dou um tiro e mato você. Depois, mato eles. Se disser uma palavra que possa significar encrenca, eu mato você. *Comprende?*

O curador assentiu de novo.

— E saiba de uma coisa: se fizer o que estou mandando, além de continuar respirando sem nenhum buraco no seu corpo, ainda vai receber o dobro daqueles quinhentos dólares que lhe dei.

— *Sí. Sí.*

Ele soltou o homem e se afastou da janela, não sem dar uma última olhada nos três oficiais uniformizados que se aproximavam da porta da frente. Entrou no corredor e, com cuidado, observou.

O curador parecia estar retomando o controle. Béne esperava que a promessa de mais dinheiro evitasse que o maldito mentiroso fizesse alguma estupidez. Ele falara sério. Mataria todos eles, mas preferia não precisar fazê-lo. Para enfatizar ainda mais, mostrou a arma quando o cubano lançou um olhar nervoso na sua direção, apontando-a para ele.

Alguém mexeu na maçaneta da porta.

Então, bateu.

O curador abriu, e três oficiais entraram. Todos com armas nos coldres. Interessante, pois Béne se lembrava de ter visto muitos policiais antes, mas nenhum armado. Imaginou quanto Simon estaria pagando por esse serviço especial.

Deixou sua arma preparada.

Atrás de si, percebeu um movimento e viu Tre aparecer na porta. Rapidamente, fez um gesto com a mão para ele ficar dentro da sala e quieto.

Tre Halliburton assentiu e desapareceu.

Béne escutou enquanto os policias perguntavam sobre dois homens, um branco e um negro, da Jamaica, que vieram ver o museu. O curador disse que eles tinham estado ali, mas ido embora subitamente. Tentou impedi-los, mas eles não lhe deram ouvidos. Eles saíram da cidade, para oeste, em uma Mercedes amarela, uns dez minutos atrás.

Béne gostou dessa última parte. Um toque sutil que queria dizer que ainda podiam ser alcançados.

Os policias, porém, não pareciam ter pressa de ir embora.

Um vagou pela sala com as vitrines.

Béne não tinha certeza se o interesse era genuíno ou fingimento. Estaria pressentindo uma mentira? Os outros dois oficiais permaneceram perto da porta da frente. O curador ficou parado, em silêncio, observando os três. Um oficial se aproximou perigosamente do corredor. Béne deu um passo atrás, com a arma apontada para cima e o cano logo abaixo de seu nariz. Dedo pressionado no gatilho. Não podia se arriscar a olhar. Prendeu a respiração, fechou os olhos e se concentrou no som dos passos no piso de tábuas enquanto o policial andava pela sala.

— O que tem lá atrás? — indagou um policial.

— Depósitos. Nada de mais. Recebemos poucos visitantes nessa época do ano.

Alguns momentos se passaram em silêncio.

Mais passos na direção de Béne.

Então, para o outro lado.

Soltou a respiração e olhou pelo canto da porta. Os três policiais estavam junto à porta da frente. O curador estava agradecendo a eles por terem vindo, com a voz tranquila.

Eles foram embora.

Béne saiu do esconderijo e foi rapidamente até a porta, trancando-a. Olhou pela janela e viu os policiais caminhando até os carros. Escutou os motores ganhando vida e observou-os irem embora. No momento seguinte, derrubou o curador, batendo o rosto dele no chão e apontando a arma para o rosto assustado. Olhos arregalados o fitavam; o corpo tremia de medo.

— Há quanto tempo Simon é dono deste lugar?

Nenhuma resposta.

— Há quanto tempo? — Sua voz foi um grito.

— A família dele paga há muito tempo. *Señor* Simon tem sido especialmente generoso.

— Ele mandou que você ligasse para a polícia?

O homem balançou a cabeça, mas a arma continuava bem perto.

— Não. Não. Não. Ele só me mandou segurar vocês aqui.

Tre apareceu no corredor.

— Béne, meu Deus, o que você está fazendo... ?

— Fique fora disso.

Seus olhos irados continuavam fixos no cubano quando ele levantou a arma.

— Béne! — gritou Tre. — Você está maluco? Não faça isso.

— Este *mus mus* quase matou a gente. — Detestava ratos tanto quanto odiava mentirosos.

Seu olhar disse ao cubano que o tempo dele estava acabando.

— Você disse a Simon que as coisas mais importantes estavam guardadas em outro lugar. Onde?

— Primeira porta do corredor.

Ele ergueu o homem com um puxão e empurrou-o até a porta.

— Abra.

O curador revirou as chaves em seu bolso, com as mãos trêmulas. Ele notou que a porta de madeira abria para dentro e que o homem precisava de uma ajuda, então deu um chute com o pé direito nela. Com mais dois chutes, o batente rachou, os ferrolhos se soltaram e a porta grossa se abriu, revelando outro cômodo sem janelas.

Três caixas de plástico estavam sobre a mesa.

— Verifique as caixas — ordenou ele para Tre. — Pegue o que você quiser aqui e na outra sala. Vamos embora.

— Vamos roubar?

— Não, Tre. Darei um cartão de crédito para pagar. É claro que vamos roubar. Agora, pegue o que você quiser.

Halliburton entrou na sala.

Béne arrastou o curador de volta para a entrada.

— Você tem sorte por saber mentir — afirmou ele. — Primeiro, porque aquele policial acreditou em você; segundo, porque atirar em você chamaria muita atenção.

— E terceiro, *señor*?

Ele escutara bem? Este tolo o estava desafiando?

— Você não quer me matar na frente do seu amigo — continuou o cubano.

Béne não gostou nem um pouco da forma como a observação sagaz foi dita.

— Na verdade, meu terceiro motivo teria sido diferente. Quero que você fale com Simon que ele e eu vamos ter uma conversa séria. Em breve.

Então, ele bateu com a coronha da arma na cabeça do homem, deixando-o inconsciente.

QUARENTA E SETE

— O ano foi 1580. Foi isso, exatamente — disse o Saki.

Tom estava escutando. Para um garoto de 10 anos, não havia nada melhor do que uma boa história, e ele amava as histórias que seu avô contava.

— Aconteceu em Praga — contou o velho. — Loew era o rabino-chefe da comunidade judaica. Isso significava que ele estava no comando. Em cima da porta dele, entalhado em pedra, havia um leão com uma uva para indicar sua descendência direta do próprio rei Davi.

— M. E. — chamou sua avó —, não fique enchendo a cabeça do menino de histórias.

O nome do Saki era Marc Eden Cross. O sobrenome de solteira da bisavó de Tom era Eden, sendo passado para seu único filho por respeito.

— Tommy adora as minhas histórias — comentou o avô. — Não é, garoto?

Ele assentiu.

— Ele gosta que eu lhe conte sobre o mundo.

O velho homem tinha quase 80 anos, e Tom se perguntava por quanto tempo ele ainda continuaria vivo. Nos últimos anos, o conceito de morte tinha se tornado bem real com o falecimento de duas tias.

— Tudo aconteceu em Praga — repetiu o Saki. — Outro padre fanático tinha decidido que os judeus eram uma ameaça. Os cristãos nos temiam, pois os reis confiavam em nós. Então, para aumentar seu poder, eles precisavam nos

destruir. Diziam que nós matávamos crianças cristãs e usávamos o sangue como parte da nossa adoração. Você consegue imaginar tamanha mentira? Chamamos isso de calúnia de sangue. Mas a mentira deu certo. De tempos em tempos, os cristãos se agrupavam e matavam judeus. Pogroms é como chamamos isso, Tommy. Nunca se esqueça dessa palavra. Pogrom. Os nazistas instituíram o maior de todos.

Tom fez uma anotação mental para nunca esquecer a palavra.

— O rabino Loew sabia que tinha de proteger seu povo do perigo e descobriu como fazer isso em um sonho. Ata bra golem dewuk hachomer w'tigzar zedim chewel torfe jisrael.

Ele sabia hebraico e compreendeu algumas palavras.

— Crie um golem de barro e os antissemitas malditos serão destruídos. *Foi isso que ele sonhou. E foi isso que ele fez. Criou um corpo vivo de argila, usando fogo, água, ar e terra. Os três primeiros fizeram o último ganhar vida.*

Isso podia ser verdade? Que incrível.

— Ele tornou sua criatura real inserindo shem. *Um pedacinho de pergaminho no qual escreveu o nome de Deus, enfiando-o na boca do golem. Então, ele disse: "O Senhor fez um homem de argila da Terra e soprou a vida em sua boca." O golem ficou de pé. O rabino Loew disse-lhe que sua missão era proteger os judeus da perseguição. Seu nome seria Josef, e ele deveria obedecer às ordens do rabino, independente do que fosse.*

Tom escutava enquanto seu avô explicava como o rabino Loew dava um plano ao golem todas as sextas-feiras e como Josef o seguia durante a semana seguinte, protegendo os judeus. Uma sexta-feira, ele se esqueceu de dar as instruções ao golem, que, sem nada para fazer, ficou enlouquecido, querendo destruir tudo. As pessoas ficaram aterrorizadas até o rabino Loew mandá-lo parar. Daquele dia em diante, ele nunca mais se esqueceu de dar as ordens semanais. Por volta de 1593, as ameaças aos judeus tinham diminuído. E o rabino Loew decidiu que estava na hora de despachar Josef deste mundo.

— Ele disse para o golem passar a noite no sótão da sinagoga Velha Nova em Praga. Após a meia-noite, o rabino e mais dois subiram e fizeram de trás para a frente tudo o que tinham feito para dar vida à criatura. Se eles estavam aos pés dele quando o criaram, deveriam estar à cabeça agora. Todas as palavras foram

recitadas de trás para a frente. Quando terminaram, o golem era uma massa de argila, que foi deixada lá. Daquele dia em diante, foi proibido que qualquer pessoa entrasse no sótão da sinagoga Velha Nova.

Tom estava sentado no sofá do apartamento de Inna, pensando no Saki. Ele amava aquela alma gentil. Quando vira a referência ao golem na carta de Abiram, se lembrou daquele dia, tanto tempo atrás, quando escutou a lenda pela primeira vez.

E era apenas isso.

Uma lenda.

Já adulto, escrevera um artigo para o *Los Angeles Times* sobre Praga e a lenda. Golens não eram uma invenção tcheca. A primeira menção a eles foi no Egito antigo. Textos cabalísticos falavam sobre eles. A palavra aparecia até na Bíblia. Eles nunca tinham sido associados a Praga até o século XIX. E nada, em nenhum registro histórico, ligava o grande rabino judá Loew ben Bezalel, que viveu no século XVI, conhecido como rabino Loew, a qualquer golem. A lenda foi contada pela primeira vez em um obscuro guia turístico e reimpressa em um livro popular sobre lendas judaicas, chamado *Sippurim*, publicado em 1858. Depois, o golem se tornou parte do folclore tcheco. Mais e mais livros incorporaram a lenda, cada encarnação tornando a história ainda mais fantástica.

— Este é um dos meus livros favoritos — disse-lhe o Saki. — Foi publicado em 1915. Eu era um garoto quando ganhei este exemplar. Guardo-o desde então.

Tom fitou o fino volume, impresso em outra língua.

— Tcheco — informou o Saki. — Chama-se O golem *e foi escrito por um homem chamado Gustav Meyrink. Um grande best-seller para a época. É sobre a magia em Praga. Coisas místicas.*

— Você consegue ler esse livro?

— Minha mãe era tcheca. Ela me ensinou quando eu era criança.

Enquanto escrevia o artigo, Tom pesquisara mais sobre o livro de Meyrink, que alimentou a lenda e fez com que pessoas do mundo inteiro visitassem Praga. A Cortina de Ferro impediu essas peregrinações durante décadas, mas a Revolução de Veludo permitiu que voltassem a acontecer. Sua matéria para o *Times* falava sobre as centenas de milhares de judeus que iam até lá todos os anos.

O golem agora protege nosso segredo em um lugar há muito tempo considerado sagrado pelos judeus.

Foi isso que Abiram escrevera. Seu avô, sogro de Abiram, aparentemente usara uma ficção para proteger um fato.

Tom estava segurando a chave que pegara no túmulo, com suas estranhas marcações.

O que ela abria?

Alle estava dormindo em outro quarto. Os filhos de Inna dividiam um terceiro quarto. Ele e a filha mal se falaram depois que ela voltou. Alle ficara quieta, calma; sua raiva costumeira parecia contida, o que o deixava ainda mais desconfiado. Neste momento, ele estava pelo menos dois passos à frente de Zachariah Simon e planejava ficar assim.

Pelo menos até que resolvesse o mistério.

E decidira fazer exatamente isso.

Todas essas histórias de Levita, tesouros do templo e grandes segredos existiam havia séculos. Se existia alguma coisa para ser descoberta, ele descobriria. Era verdade que ele não respeitaria as vontades de Abiram, mas e daí? Ele estava no comando agora. Um homem morrera mais cedo. Imaginou quantos mais tinham morrido antes dele. Sua profissão sempre fora reportar problemas, expor injustiças, informar às pessoas o que elas precisavam saber. Guardar segredos era contrário a essa missão. Abiram certamente sabia disso quando escolheu lhe passar esse dever.

Sentou-se na frente do computador de Inna. Havia internet de alta velocidade no apartamento — algo essencial para qualquer um no ramo das notícias atualmente. Quando ele começara, o espaço cibernético mal existia. Agora, era indispensável. Com certeza, escrever livros era muito mais fácil com bilhões de sites disponíveis para navegar. Nunca precisou sair de sua casa. Digitou *Sinagoga Velha Nova* no Google e selecionou alguns dos 2.610.000 sites que apareceram como resultado, filtrando os pontos mais importantes.

O prédio mais antigo do bairro judeu de Praga. A sinagoga mais antiga existente na Europa. Estava de pé havia setecentos anos, praticamente intacta. A guerra a ignorara, e nem Hitler a destruiu. Quando foi construída, já existia a Velha Sinagoga. Por isso, esta foi chamada de Nova. Então, no século XVI, outra foi construída e chamada de Nova Sinagoga. Como a velha ainda existia, alguém veio com essa história de Velha Nova, e o nome pegou. Os outros dois prédios foram destruídos no começo do século XX. Mas a sinagoga Velha Nova sobreviveu.

Encontrou uma fotografia de seu exterior.

Um retângulo simples, com telhado triangular e cumeeira gótica, virado para leste. Esteios suportavam suas paredes pontuadas por janelas estreitas e ogivais. Anexos cercavam suas partes mais baixas em três lados. Sua construção terminou em 1270, mas reformas tinham sido feitas em datas tão recentes quanto 2004.

Então, encontrou fotos de outros ângulos, uma mostrando o lado leste do prédio. O sótão parecia espaçoso, e as pontas do telhado eram firmes como lanças. Dezenove barras de ferro foram presas no lado leste do prédio, formando uma escada que levava até uma porta do sótão. Um pequeno texto lhe explicou que essa escada de incêndio fora instalada em 1880 para permitir o acesso ao telhado no caso de uma emergência, mas o primeiro degrau ficava a bons 5 metros do chão. Outra foto mais próxima, da porta do sótão no topo dos degraus de ferro, mostrava uma estrela de Davi enfeitando seu exterior. Tom notou a maçaneta e a fechadura. Arredondada em cima, lisa na parte de baixo. A chave do túmulo estava em cima da mesa, ao lado do computador.

Ele a levantou.

Encaixaria? Era possível.

Apesar do fuso horário, não estava cansado. O sono não viria essa noite. Olhou a hora: nove e quarenta. Levantou-se, foi até a porta do quarto onde Alle se trancara e bateu. Sua filha parecia não estar cansada também, pois abriu rapidamente.

As luzes ainda estavam acesas, e ela estava totalmente vestida.

— Vamos partir — informou ele. — Para Praga.

QUARENTA E OITO

Béne soltou um suspiro aliviado quando o avião decolou no aeroporto internacional de Santiago de Cuba. Ficara preocupado com a possibilidade de o curador acordar e alertar a polícia, principalmente porque ele não deixara os outros quinhentos dólares. Não mencionara que vieram em um jatinho, mas o aeroporto poderia estar sendo vigiado. Nenhum oficial, porém, apareceu quando voltaram, e eles não foram impedidos.

Tre enchera duas caixas plásticas com documentos, um pouco de cada sala. As únicas repercussões do assalto envolveriam Simon, e Béne queria que isso acontecesse.

Ele estava lhe devendo.

— Béne — começou Tre —, você vai me explicar o que aconteceu no museu? Parecia que você ia matar aquele cara.

Ele precisava da ajuda do amigo, então resolveu contar.

— Simon e eu estamos trabalhando juntos para encontrar a mina.

— Fato que você nunca mencionou.

— Por que eu mencionaria? — Ele viu que o amigo percebeu que havia uma linha que não deveria ser cruzada. Mesmo assim, acrescentou: — Digamos apenas que descobri que ele não é um cara com quem eu gostaria de trabalhar.

— Aqueles policiais estavam atrás de nós?

Ele assentiu.

— Simon os mandou. O curador ligou para ele. Simon não queria que deixássemos Cuba vivos.

Tre pareceu compreender a realidade da situação, a proximidade da morte. Não houvera tempo em terra para explicações. Eles tinham pegado o que podiam e voltado a toda velocidade para o aeroporto, atentos ao espelho retrovisor.

— Por que Simon mandaria nos matar?

— Ele quer a mina. E não quer que eu saiba o que ele sabe.

Tre estava folheando um livro desde que tinham embarcado. Ele parecera ansioso para examiná-lo.

— O que é isso? — indagou Béne.

— Um tipo de diário. Uma narrativa.

Tre mostrou as páginas para ele. O texto formava um bloco em tinta preta, justificado à direita e à esquerda. Por volta de 12 ou 15 linhas por página.

— Está em ótimo estado, considerando a forma como foi conservado — comentou Tre. — E está escrito em castelhano.

— Isso é importante?

— Pode ser.

Ele só queria saber de uma coisa:

— Nós pegamos o que viemos buscar?

Mas Tre estava lendo.

Resolveu deixá-lo em paz. O avião ainda estava subindo na direção norte para Montego Bay, para longe de Cuba. O alcance de Simon se estendia bem mais do que Béne imaginara, e seu interesse pela mina perdida era mais intenso do que demonstrara.

— Béne — chamou Tre. — Escute isso.

Encontramos o significado da nossa missão na palavra sagrada. O livro dos Números deixa claro que "e com vocês tragam seus irmãos também, a tribo de Levi, a tribo de seu pai, e eles poderão se juntar a vocês e lhes servirão quando vocês e seus filhos estiverem frente à tenda do testemunho. Eles guardarão vocês e toda a tenda. Eles se juntarão a vocês e protegerão a tenda de reunião para toda a utilidade, e nenhum estrangeiro poderá se aproximar E vocês protegerão o santuário e o altar, para que nunca mais haja ira contra o povo de Israel. E, observem, eu escolhi os seus irmãos levitas dentre o povo de Israel. Eles são um presente para vocês, dados ao Senhor, para o serviço da tenda de reunião". O livro de Jeremias diz ainda mais: "Assim como o povo no paraíso não pode ser numerado, a areia do mar não pode ser medida. Então eu irei multiplicar a semente de Davi, meu servo, e os levitas que Me servem."

Tre levantou o olhar da página.

— Isso estava na sala trancada. Foi escrito por um homem chamado Yosef Ben Ha Levy Haivri, José, filho de Levi, o Hebreu. Ele diz isso no começo. Também diz que seu nome cristão é Luís de Torres, que ele fora forçado a adotar, mas que rejeitava.

— Por que isso é importante?

— Tem mais.

Embora não tenhamos nascido da casa de Levi, Deus escutou nossas súplicas e nos escolheu. Deus é gracioso e bondoso. Deus é misericordioso. Deus protege o simples. Eu nasci simples, e Ele me salvou. Minha alma descansa porque Deus foi bom comigo. Ele me impediu de morrer, meus olhos de chorarem, meus pés de tropeçarem. Confio em Deus. Com muito sofrimento, falei em um impulso: "Todos os homens são falsos." Como posso retribuir a Deus por toda a sua generosidade comigo? Farei meus votos na presença de Seu povo, no meio de Jerusalém. Cumprirei meu dever, como Ele confiou a mim. Malaquias disse do Levita: "A lei da verdade estava na boca dele, e injustiça não vinha de seus lábios." Ele caminhou comigo em paz e justiça e afastou muitos da injustiça. Oh, Israel, confie em Deus. Ele é a ajuda e o escudo. Aqueles que assumirem essa grande tarefa serão o Levita, tão verdadeiro quanto um Levita de nascimento, pois sua tarefa vem de Deus. Levita, confie em Deus. Ele é sua ajuda e seu escudo.

Tre estendeu a mão e lhe mostrou as páginas, mas Béne já tinha captado a linha que era significativa.

Aqueles que assumirem essa grande tarefa serão o Levita.

— De Torres escreveu isso para aqueles que vieram depois. Instruções sobre o que fazer e por quê. Colombo disse a ele, e agora ele está dizendo ao seu sucessor.

O grande Almirante do Oceano, o homem erroneamente chamado de Cristóvão Colombo, mas que nasceu Christoval Arnoldo de Ysassi, nunca se esqueceu de onde veio. Ele era um homem muito sábio, que aceitou sua tarefa. Guiou seus homens em uma grande viagem e, com a ajuda de Deus, foi bem-sucedido onde todos acreditaram que falharia. Ele me disse antes de partirmos que precisamos cumprir a nossa missão. Naquele momento, não compreendi a importância do que estava dizendo, mas agora compreendo. A Igreja prostituta e sua Inquisição decidiram massacrar todos aqueles que não rezam de acordo com seus livros. Eles falam de Deus, mas não sabem nada sobre os caminhos Dele. Eles encorajam o amor e o perdão, mas só espalham sofrimento e miséria. Muitos sofreram nas mãos deles. Alguns foram forçados a renunciar sua fé, outros fugiram. Outros ainda foram assassinados em nome de uma falsa crença. Que Deus me perdoe, fui forçado a me converter, mas nunca sucumbi em meu coração. Aqui, agora, nesta nova terra, longe de tudo que é mau sobre os caminhos do homem, eu vivo em paz. Minha hora está chegando, e não será dia nem noite. Deus anunciará, pois o dia Lhe pertence e também a noite. Ele nomeou uma sentinela para seu povo, noite e dia. O Almirante me fez jurar que o Levita que virá depois do nosso tempo um dia nos iluminará, quando a escuridão se tornar luz. Ele me escolheu como o primeiro e devo escolher o próximo. Juntos nós cumpriremos nossa tarefa. O grande tesouro de Deus está escondido, protegido de todos que lhe fazem mal. Abençoado é Ele que mantém sua promessa a Israel. Para o Abençoado, bendito seja Ele, escolhido para fazer o que Ele prometeu a Abraão, nosso ancestral. Como foi dito: "E Ele disse a Abraão: 'Saiba bem que seus descendentes serão estrangeiros em uma terra que não será deles, e eles serão escravizados e oprimidos, mas eu executarei o julgamento da nação a que eles servirem e, no final, eles sairão livres e com grande riqueza.'" Essa é a promessa que permanecerá. É a promessa que guardaremos. Não foi apenas uma pessoa que se levantou para nos destruir, mas em toda geração pessoas se levantarão para nos destruir. E o Abençoado, bendito seja Ele, nos salve das mãos delas.

Béne lembrou-se de que Simon lhe dissera que Colombo, o Almirante, se convertera ao cristianismo sob ameaça, mas permanecera judeu no coração. Ele até sabia o nome verdadeiro dele.

Christoval Arnoldo de Ysassi.

É claro que ele sabia.

Esses documentos estavam sob poder dele.

— Tem muito mais aqui, Béne. Vou precisar de tempo para ver tudo.

— Comece a ler — ordenou ele. — Quero saber todos os detalhes.

QUARENTA E NOVE

Tom e Alle passaram pelo grande relógio astronômico na torre da prefeitura da Cidade Velha. Seus ponteiros e órbitas mostravam a hora, a data, o zodíaco e as posições do sol, da lua e dos planetas em uma confusa disposição. O máximo que ele conseguia ver era que era sexta-feira, 8 de março, por volta das quatro horas da manhã.

Outro dia se passara, e ele ainda estava vivo.

A primeira metade da viagem desde Viena fora em uma estrada com duas faixas através de uma densa floresta tcheca e uma série de pequenas aldeias, depois pegaram uma autoestrada pelo restante do caminho, com tráfico leve até o meio da noite. A praça da Cidade Velha estava deserta. Ele se lembrava, de visitas anteriores, que suas pedras fervilhavam com hordas de pessoas. A estátua de Jan Haus continuava proeminente, um grande reformador religioso queimado vivo quinhentos anos atrás. A igreja Týn ainda dominava uma lateral; suas torres gêmeas em forma de espiral eram iluminadas à noite. Um ar revigorante trazia os últimos resquícios do inverno, e ele ficou feliz por ter trazido uma jaqueta.

Uma série de prédios coloridos contornava a praça, com janelas escuras e portas fechadas. A arquitetura e as fachadas variavam: renascentistas, barrocas, rococó, *art nouveau*. Ele sabia como Praga tinha escapado da destruição durante a Segunda Guerra Mundial. Hitler intimou o líder do país a ir a Berlim e disse-lhe que tinha duas opções: ou assinava um documento solicitando que o povo tcheco ficasse sob a proteção do Reich ou bombardeiros reduziriam o país a pó. O presidente Emil Hacha, velho e doente, desmaiou ao escutar a ameaça. Uma vez acordado, ele assinou e, sem resistência, Praga foi ocupada.

Mas o país pagou um preço terrível, principalmente seus judeus.

Noventa por cento morreram.

Stalin assumiu o controle do país depois da guerra, e a cidade padeceu por décadas atrás da Cortina de Ferro.

Mas a antiga cidade sobreviveu.

Alle falara pouco durante a viagem de quatro horas. Tom também. Ambos pareciam satisfeitos apenas por estarem ali, sem disposição, por enquanto, a ceder nem um centímetro. Antes de deixar Viena, ele imprimira um mapa da parte antiga de Praga, incluindo o bairro judeu próximo, destacando seus pontos de referência.

A lenda proclamava que os judeus vieram para a cidade pela primeira vez depois da destruição do Segundo Templo, no século I. Os relatos históricos dizem que começaram a ocupação no século X. Os judeus chamavam Praga de *ir va'em b'Yisrael*. Cidade e Mãe de Israel. Tão parecida com Jerusalém quanto possível. Outro mito proclamava que anjos trouxeram pedras do templo destruído para a sinagoga, um empréstimo até que outro templo fosse erguido no monte. Por volta do século XIII, os judeus tinham fundado sua própria cidade e foram proibidos de morar em qualquer outro lugar; seus passos foram restritos e seus negócios, dificultados. Eles acabaram mudando de uma margem do rio Vltava para a outra, formando um enclave dentro da Cidade Velha, que foi anexado em 1851, sendo renomeado de Josefov e tornando-se o quinto bairro de Praga. Não muito grande. Apenas 80.000 metros quadrados. Um labirinto de ruas, casas, pátios e corredores onde, a esta altura, já viviam quase duas mil pessoas.

E ele prosperou.

Fundando suas próprias escolas, formando um governo, criando uma cultura. Produzindo uma identidade.

Mas esta começou a ruir em 1848, quando os judeus receberam os mesmos direitos de todo cidadão tcheco, incluindo morar onde quisessem.

Os ricos logo saíram dali, dando lugar aos pobres, e o bairro foi transformado em um gueto. No final do século XIX, um colapso social, sanitário e higiênico levou à necessidade de restauração urbana. Na década de 1920, fachadas *art nouveau* e quarteirões com prédios residenciais de vários andares, com lojas no térreo, substituíram as casas baixas da favela. Os muros baixos de proteção foram demolidos, conectando suas ruas ao resto da cidade. As sinagogas, que em uma época eram as construções mais altas, ficaram perdidas no meio dos prédios. Tom se lembrou da matéria que escrevera e de como fora triste andar por ali. Apenas seis sinagogas e a prefeitura ainda existiam, sendo mais atrações turísticas do que lugares de oração.

E o cemitério.

Era o lugar do qual Tom mais se lembrava.

Talvez o lugar mais triste que já visitara.

Na casa de Inna, Alle falara sobre sua nova religião e a sensação de dever que tinha com ela. Tom se perguntou se ela fazia alguma ideia do quanto os judeus tinham sofrido. Eles foram expulsos de Praga duas vezes no decorrer da história. Pogroms — aquela palavra que o Saki enterrara em sua cabeça — eram mais frequentes. Na matéria que escrevera, incluíra o que aconteceu na Páscoa de 1389, quando jovens judeus supostamente jogaram pedras em um padre que levava a eucaristia a um moribundo. Os cristãos ficaram furiosos, um ódio alimentado por clérigos fanáticos. Três mil homens, mulheres e crianças judeus foram assassinados. Outros cometeram suicídio para evitar as atrocidades. O bairro foi saqueado e incendiado. Nem a sinagoga ficou imune — criminosos invadiram e sacrificaram as pessoas que estavam escondidas dentro do seu lugar mais sagrado. Durante séculos depois, o sangue foi deixado nas paredes como um aviso.

Dentro da sinagoga Velha Nova.

Cujo exterior Tom fitava agora.

Sua austeridade parecia intencional, permitindo que os fiéis se concentrassem em Deus sem distração. Suas fachadas leste e oeste davam para ruas diferentes; a primeira estava virada para uma avenida nova e arborizada, cheia de lojas caras. A sinagoga ficava quase 2 metros abaixo da nova avenida, no nível da rua de setecentos anos atrás. Luzes iluminavam suas paredes, dando às pedras uma sinistra coloração cinza. Eles se aproximaram pelo lado leste, longe das portas principais, de onde podiam ver o acesso ao sótão. Ele contou os 18 degraus que levavam à porta em forma de arco com a estrela de Davi. Sua mão direita apalpava a chave em seu bolso. Ainda não tinha comentado a respeito dela com Alle.

— Preciso subir lá — informou ele.

— Não tem proteção. Se qualquer pessoa passar de carro, poderá vê-lo.

Ele sabia disso.

— Ainda assim, preciso subir.

— Por quê? O que tem lá em cima?

— Você não sabe tudo sobre a sua nova religião? Este é um lugar sagrado. A sinagoga mais antiga da Europa. Judeus rezam aqui há séculos.

— Mas o que tem no sótão?

— Não sei. Tenho de ir ver.

Eles tinham caminhado da praça da Cidade Velha até ali sem cruzar com ninguém. Mas, às quatro horas da manhã, isso não era de surpreender. Nenhum carro passara e o ar gelado não trazia nenhum som, o que era estranho em uma cidade com mais de um milhão de habitantes. Assim como na fotografia que Tom estudara mais cedo pela internet, o primeiro degrau de ferro aparecia na parede a 5 metros de altura. Um dos esteios que suportavam a parede externa terminava onde começava os degraus, e um anexo ao nível mais baixo da sinagoga se destacava, coberto por telhas.

Tom caminhou pela calçada mais alta do que a base da sinagoga e subiu no corrimão de ferro que a contornava para conseguir alcançar o telhado de um anexo. As telhas de barro estavam escorregadias por causa da umidade, e ele se aproximou com cuidado do esteio. Passou o braço direito pela parede protuberante, abraçando-a e tentando escalar o esteio enquanto o braço esquerdo buscava o degrau de ferro, que estava uns 20 centímetros além do seu alcance.

Ele percebeu o que tinha de fazer.

Preparou-se, respirou fundo e torceu para dar certo. Uma queda de 5 metros em uma superfície de pedra deixaria marcas. Soltou o esteio, apoiando-se nas pernas, e pulou na direção do degrau. Uma das mãos segurou o ferro úmido, depois a outra, e o corpo balançou na direção da parede da sinagoga, onde Tom apoiou os pés.

Ele segurou firme.

Estendeu a mão, agarrou o degrau seguinte e impulsionou o corpo para cima. Com mais um, seus pés conseguiriam se apoiar no primeiro degrau.

Virou para trás.

Alle o observava na calçada, escondida nas sombras, onde a luz do poste mais próximo não a alcançava.

Ele escalou.

Um degrau de cada vez.

Os degraus eram estreitos, com uns 40 centímetros, então ele precisava manter os pés juntos e ter cautela por causa do metal escorregadio. Repetia a si mesmo para segurar firme os degraus. Olhou para cima enquanto se esforçava para subir a escada provisória, tentando imaginar quem tinha sido a última pessoa a subir por ela.

Olhou para trás e não viu nada. Bom. Estava totalmente exposto Com sorte, a chave em seu bolso abriria a porta no topo e ele entraria sem ser visto antes que alguém aparecesse.

O golem agora protege nosso segredo em um lugar há muito tempo considerado sagrado pelos judeus.

Segundo a lenda, a criatura tinha sido vista pela última vez naquele porão. Ele sabia que tudo não passava de uma história, mas seu avô claramente a usara para esconder algo importante.

Tom agarrou o último degrau.

Estava a 13 metros do chão. Uma queda dali poderia matá-lo. Segurou o degrau mais alto com a mão esquerda, mantendo os pés firmes, e pegou a chave com a mão direita. A fechadura definitivamente parecia adequada a uma chave esqueleto.

Inseriu a chave.

Mas nada aconteceu.

Virou com mais força. Para a direita e para a esquerda.

Ainda trancada.

Colocou a chave de novo no buraco.

Nada.

— Ei, você! Aí em cima.

Uma voz masculina vinda de baixo

Olhou.

Dois jovens estavam parados na rua.

Ambos carregavam armas em coldres no ombro.

Alle viu dois homens se aproximando por uma ruela estreita que separava a sinagoga de um quarteirão de prédios. A rua conectava a avenida comercial em que ela estava a outra rua dentro do bairro judeu. Enquanto observava o pai escalar os degraus de ferro, desviava o olhar de vez em quando para a ruela e checava se ninguém estava passando. Um movimento chamou sua atenção quando duas sombras apareceram do outro lado da rua e se apressaram na sua direção.

Ela recuou para a entrada escura de uma loja fechada e observou quando seu pai colocou a mão no bolso e tirou o que parecia ser uma chave. Ele a colocou na fechadura da porta do sótão e tentou em vão abri-la. As duas sombras se transformaram em homens jovens que pararam na base da escada, olhando para cima. Não pareciam ser policiais, pois estavam vestindo calças jeans e jaquetas escuras. Ambos armados. Um deles gritou:

— Ei, você! Aí em cima.

Seu pai virou a cabeça.

— Desça — mandou o jovem. — Antes que se machuque.

Seu pai não se moveu. Mas não havia para onde ir. O telhado da sinagoga era triangular e íngreme, sendo impossível atravessá-lo, e aparentemente a porta do sótão não se abriria.

A única coisa a fazer era descer.

Que foi o que ele fez.

Chegou ao degrau mais baixo.

Os dois homens estavam abaixo dele.

— Pendure-se no último degrau e se solte. Nós pegaremos você.

Tom fez o que eles mandaram, sendo segurado pelos homens. Então, um deles chutou os pés de Tom por baixo. O outro o empurrou para o chão, segurando um braço atrás das costas dele e pressionando o joelho em sua coluna.

— Fique parado — ordenou.

Alle precisava ir embora. Eles não prestavam atenção nela. Poderia escapulir, usando as fachadas das lojas e recuos das entradas como cobertura. O carro estava estacionado do outro lado da praça, e a chave estava com seu pai, mas qualquer lugar era melhor do que estar ali.

Começou a andar para trás, com o olhar fixo nos homens a uns 10 metros de distância e a 2 metros abaixo dela. O ângulo do prédio logo a tiraria do campo de visão deles.

Bateu em alguma coisa.

Assustada, recuou e girou.

Outro homem estava ali.

Ele também carregava uma arma no coldre.

CINQUENTA

Zachariah estava a 30 metros de onde Tom Sagan e Alle Becket foram encurralados por três homens. Ele sabia exatamente quem eram. Não eram policiais, mas seguranças particulares que o conselho judaico local contratava para fazer a vigia. E ele sabia por quê. Ainda existia intolerância religiosa.

Apenas 1.500 judeus ainda seguiam a religião em Praga, o que era triste para um lugar que já fora o epicentro do judaísmo na Europa. Reis e imperadores deixaram suas marcas, de forma lenta e constante, mas os nazistas acabaram com eles. Quase cem mil foram exterminados. Tudo que restava de uma próspera comunidade religiosa tinha praticamente desaparecido. Conhecia alguns líderes locais e os desafios que eles enfrentavam. Quase todas as semanas alguma coisa era estragada. Embora o antigo cemitério fosse cercado por muros de pedra, isso não impedia que vândalos jogassem animais mortos por cima dele. Pichações eram comuns. A polícia não fazia quase nada para impedir ou condenar os culpados. Então, a comunidade se ocupou da tarefa. Uma de suas fundações, destinada à preservação de monumentos hebraicos no mundo todo, doou dinheiro para comprar as câmeras e pagar seguranças.

Rócha rastreara o telefone que Simon deixara com Alle e descobrira que estavam em um bairro residencial em Viena. Posicionou um homem lá, que relatou que ela e o pai saíram abruptamente da residência e se dirigiram a um estacionamento perto da catedral de São Estevão. Rócha e Simon estavam na cidade e rapidamente conseguiram pegar a mesma autoestrada para o norte, enquanto seu homem seguia Sagan e a filha e telefonava para passar informações. A dupla finalmente conseguiu alcançá-los e acabou ali, em Praga, na sinagoga Velha Nova. Ele sabia que o prédio tinha câmeras de segurança escondidas que o monitoravam 24 horas por dia. Então, não demorou para os seguranças aparecerem.

Simon e Rócha estavam escondidos na entrada de uma butique elegante, que ficava na avenida Parizska e vendia porcelanas caras. O lugar era um insulto ao seu patrimônio. Esta avenida costumava ficar dentro do bairro, com prédios dos dois lados da rua habitados por judeus durante centenas de anos, mas todos foram demolidos no início do século XX. Agora era a avenida mais elegante de Praga, onde ficavam lojas de grifes como Cartier, Prada, Louis Vuitton e outras também famosas. Muito mais parecido com Paris do que com a Boêmia. Vitrines de lojas lindamente decoradas enchiam os dois lados da avenida. Varandas, cumeeiras e torres grandes e pequenas se erguiam sobre as cabeças. Os fundos da fachada leste da sinagoga Velha Nova davam para Parizska e estavam totalmente expostos. Tom Sagan assumira um risco tolo ao tentar subir até o sótão.

Mas Alle também não escapara.

Simon observou enquanto ela era levada por um pequeno lance de escadas até onde seu pai estava.

Praga era informalmente dividida em seções, formadas segundo seus monumentos mais famosos e cortada pelo rio Vltava. A leste, ficava Zizkov, um velho bairro com pouco turismo e atrações. A oeste, ficava o castelo de Praga e seus subúrbios, onde morava a maioria dos habitantes. Ao norte, havia mais bairros residenciais e o zoológico. Ao sul, havia as famosas pistas de corridas de cavalo, que ele já visitara diversas vezes. A Cidade Velha, no centro, era a estrela do espetáculo e incluía o antes proeminente bairro judeu. A Cidade Nova, ali perto, com seu centro comercial e lojas de departamento sempre cheias, foi onde os estudantes exigiram eleições livres no que veio a ser chamado de Revolução de Veludo.

Um governo dividido em camadas administrava a cidade. O prefeito e um conselheiro eram responsáveis pelos serviços públicos, mas dez distritos administrativos cuidavam dos assuntos locais; um desses supervisionava os arredores do antigo bairro judeu.

E Zachariah conhecia o administrador.

— Quer que eu os siga? — perguntou Rócha. — Para ver aonde eles vão?

— Não. Há câmeras em volta de toda a sinagoga. Você seria visto. Tenho uma ideia melhor.

Béne estava cansado; tinha sido um longo dia. Ele e Tre Halliburton aterrissaram em Montego Bay por volta das seis horas da tarde, e a viagem para sudeste levara mais duas horas. Tre morava ao norte de Kingston, em Irish Town, que recebeu o nome em homenagem a tanoeiros que chegaram lá no século XIX e fizeram barris de madeira para transportar café. A propriedade de Béne ficava ainda mais ao norte, nas montanhas, longe dos barulhos e olhos curiosos de Kingston.

O relógio de parede no vestíbulo da casa marcava dez e meia da noite. Ele estava sentado em seu escritório, com as portas da varanda abertas para a refrescante noite. O clima mais ameno era uma das maravilhas das montanhas, uma vez que o calor e a umidade geralmente ficavam confinados nas regiões mais baixas. Chegara a tempo de jantar com sua mãe. A refeição noturna sempre a alegrava, e ele gostava de vê-la alegre. Estava sentado no escuro, mastigando *bulla*, que seu próprio *chef* assara. Gostava dos bolinhos redondos e achatados, adocicados com melado e gengibre. Quando era pequeno, eles eram vendidos em qualquer lugar Agora, não tanto.

Durante o jantar, sua mente estava em Cuba e em tudo o que tinham descoberto.

Então, ele pedira à mãe:

— Conte-me sobre Martha Brae.

— Não falamos dela desde que você era um garotinho.

— Eu gostaria de escutar a história de novo.

Béne escutou enquanto a mãe contava sobre a bruxa taino que vivera nas margens do rio Matibereon. Caçadores de tesouros espanhóis capturaram-na, achando que ela sabia onde os nativos escondiam seu ouro.

— Sendo a ilha tão grande, os espanhóis imundos não podiam acreditar que não havia ouro aqui — contou sua mãe.

Então, eles torturaram a bruxa até ela ceder e levá-los a um local secreto. Uma caverna perto do rio.

— Havia um portão de ferro nesse lugar? — indagou Béne, lembrando-se do que Frank Clarke lhe contara.

Sua mãe balançou a cabeça.

— Nunca ouvi falar de um portão de ferro na história de Martha Brae. Ela não precisava desse tipo de coisa. O que ela fez foi desaparecer assim que eles entraram na caverna, e isso assustou aqueles espanhóis. Eles queriam sair, fugir, mas morreram afogados. Martha Brae mudou o curso do rio e inundou a caverna, fechando-a para sempre. Esse rio ainda leva o nome dela e segue o curso que ela determinou.

Mas Béne sabia que o rio Martha Brae ficava muito longe do vale que Tre Halliburton tinha descoberto e era mais associado aos *cockpit maroons* da Jamaica ocidental do que aos *windwards* do leste.

Não que não houvesse lendas no leste.

— A mesa de ouro — propôs ele para a mãe. — De onde veio?

— Você está diferente esta noite. Querendo falar sobre lendas. Os duppies *pegaram você?*

Ele sorriu.

— Podemos dizer que sim.

Ela apontou o dedo enrugado para ele.

— Eles são reais, Béne. Os duppies *estão em todo lugar. Eles protegem a mesa de ouro.*

Outra história de sua infância. Uma mesa feita de ouro, vista de tempos em tempos no fundo de certos rios e lagos, brilhando à luz.

— *Isso não é bom, Béne* — *continuou sua mãe.* — *Todo mundo que foi atrás da mesa não voltou.*

— *Essa história é taino ou* maroon?

— *Não tenho certeza. É apenas uma lenda, Béne. Muita gente diz ter visto a mesa de ouro embaixo da água. Muita gente mesmo.*

Ele terminou de comer a *bulla* e pegou outra.

Um vento forte balançou as árvores além da varanda.

Nos últimos dois dias, descobrira mais sobre a mina perdida de Colombo do que nos últimos dois anos.

E sobre Zachariah Simon.

Esperava que o curador tivesse dado o recado. Estava farto de mentiras. Imaginava o que estaria acontecendo em Viena. Não tivera notícia de Brian Jamison. Mas não se importava. Os americanos eram um pé no saco. Talvez estivesse livre deles.

Comeu seu bolo, escutando a escuridão e esperando que os *duppies* chegassem. Tinha perguntas para eles também.

Um barulho.

Na varanda.

Uma sombra apareceu junto à porta, contornada pela noite.

Ele estava esperando.

— Já estava na hora de você chegar.

CINQUENTA E UM

Tom foi levado por uma rua deserta depois da sinagoga Velha Nova. O caminho estreito era margeado por barracas de vendedores e vitrines de lojas apagadas. Um muro de pedra com 3 metros de altura ficava atrás das barracas, e copas de árvores apareciam por cima dele. Ainda se lembrava da geografia do local e percebeu que o velho cemitério começara à sua esquerda e continuava adiante. Há 350 anos, judeus eram enterrados ali, enchendo os poucos acres. A solução que permitiu novos túmulos foi trazer mais terra e elevar o nível, acabando por criar 12 camadas de terra sagrada.

Alle caminhava ao lado dele. Os raptores eram homens jovens, ansiosos, sem o menor senso de humor em seus rostos sérios. Vira muitos rostos assim nos defensores de Sarajevo, nas ruas de Mogadíscio ou na Cisjordânia. Tinham aquele ar determinado, fortalecido pela juventude. Eles conheciam o medo, como qualquer pessoa, mas simplesmente o ignoravam. O que explicava por que tantos acabavam mortos. Inexperientes demais para pensar antes de agir. Ansiosos demais para agradar aos outros. Duas pessoas assim foram supostamente as fontes da matéria que causou sua destruição. Ben Segev. Um jovem israelense furioso. Muito convincente. E Mahmoud Azam. Um palestino igualmente furioso.

Ambos os atores contratados para interpretar um papel.

Não eram reais.

Diferentes desses aqui.

Eles o tiraram do chão e o revistaram, esvaziando seus bolsos e pegando a carta de Abiram, o mapa, a chave, seu passaporte e sua carteira. Não tinha certeza se haviam revistado Alle, uma vez que ela estava longe dele quando a pegaram, mas a bolsa que carregava não estava mais com ela.

Eles viraram uma esquina, entraram em outra rua e continuaram.

O terceiro homem que estava na sinagoga, que saíra levando tudo que encontrara com Tom, voltou e sussurrou algo para os outros.

Estes assentiram, mostrando que entendiam.

Eles pararam à porta de uma casa. Uma chave abriu a fechadura, e eles foram levados para dentro. Os cômodos estavam escuros, mas Tom conseguiu ver alguns móveis; o ar cheirava a mofo. Outra porta foi aberta e a luz revelou uma escada. Um dos homens armados apontou para que descessem.

— Não — negou-se Alle. — Não vou descer.

Na penumbra, Tom viu que nenhum dos três homens gostou da recusa dela. O que estava sem arma deu um passo à frente.

— Você vem aqui e profana a nossa sinagoga. Invade nosso local sagrado. Viola as nossas leis. E quer discutir conosco? Quer nos desafiar?

— Chame a polícia — sugeriu Tom, testando os ânimos.

O jovem riu.

— Eles não ligam a mínima para o que acontece aqui.

— Quem são *eles*? — indagou.

— A polícia. O prefeito. O conselho municipal.

Ele sabia que o antissemitismo estava crescendo na Europa. Era outra coisa boa da internet; ele podia ler jornais do mundo todo. Lembrava-se de ler muitas matérias sobre intolerância religiosa.

— E o que vocês fazem com os invasores? — perguntou ele.

— O último que apareceu, nós espancamos até morrer.

Alle escutou a ameaça e percebeu que a situação não era boa. Eles estavam sozinhos, sem ajuda. Os homens tinham pegado a sua bolsa, onde estavam seu passaporte e o celular de Zachariah. A arma que seu pai pegara na catedral estava escondida no carro. Ela se perguntara por que ele não a trouxera, mas não o questionara.

Seu pai não parecia ter medo. Ela estava aterrorizada. Tanto quanto estivera no carro com Meia-noite. Ainda podia ver Brian Jamison sangrando, agonizando.

— Desça as escadas — mandou o homem de novo.

Alle não tinha muita escolha, então obedeceu. Embaixo, eles encontraram um porão, onde arcos romanescos de pedra sustentavam um teto abobadado. Não era grande e não havia nada além de uma mesa de madeira com seis cadeiras.

— Sentem — ordenou um dos homens.

O pai dela puxou uma cadeira.

— E agora?

— Esperem — disse o homem.

Tom estivera em situações difíceis antes, principalmente no Oriente Médio, onde as fontes gostavam de acrescentar um pouco de drama às suas revelações. A maioria das vezes era apenas teatro. Ele aprendera que terroristas, independentemente da nacionalidade, compreendiam que seus objetivos passariam despercebidos se ninguém os reportasse. O medo, que cultivavam tão bem, não teria efeito sem uma plateia para saber que ele existia. Isso não significava que terroristas gostavam da imprensa, apenas que sabiam como usá-la. Às vezes, para mostrar que estavam no comando, eles usavam artifícios como vendas nos olhos, longas jornadas de carro e ameaças. Na última matéria de Tom, eles encenaram os preparativos para um ataque, com armas e tudo.

Que espetáculo.

Digno de um Oscar.

Uma vez, ele passara seis semanas dentro de um grupo de resistência palestino. Vira e escutara muita coisa; a maior parte logo percebeu que era destinada a ele mesmo. Claro que Tom se esforçara para entendê-los, mas nunca demonstrou ressentimento nem simpatia.

Não se envolva nas discussões. E isso só era possível mantendo a boca fechada e os ouvidos, atentos.

Então, ele se sentou e esperou que esses jovens falassem.

Outra coisa: quanto mais jovens, mais falavam.

Ele deixara a arma no carro de propósito, caso se deparassem com a polícia. Carregar armas na Europa era um problema sério. Muito provavelmente, era contra a lei tcheca — que, aparentemente, esses homens pareciam não respeitar.

— Vocês estão agindo por conta própria, não estão? — perguntou. — Vocês vigiam o bairro porque precisam.

— Que importância isso tem para você? — questionou um deles.

— Meus pais eram judeus.

— E o que você é?

— Ele decidiu que não queria ser um de nós — intrometeu-se Alle.

O homem que fazia as perguntas lançou um olhar estranho para ela.

— *Um de nós?* Algum de nós tenta profanar uma sinagoga?

— Nós não estávamos profanando nada — defendeu-se Tom. — E vocês sabem disso.

Ele percebeu o olhar avaliador.

— Você não está em posição de bancar o espertinho.

— Qual é a minha posição? — indagou ele.

— Não é boa — retrucou o jovem.

— Basta — ordenou uma nova voz.

Mais velha. Mais grave.

Tom e Alle se viraram e viram um homem idoso descendo as escadas. Ele era baixo, magérrimo, com cabelos muito brancos. O rosto era um labirinto de rugas, com bochechas fundas e testa franzida; uma das mãos frágeis agarrava o corrimão, a outra segurava a carta, o mapa e a chave. A bolsa de Alle estava pendurada no seu ombro. Descia um degrau de cada vez, com olhos abaixados, cuidadoso em cada passo.

O velho chegou ao fim da escada e se endireitou.

— Não devemos ser grosseiros. Saiam agora.

Os três jovens foram em direção à escada. Um deles perguntou.

— Tem certeza de que não quer que a gente fique?

— Tenho. Ficarei bem. Vá agora. Quero conversar com esses dois.

Os três subiram as escadas. Tom escutou a porta no topo ser fechada.

Um interesse genuíno se acendeu nos olhos escuros do homem quando acenou para o que tinha na mão.

— Sou o rabino Berlinger e quero saber onde vocês conseguiram esses objetos.

CINQUENTA E DOIS

Zachariah olhou o relógio. Eram dez para as seis da manhã. Praga logo despertaria.

Adorava essa cidade e sentia uma conexão com seu passado turbulento. A tradição ortodoxa era forte ali. Muitos dos preceitos do judaísmo europeu tinham sido criados por sábios rabinos que moravam às margens do rio Vltava. Esse foi um dos motivos que o levou a se interessar por sua preservação. O administrador do bairro era seu conhecido, um homem pequeno que deixara claro que, se algum dia precisasse de alguma coisa, era só pedir.

Hoje certamente precisaria.

Primeiro, telefonara para sua casa na Áustria em busca dos contatos do administrador. Um segundo telefonema para uma casa em Praga não acordou ninguém, pois o administrador disse que acordava todos os dias às cinco horas da manhã. Após explicar a situação, eles marcaram um encontro na sinagoga Velha Nova às seis. O que não era nenhum problema, pois Zachariah e Rócha estavam parados a menos de 30 metros do prédio.

Agora estava em frente à porta da sinagoga, vendo o administrador se aproximar, uma alma magra, com um bigode grosso e pouco cabelo. Rócha continuava na avenida Parizka, fora do alcance das câmeras de vigilância. Zachariah cumprimentou o administrador em inglês e apertou-lhe a mão. Sabia um pouco sobre ele. Já fora cristão, mas se convertera ainda bem jovem. Era ortodoxo e pró-Israel, mas não tão hostil em relação às autoridades centrais de Praga quanto alguns antecessores. Conciliador demais para o gosto de Zachariah, mas, por sorte, era exatamente do que precisava no momento.

O administrador pegou um molho de chaves e abriu a porta.

— Venho aqui rezar todas as manhãs. Uma das vantagens de estar no poder.

Passaram por um portal gótico adornado com esculturas de videiras interlaçadas. Doze raízes, uma para cada tribo perdida. As luzes do vestíbulo se acenderam e Zachariah pôde ver duas caixas-fortes entalhadas em pedra — ele sabia que tinham sido usadas séculos atrás para cobrar os impostos especiais destinados aos judeus.

Amava esse prédio. A sinagoga de Viena impressionava por sua beleza, mas esta era espetacular por sua simplicidade. Pesados pilares octogonais e abóbadas com cinco nervuras dividiam o retângulo em duas naves. Ele sabia que havia cinco nervuras para impedir que uma cruz fosse formada com apenas quatro. O assento do rabino-chefe ficava posicionado na extremidade leste, junto com a arca e a Torá, protegida por grades de ferro e uma cortina. Uma plataforma elevada cercada por uma grade de ferro forjado enchia o centro, o *almemor*, onde havia um cavalete. As paredes e a plataforma central tinham fileiras de bancos que, explicaram a Zachariah, passavam de geração em geração. Não muitos, uns setenta talvez. Pendurada em cima havia uma faixa vermelha com a estrela de Davi, um presente de Carlos IV, em 1358, como sinal do privilégio judeu. Sempre desdenhara de tais gestos, pois a história sempre mostrava que não eram sinceros.

Pouca luz entrava pelas 12 janelas estreitas que ficavam no alto das paredes; o sol apenas começava a nascer.

— O senhor estava certo — disse o administrador. — A patrulha noturna encontrou duas pessoas tentando entrar no sótão. Acontece de vez em quando. As pessoas realmente acreditam que encontrarão um golem lá.

— E o senhor não faz nada para desencorajá-los, considerando que a lenda traz visitantes que gastam dinheiro.

— Quem sou eu para questionar lendas? Não é o meu trabalho. Proteger tudo isso, essa sim é a minha tarefa. Infelizmente, é necessário dinheiro para manter as coisas.

— Onde estão essas duas pessoas agora?

O administrador levantou um de seus pequenos dedos.

— Esse é o problema. Eles não foram levados para a sala de detenção que costuma ser usada no prédio comunitário. Costumamos interrogá-los primeiro e entregá-los à polícia, que os libera prontamente. É um grande problema. Mas esses dois foram desviados para algum lugar.

Zachariah não estava gostando do que escutava.

— Estou tentando descobrir onde estão — continuou ele. — Por alguma razão, ninguém da segurança sabe.

— O senhor vem aqui todas as manhãs?

O administrador assentiu.

— Quase todos os dias. Antes que vire uma atração turística, e não um lugar de oração.

Ele invejava isso.

— E o que tem no sótão?

— Nada além de vigas, isolamentos e o telhado. Nenhum golem de barro.

— Mas o sótão serviu como *genizah* durante séculos.

No passado, toda sinagoga possuía um depósito para livros e documentos antigos. O Talmude proíbe que qualquer escrito que contenha o nome de Deus seja descartado. Em vez disso, eles eram guardados e enterrados, de sete em sete anos, em um cemitério.

O administrador assentiu.

— Certo. Guardávamos tudo que estava velho lá em cima. As condições do ambiente não prejudicariam o material. Mas isso acabou uns quarenta anos atrás, e o sótão foi esvaziado.

Zachariah pensou. Será que alguma coisa foi armazenada lá antes disso? Quarenta anos? Essa época seria consistente com a vida do avô de Sagan.

Escutou a porta principal ser aberta e fechada e observou o administrador se desculpar e voltar para o vestíbulo. Agora estava convencido de que Sagan o tinha enganado. Esperava que Alle conseguisse descobrir alguma coisa. A conversa com a embaixadora israelense ainda o perturbava, assim como o fato de ela e os americanos estarem interessados nele. Ele mandara Rócha até a viela ao lado da catedral de São Estevão e descobrira que o corpo de Brian Jamison realmente não estava mais lá. Também não saíra nenhuma palavra na imprensa sobre a descoberta de um corpo. A embaixadora dissera que limparia a sujeira e cumpriu a promessa.

O administrador voltou no instante em que a porta se abria e fechava.

— Fiquei sabendo que as duas pessoas capturadas mais cedo foram levadas para uma casa não muito longe daqui.

Zachariah percebeu a expressão de preocupação no rosto do homem.

— O que é? — indagou ele.

— O rabino Berlinger foi chamado. Está com eles agora.

Tom imediatamente juntou os pontos. Abiram mencionara esse homem em sua última carta.

"Ele também me deu um nome. Rabino Berlinger."

— Quantos anos o senhor tem? — perguntou, sabendo que poderia soar rude, mas sentindo que precisava saber.

— Cento e dois.

Nunca teria adivinhado. Talvez 80 e poucos, mas nada perto do centenário.

— A vida foi boa com o senhor.

— Às vezes, eu acho que sim. Outras vezes, não. Eu lhe fiz uma pergunta. Por favor, me diga onde obteve esses objetos.

Tom percebeu que Alle também estava interessada na resposta. Mas não estava pronto para cooperar.

— Eles me foram dados. Eu deveria ficar com eles.

Esse homem vira a carta original, sem edições, que estivera em seu bolso.

— Isso eu não sei — discordou Berlinger. — Só sei que você estava com esses objetos.

— M. E. Cross era meu avô.

O velho homem o analisou com cuidado.

— Consigo vê-lo em seu rosto. Seu nome é Sagan. Lembro-me de que sua mãe se casou com um Sagan. Marc era pai de sua mãe.

Ele assentiu.

— Eu o chamava de Saki.

O rabino se sentou, colocando os objetos que segurava e a bolsa de Alle em cima da mesa.

— Devo confessar que achei que nunca mais fosse ouvir falar desse assunto.

Béne permaneceu sentado enquanto a sombra entrava em seu escritório. Do lado de fora, os ventos montanhosos continuavam a agitar a noite. Ele estava esperando por Frank Clarke. O amigo ligara mais cedo prometendo que estaria em sua casa antes das dez horas.

— Você gosta do escuro, Béne?

Não havia nenhuma luz acesa no cômodo.

— Mamãe está dormindo, e a empregada já se recolheu. Somos só você e eu, Frank.

Ofereceu o prato de *bullas*, mas o coronel não aceitou. Pegou mais um bolinho antes de recolocar o prato na mesa lateral.

— O que você descobriu? — perguntou Frank. — Pude perceber na sua voz, mais cedo.

— A mina é real. Sei a sua localização.

Tre ligara após o jantar para dizer que uma rápida inspeção do que tinham roubado em Cuba, junto com a escritura e outros documentos que encontrara nos arquivos jamaicanos, levaram-no a um lugar. Ele verificara os mais recentes mapas topográficos arquivados na universidade e confirmara que existia uma caverna nos arredores do lugar para onde todos os documentos apontavam.

— E onde fica? — indagou Clarke.

Ele não precisava ver o rosto para saber que Béne revelaria algo que já era conhecido. De que ele suspeitara o tempo todo.

— Por que você mentiu para mim, Frank?

— Porque aquela mina deve continuar perdida.

— Não foi o que você disse na caverna. Você me disse para encontrá-la.

— Eu falei para você encontrar o tesouro dos judeus. Se ele ainda existe, os *maroons* poderiam aproveitá-lo. Mas a mina? Isso é outro assunto.

A voz era quase um sussurro, como se as palavras não devessem ser pronunciadas, mas Béne precisava saber.

— Por que a mina deve continuar perdida?

— É um lugar sagrado. Restou tão pouco dos *maroons*. Lugares como aquele são nossos, Béne. Devem ser protegidos.

— Restou tão pouco dos *maroons*, exceto histórias. Por que isso importa?

O silêncio passou entre eles. Béne escutou o vento.

— A noite já foi nossa aliada — disse Clarke. — Nós sabíamos usá-la. Nós conquistamos a vitória, em parte, por causa da noite.

Mais histórias, pensou Béne. Nada de realidade.

Durante a última guerra *maroon*, em 1795, trezentos *maroons* resistiram a 1.500 soldados britânicos. A trégua só aconteceu quando cães de caça cubanos chegaram para caçá-los. Mas, quando todos se reuniram em Montego Bay para concluir um tratado, quase seiscentos *maroons* foram levados para os navios e deportados para a Nova Escócia. Lá, eles viveram o frio do Canadá por dois anos antes de serem mandados para Serra Leoa. Apenas sessenta voltaram para a Jamaica.

Uma vitória.

— Você ainda não me respondeu — continuou ele. — Por que isso ainda importa?

Béne viu o corpo escurecido se mexer na cadeira.

— Existem coisas sobre nós que você simplesmente não compreende, Béne. Embora tenha sangue *maroon*, você foi criado de uma forma diferente. Existe muita pobreza entre nós. O desemprego é alto. Você mora aqui, nessa enorme propriedade, no luxo. Você pode ter os carros que desejar. Nunca passa fome. Você tem dinheiro. Você sempre teve dinheiro, Béne.

— Você fala como se ressentisse disso.

— Não. Seu dinheiro não significa nada para mim. Você é meu amigo. Sempre gostei de você. Mas outros pensam de forma diferente. Eles aceitam seu dinheiro, seus favores. Eles sorriem, mas nunca revelam o que realmente sentem.

— Não foi o que você me disse ontem. Você disse que ninguém se importa com quem eu sou.

— Eu menti.

Béne não estava gostando do que escutava. Sempre se sentira próximo da comunidade *maroon*. Como se fosse sua família. Quase não tinha isso. Apenas sua mãe e poucos primos. Deveria se casar, ter filhos, construir uma família sua. Mas nunca conhecera ninguém com quem gostaria de fazê-lo. Talvez por causa de quem e do que ele era? Difícil dizer. Mas tinha certeza de uma coisa: ninguém lhe diria o que fazer.

Não agora.

Nunca.

— Eu vou até a mina — avisou ele.

— Eu temia que você me dissesse isso.

— Você vai comigo?

— Eu tenho escolha?

CINQUENTA E TRÊS

Zachariah queria saber:

— Quem é o rabino Berlinger?

— O antigo chefe dessa comunidade. Um dos últimos que sobreviveram ao Holocausto.

— Ele sobreviveu aos nazistas?

O administrador assentiu.

— Ele foi levado para Terezín, junto com muitos outros. Trabalhou no conselho do campo e tentou cuidar das pessoas.

A cidade que já fora uma fortaleza militar manteve presos dezenas de milhares de judeus tchecos, que foram depois levados para campos de extermínio. Muitos, porém, morreram por causa das condições insalubres.

— O rabino é muito respeitado — disse o administrador. — Ninguém questiona o que ele fala. Se ele pediu para falar com esses dois intrusos, então é isso que vai acontecer.

Zachariah também compreendeu o que não foi dito. A eleição do administrador dependia do apoio dessas pessoas. Se o homem à sua frente era o rei, Berlinger era quem o fazia rei.

— Preciso saber por que ele está interessado — insistiu Zachariah.

— Você poderia me explicar o *seu* interesse?

— O homem que foi pego na sinagoga tem algo que pertence a mim. Quero que ele devolva.

— Deve ser algo muito importante.

— Para mim, é.

Ele estava escolhendo as palavras com muito cuidado.

Diga o suficiente, mas não demais.

— Mandei uma pessoa para descobrir o que está acontecendo. Enquanto ele não volta, você e eu podemos rezar. Olhe, o sol já apareceu na janela leste.

Simon olhou para a fenda estreita acima, incandescente com os primeiros raios do dia. Ele se deu conta de que judeus tinham essa visão havia setecentos anos. Tudo que ele estava prestes a fazer, tudo que planejara, era por eles. Cem mil judeus tchecos foram exterminados durante a guerra, quando o presidente tcheco simplesmente entregou o país para Hitler, tornando-o um protetorado da Alemanha. Imediatamente, foram implementadas leis que proibiam médicos não arianos de cuidarem dos doentes. Os judeus foram proibidos de entrar em praças, teatros, cinemas, bibliotecas, eventos esportivos, banheiros e piscinas. Não podiam trabalhar em repartições públicas e eram obrigados a usar apenas compartimentos nas traseiras dos trens e nenhuma instalação nas estações. Compras só eram permitidas em um horário designado. O toque de recolher era às oito horas da noite. Telefones não eram permitidos e ninguém podia mudar de residência sem aprovação. A lista de restrições era infinita, e, no final, todos acabavam presos e levados para extermínio.

Mas os nazistas não destruíram o bairro judeu.

As sinagogas permaneceram intactas, até a Velha Nova. Nem o cemitério foi muito violado. A ideia era transformar tudo em um elaborado museu a céu aberto.

O Museu Exótico de uma Raça Extinta.

Mas isso nunca chegou a acontecer.

A Rússia libertou o país em 1945.

Ir a Praga parecia sempre fortalecer as resoluções de Simon. Por toda a história, os judeus valorizaram lideranças fortes, razões transparentes e ações firmes. Eles apreciavam a determinação. E era isso que ele ofereceria. Mas o administrador estava certo. Era hora da oração. Então, juntou as mãos nas costas, abaixou a cabeça e pediu a ajuda de Deus em todos os seus planos.

— Tem uma coisa — acrescentou o administrador, falando mais baixo.

Ele abriu os olhos e fitou o homem, que era 30 centímetros mais baixo.

— Você perguntou sobre os documentos armazenados no sótão. Conforme as regras, nós os enterramos de tempos em tempos, mas desenvolvemos uma forma diferente de cumprir essa obrigação.

Zachariah esperou uma explicação.

— Não temos mais espaço no velho cemitério e, de toda forma, ninguém quer cavar aquela terra. Há muitos túmulos sem marcação. Então, temos uma cripta onde guardamos os escritos. Eles são colocados lá desde a guerra. É um sistema que funciona. Nosso problema tem sido manter a cripta. Muito caro. Muito trabalhoso.

Ele entendeu a mensagem.

— Lutamos todos os dias para recuperar nossa propriedade e restaurar o cemitério e as sinagogas — continuou o administrador. — Tentamos levar as nossas vidas, manter nossa herança, restaurar nosso legado. Para fazer isso, encorajamos investimentos externos. — Ele fez uma pausa. — Sempre que podemos.

— Acredito que uma das minhas fundações possa fazer uma doação para ajudar com esses custos.

O administrador assentiu.

— Seria muita generosidade de sua parte.

— É claro que ajudaria se eu pudesse ver essa cripta, para avaliar o valor da contribuição.

Ele assentiu de novo.

— Acho que seria totalmente razoável. Faremos isso. Assim que acabarmos nossas orações.

*

Tom observava o rabino, atento a tudo o que acontecia. Não sabia se este homem era quem dizia ser. O que sabia era que a carta original tinha sido lida por ele e que agora seu conteúdo era conhecido por uma terceira pessoa.

O mensageiro presunçoso da Barnes & Noble veio à sua cabeça, junto com o aviso que lhe deu.

"Estaremos lá, prontos para derrubá-lo de novo."

Como agora.

— Quando você ficou sabendo dessas coisas? — perguntou Tom a Berlinger.

— Seu avô chegou na década de 1950. A mãe dele era tcheca. Nós nos tornamos amigos. Ele me contou coisas. Não tudo, mas o suficiente.

Ele observou Alle enquanto ela escutava. Preferia ter essa conversa em particular, mas sabia que era impossível.

— Marc era uma pessoa fascinante. Nós tivemos muitos bons momentos juntos. Ele falava a nossa língua, conhecia a nossa história, os nossos problemas. Nunca compreendi tudo que ele sabia, só que era muito importante. Passei a confiar nele o suficiente para sempre fazer o que ele pedia.

— E o que ele pediu?

O velho homem o fitou através de olhos cansados e lacrimosos.

— Agora há pouco, me acordaram e me entregaram essas coisas que estão aqui em cima da mesa. Na carta, aparecia meu nome, então acharam que eu deveria ser avisado. Eu li e perguntei de onde ela e os outros objetos tinham vindo. Disseram que um homem fora flagrado tentando entrar no sótão da sinagoga. Na mesma hora, eu me lembrei de outra época e de outro homem que tentou fazer a mesma coisa.

— Desça daí — gritou Berlinger.

O homem que se segurava nos degraus de ferro presos à parede da sinagoga Velha Nova simplesmente olhou para baixo e balançou a cabeça.

— Eu vim ver o golem e é o que farei.

Berlinger estimou que o alpinista devia ter a sua idade, 50 e poucos anos, mas em melhor forma, com cabelos grisalhos, corpo esbelto e o rosto cheio de vida. Ele falava tcheco, mas com o distinto sotaque americano.

— Estou falando sério — retrucou Berlinger. — Não tem nada aí. A história é uma tolice. Uma lenda. Só isso.

— Meu Deus, como você subestima o poder de Jehuda Leva ben Becalel.

Ele ficou impressionado pelo fato de o estranho usar o nome certo do rabino Loew. As pessoas não vinham mais a Praga, e, dos poucos que vinham, nenhum sabia o nome correto do grande homem. Depois da guerra, os comunistas tomaram o poder e fecharam as fronteiras. Ninguém entrava, ninguém saía. Como esse americano tinha conseguido entrar, ele não sabia. O rabino observou enquanto o intruso abria a porta de ferro adornada com uma estrela de Davi. Desde bem antes da guerra, ela não era trancada. O homem desapareceu dentro do sótão; depois a cabeça dele apareceu pela porta.

— Suba. Preciso falar com você.

Berlinger não subia ao sótão havia um bom tempo. Era onde os velhos papéis ficavam guardados, armazenados até serem enterrados, como a Torá mandava. Alguém deixara uma escada encostada na parede leste da sinagoga, tornando mais fácil alcançar o primeiro degrau de metal. Decidiu obedecer ao estranho e subiu até a porta, entrando no sótão.

— Marc Cross — apresentou-se o estranho, estendendo a mão.

— Eu sou...

— Rabino Berlinger. Eu sei. Vim conversar com o senhor. Disseram que posso confiar no senhor.

— Foi assim que nos conhecemos — terminou Berlinger. — Dali em diante, Marc e eu nos tornamos grandes amigos e continuamos assim até o dia em que ele morreu. Infelizmente, eu o vi poucas vezes nas décadas seguintes, mas nos correspondíamos. Eu gostaria de ter ido ao funeral dele, mas os soviéticos não permitiam que os judeus viajassem para fora do país.

Tom estendeu a mão e levantou a chave.

— Ela não abre a porta do sótão.

— Claro que não. A fechadura daquela porta é nova, colocada quando o sótão foi reformado alguns anos atrás. Mantivemos o estilo antigo simplesmente pela aparência, mas não tem nada que seja importante lá em cima.

Tom captou o que não foi dito.

— Mas já teve.

Berlinger assentiu.

— Nós guardávamos os papéis velhos lá em cima, mas agora eles ficam guardados no subterrâneo do cemitério. — O rabino se levantou. — Vou lhe mostrar.

Tom ainda não estava pronto para sair e apontou para a chave.

— Tem marcações na chave. O senhor sabe o que significam?

O velho assentiu.

— O senhor nem olhou.

— Não preciso, Sr. Sagan. Eu fiz a chave e coloquei essas marcações. Sei exatamente o que significam.

Ele estava chocado.

— E o fato de estar com essa preciosa chave é a única razão para você não ter sido entregue à polícia.

CINQUENTA E QUATRO

Zachariah seguiu o administrador para fora da sinagoga Velha Nova, entrando em uma rua chamada U Stareho Hrbitova, uma pequena ladeira que levava a um edifício que ele conhecia como Casa de Cerimônias. A estrutura neorromanesca servira no passado como capela mortuária, usada para os enterros da sociedade local. Agora era um museu de tradições e costumes funerários. Ele conhecia a longa tradição da Sociedade Funerária de Praga, fundada no meio do século XVI para garantir que os mortos recebessem uma despedida apropriada.

Ele e o administrador tinham rezado por 15 minutos. Em seus contatos anteriores com o homem, não percebera que ele era tão devoto. Mais pragmático e prático, como ficou evidente pela contribuição que conseguiu extorquir simplesmente pela oportunidade de ver onde os velhos documentos ficavam guardados. Havia poucas chances de encontrar alguma coisa, mas Zachariah estava realmente curioso. Em Viena, não faltava solo sagrado, então livros e papéis eram respeitosamente enterrados em vários cemitérios judeus.

Aqui, as coisas eram bem diferentes.

Um portão de ferro adjacente à Casa de Cerimônias levava a outro caminho para o cemitério. Um porteiro uniformizado abriu o portão, que Zachariah descobriu ser a saída dos visitantes; a entrada do cemitério ficava a um quarteirão dali. Ninguém parou o administrador enquanto eles entravam. Zachariah o seguiu até um dos lugares mais sagrados do mundo. Em meros 11.000 metros quadrados, mais de cem mil pessoas tinham sido enterradas. A grama era fina e as lápides — 12 mil, se ele se lembrava bem — eram próximas umas das outras, colocadas em ângulos estranhos como se tivessem passado por um terremoto.

Proibidos de enterrar seus mortos fora do bairro por 350 anos, todos os judeus colocaram seus entes queridos para descansar ali. Era impossível conseguir terras novas, e a Torá proíbe mudar os corpos de lugar, então a solução foi trazer mais terra e elevar o nível, uma camada de cada vez, até que fosse atendida a ordem do Talmude de que os túmulos ficassem separados por pelo menos seis palmos de terra. Até que havia 12 camadas, cada uma com quase 60 centímetros de profundidade, dentro desses muros. Os enterros pararam em 1787, e Zachariah se perguntava quantas matsevás tinham desaparecido, se decomposto ou sido destruídas e quantas pessoas foram esquecidas.

Seu olhar se demorou na vista surreal.

Freixos sombreavam o lugar. Prevalecia uma aparência simples nas lápides grossas; as mais simples eram eretas ou inclinadas, a maioria com decoração ou esculturas que se referiam ao nome do morto, família, estado civil e profissão. Ele prestou atenção às artes — uma árvore da vida, uma menorá, cachos de uvas, animais. Era possível ler algumas coisas, mas a maioria, não. Aqui e ali, havia túmulos com quatro lados, cobertos por um telhado triangular, parecido com o túmulo do seu pai na Áustria. Cemitérios eram lugares sagrados onde os mortos esperavam a ressurreição. Por isso, não podiam ser fechados.

Um caminho de pedras contornado por mais grama abria uma passagem entre os túmulos. Não havia mais ninguém dentro dos muros que cercavam o espaço apertado. Zachariah localizou câmeras de vigilância em vários lugares.

— Ainda há vandalismo? — perguntou ele ao administrador.

— De vez em quando. As câmeras desanimaram os intrusos. Agradecemos sua generosidade por nos fornecer fundos para adquiri-las.

Ele apenas assentiu ao escutar o agradecimento.

— Enterramos os animais que são jogados aqui naquele canto — contou o administrador.

Uma vez que um corpo morto atinge o solo sagrado, não pode mais deixá-lo, independente de ser humano ou animal. Zachariah apreciava a forma como essa comunidade obedecia à tradição do Talmude. Nem a sua congregação em Viena era tão rígida. Ideias progressistas tinham diluído o que já fora uma sólida comunidade ortodoxa. Era por isso que fazia a maior parte de suas orações em uma pequena sinagoga na sua propriedade.

— Mandei que o porteiro chegasse mais cedo — informou o administrador. — O lugar só abre daqui a duas horas.

Não havia ninguém à sua volta. Gostava do tratamento que estava recebendo e sabia que o objetivo era que abrisse seu talão de cheques. O administrador não fazia a menor ideia de por que ele estava ali — sabia apenas que estava e que uma oportunidade como esta não podia ser desperdiçada.

O administrador parou e apontou para duas portas duplas de metal no muro.

— Atrás daquelas portas, há uma escada que leva até a câmara subterrânea, que era usada para guardar ferramentas e que se mostrou o local ideal para transformar papéis em pó.

— O senhor não vem?

O administrador balançou a cabeça.

— Vou esperar aqui. Pode fazer uma visita particular.

Zachariah sentia alguma coisa em relação a esse homem. Algo de que não gostava. Mas sabia que Rócha não estava longe, pois o vira seguindo-os até o portão de ferro. Então, ele deixou claro:

— O senhor entende que não sou uma pessoa para brincadeiras.

— Isso é inquestionável. O senhor é um homem importante.

Antes que pudesse questionar mais, o administrador se virou e saiu. Quase o chamou para impedi-lo, mas resolveu não o fazer. Em vez disso, saiu do caminho de pedras e foi serpenteando entre as matsevás até chegar ao muro externo. Percebeu que esse trecho seguia paralelamente a rua U Stareho Hrbitova, por onde passaram antes. Três metros acima dele, outra seção do cemitério se estendia sob mais freixos, cuja terra era suportada pelo muro. As portas duplas à sua frente levariam para baixo dessa seção.

Abriu-as.

Ancinhos, pás e vassouras estavam apoiados na parede à sua direita. Uma escada de metal descia para um quadrado escuro no chão de pedra.

Olhou pelo buraco.

Uma luz estava acesa lá embaixo.

Aparentemente, alguém o esperava.

Fechou as portas duplas e começou a descer pelos degraus presos à parede.

Conforme descia, tomou consciência de que estava descendo por um túnel do tempo. Cada 60 centímetros significavam outra camada de túmulos. Quando chegasse ao fundo, atingiria o nível em que os enterros começaram setecentos anos atrás.

Olhou para baixo e viu que estava próximo da base.

Mais alguns degraus e seus pés pisariam na pedra.

Devia estar a 7 ou 8 metros abaixo do chão. A câmara iluminada que se estendia à sua frente devia ter uns 10 metros quadrados; o teto ficava pouco acima de sua cabeça e o chão era de terra escura e úmida. Livros e papéis estavam empilhados contra as paredes aleatoriamente, a maioria podre. O ar bolorento cheirava a decomposição, e ele pensou na sua fonte.

Parada no meio da câmara, embaixo de três lâmpadas acesas, estava a mulher que ele encontrara em Schönbrunn.

A embaixadora de Israel na Áustria.

— Você e eu precisamos conversar um pouco mais — declarou ela.

Alle estava escutando a conversa do rabino com seu pai. Ambos sabiam de coisas que ela não sabia. Principalmente seu pai, que obviamente estava escondendo muito mais do que revelara.

Como a chave, que parecia algo que poderia abrir um baú de piratas, exceto que um dos lados estava adornado com três estrelas de Davi. As outras marcações que eles discutiram eram pequenas demais para ela ver.

Escutar como Berlinger e seu bisavô se conheceram a deixou emocionada. Ela não chegou a conhecer Marc Eden Cross nem a esposa dele; ambos morreram bem antes de ela nascer. Sua avó falava sobre eles, e ela vira fotografias, mas sabia pouco, exceto que Marc era um arqueólogo renomado.

— Como era o meu bisavô? — perguntou ela para o rabino.

O velho sorriu para ela.

— Um homem encantador. Você tem os olhos dele, sabia?

Ela balançou a cabeça.

— Nunca ninguém me disse isso.

— Por que *você* está aqui? — indagou Berlinger.

Ela decidiu ser modesta.

— Meu pai me trouxe.

Berlinger encarou o pai dela.

— Se você é realmente o Levita, como a carta diz, então conhece a sua tarefa.

— Está na hora de mudar essa tarefa.

Ela viu que o velho ficou confuso.

— Você é uma escolha um tanto estranha — comentou Berlinger. — Percebo que sente raiva. Ressentimento.

— Eu não fiz essa escolha. Só sei que minha filha e um homem que se chama Zachariah Simon estão prestes a fazer alguma coisa. Eu não sei o que é e só me importo com isso porque um homem morreu ontem.

— Ainda assim, você a trouxe para cá?

— Que melhor forma de ficar de olho nela?

Alle ficou magoada com o tom de voz dele, mas não falou nada. Estava aqui para descobrir coisas e discussões não a levariam ao seu objetivo.

Berlinger levantou a chave.

— Fiz essa chave muito tempo atrás. Minha contribuição para o desafio de Marc.

— Qual era o desafio dele? — questionou ela.

O rabino a avaliou com um olhar fixo.

— Ele era o escolhido, o Levita, a quem tudo foi confiado. Mas ele viveu em uma época muito perturbada. Os nazistas mudaram tudo. Eles até procuraram o que ele protegia.

— Como assim? — perguntou seu pai.

— Eles queriam o tesouro do nosso templo. Consideravam que seria o prêmio maior depois de destruir a nossa cultura, assim como os babilônios e os romanos fizeram.

— O tesouro do templo está desaparecido há quase dois mil anos — afirmou Tom.

— Mas eles também escutaram histórias — contou Berlinger. — Assim como eu. De que o tesouro sobreviveu. De que estava escondido. E de que apenas uma pessoa sabia onde. — O velho fez uma pausa. — O Levita.

— Três dias atrás, eu teria dito que o senhor está maluco — falou Tom. — Agora, não posso mais dizer isso. É óbvio que tem alguma coisa acontecendo aqui.

Berlinger apontou para a carta.

— Seu pai era o Levita. Ele conhecia o segredo, ou pelo menos o tanto que lhe foi revelado. Marc era um homem cauteloso. O que é compreensível. Então, pela primeira vez em centenas de anos, ele mudou tudo sobre o segredo. Ele precisou, dada a época em que viveu.

Alle só podia imaginar o que era ser judeu na Europa entre 1933 e 1945. Os horrores que aquelas pessoas devem ter vivido. Seu avô lhe contara alguns, coisas que seus parentes descreveram para ele. Mas aqui, na sua frente, estava um homem que passara por tudo aquilo.

— Você disse que pretende mudar as coisas — sussurrou Berlinger. — Que tipo de coisas?

— Vou encontrar esse tesouro.

— Por que faria tal coisa?

— Por que não? — O tom de voz de Tom aumentou, e sua raiva era clara. — O senhor não acha que já ficou escondido tempo demais?

— Na verdade, eu concordo com você.

CINQUENTA E CINCO

Béne saiu da picape. Pegara o carro na sua propriedade e dirigira para oeste, depois para norte, entrando nas montanhas e no vale de St. Mary, que ele e Tre visitaram no dia anterior, o local identificado pela escritura encontrada nos arquivos da Jamaica. O rio Flint passava ali perto, assim como muitos outros afluentes que despencavam das montanhas seguindo para o mar. Frank Clarke vinha atrás em outro carro. Ele estava irritado com o amigo, perturbado com as mentiras e magoado pela forma como os outros *maroons* se sentiam em relação a ele. Sempre fora bom com esse povo; fizera mais por eles do que qualquer outro.

Ainda assim, eles guardavam rancor contra ele.

Béne procurara a mina para eles e só agora descobriu que já sabiam dela o tempo todo.

À frente, outro carro estava parado, ao lado do qual estava Tre Halliburton.

Ele e Clarke se aproximaram.

— Muito longe daqui? — perguntou Béne.

— Uma subida de uns dez minutos por aquela encosta, para leste.

A lua cheia cobria a floresta com uma luz fria e pálida. Relâmpagos rosados cintilavam nas nuvens distantes. Béne trouxera duas lanternas e viu que Tre também segurava uma lanterna e mais alguma coisa.

Apontou para o objeto.

— GPS — explicou Tre. — Diferente dos espanhóis, não precisamos tatear no escuro. Tenho as coordenadas para a localização da caverna.

— Você realmente acha que é ela?

— Acho, Béne. Tudo aponta para lá.

Ele apresentou Tre a Clarke e acrescentou:

— Ele é *maroon* e já conhece esse lugar.

Béne entregou uma lanterna para Frank. Sob a luz da lua cheia, ele viu a preocupação no rosto do velho amigo.

— O que mais você está escondendo? — perguntou ele.

Mas não teve resposta.

Frank apenas virou e se dirigiu para as árvores.

Zachariah encarou a embaixadora.

— Como a senhora sabia que eu estava em Praga?

— Aqueles amigos meus — respondeu ela em inglês. — Você verificou o corpo de Jamison?

— Claro. Impressionante.

Ela assentiu, aceitando o elogio.

— O administrador desse bairro também é meu amigo. Logo depois que você entrou em contato com ele, eu também entrei.

— E como a senhora sabia que eu tinha entrado em contato?

— Seu telefone. Quando você o usa, o mundo inteiro sabe.

— O que significa que a senhora tem amigos na Mossad?

— Dentre outros lugares. Mas, como disse ontem, eles não sabem de nada. Isso está entre nós dois.

— O que a senhora quer?

— Um momento em particular. Achei que esse lugar seria excelente.

— Como a senhora sabia que eu viria aqui?

— O administrador me garantiu que traria você.

Zachariah não ficava à vontade na presença dela, mas não havia nada que pudesse fazer a não ser escutar.

— Devo dizer que assim que fiquei sabendo do seu plano, eu o achei ridículo — começou ela. — Mas, refletindo melhor, comecei a ver que você estava certo. O Templo do Monte é o ponto de partida perfeito.

Desde a Guerra dos Seis Dias, em 1967, Israel controla a cidade de Jerusalém. Como uma concessão após a luta, o Supremo Conselho Religioso Muçulmano recebeu permissão para continuar a policiar os 35 acres conhecidos como Templo do Monte. Esse foi o lugar escolhido por Deus para a permanência da Presença Divina. De onde o mundo se expandiu até seu formato atual. De onde Ele juntou terra para criar o primeiro homem. Onde Abraão entregou Isaac em sacrifício. Judeus de todo o mundo se viram na sua direção quando fazem suas orações. Salomão construíra o Primeiro Templo lá. O Segundo Templo foi erguido no mesmo lugar. O local era tão sagrado que a lei rabínica proibia os judeus de entrarem no local para evitar que pisassem involuntariamente onde um dia ficara o Mais Santo dos Santos.

— A senhora nunca mencionou o meu plano — comentou ele.

Ela sorriu.

— Não, não mencionei.

Talvez fosse bom ela ter vindo. Ele tinha algumas perguntas.

— Deus nunca retirou Sua ordem, no Êxodo, de que construíssemos um santuário para Ele — explicou ela. — O controle muçulmano do Templo do Monte é como uma facada em cada judeu, e eles não pretendem ir a lugar algum.

Zachariah sabia como os islâmicos chamavam o monte. *Nobre Santuário.* O ponto final da jornada de Maomé a Jerusalém. O lugar onde o profeta ascendeu aos céus. Uma das mais antigas construções islâmicas no mundo, o Domo da Rocha, ficava lá, virado em direção a Meca, construído em cima de onde ficara o Segundo Templo.

— Nós nunca podíamos ter cedido o controle — afirmou ela. — O que eles falaram em 1967? *Se tentarmos ficar com tudo, nunca haverá nenhuma forma de paz.*

— Nós entregamos o monte e continuamos sob pressão do medo. Os árabes ameaçavam invadir nosso território todos os dias.

E finalmente invadiram. Em 1973. A Guerra do Yom Kippur. Então, seis anos depois, tudo que foi conquistado durante esse conflito foi devolvido em Camp David com os acordos assinados por Carter, Begin e Sadat.

Malditos americanos, interferindo mais uma vez.

Ele disse a ela o que pensava.

— Nós aprendemos uma coisa com essas duas guerras — analisou ela. — Aprendemos a manter os árabes lutando entre si, e assim nunca terão tempo de lutar contra o inimigo.

Informação inútil, levando em consideração tudo que aconteceu depois.

— Eu me lembro do dia em que a bandeira israelense foi baixada do Domo da Rocha. Meu pai chorou. Eu também. Foi quando resolvi nunca conceder nada aos nossos inimigos.

A embaixadora se ajoelhou, examinando alguns papéis que apodreciam.

— Eles ficam aqui, no escuro e, aos poucos, vão desaparecendo. Tão triste.

Mas havia uma coisa mais importante.

— Como os cadáveres que nos cercam.

Ela levantou e o encarou.

— Quero saber mais sobre seu plano.

Basta.

— Eu quero saber o que a senhora sabe.

Tom tentou processar o que Berlinger tinha dito.

— O senhor concorda comigo?

— Marc e eu debatemos muito esse tema. Ele acreditava com todas as forças que o segredo devia permanecer escondido. Eu achava que estava na hora de os judeus retomarem seus tesouros. Por que não? Cristãos, muçulmanos, budistas, todos têm os seus. Nós também não deveríamos ter os nossos?

Tom observou Alle, que estava processando tudo que era dito. Ele decidiu, então, entregar a ela a carta completa.

— Aqui está o que o seu avô realmente escreveu.

Ela aceitou o papel e leu.

— Por que existe tanta tensão entre vocês? — indagou Berlinger.

— Ela me odeia.

— Isso é verdade? — perguntou o rabino a ela.

Alle levantou os olhos da folha e perguntou ao pai:

— Por que você armou para mim?

— Você é leal a Simon.

— Quem é Simon? — questionou Berlinger.

E Tom explicou.

— Conheço esse homem. Ele já esteve aqui diversas vezes. Muitos apreciam seu dinheiro.

— O senhor não?

— Sempre tenho cautela com quem oferece dinheiro por nada.

— Ele é muito perigoso — afirmou Tom. — Está atrás do tesouro do templo. Assim como o governo americano. Alguma ideia do motivo?

Ele viu que a informação surpreendeu o velho.

— Marc temia que, um dia, o segredo não pudesse mais ser mantido. Os medos deles se resumiam à Alemanha e aos nazistas. Os meus também, mas depois passei a temer mais os soviéticos. Ninguém, porém, pensou que pudesse surgir uma ameaça de um dos nossos. Simon está atrás do tesouro para todos os judeus?

— Isso é exatamente o que ele quer — esclareceu Alle. — Ele concorda com o senhor. Está na hora de retomarmos nossos objetos sagrados.

— Mas você não concorda? — Berlinger se dirigiu a Tom.

— Essa é a última coisa que Simon quer.

— Então, o que ele busca?

— Meu pai acha que Zachariah é uma ameaça — começou Alle. — Não sei se o senhor sabe, mas meu pai já foi repórter de um jornal. Ele foi demitido por inventar uma matéria. Então, é melhor se lembrar disso antes de escutar o que ele diz.

Tom bateu com as mãos na mesa e se levantou.

— Já escutei o bastante das suas piadinhas. Você não faz ideia do que aconteceu com aquela matéria. Entendo que queira acreditar que sou um traidor, uma fraude. Isso provavelmente ajuda a alimentar seu ódio por mim. Mas, escute bem, eu sei que cometi muitos erros com você como pai. Pode me odiar por isso, se quiser. Mas não me odeie por algo que não fiz.

O olhar de Tom estava fixo na filha.

O olhar de Alle estava fixo no pai.

Berlinger tocou gentilmente o braço dele.

Ele encarou o rabino, que assentiu brevemente, indicando que ele deveria se sentar.

Tom se sentou.

— Temos de tomar algumas decisões — sussurrou Berlinger. — Decisões importantes. Venham comigo.

CINQUENTA E SEIS

Béne seguiu Tre, que ia atrás de Frank Clarke. Não tinham ligado as lanternas. Não precisavam. Raios brilhantes da lua ofereciam iluminação mais do que suficiente. Tre estava de olho no GPS, mas Frank andava à frente sem nenhuma ajuda eletrônica.

— Ele está indo diretamente para lá — informou Tre a Béne.

Nenhuma surpresa, considerando a conversa que tivera com Clarke em sua casa mais cedo. Nunca pensara que seu velho amigo o enganaria dessa forma. Essa transgressão o deixara mais cauteloso, então viera preparado, com uma semiautomática enfiada em um coldre de ombro por baixo da camisa aberta.

— Mais 50 metros — avisou Tre.

Podiam escutar uma cascata e continuaram atravessando a folhagem até encontrarem uma piscina natural, cuja água caía de uma altura de 20 metros. Um riacho entrava e saía da piscina, desaparecendo na floresta escura. Já vira mais de mil formações como essa ao redor de sua propriedade. Água não faltava na Jamaica, o que sempre foi uma das suas principais atrações.

A lanterna de Frank foi ligada e seu feixe de luz atravessou a piscina e a cascata.

— Tem uma fenda na rocha. Atrás da água. Uma caverna. Mas é um beco sem saída. Uma falsa rota que não leva a lugar algum.

— Então por que está nos mostrando? — indagou Béne.

O coronel abaixou sua lanterna e se virou.

— Essa fenda já levou à mina, mas foi fechada muito tempo atrás. Depois, os *maroons* colocaram armadilhas lá. Uma forma de deter qualquer um que tentasse bisbilhotar.

— O que você está dizendo, Frank?

— Que o que você está prestes a ver custou a vida de muitos homens.

Ele escutou o que não foi dito. *Isso é arriscado.*

— Estou pronto — declarou ele.

— Essa arma que você está carregando não vai ajudá-lo. Você terá que nadar para entrar.

Ele tirou a camisa e o coldre, entregando ambos para Tre. Começou a tirar as calças e as botas, mas Frank o impediu.

— Você vai precisar disso.

— Então, o que eu faço? — perguntou Béne.

— Tem uma abertura de uns 3 metros abaixo da cascata. É um fosso que sobe alguns metros até uma câmara que fazia parte da mina no período de Colombo. Naquela época, era só entrar pela fenda atrás da cascata. Agora não é mais assim. É por isso que esse lugar nunca foi encontrado.

— Como você sabe? — questionou Tre.

— Faz parte da minha herança.

— Eu também vou — informou Tre.

— Não, você não vai — negou Béne. — Isso é entre *maroons*.

Zachariah estava esperando uma resposta para a sua pergunta.

— Você quer o Terceiro Templo — respondeu a embaixadora. — Sem a vinda do Messias.

— Eu acredito que o Messias virá *se* construirmos o Terceiro Templo.

— A maioria dos judeus acredita que o Messias deve vir antes.

— Eles estão errados.

E Simon estava falando sério. Ele nunca lera nada, em lugar nenhum, que o convencesse de que o templo tinha de esperar o Messias. Os dois primeiros templos foram construídos sem ele. Por que não o terceiro? Certamente, seria preferível ter o Messias. Sua chegada proclamaria o *Olam Haba,* o Mundo que Virá, quando todos os povos coexistirão em paz. A guerra deixaria de existir. Os judeus sairiam do exílio e voltariam para Israel. Não haveria assassinato, roubo ou pecado.

O que justificava tudo que ele estava prestes a fazer.

— Você também planeja começar uma guerra — afirmou ela. — Diga-me, Zachariah, como você devolverá nossos tesouros do templo ao monte?

Ela sabia.

— De uma forma que os muçulmanos não possam ignorar.

— Você vai riscar o fósforo.

Que forma melhor de reanimar o estado adormecido de Israel do que os mais venerados objetos judaicos — perdidos há dois mil anos — serem mostrados no Monte do Templo? E os árabes reagiriam. Eles considerariam o ato uma ameaça ao controle deles. Todos os dias, eles reprimiam qualquer forma de presença judaica no monte. Mas o tesouro do templo voltar depois de dois mil anos? Essa seria a maior de todas as provocações.

Eles agiriam.

E até mesmo o mais dócil cidadão israelense clamaria por retaliação.

Já podia até escutar os analistas comparando os babilônicos aos romanos e aos árabes, cada desafio uma negação aos judeus do seu direito divino de ocupar o monte e construir um santuário para o Senhor. O templo já foi destruído duas vezes sem nenhuma consequência. *E esta vez?*, eles perguntariam.

Israel possui força mais do que suficiente para se defender.

Esse ato singular de sacrilégio ressuscitaria sua vigilância protetora.

— O fósforo que vai dar início ao incêndio — disse ele.

— Isso vai.

— E o que você vai fazer quando tudo isso acontecer? — questionou ele.

Simon realmente queria saber.

— Convocar o Knesset e pedir uma retaliação. Para retomar o Monte do Templo. Para expulsar todos os muçulmanos. E, quando eles resistirem, porque eles vão resistir, mostrar a eles que não somos fracos.

— E o mundo? E os americanos? Eles não vão querer que isso aconteça.

— Aí eu perguntarei a eles o que fizeram quando o país deles foi atacado por terroristas. Eles montaram um exército e invadiram o Afeganistão. Depois, invadiram o Iraque. Defenderam o que acreditavam ser importante. Será isso que estaremos fazendo, e, no final, teremos Israel, o monte e nosso Terceiro Templo. Se você estiver certo, o Messias então virá e a paz mundial será alcançada. Eu diria que vale o risco.

Ele também.

Assim como seu pai e avô.

— Você está perto de conseguir? — indagou ela.

— Nunca estive tão perto. A última peça do quebra-cabeça está aqui em Praga. E eu a conseguirei em breve.

Ela pareceu satisfeita.

— O que posso fazer para ajudar?

— Nada. Tenho de fazer sozinho.

Béne mergulhou na água gelada e nadou corajosamente, seguindo a luz emitida pela lanterna que Frank Clarke, à sua frente, segurava. Deveria sentir frio, mas seu sangue corria quente nas veias. Sentia-se como um dos seus ancestrais preparando-se para uma batalha contra os soldados britânicos, com poucas armas e muita determinação.

A luz da lanterna de Clarke desapareceu em um buraco escuro; os raios estavam mais fracos, mas ainda resistiam. Com a lanterna em uma das mãos, Béne seguiu-o e entrou na mesma cavidade, que devia ter quase 2 metros de diâmetro. Através da água, continuava vendo a luz da lanterna de Clarke apontada para o teto. Suas calças e botas pesavam como âncoras e seu fôlego estava chegando ao limite, então se apressou para a claridade e subiu, chegando à superfície e respirando de forma desesperada.

Frank estava sobre uma base rochosa, olhando para baixo e segurando a lanterna enquanto a água pingava de suas calças.

— Leva a gente até o limite, né?

Levava mesmo.

Béne colocou a lanterna em cima de uma pedra e deu impulso para sair da água. Seus pulmões tinham se estabilizado. Estava mais calmo, mas permanecia alerta.

Frank iluminou a câmara. Béne pôde perceber que sua forma era irregular; tinha alguns metros de profundidade e a mesma altura, com apenas uma saída — ao lado da qual, gravado na pedra, havia um X marcado com um gancho.

— A marca dos espanhóis — comentou Frank. — Talvez tenha sido feita pelo grande Almirante do Oceano, o próprio Cristóvão Colombo.

Alle estava caminhando com seu pai e Berlinger.

Tinham saído da câmara subterrânea e da casa, emergindo na rua. O relógio que ficava em cima do que o rabino apresentara como a prefeitura do bairro judeu marcava quase nove horas da manhã. Pessoas enchiam as ruas feitas de paralelepípedos e o bairro enchia-se de vida para mais um dia. Vendedores estavam começando a abrir suas barracas, que se alinhavam aos muros do cemitério; os portões de ferros que levavam para os túmulos eram protegidos por um guarda. A distância, ela escutava o murmurinho dos carros e motores. O frio permanecia, mas desapareceu logo que começaram a caminhar sob o sol brilhante.

A explosão de seu pai a afetara.

Estava refletindo sobre algo que ele dissera.

"Não me odeie por algo que não fiz."

Ela o xingara de traidor e dissera que era uma fraude por causa de tudo que acontecera.

Mas o que ele quis dizer?

Ela deveria ter perguntado, mas não conseguiu se obrigar a dizer as palavras. Queria descobrir o máximo que pudesse e se afastar dele. Estava carregando sua bolsa de novo, com o celular dentro. Seu pai recuperara a carta, a chave e o mapa.

Um mapa da Jamaica, pelo que vira.

O que tudo isso significava?

Berlinger levou-os para um prédio com telhados em forma de torres, que uma placa identificava como a Casa de Cerimônias, construída em 1908. Tinha três andares e estilo neorromanesco, parecendo um forte.

O rabino parou e virou-se para encará-los.

— As orações fúnebres eram feitas daquela varanda antigamente. Aqui os mortos eram preparados para o descanso final. Agora é um museu.

Berlinger apontou para uma escada externa.

— Vamos entrar.

CINQUENTA E SETE

Béne acendeu a lanterna, satisfeito por ser à prova d'água. E, embora sua arma tivesse ficado do lado de fora da caverna, não entrara desarmado. Fingindo tirar o excesso de água das calças, verificou se a faca ainda estava amarrada à sua perna direita.

Ainda estava.

Lembrou-se da história sobre Martha Brae que sua mãe contara no jantar. Como ela atraiu os espanhóis até a caverna, dizendo que havia ouro, apenas para desaparecer e deixá-los se afogar.

— Os tainos mostraram esse lugar para os espanhóis — contou Frank. — Temos de seguir por aquele túnel para ver mais.

Béne estudou a fenda, que devia ter 2 metros de diâmetro. Rochas negras protegiam sua entrada; o ar saía e entrava do túnel, como se seguisse um ritmo.

— Colombo ficou encalhado na Jamaica por um ano — informou Frank. — Durante esse tempo, ele, seus homens e os tainos tiveram muito contato. Ele conseguiu sair da ilha, mas voltou poucos meses depois e negociou para que seis nativos o ajudassem em uma expedição. Eles trouxeram três arcas para a selva. Alguns dizem que estavam cheias de ouro, mas ninguém sabe. Colombo foi embora, e os corpos dos seis tainos foram encontrados na floresta, esfaqueados até a morte. Os primeiros a morrer por este lugar.

Béne não disse nada.

— Os tainos voltaram e encontraram a entrada atrás da cascata, fechada por uma pedra. Fechada pelos espanhóis. Mas os espanhóis não sabiam sobre a segunda entrada, que acabamos de usar. Então os tainos conseguiram entrar de novo.

— O que eles encontraram?

— Eu vou lhe mostrar.

Zachariah seguiu a embaixadora pela escada, voltando ao nível do solo. Estava revigorado depois de discutir as possibilidades. Ambos expressaram preocupação de que as preciosas relíquias pudessem ser danificadas, mas ele deixara claro que o sacrifício era o preço a ser pago. Outra menorá, mais trombetas de prata e uma segunda mesa do pão ázimo poderiam ser feitas de acordo com as ordens de Deus, mas o estado de Israel era singular, um bem precioso, que não podia ser substituído.

Eles saíram para a manhã fria.

— Caminhe comigo — convidou ela. — Eu gostaria de prestar meu respeito ao rabino.

Ele sabia a quem ela se referia.

Seguiram por um caminho de pedras que passava pelas lápides até o canto mais afastado, diretamente adjacente ao muro oeste. Nenhuma outra pessoa tinha entrado no cemitério ainda. Podiam escutar o tráfego, mas não o viam. Ela parou na frente de uma das maiores tumbas, adornada com uma moldura renascentista que ia até o chão. O lado virado para eles era decorado com cachos de uvas e um leão. Ele sabia quem descansava embaixo da elaborada lápide.

Rabino Loew.

O rabino-chefe de Praga no final do século XVI. Reitor da escola talmúdica, professor, autor. Um pensador original.

Como ele.

— A tumba mais visitada deste cemitério — informou ela. — Rabino Loew foi um grande homem.

Zachariah observou as pedras colocadas em cima e em todas as arestas possíveis. Judeus raramente traziam flores, sendo as pedras a forma tradicional de expressar respeito. Um costume que vinha do modo de vida nômade no deserto, quando cobriam os mortos com pedras para impedir que os animais se aproximassem. Essas pedras, porém, eram especiais. Muitas tinham folhas de papel embaixo, algumas presas por elásticos. Cada uma continha uma oração ou um pedido deixado para que o rabino intercedesse a favor. Ele mesmo deixara uns papéis anos atrás.

Seu desejo de encontrar o tesouro do templo.

Que logo se concretizaria.

Tom admirou a Casa de Cerimônias. Por causa do artigo que escrevera anos atrás, ele conhecia a Sociedade Funerária de Praga. Tornar-se um membro era restrito a homens mais velhos, casados e com reputação incontestável, que pudessem dar apoio financeiro aos doentes e aos mortos. Ele fizera uma visita ao prédio na época. O primeiro andar, no passado, fora usado para purificação; o porão, como necrotério; e o segundo andar, como sala de reunião. As paredes eram decoradas com murais complexos e os pisos formavam um belo mosaico. Esse fora um lugar importante. Agora era um museu.

Tom, Alle e Berlinger estavam no meio de vitrines que expunham objetos funerários. Vários quadros contavam a história e as atividades da sociedade. Um candelabro de bronze polido e adornado com seis velas estava aceso.

— Esses objetos eram usados pela sociedade — explicou Berlinger.

— Eles não são importantes — opinou Alle. — Por que estamos aqui?

— Mocinha, a senhorita pode falar com o seu pai com tanta falta de respeito, mas comigo, não.

Ela pareceu não se abalar com a repreensão.

— O senhor está fazendo joguinhos conosco.

— E a senhorita, não?

— O senhor *sabe* por que estamos aqui.

— Preciso ter certeza.

— De quê? — questionou ela.

Berlinger não respondeu. Em vez disso, pegou o braço de Tom e levou-o para um grupo de vitrines diante de uma parede externa. Três janelas em forma de arco, com uma estrela de Davi em cima, elevavam-se sobre as vitrines.

— Talvez você ache isso interessante — disse Berlinger para Tom.

Eles se aproximaram das vitrines. Os olhos de Tom começaram a procurar algo ali dentro.

— Do lado de fora. Olhe — sussurrou o rabino.

Então, o velho homem soltou o braço dele e virou-se para Alle.

— Venha, minha querida — convidou ele. — Quero mostrar-lhe algo na próxima sala.

Tom observou enquanto eles desapareciam por um arco.

Ele se virou para a janela, mas descobriu que o vidro era opaco. Só era possível ver através de pequenas partes transparentes aqui e ali.

A vista mostrava o cemitério, as lápides, as árvores floridas e a grama crescendo. Tudo tranquilo, exceto por um movimento no local mais distante. Perto do muro. Duas pessoas. Uma mulher.

E Zachariah Simon.

Um toque em seu ombro o assustou.

Ele girou.

Berlinger estava a alguns centímetros dele.

— Gostaria de escutar o que eles estão dizendo?

Zachariah encarou a embaixadora. Era hora de descobrir o que realmente estava acontecendo.

— Chega de jogos. O que está fazendo aqui em Praga? E não me diga que veio apenas conversar.

— Eu diria que foi bom eu ter vindo. Você descobriu que realmente o compreendo. — Ela fez uma pausa. — E que sei o que está planejando.

Isso era verdade.

— Mas você está certo... — continuou ela. — Eu vim lhe dizer que os americanos estão mais decididos a impedi-lo do que eu tinha imaginado. Eles o observam há quase uma década. Você sabia?

Ele balançou a cabeça.

— É verdade. Eu consegui distraí-los um pouco, mas eles logo estarão atrás de você de novo.

— E quando descobrirão que a senhora não é uma amiga?

Ela sorriu.

— Só depois que eu me tornar primeira-ministra, quando eles não tiverem escolha a não ser trabalhar comigo. Tenho esperanças de que até lá você já tenha mudado o mundo.

Era fantástico pensar assim.

— Eu queria que você tivesse essa informação — falou ela. — Você precisa ter cuidado, Zachariah. Muito cuidado. Só posso protegê-lo até certo ponto.

Ele percebeu o aviso no tom de voz dela.

— Sempre sou cuidadoso.

— Cuidado nunca é demais.

Ele viu o sorriso nos lábios dela.

Já descobrira quem era o informante em seu círculo interno, mas se perguntava se Béne Rowe o entregara para os Estados Unidos. Tinha sido informado de que Brian Jamison trabalhava para Rowe. Duas vezes, na Jamaica, Rowe o disponibilizara, usando suas habilidades. Havia duas possibilidades: Rowe fazia parte da mentira americana ou também fora enganado.

— E Thomas Sagan? — perguntou ela. — Ele está se mostrando útil ou um problema?

Esta mulher estava bem informada.

— Ele tem sido um problema.

— Presumo que você saiba que ele fazia cobertura do Oriente Médio. Lembro-me de ler as matérias dele. Ele era considerado um dos melhores jornalistas sobre Oriente Médio. Mas não era muito estimado por quem estava no poder. Ele criticava as duas partes.

— Como você sabe tanto sobre Sagan?

— Porque, Zachariah, eu sei quem o destruiu oito anos atrás.

— Destruiu?

Ela assentiu.

— Veja, tem coisas que você não sabe. A matéria supostamente inventada que levou à ruína de Sagan? Eu a li ontem pela primeira vez. Era sobre extremistas israelenses e palestinos. Informações bombásticas, prejudiciais às duas partes. E todas falsas. Sagan caiu em uma armadilha. As fontes que ele usou eram atores; as informações que lhe deram tinham o único objetivo de acabar com a carreira dele. Assim como o assunto da matéria foi uma tática um pouco extrema, mas funcionou.

— Existem pessoas que podem fazer tal coisa?

— Certamente. Esses serviços estão à venda e eles não são idealistas. Trabalham para todos os lados.

Diferente dele.

— Faça o que tiver de fazer com Sagan — ordenou ela. — Resolva o problema. Estou voltando para Israel. Vim aqui apenas para encontrar com você uma última vez. Você e eu nunca mais nos falaremos. Você sabe que, uma vez que alcance seu objetivo, não poderá fazer parte do que virá depois. Você é Davi para o meu Salomão.

Ela citava as Crônicas. O rei Davi queria homenagear o Senhor com um monumento permanente para substituir o tabernáculo. Ele possuía muitos escravos por causa de suas várias vitórias em guerras, além de ouro e prata, e planejava construir o maior templo já visto. Porém Deus lhe disse que ele desperdiçara sua vida com violência. Ele era um homem de sangue. Então, o privilégio de erguer um templo passaria para o filho dele, Salomão.

— Você é um homem de sangue — afirmou ela.

Ele considerou isso um elogio.

— O que é necessário.

— Como foi para Davi. Então, acabe esta última batalha, comece a sua guerra e permita que Israel fique com o prêmio.

Tom fitava o monitor. Berlinger estava ao seu lado. Eles tinham descido até o porão da Casa de Cerimônias. O que um dia fora um necrotério agora funcionava como um centro de segurança. Oito telas de LCD estavam presas em uma parede, alimentadas por imagens de câmeras espalhadas por todo o bairro judeu. Berlinger explicara que dali eles ficavam de olho em tudo. Tom viu que a sinagoga Velha Nova era monitorada por dois lados. Agora era fácil saber como sua presença fora detectada tão rapidamente.

"Eu sei quem o destruiu."

Foi o que a mulher disse.

Não havia mais ninguém na sala sem janelas. Berlinger dispensara o homem de plantão quando eles entraram. Alle fora levada para a sinagoga Velha Nova para orar.

— Ela foi por vontade própria — disse o rabino. — Mas não lhe dei uma escolha. Achei melhor que só você visse isso.

Ele queria sair correndo do prédio e confrontar a mulher. Ela era a primeira pessoa, além do homem na Barnes & Noble, que pronunciava essas palavras.

Ele fitou Berlinger.

Que claramente sabia mais do que estava dizendo.

— O senhor acredita em mim, não acredita? — perguntou ele. — O senhor sabe quem eu sou.

O rabino assentiu.

— Isso mesmo. Você realmente é o Levita. Mas corre um grande risco.

CINQUENTA E OITO

Béne seguiu Frank Clarke pelo túnel cada vez mais estreito. Que bom que nunca sofrera de claustrofobia. Na verdade, sentia-se confortável em espaços fechados, longe do mundo que exigia que agisse como uma pessoa sendo outra. Ninguém o observava ali. Nem o julgava. Ele era apenas ele mesmo.

— Você me disse que os tainos não ligavam para ouro — comentou ele. — Então por que ter uma mina?

— Eu disse que eles não *valorizavam* o ouro. Para eles, era decoração. Então, quando os espanhóis perguntaram sobre a mina, não pareceu importante esconder sua localização. Só muito depois esse local se tornou especial.

Frank continuava andando; o solo rochoso era seco e quebradiço embaixo de suas botas molhadas. Por sorte, a trilha era uma linha reta sem desdobramentos. Nenhuma evidência de morcegos ou outras criaturas podia ser vista ou sentida. A única entrada garantira que a caverna permanecesse intacta.

Béne viu algo à frente, pouco além do alcance da lanterna de Clarke.

Chegaram mais perto e pararam.

Uma cortina de estalactites bloqueava a passagem, com rochas grossas e negras, como ferro.

— O portão de ferro? — indagou ele.

Frank assentiu.

— Toda lenda possui algum pequeno fato real.

Béne lembrou-se de tudo que já tinha escutado.

— E homens morreram ao chegar até aqui?

— Sim.

— O que os matou?

— A curiosidade.

Eles passaram entre as rochas. Outro túnel se estendia do outro lado. Ele escutou o som de água e encontraram um riacho subterrâneo que corria rapidamente. Sua lanterna mostrou que tinha um tom azul-esverdeado.

— Temos de pular — informou Frank.

Um salto de pouco menos de 2 metros, que ambos conseguiram executar facilmente. O outro lado do túnel terminava em uma câmara formada por duas placas sólidas, uma no teto e outra no chão. As paredes tinham pedras em forma de tijolo, a superfície era lisa, com uma altura de 5 metros. Entalhes e pictografias salpicavam pelas superfícies esbranquiçadas.

Muitas para contar.

— É incrível — exclamou Béne. — Os tainos não sabiam como derreter metais. Suas ferramentas eram feitas de pedra, osso e madeira. Ainda assim, foram capazes de criar isso.

Béne notou outro nível que se estendia da parede do outro lado, talvez uns 2 metros acima. Apontou a lanterna e viu mais obras antigas.

Então, viu os ossos, de todas as formas e tamanhos, espalhados no chão perto da parede. E o que parecia ser uma canoa.

— Os tainos vinham para cá para fugir dos espanhóis. Em vez de trabalharem como escravos, esperavam aqui, no escuro, até morrer. É isso que torna esse lugar tão especial. — Frank subiu em uma rocha que sobressaía da parede como se fosse metade de uma mesa. Havia dois lampiões ali, e Béne observou enquanto eles eram acesos. — Usa-se óleo de mamona. Não tem cheiro. O que é bom aqui. Os tainos também sabiam disso. Eles eram muito mais espertos do que os espanhóis acreditavam.

A menção ao óleo de mamona fez com que se lembrasse de sua mãe e de como ela o fazia beber o líquido preto, com cheiro forte e gosto horrível, todos os anos pouco antes de voltar às aulas. Um ritual de purificação pelo qual a maioria das crianças jamaicanas passava e que ele odiava. Béne sabia que os tainos e *maroons* usavam o óleo para aliviar dores e inchaços, mas a única utilidade que ele já encontrara para o óleo era como lubrificante de trator.

As lanternas revelaram a câmara em toda a sua glória.

— Colombo veio para cá após matar seis guerreiros — afirmou Frank. — Por que ele os matou, ninguém sabe. Ele deixou a ilha depois e nunca mais voltou. Mas centenas de outros espanhóis vieram. E eles acabaram escravizando e massacrando os tainos. — Clarke apontou para cima. — No segundo nível, ali, nas fendas, há veios de ouro. O minério ainda está lá.

— E você não fez nada com isso?

— Este lugar é mais sagrado do que ouro.

Béne se lembrou do que Tre lhe dissera.

E os judeus? Eles também guardaram o tesouro deles aqui?

Dois homens apareceram no portal de saída.

Ambos molhados, vestindo apenas calções de banho.

O coração de Béne disparou, causando-lhe uma pontada de medo que logo se transformou em raiva.

— Sinto muito — desculpou-se Frank em um tom de voz frio e calculista. — Os coronéis são mais poderosos que eu. Esses homens pertencem a um grupo de Spanish Town. Ontem eles vieram perguntar se alguém tinha visto ou ouvido alguma coisa nas montanhas nos últimos dias. Disseram que o chefe da gangue deles desapareceu e que você foi a última pessoa a encontrar com ele.

— Por que eles não vieram me perguntar?

— Porque a gente sabe a resposta — respondeu um dos negros. — E você vai pagar.

Béne não estava interessado no que uma gangue qualquer tinha decidido. Estava mais preocupado com a traição de Frank Clarke.

— Não *tô* gostando do clima aqui, cara — disse ele para o amigo em patoá.

Ele estava falando sério. Muita vibração ruim.

Frank encarou-o.

— Eu também não. Mas isso é problema seu, Béne.

O coronel se virou para sair.

— Se *tu* fosse um homem decente, ficaria um pouco mais — falou ele em patoá para o amigo. Sabia que ele entenderia.

— Esse é o problema, Béne. Não me sinto tão decente.

E Clarke foi embora.

— A gente vai matar você — disse um dos homens.

Nada mais de patoá. Usara o dialeto apenas para desarmar os dois homens.

— Vou dar uma chance a vocês de saírem daqui e esquecermos tudo que aconteceu. Dessa forma, vocês ficam vivos. Se não quiserem, vou matar vocês.

Um deles riu.

—Tu *é* doido mesmo, Béne. Não *tô* mentindo. Tu *vai* morrer.

Ele não entrava em uma briga havia um bom tempo, mas isso não significava que tinha esquecido como era. Ele crescera em Spanish Town, entre algumas das gangues mais violentas do Caribe, e aprendera cedo que ser um Rowe significava ser durão. Desafios vinham de todos os quarteirões, cada um querendo ser aquele que acabaria com Béne Rowe. Nunca tiveram sucesso.

Os dois homens o cercaram. Não estavam armados. Aparentemente, a intenção era matá-lo com as próprias mãos.

Ele quase sorriu.

Parecia que a ideia fora atraí-lo para a caverna usando Frank Clarke. Perguntou-se quanto a gangue pagara pelo serviço, sabendo que na Jamaica pouca coisa era de graça.

Analisou os homens. Ambos eram altos e largos. Certamente fortes. Mas perguntou-se o quanto eram treinados. Os soldados britânicos haviam sido os mais bem treinados e equipados do mundo, mas um grupo de escravos fugitivos com pouco mais do que lanças, facas e alguns arcabuzes deixaram-nos de joelhos.

Esse era o seu mundo.

Sua época.

E ninguém tiraria isso dele.

Ele girou, agarrou o lampião mais próximo pela alça e atirou-o no homem à sua esquerda. O projétil foi desviado para o chão por um bastão. Isso fez com que o vidro se quebrasse e o óleo esparramasse, transformando-se em chamas e criando uma bola de fogo que fez um dos homens recuar. Béne aproveitou o momento para levantar uma perna das calças e pegar a faca escondida.

Uma faca especial, do tempo em que ele praticava mergulho. Ele mantinha a lâmina grossa sempre afiada, com um dos lados serrilhado.

Enquanto um dos homens contornava o fogo, ele avançou em direção ao outro, fingindo que ia para a direita, mas se jogando para a esquerda, agarrando o braço do homem e girando o corpo. Ao fazer isso, levantou a mão com a faca e, com um único corte, abriu a garganta dele.

Jogou o homem para o lado.

Escutou-o tentar respirar e viu o sangue espirrar. O homem colocou a mão na ferida, mas não havia nada que pudesse fazer. O corpo caiu no chão, contorcendo-se em agonia.

O outro homem atacou, mas Béne estava preparado.

Levantou a faca de novo e cortou um segundo pescoço.

Os olhos do atacante se encheram de choque.

Béne observou enquanto a morte imediatamente envolvia o corpo que caía.

Bastava.

Frank Clarke ia se ver com ele.

Um movimento no escuro, além da saída, chamou sua atenção. Escondeu-se em um lado do portal, mantendo a faca preparada. Reforços?

Alguém entrou na câmara.

Um homem.

Ele pulou e empurrou o corpo do sujeito contra a parede de pedra, levantando a faca e encostando a parte afiada na pele, pronta para cortar.

Tre Halliburton o encarava, com os olhos arregalados, cheios de terror.

Ele soltou a respiração e o amigo.

— Eu mandei ficar lá fora.

Tre apontou o dedo para a entrada.

— Ele me disse para entrar.

O olhar de Béne se desviou para o homem que estava parado ali.

Frank Clarke.

CINQUENTA E NOVE

A paciência de Tom tinha se esgotado.

— Explique-se, meu velho. E rápido.

— O que aquela mulher disse sobre você é verdade?

Ele assentiu.

— Caí em uma armadilha. Fui destruído.

— Sua filha não sabe?

— Não teria importância. Os erros que cometi com ela foram culpa minha. E, como você pôde ver, provavelmente são irreversíveis.

— Eu também tive um filho assim.

Tom percebeu o uso do verbo no tempo passado.

— Ele morreu antes que eu tivesse a chance de me redimir. Sempre me arrependi disso.

Não era da sua conta. O que importava era a mulher. A pouco mais de 100 metros. Que podia limpar o seu nome. Seu olhar desviou para o monitor.

— Você não pode fazer isso — disse Berlinger, aparentemente lendo a sua mente.

— Claro que posso.

— Se você confrontá-los, a busca estará acabada.

— Como você pode ter tanta certeza?

— Porque a busca não pode continuar sem a minha ajuda. E não vou ajudar se você sair desta sala.

— Não ligo a mínima para essa busca. Minha vida foi destruída. Tiraram o meu trabalho de mim. Eu estava prestes a estourar os meus miolos alguns dias atrás. Quero recuperar a minha reputação.

— Não é tão simples assim. Você é neto de Marc Eden Cross. Ele sabia que este dia chegaria. Você precisa completar o que ele começou.

— Por quê?

— Por nós.

Tom sabia o que o rabino queria dizer.

— Eu não sou mais judeu.

— Se esse é o caso, então por que veio para Praga? Você escalou a parede da sinagoga até o sótão, assim como seu avô. Você sabe, no fundo, que precisa fazer isso. Você é o único que pode.

— Fazer o quê?

— Encontrar o tesouro do templo. Devolvê-lo para todos nós.

Em sua mente, porém, Tom escutava as palavras que a mulher dissera. *"Então, acabe esta última batalha, comece a sua guerra e permita que Israel fique com o prêmio."*

— E Simon, vai fazer *o quê*?

— Eu não sei, mas está claro que não será nada bom.

— Procure as autoridades.

— E digo o quê? Que existe um tesouro? Perdido há dois mil anos? Que Zachariah Simon quer encontrá-lo? — Berlinger balançou a cabeça. — Ninguém me daria ouvidos.

Tom apontou para as telas.

— Você tem o vídeo.

— Não, não tenho. Nada é gravado.

— Por que não?

— Isso não tem nada a ver com as autoridades. Tem a ver como você. Apenas o Levita pode concluir essa jornada. Direi o que sei apenas para o Levita. Prometi a Marc que essa seria a minha missão e não vou quebrar essa promessa.

— Então me diga o que é e eu mesmo irei procurar as autoridades.

— Se o que aquela mulher disse sobre você estar arruinado é verdade, quem acreditará no que diz? Você não tem provas.

Ele estava certo. Se estavam armando uma conspiração, a mulher e Simon não admitiriam. Ele não teria fonte, nem informação, nem corroboração. Nada. Exatamente como oito anos atrás.

Simon e a mulher saíam do cemitério.

Essa podia ser sua última chance.

Dane-se.

Saiu correndo da sala.

Alle terminou suas orações.

Uma mulher mais velha indicada pelo rabino a escoltara. Era claro que Berlinger queria falar a sós com seu pai. Se queria ter uma chance de descobrir algo, precisava dar uma folga para eles. Já conseguira ler a carta completa do avô, mas fora dura com o pai na frente de Berlinger.

Talvez dura demais.

E a Jamaica.

Esse local parecia importante.

Por que outro motivo haveria um velho mapa das estradas da ilha?

A sinagoga Velha Nova já seria aberta para o público, o vestíbulo estava cheio de frequentadores. Alle se encontrava no salão principal e foi atraída para um conjunto de cadeiras localizado na parede leste, à direita do tabernáculo. Uma das cadeiras tinha o encosto curvado para trás e mais alto do que os outros, com uma estrela de Davi no topo.

— O lugar do rabino-chefe — explicou a mulher.

Uma corda impedia que outras pessoas sentassem ali.

— Foi reservada há muito tempo para o rabino Loew. Ninguém mais sentou nela. Ele foi um homem altamente respeitado e nós o homenageamos protegendo a cadeira dele.

— Há quanto tempo ele morreu?

— Quatrocentos anos.

— E ninguém se sentou aqui?

— Só durante a guerra. Os nazistas souberam da nossa homenagem. Então, todos eles se sentaram na cadeira. Quantos quiseram. Uma forma de nos insultar. Claro que isso foi antes de começarem a matar o nosso povo.

Alle não sabia o que dizer.

— Meus pais morreram na guerra — contou a mulher. — Fuzilados pelos alemães não muito longe daqui.

Ela se perguntou se esta mulher era a forma escolhida por Berlinger para lhe mandar algum recado. Estava ressentida por ter sido deixada de lado. Tratada como uma criança.

— Sinto muito por sua perda — disse ela. — Vou para a Casa de Cerimônias.

— O rabino pediu que ficássemos aqui até que ele nos chamasse.

— Não, isso não está certo. Tenho certeza de que ele mandou que você me *segurasse* aqui até que mandasse alguém nos chamar. Eu vou voltar.

Ela se dirigiu para o vestíbulo.

A mulher foi atrás dela.

— Por favor, querida, fique.

Ela parou e virou-se, pensando na urgência do pedido. Então, decidiu deixar claro:

— Isso não é da sua conta.

E saiu.

Zachariah caminhou com a embaixadora na direção do portão de ferro pelo qual entrara, adjacente à Casa de Cerimônias. Notou que o administrador tinha ido embora e que um grupo de visitantes finalmente entrara no cemitério pelo lado oposto.

— Pessoas do mundo todo vêm aqui — disse a embaixadora. — Isso é o mais perto de Israel que a maioria vai conseguir chegar.

— Mas não é Israel.

— Poucos entendem as pressões pelas quais a Terra Santa passou — afirmou ela. — A não ser que você viva lá diariamente e conheça o medo de estar cercado por inimigos, como alguém poderia entender? Lutamos contra esse medo há milhares de anos. Agora o povo talvez tenha sucumbido a ele finalmente. Você e eu sabemos o erro que isso representa.

— Meu pai tentou avisá-los décadas atrás. Nós cedemos muito e recebemos pouco em troca.

— Jerusalém foi invadida mais do que qualquer outra cidade do planeta. Egípcios, assírios, babilônios, sírios, gregos, romanos, persas, muçulmanos, cruzados, turcos, britânicos, palestinos e agora, finalmente, judeus. Não planejo devolvê-la.

— Levarei os tesouros até o monte em um desfile aberto, sem aviso — prometeu ele. — Quanto mais pública a exibição, melhor. Para fazer isso, precisarei da sua ajuda.

Zachariah sabia o que aconteceria. Os judeus entenderiam a volta de seu tesouro como um sinal. A menorá, a mesa do pão ázimo e as trombetas de prata voltaram. Milhares de pessoas iriam ver. No passado, multidões foram mandadas embora. Dessa vez seria diferente. Os muçulmanos também veriam um sinal. A presença dos tesouros judaicos será um desafio à presença deles em um lugar que defenderam durante séculos com violência e sangue.

Desta vez, não seria diferente.

Ou, pelo menos, ele esperava.

— Infelizmente não, Zachariah — desculpou-se ela. — Para isso, você está sozinho. Como eu disse, não nos falaremos de novo.

Não tem problema.

Até ontem, ele planejava alcançar seu objetivo sem nenhuma ajuda.

Manteria esse plano.

Pararam na frente da Casa de Cerimônias, que em parte entrava pelo cemitério sob a sombra das árvores. Mais pessoas entravam pelo lado oposto, admirando os túmulos, algumas colocando pedras nas lápides em lembrança. Todos usavam solidéus, que ele sabia que eram dados junto com os ingressos.

— Nós deveríamos cobrir a cabeça também — censurou ele.

— Não se preocupe, Zachariah. Os mortos vão nos perdoar.

Tom saiu da sala de segurança e seguiu até uma porta que o levaria para a parte externa.

Mas estava trancada e não havia como abri-la sem a chave.

Correu para a escadaria interna e subiu os curtos degraus de dois em dois até o primeiro andar, onde visitantes entravam nas exposições, mostrando seus ingressos a uma recepcionista.

Isso era demais.

Aqui estava ele, na República Tcheca, oito anos após o ocorrido, prestes a confrontar alguém que sabia a verdade.

Disse a si mesmo para se acalmar. Pense. Seja racional.

Calmamente, ele saiu da escadaria e abriu caminho pelos visitantes, saindo pela porta e encontrando uma escadaria externa. O lugar em que chegou tinha três lados fechados, com apenas aberturas eventuais permitindo uma visão do cemitério abaixo. Através de uma dessas aberturas, espiou Zachariah e a mulher, parados no caminho de cascalho entre os túmulos, conversando. Observava-os de um lugar seguro, sem ser visto. À sua esquerda, a escadaria dava uma volta para a direita até o térreo; a vista mostrava uma rua íngreme, que passava pela barraca de vendedores, levando até a sinagoga Velha Nova.

Viu Alle.

A 50 metros.

Caminhando na direção da Casa de Cerimônias.

Alle ignorou as barracas à sua esquerda, cheias de turistas, e concentrou-se no portão de ferro que estava a 50 metros à sua frente. Outras pessoas estavam subindo as escadas da Casa de Cerimônias para ver as exposições no primeiro e no segundo andares, onde ela estivera uma hora atrás.

A censura de Berlinger ainda a atormentava.

Assim como a de seu avô.

Nos últimos anos de vida, ela estivera com ele o tempo todo, agradando-o além da conta com sua conversão. Ele nunca imaginara que a neta seguiria a sua fé e se resignara ao fato de que, como seu filho renegara a religião, tudo ficaria abandonado.

"Mas você, querida, é muito especial. Você escolheu por conta própria se tornar o que já era por direito. Só pode ser a vontade de Deus."

Tantas vezes eles conversaram sobre a vida e sobre os judeus, quando o avô respondia as perguntas dela.

— *Posso não concordar com as crenças da sua mãe — disse ele —, mas eu as respeito. Assim como eu queria que meu filho fosse judeu, compreendo o quanto ela desejava que você fosse cristã. Então, eu nunca violaria isso."*

E nunca violou.

Mas, no final, ele ainda não achou que Alle era digna da missão.

Ou, pelo menos, sua nova religião não achava.

O Levita precisa ser homem e não consegui encontrar ninguém capaz. Então, levei o segredo confiado a mim para o túmulo.

Ela continuava subindo a rua, desviando de vários grupos de turistas. *Ela* era digna. *Ela* podia ser o Levita. E fazer um trabalho melhor do que seu pai, que parecia não se importar com nada nem com ninguém. E onde estava ele? Ainda dentro da Casa de Cerimônias? Ela fixou o olhar à sua frente e viu duas pessoas depois do portão de ferro.

Um homem e uma mulher.

Não conhecia a mulher.

O homem era Zachariah.

Aqui?

Zachariah viu Alle.

Tarde demais para recuar.

Ela claramente o vira.

— Hora de lidar com ela — determinou a embaixadora.

Ele observou a mulher se afastar, indo na direção da entrada principal do cemitério, e se dirigiu para o portão de ferro e para a saída.

Tom observou Simon sair do cemitério, descendo a rua na direção de Alle.

A mulher.

Era ela que ele queria.

De seu ponto de vista privilegiado, viu-a seguir pelos túmulos, contra o fluxo de turistas que entravam em ritmo contínuo.

Tom virou para Alle. Simon aproximou-se dela, agarrou-a pelo braço e se afastaram da Casa de Cerimônias, seguindo em direção ao local onde tinham ficado presos.

Mais visitantes subiam as escadas à sua volta.

Desceu rapidamente e correu até uma placa que ficava dentro de uma caixa de vidro e oferecia detalhes sobre o bairro. Localizou o cemitério e notou que a entrada ficava a uma quadra dali.

Era para lá que a mulher ia.

Com um olhar rápido, viu Alle e Simon, de costas para ele, ainda se afastando.

Se Tom se apressasse, poderia agarrar a sua única chance de consertar o erro.

SESSENTA

Béne mostrou a faca ensanguentada para Frank Clarke.

— Eu deveria cortar sua garganta também, seu mentiroso.

— Você não acha estranho, Béne, detestar tanto mentira, mas não se importar em mentir para sua própria mãe?

Não era o que ele esperava ouvir.

— Aonde você quer chegar?

— Você fez exatamente o que eu sabia que faria.

Não havia nenhum traço de medo nas palavras de Clarke. À luz do fogo que restava no lampião quebrado, que já estava se apagando, ele não viu um pingo de preocupação nos olhos duros de Frank.

— A gangue apareceu — explicou Frank — e ofereceu dinheiro. Alguns coronéis aceitaram. Quando você ligou mais cedo, dizendo que tinha encontrado a mina, tive de dar essa informação.

— Não teve, não.

— Eu sou um *maroon*, Béne. Levo o meu juramento de lealdade aos meus irmãos a sério. O chefe deles está morto?

— Ele era um lixo. Meus cães o caçaram.

— Você matou os dois? — indagou Tre, apontando para os corpos ensanguentados.

Ele levantou a faca.

— Eles tiveram o que mereciam também. — Béne virou-se para Frank. — E por que eu não deveria matar você também?

— Isso precisava acontecer, Béne. Você sabe.

A voz dele nunca se elevava além de um sussurro.

— E o que os coronéis vão dizer quando eu sair dessa caverna?

— Que você é um homem que deve ser temido.

Ele gostava disso.

— E eles terão contas a acertar comigo.

Béne estava falando sério.

— Por que você voltou? — perguntou ele a Clarke.

— Você precisa ver por que esse lugar era especial para os espanhóis. — Frank apontou para a parte superior da câmara. — Temos de subir até lá.

— Vá na frente.

Béne ficaria de olho nesse homem e não descartaria sua faca. Halliburton ainda estava tremendo por causa dos cadáveres.

— Esqueça-os — mandou ele.

— Não é fácil.

— Bem-vindo ao meu mundo.

Ele acenou para que seguissem Frank pelas pedras que formavam uma escada improvisada até o nível superior. Lá, ele localizou três saídas da câmara; todas eram um buraco negro na parede de pedra.

— Qual? — perguntou Béne para Frank.

— Você escolhe.

Supôs que era algum tipo de teste, mas não estava no clima.

— Escolha você. Assim chegaremos mais rápido.

— Você me diz o tempo todo que é *maroon*. Que é parte do nosso povo. Está na hora de começar a agir como um.

Béne ficou ofendido com as implicações.

— Eles chamam você de B'rer Anansi — revelou Frank.

— Quem?

Ele odiava a referência mística. Anansi costumava ser descrito como um homem pequeno ou, pior, uma aranha com qualidades humanas cuja característica mais notável era a ganância. Ele sobrevivia usando a esperteza e a eloquência. A mãe de Béne lhe contara as histórias que os escravos contavam sobre Anansi.

— Acho que eles não querem insultá-lo — constatou Frank. — É apenas a forma como descrevem você. Anansi, com todos os seus pecados, é amado. Nós contamos as histórias dele desde que fomos trazidos para cá.

Béne não estava interessado no que os outros pensavam. Não mais. Estava aqui, finalmente, na mina perdida.

— Qual túnel?

— Eu sei — afirmou Tre.

Ele encarou o amigo.

— Eu li no diário que encontramos em Cuba, de Luís de Torres, que este lugar foi escolhido como a *cripta*.

— Um cofre?

Tre assentiu.

— Um esconderijo. O próprio Colombo inspecionou e escolheu o lugar. Eles esconderam alguma coisa aqui. Algo de imenso valor, pelo menos foi o que De Torres escreveu.

— Como baús cheios de ouro do Panamá? — indagou ele.

Tre balançou a cabeça.

— Não sei. Ele falava dessa mina e dos três caminhos. Ele escreveu que saber por onde ir é saber de onde você vem. Depois, fez uma lista de coisas. "*O número de vasos no altar para oferendas, o altar do incenso e a Arca. O número de seções para a bênção. O número de vezes que a palavra 'sagrado' é repetida ao invocar Deus. E a porcentagem que o Mais Sagrado dos Sagrados ocupava no Primeiro e no Segundo Templos, de acordo com as ordens de Deus.*"

Nada disso dizia muito para Béne.

— Só os judeus sabem as respostas — esclareceu Tre. — Eu pesquisei. Havia três vasos para cada altar. A palavra *sagrado* é repetida três vezes. E um terço. Ou seja, 33 por cento, é o espaço que o Mais Sagrado dos Sagrados ocupava. Eram os locais mais sagrados para os judeus em todo o mundo. — Tre apontou para a terceira abertura. — Esse é o caminho.

Clarke assentiu.

— O que tem lá? — perguntou Béne.

— Uma coisa que não é *maroon* nem taino. — Frank se aproximou da entrada e usou sua lanterna para iluminar o lugar. — Os *maroons* descobriram essa caverna muito depois que o último taino morreu. Nós os respeitávamos. Então, protegemos isso.

Béne se perguntou com quem Clarke estava falando. Com ele? Com seus ancestrais? Se os *duppies* realmente existiam, aquela era a casa deles.

Frank entrou na caverna de paredes ásperas. Béne se perguntava sobre os veios de ouro, pois vira pouca evidência de qualquer exploração. Perguntou a Clarke a respeito.

— Nos outros túneis existem diversas fendas. Em algumas, os tainos encontraram ouro. Não muito, mas o suficiente para atrair os espanhóis.

O túnel seguia uma linha reta, e o ar era cada vez mais pesado. Béne se sentiu um pouco tonto.

— Por que é tão difícil respirar?

— Aquele som que você escutou quando entrou na caverna, vindo da piscina, como se a terra estivesse sugando e soltando o ar? Aquilo cria uma sucção. Aqui tem mais ar ruim do que bom, por isso os tainos escolheram esse lugar para morrer.

A explicação não era nem um pouco reconfortante, e ele viu que Tre também ficou preocupado. Mas, com os olhos, disse para o amigo que ele *escolheu vir*. E Béne podia entender por quê. Para um acadêmico, essa experiência era incrível: uma chance de ver em primeira mão algo sobre o que a história só falava.

Sua cabeça começou a doer.

Mas ele não disse nada.

— Os tainos conheciam a religião da mesma forma que os espanhóis — explicou Frank. — Eles só não se consideravam superiores a ninguém. Respeitavam o mundo em que viviam e um ao outro. O erro foi achar que o homem branco também pensava assim.

Os três andaram uns 50 metros talvez, segundo a melhor estimativa de Béne. E tinham subido um pouco. As lanternas mostravam apenas alguns metros à frente; a escuridão que os envolvia era absoluta. Não havia umidade ali, o que era raro nas cavernas da Jamaica, geralmente saturadas de lagos e rios subterrâneos.

Então, ele viu algo.

Iluminado pela lanterna de Frank.

Dez metros à frente.

Uma porta de madeira, com tábuas tortas, empenadas e escurecidas pelo tempo. Nenhuma dobradiça. Em vez disso, o retângulo apenas se encaixava na abertura entalhada na pedra. Pedras e pedregulhos espalhavam-se pelo chão do túnel, quase bloqueando o caminho.

Béne seguiu adiante, determinado a passar pelos escombros e ver o que havia ali.

Frank agarrou o braço suado dele.

— Tem certeza de que quer entrar?

— Tente me impedir.

SESSENTA E UM

— O que você está fazendo aqui? — perguntou Alle a Zachariah. — Achei que quisesse que eu cuidasse disso.

Sua raiva pelo pai e por Berlinger estava respingando nos outros. Ninguém achava que ela era capaz de alguma coisa?

— Estou aqui porque é necessário. Descobri mais coisas sobre os americanos. Eles definitivamente estão tentando nos impedir.

— Por que eles se importam com uma busca por tesouros religiosos judeus?

Eles pararam perto da casa para onde ela e o pai tinham sido levados. Nesse ponto, a rua não estava tão cheia de turistas.

— Alle, a polícia internacional americana intervém ativamente em tudo que seja associado a Israel há bastante tempo. Eles fornecem bilhões de dólares em ajuda e suporte militar e acham que podem nos dizer o que fazer. Nossa situação atual é culpa dos americanos. Suponho que encontrar o tesouro de alguma forma atrapalhe os planos deles.

Normalmente, ela o acharia paranoico, mas Brian Jamison era real.

— Quem era a mulher com quem você estava conversando?

— Uma pessoa que me deu informações sobre os americanos. O que você descobriu?

— Que meu avô contou muito mais para meu pai do que imaginávamos.

Alle explicou a Zachariah o que a carta realmente dizia, até onde se lembrava.

— Berlinger e meu pai estão na Casa de Cerimônias.

Ela apontou para o prédio a 50 metros dali, um pouco depois de uma leve curva.

— Há quanto tempo estão lá?

— Uma hora.

— Eu estava no cemitério, atrás do prédio. Alguém mencionou alguma coisa sobre me ver?

Ela balançou a cabeça, negando.

— Eles me falaram pouca coisa. Mandaram que eu fosse para a sinagoga fazer minhas orações.

Ela escutou um zumbido e observou Zachariah tirar o telefone celular do bolso.

— É Rócha.

Ele atendeu e escutou por um momento.

— Mantenha-me informado — disse ele antes de desligar. Então, virando-se para Alle, continuou: — Seu pai está em ação.

Tom desceu a rua na direção da sinagoga Velha Nova. Pelo que vira no mapa, sabia que precisava dar a volta no quarteirão, contornando o muro do cemitério e um conjunto de prédios. A mulher que ele procurava sairia pela entrada principal do cemitério, e, se corresse, poderia alcançá-la.

Conseguira sair da Casa de Cerimônias sem ser visto por Alle e Simon. Eles tinham desaparecido por uma rua que fazia uma curva. Tom andava o mais rápido possível sem chamar a atenção. No final da rua, virou à direita e passou por mais lojas de souvenirs. Ali, as calçadas estavam menos congestionadas, então ele correu.

Quem era essa mulher? Como ela podia saber o que acontecera com ele? No começo, Tom tentara dizer às pessoas que tinha sido manipulado. Mas o esforço se provara inútil. Ele estava dizendo exatamente o que esperavam que dissesse e, sem prova, soava ainda mais culpado.

O que, certamente, era a ideia.

Foi quando ele sumiu, calou-se, desistiu. Jornais e programas de televisão em todos os Estados Unidos o massacravam. Seu silêncio só aumentava a fúria deles, mas Tom acabou percebendo que foi a melhor resposta.

Principalmente depois daquela visita na Barnes & Noble.

Ele virou outra esquina, entrando em uma subida paralela ao muro do cemitério, que levava à sinagoga Pynkas, na entrada do local. Ônibus se enfileiravam no meio-fio e hordas de pessoas seguiam na direção de uma rampa de concreto que levava ao nível original da rua. Placas indicavam que a entrada do cemitério era ali.

Localizou a mulher.

Subindo a ladeira pela calçada, contra o fluxo de visitantes.

Ele diminuiu o passo.

Fique calmo.

Não estrague tudo.

Ela virou na direção contrária caminhando paralelamente ao portão de ferro que protegia a sinagoga. A rua à sua esquerda era mão única, mas Tom podia ver uma avenida movimentada no final dela, uns 30 metros depois da sinagoga.

Então ele viu o carro.

Uma Mercedes preta, parada e com o motor ligado, soltando fios de fumaça pelo escapamento.

Acelerou o passo.

A mulher se aproximou do carro.

Um homem saiu do lado do carona — jovem, cabelos curtos, terno escuro — e abriu a porta de trás.

A mulher estava a 3 metros do automóvel.

— Pare — gritou ele, correndo os últimos 10 metros até ela.

O jovem de terno escuro o viu, e Tom notou quando ele colocou a mão por dentro do paletó.

A mulher virou.

Tom chegou perto e parou.

O jovem avançou para ele, mas a mulher agarrou o braço de seu protetor.

— Não precisa — avisou ela. — Eu estava esperando por ele.

Zachariah decidiu ficar um pouco distante de Alle na Casa de Cerimônias. Não sabia para onde Sagan fora, e a última coisa de que precisava era ser visto ali. Perguntava-se se Sagan o vira no cemitério. Alle finalmente lhe dera informações úteis, contando mais sobre o que o pai de Sagan escrevera na carta. O rabino Berlinger parecia ser uma nova peça no jogo.

Sua mente estava a mil por hora, processando todas as novas informações.

Pelo menos, agora ele sabia.

Este lugar, há muito tempo considerado sagrado pelos judeus, fazia parte da busca. Mas como? E a Jamaica também parecia ser um lugar importante. O curador do museu em Cuba ligara dizendo que Rowe e o amigo tinham escapado antes de a polícia chegar e que não pôde impedi-los.

"Ele disse que você e ele vão ter uma conversa em breve."

Não seria uma conversa amigável. Simon achava que seu assunto com Rowe tinha acabado. Mas não parecia ser o caso. Abiram Sagan incluíra um mapa das estradas da Jamaica por um motivo.

Seu telefone vibrou.

Pegou e viu que era Rócha.

— Onde você está? — perguntou ele ao atender.

— Sagan saiu do prédio e deu a volta no quarteirão. No momento, está confrontando uma mulher acompanhada de um guarda-costas.

— Descreva-a.

Simon já sabia quem era, mas queria ter certeza.

O que respondia a outra pergunta. Sagan o vira. E talvez até o escutara, levando em consideração a bomba que ela soltara sobre o ex-jornalista.

— Precisei ter cuidado para ele não me ver — informou Rócha —, mas estou em um lugar de onde posso vê-lo.

— Avise-me tudo que acontecer.

Desligou.

— O que houve? — indagou Alle.

Ele não tinha escondido a sua preocupação.

— Um problema.

Tom encarou a mulher e perguntou:

— Quem é você?

— Isso não é importante.

— É, sim. Você sabe o que aconteceu comigo.

Ela se virou para o jovem de terno escuro.

— Espere no carro.

O homem entrou no lado do carona. Ela fechou a porta traseira.

— Você disse que estava me esperando. Como? — indagou ele, com súplica na voz.

— Você me escutou no cemitério?

Ele assentiu.

— O rabino disse que faria tudo para que você escutasse.

— Berlinger está envolvido nisso?

— Só está me ajudando.

— Quem é você? — perguntou ele de novo.

— Sou uma judia e acredito com todas as minhas forças em quem nós somos. Quero que você também acredite.

Ele não se importava com isso.

— Eles roubaram a minha vida. Eu mereço saber quem fez isso e por quê.

— Porque você fez o seu trabalho. Você sabe disso. Eles mandaram um mensageiro para o alertar.

A mulher sabia de tudo.

Ele chegou mais perto.

— Eu não faria isso — alertou ela, apontando para o carro. — Ele está de olho em você pelo retrovisor.

Tom desviou e viu o rosto alerta do homem pelo espelho externo. Olhou de volta para ela.

— Você está trabalhando com Simon?

— Sr. Sagan, no momento, você não está em posição de negociar. Mas poderia estar. Como eu disse, tenho profundo respeito pelas nossas crenças. Você é o Levita. O sucessor escolhido. O único que pode encontrar nosso tesouro do templo.

Simon devia saber de tudo isso.

— Não ligo a mínima para essas coisas. Quero a minha vida de volta.

Ela abriu a porta do carro e entrou. Antes de fechá-la, olhou para fora e disse:

— Encontre o tesouro. Depois conversaremos sobre a sua vida.

Ela fechou a porta.

E o carro acelerou.

SESSENTA E DOIS

Béne desviou dos escombros, subindo em algumas pedras e chegando à tábua de madeira. Iluminou a câmera atrás dela, menor que a anterior. Nada de paredes lisas. Nada de arte. Apenas uma cavidade grosseira na rocha, que se estendia por uns 20 metros, com 10 de altura. Entrou. Frank e Tre o seguiram.

As luzes dissolveram a escuridão.

Ele viu o que parecia ser algum tipo de altar, feito de pedra e encostado em uma parede. Nada em cima. À direita, um retângulo baixo de pedra áspera, com meio metro de altura, talvez, e 2 de comprimento. Uma placa mais alta se projetava para cima em uma das extremidades.

— Parece um túmulo — concluiu Tre.

Eles se aproximaram; o cascalho solto estalava embaixo de seus pés. A luz das lanternas deu um foco mais claro à cena. Ele reconheceu as duas letras em cima da lápide.

פנ

— Aqui jaz — disse ele. — É hebraico. Já vi em vários outros túmulos. Tudo estava escrito em hebraico.

Tre abaixou-se e examinou as letras.

— O que um túmulo judeu está fazendo aqui? — perguntou Béne para Clarke.

— Também me perguntei a mesma coisa — comentou Frank. — Então, alguns anos atrás, fotografei a lápide e levei as palavras para serem traduzidas. Diz assim: *Christoval Arnoldo de Ysassi, perseguidor de sonhos, orador da verdade em seu coração, homem honrado, que sua alma fique atada à vida eterna.*

Tre se levantou.

— É o túmulo de Cristóvão Colombo. De Torres escreveu que o nome real de Colombo era Christoval Arnoldo de Ysassi. Ele foi enterrado aqui.

Béne lembrou-se do que Tre dissera no avião sobre o túmulo de Colombo.

— Ontem, você disse que a viúva do filho de Colombo trouxe o corpo dele para o Novo Mundo.

— Trouxe. Primeiro para Santiago; depois os restos mortais foram levados para Cuba. Existe muita controvérsia sobre quem está enterrado em Santiago agora e sobre os ossos estarem em Cuba ou na Espanha. Agora, sabemos que ela os trouxe para cá, para a ilha que a família controlava. O que faz muito sentido.

— Sempre me perguntei quem era essa pessoa — disse Clarke. — Não tínhamos ideia de quem podia ser. Sabíamos que era hebreu, mas só. Então, deixamos o túmulo em paz. Se outros soubessem que era Colombo, teriam destruído.

— Com certeza — concordou Béne. — Ele era um ladrão assassino.

— Este é um importante achado histórico — afirmou Tre. — Nunca ficou provado onde Colombo foi enterrado. Ninguém sabia. Agora nós sabemos.

— Quem se importa? — questionou Béne. — Deixe-o apodrecer aqui. — Ele se virou para Frank. — Só isso?

— Olhe em volta. O que mais você vê?

Ele iluminou a câmara com sua lanterna.

E viu nichos entalhados na parede dos fundos.

Aproximou-se e examinou a parede mais próxima à luz da lanterna. Viu ossos. Dentro de cada uma havia um corpo.

— Nossos maiores líderes *maroons* — revelou Frank. — O túmulo à sua esquerda é da própria Grandy Nanny, deixada aqui para o descanso eterno em 1758.

— Achei que o túmulo dela ficasse em Moore Town, Portland Parish?

— Inicialmente. Depois, ela foi trazida para cá pelos Cientistas. — Frank apontou para a parede. — Os ossos que você acabou de examinar são de Cudjoe.

Ele ficou chocado. Cudjoe fora um grande líder *maroon* da época de Grandy Nanny, irmão dela, que também lutou contra os britânicos. Mas ele concordou com uma paz desastrosa, que mudou para sempre o estilo de vida *maroon* e deu início à ruína deles.

Mesmo assim, ele era reverenciado.

— Cudjoe viveu até a velhice — disse Béne.

Frank se aproximou.

— Alguns dizem que ele tinha mais de 80 anos quando morreu.

Béne fez uma contagem rápida e viu 14 nichos abertos na rocha.

— Johnny, Cuffee, Quaco, Apong, Clash, Thomboy. Todos líderes muito antigos — relatou Frank. — Pessoas especiais, trazidas para este local de honra. Nós achávamos que as pessoas enterradas aqui eram importantes, pelo menos para os judeus, então decidimos usar o lugar também. Os *maroons* sempre foram assim. Pouco era nosso; tudo era compartilhado. Aqui, nossas pessoas especiais puderam descansar em paz.

Béne não sabia o que dizer.

Isso era totalmente inesperado.

Apontou para uma garrafa de rum em um nicho.

— Para os *duppies* — explicou Frank. — Os espíritos gostam da bebida. Nós substituímos de vez em quando para que eles nunca fiquem sem.

Ele conhecia o costume. O túmulo de seu pai, que ficava nos arredores de Kingston, também sempre era abastecido.

— Tem mais — avisou Frank. — Mas, como todas as coisas *maroon*, essa história só era contada a um grupo seleto. Principalmente os Cientistas, que consideravam este lugar sagrado.

Béne nunca se interessou pelos curandeiros *maroon* que receberam o curioso apelido de Cientistas. Muito misticismo para poucos resultados.

— É por isso que tem um altar? — indagou ele.

Frank assentiu.

— Os Cientistas costumavam celebrar rituais aqui. Coisas que só eles podiam ver.

— Não fazem mais isso? — perguntou.

— Há muito tempo não. E tem uma razão.

— Você guarda muitos segredos — falou ele para Frank.

— Como eu já lhe disse tantas vezes, é melhor deixar certas coisas quietas... Até o momento certo.

— Então, me conte a sua história.

Frank explicou sobre uma época em que havia quatro objetos dentro da câmara. Um candelabro de ouro, de aproximadamente 1 metro de altura, com lugar para sete velas. Uma tábua, com menos de 1 metro de comprimento e cerca de meio metro de altura, com coroas douradas enfeitando os topos e um anel em cada ponta. E duas trombetas, feitas de prata, cada uma com 1 metro de comprimento, incrustadas em ouro.

— Você tem certeza? — questionou Tre.

— Eu mesmo nunca vi, mas já conversei com pessoas que viram.

— Esses são os objetos mais sagrados do judaísmo. Eles vêm do Segundo Templo e sumiram quando Jerusalém foi saqueada pelos romanos. O povo judeu procura esses objetos há dois mil anos. E eles estavam aqui? Na Jamaica?

— Eles foram colocados junto com o túmulo hebreu. Disseram-me que eles eram muito hábeis com arte.

— E nenhum *maroon* tentou vendê-los? — perguntou Tre.

Frank balançou a cabeça.

— Os espíritos são importantes para nós. Eles vagam pelas florestas e podem proteger ou fazer mal. Nós nunca os ofenderíamos pegando alguma coisa em um túmulo. Em vez disso, nós protegemos esses objetos e tornamos este lugar especial.

Béne encarou Tre.

— O que tudo isso significa?

— Que muitos livros de histórias terão de ser reescritos.

Mas Béne estava mais preocupado com outra questão.

— O que aconteceu com esses objetos?

— Desapareceram. Só os coronéis e os Cientistas conheciam a localização. Eles concluíram que os *duppies* os levaram. Depois, este lugar deixou de ser usado para adoração.

— Quando foi isso? — perguntou Béne.

— Sessenta anos atrás.

Béne balançou a cabeça. Outro beco sem saída.

— É isso? Vocês queriam me matar para proteger isso?

— Esses túmulos são importantes. São o nosso passado. E o passado é tudo que temos. Até o túmulo hebreu é importante. É evidente que é muito antigo. Mas os judeus nos ajudaram quando ninguém mais ajudou. Então, nós respeitamos o hebreu como se fosse um de nós. O tesouro dele também foi honrado.

— E agora desapareceu.

Mas Béne se perguntava se eram esses os objetos que Zachariah Simon estava procurando. Ele falara sobre encontrar o túmulo de Colombo e a mina, mas fazia mais sentido Simon estar atrás de um tesouro. Aparentemente, este lugar realmente fora uma mina de ouro, mas um estilo diferente de ouro.

Que não existia mais.

Ele balançou a cabeça e se dirigiu para a saída da caverna.

Tre e Frank foram atrás.

Não disseram mais nenhuma palavra.

SESSENTA E TRÊS

Tom observou a Mercedes se misturar ao tráfego, virar a esquina e desaparecer. A mulher, quem quer que fosse, sabia de tudo. E sua salvação dependia de encontrar o tesouro do templo. Como isso era possível? Por que isso seria possível?

Assustado, sentiu um toque em seu ombro.

Virou-se.

Berlinger o encarou e disse:

— Ela foi embora.

— Quem é ela? — questionou Tom. — Ela disse que o senhor sabia que ela estava aqui.

O velho balançou a cabeça.

— Sabia. Mas ela não se identificou e não perguntei.

— Mas o senhor fez o que ela queria. Garantiu que eu escutasse o que ela tinha a dizer.

— Não vi mal nenhum nisso.

— Rabino, isso é importante para mim. O que diabos está acontecendo aqui?

— Preciso lhe mostrar e lhe dizer algumas coisas. Coisas importantes

— Onde está Alle?

— Não sei.

— Suas câmeras não podem encontrá-la?

— Certamente sim. Mas temos de fazer isso sozinhos.

— O senhor não faz ideia do que eu passei. Do que aconteceu comigo.

Ele estava exasperado.

E furioso.

— Venha — convidou Berlinger. — Caminhe comigo e lhe contarei uma história.

— Meu pai passou isso para mim — disse Marc Eden Cross para Berlinger.

Ele escutava enquanto o amigo explicava.

— O primeiro Levita foi Luís de Torres, que recebeu uma tarefa de Colombo. O dever foi passado durante quinhentos anos, de cada um para seu sucessor, e tudo estava bem até recentemente.

A Segunda Guerra Mundial tinha acabado havia quase dez anos, mas seus vestígios permaneciam. Ninguém sabia, até o momento, quantos judeus tinham sido massacrados. Seis milhões era o número mais falado. Aqui, em Praga, os efeitos do massacre eram claros. Cem mil foram levados e poucos voltaram.

— São os tesouros do nosso templo — disse Marc. — Os objetos sagrados. Esse é o segredo que guardamos. Colombo levou-os para o Novo Mundo. A viagem foi financiada pelos judeus da corte espanhola. Fernando e Isabel não fizeram nada. Eles não tinham visão nem dinheiro para explorar. Colombo tinha a visão, e os judeus sefarditas da Espanha tinham o dinheiro. Claro que todos eles foram forçados a se converter para permanecer na Espanha, e Colombo também era um converso.

Berlinger nunca havia escutado essa história.

— Colombo era judeu?

Marc assentiu.

— E continuou sendo a vida inteira. Ele navegou para o Novo Mundo na esperança de encontrar um lugar onde pudéssemos viver em paz. Uma teoria predominante da época dizia que os judeus do Oriente Distante viviam livres, sem perseguição. Ele, claro, achava que estava navegando para a Ásia. Por isso levou De Torres com ele. Um tradutor de hebraico. Uma pessoa que pudesse conversar com as pessoas que ele encontrasse.

Isso era surpreendente.

— Os judeus sefarditas protegiam o tesouro do templo havia muito tempo. Eles o receberam no século VII. Mas, em 1492, a Espanha se tornou um lugar perigoso. Os judeus foram expulsos ou se converteram. A Inquisição atacava sob a menor suspeita de falso cristianismo. A mera suspeita de ser judeu significava morte, e milhares de pessoas foram executadas. Então, eles deram uma missão especial a Colombo: levar o tesouro do templo com ele. Quando encontrasse os judeus asiáticos, deveria pedir que protegessem o tesouro.

— Mas ele não encontrou judeus.

Marc balançou a cabeça.

— E, quando finalmente percebeu isso, no final de sua quarta viagem, ele escondeu o tesouro no Novo Mundo. Luís de Torres ficou lá e assumiu o posto de guardião, dando a si mesmo o título de Levita. Sou sucessor dele.

— Você sabe onde nossos objetos preciosos estão?

— Sei. Revelar isso para qualquer pessoa é uma violação do meu dever, mas o que aconteceu durante a guerra mudou tudo. Preciso da sua ajuda, meu amigo. Isso é algo que não posso fazer sozinho. Você é o homem mais honesto que conheço.

Ele sorriu com o elogio.

— Eu diria o mesmo sobre você.

Marc estendeu o braço e apertou o ombro dele.

— Quando vim aqui pela primeira vez e escalei a sinagoga até o sótão, você foi atrás de mim. Eu soube naquele momento que você era um homem em quem eu podia confiar. O mundo mudou, e a tarefa que recebi deve mudar também.

— Ele me disse onde o tesouro estava escondido — revelou Berlinger para Tom. — Não estávamos longe de onde estamos agora, embora essas ruas fossem muito diferentes em 1954.

Tom imaginava que isso fosse verdade. Os nazistas deixaram sua marca e os soviéticos fizeram ainda pior.

— Nossas sinagogas estavam em ruínas — contou o rabino. — Os alemães tinham destruído o interior dos prédios, usando-os como armazéns. Não consertaram nada. Os soviéticos nos odiavam tanto quanto os alemães, e também nos matavam. Só que de forma mais lenta e por um período mais longo.

Eles estavam parados na esquina da rua movimentada pelas atividades matutinas. A maioria das pessoas fazia parte de grupos de turistas que passariam o dia ali.

— Eles vêm de todas as partes — explicou Berlinger. — Sempre me pergunto o que levam dessa experiência.

— Que ser judeu é perigoso.

— Pode ser. Mas eu não gostaria de ser outra coisa. Sua filha disse que você não é mais um de nós. Isso é verdade?

— Renunciei vinte anos atrás e fui batizado cristão. Foi meu jeito de agradar a minha esposa.

Berlinger bateu levemente no peito dele.

— Mas, aqui, o que você é?

— Nada. Nada mesmo.

E ele estava falando sério.

— Então, por que está em Praga?

— Vim porque achei que a minha filha estava correndo perigo, mas descobri que esse não é o caso. Ela é uma mentirosa. Ingênua até demais, mas ainda assim uma mentirosa. Ela não precisa da minha ajuda.

— Acho que precisa, sim. Zachariah Simon é perigoso.

— Como você sabe sobre ele?

— Eles estão juntos neste momento. Fiquei observando quando você saiu da Casa de Cerimônias. Eu a vi também. Nunca gostei de Simon.

Tom podia ver que aquele homem de 102 anos ainda era muito lúcido.

— O que você fez para meu avô?

Berlinger sorriu.

— Essa é uma história da qual nunca vou me esquecer.

— Está na Jamaica — revelou Marc. — Foi onde Colombo escondeu o tesouro. Em uma mina que os nativos mostraram para ele. Colombo bloqueou a entrada, deixou a ilha e nunca mais voltou ao Novo Mundo. Morreu dois anos depois.

— Você viu nossos tesouros? — perguntou Berlinger.

— Eu os toquei. Segurei. Transportei de um lugar para outro. Isso precisava ser feito. De Torres deixou instruções codificadas para encontrar a mina. Agora,

é impossível decifrá-las. Todos os pontos que existiam na época dele não existem mais. Então, mudei essas instruções.

— Como você os transportou? A menorá, a mesa do pão ázimo e as trombetas não são pesadas?

— São, mas tive ajuda. Minha esposa e algumas outras pessoas, outros homens bons em quem posso confiar. Nós os tiramos da caverna onde estavam, colocamos em um barco e seguimos rio abaixo até outra caverna. Lá encontrei meu próprio golem para ajudar a proteger nossos tesouros. Uma criatura notável. Sei que você acha que os golens não são reais. Mas posso garantir que eles são.

Berlinger pressentiu alguma coisa. Alguma coisa ruim.

— O que é, velho amigo?

— Esta pode ser a última vez que nos vemos.

Ele odiava escutar isso.

— A Guerra Fria está esquentando. Viajar para o leste europeu vai se tornar quase impossível. Meu dever está cumprido. Protegi o tesouro da melhor forma que pude e coloquei-o em um lugar seguro.

— Eu fiz o baú como você pediu.

Marc especificara o tamanho, cerca de 30 centímetros quadrados, seguindo o modelo dos baús que existiam em todas as sinagogas. Geralmente, eram feitos de ferro e guardavam documentos importantes, dinheiro ou utensílios sagrados. O exterior não era decorado, dando mais ênfase à proteção do que à aparência. Um cadeado interno fechava a tampa. Ele pegou a chave que estava em seu bolso e entregou-a. O amigo a examinou.

— Linda. As estrelas de Davi na extremidade estão muito boas.

— Tem uma gravação.

Ele observou Marc aproximar o bronze dos olhos e estudar a haste.

פנ X

— Po nikbar — *disse Marc, interpretando as duas letras hebraicas. — Aqui jaz. Isso mesmo. E você fez um bom trabalho com o X.*

Seu amigo especificara o símbolo.

— A gravação garantirá que esta é a chave correta — afirmou Marc. — Se, algum dia, alguém aparecer aqui com ela, você decidirá se a pessoa é digna e mostrará o baú. Se isso nunca acontecer, escolha uma pessoa para cumprir esse dever.

Eles estavam parados na base leste do muro da sinagoga Velha Nova, onde estavam os degraus de ferro que levavam até o sótão.

— Eu mudei muita coisa — explicou Marc —, mas tentei manter a tradição. Coloque o baú lá em cima, no sótão, onde ele ficará seguro no meio de papéis velhos. — Cross fez uma pausa. — Onde o seu golem pode tomar conta dele.

Berlinger sorriu e assentiu, aceitando o seu dever.

— Antes de deixar Praga aquela última vez — continuou Berlinger —, Marc guardou algo dentro do baú e trancou-o. Eu o guardei no sótão. Seu avô não me disse mais nada. Disse apenas que era melhor assim. O baú ficou no sótão por trinta anos, até finalmente ser removido durante a restauração. Por sorte, eu ainda estava aqui para garantir a sua segurança.

— Você nunca olhou o que tinha dentro?

Berlinger balançou a cabeça.

— Marc levou a chave.

Tom esfregou os olhos cansados e tentou compreender tudo que estava escutando.

— Essa sinagoga já foi o ponto central do bairro judeu — informou Berlinger, apontando à sua volta. — Agora, não passa de mais uma parte de Praga. Tudo que construímos praticamente não existe mais. Só permanecem as lembranças, que são dolorosas demais para qualquer um de nós. Seu avô foi um dos melhores homens que conheci. Ele me confiou uma tarefa. Era meu dever passar essa tarefa para outra pessoa, e eu fiz uma escolha.

— Mas agora estou aqui.

O rabino assentiu.

— Então, passarei o que sei para você. Quero que saiba que, se houvesse uma forma, eu teria encontrado o tesouro. Nós merecemos que ele seja devolvido. Era a única coisa sobre a qual Marc e eu discordávamos, mas eu não estava em posição de questioná-lo. Ele era o escolhido, não eu. Agora a escolha *é* minha. Eu gostaria de ver aqueles objetos de novo em um templo.

— Eu vou encontrá-los. — Tom tirou a chave do bolso. — Onde está o baú?

Berlinger apontou para a direita.

— Não muito longe daqui.

SESSENTA E QUATRO

Tom acompanhou Berlinger para longe da sinagoga Velha Nova, seguindo uma rua chamada Maiselova. Lojas e cafés estavam cheios de pessoas, amontoadas perto da rua de paralelepípedos. Ele sabia qual prédio viria logo depois da curva. A sinagoga Maisel, construída por Mordecai Maisel, em 1591. Ele a visitara diversas vezes enquanto escrevia sua matéria em Praga. Maisel fora um judeu rico que paparicava o imperador Rodolfo II, tornando-se um conselheiro confiável que acabou conseguindo uma permissão especial para construir um prédio. Durante um século, foi o maior e mais luxuoso prédio do bairro. Mas pegou fogo em 1689, sendo reconstruído no final do século XIX e totalmente restaurado em 1995. Não havia mais celebrações ali. Agora, o lugar promovia uma exposição dedicada à história dos judeus tchecos.

Quando eles entraram no vestíbulo, Tom contemplou a abóbada elegante e os vitrais coloridos. As paredes altas tinham um aconchegante tom amarelo. Pessoas andavam para todos os lados, admirando as vitrines cheias de objetos de prata. O lugar estava praticamente em silêncio, escutando-se apenas os passos. Berlinger assentiu para uma mulher atrás do balcão de venda de ingressos e eles entraram.

— Foi para cá que os nazistas trouxeram os artefatos roubados de todas as sinagogas — sussurrou o rabino. — Eles seriam exibidos em um museu sobre a nossa raça extinta e foram empilhados neste prédio e em muitos outros. Eu mesmo os vi. Uma imagem terrível.

Eles caminharam pela nave, sob candelabros pouco comuns, cujas luzes invertidas apontavam para baixo. Acima dele, era possível ver o segundo andar atrás da balaustrada que contornava os dois lados da nave, interrompida por arcos que exibiam menorás cintilantes.

— Os artefatos não estão mais aqui. Foram devolvidos para seus lugares originais. Não conseguimos encontrar a origem de alguns, então estes ficaram aqui. Acabamos decidindo que seria o melhor lugar para expormos a nossa herança. Não um museu de uma raça extinta, mas de uma raça que ainda está viva.

Tom captou o orgulho na voz do velho guerreiro.

— Você e sua filha... — começou Berlinger. — Ainda é possível salvar a relação de vocês?

— Provavelmente não. Eu tive a chance, muito tempo atrás, e deixei-a escapar.

— O que ela disse sobre você, sobre inventar uma matéria para um jornal, eu pesquisei. Você era um jornalista respeitado.

A palavra *era* doeu.

— Ainda sou. E aquela mulher sabe a verdade.

— Eu sei. E se você pudesse provar que não é uma fraude?

— Aí as coisas mudariam.

— Não sei mais do que lhe disse. Ela foi muito misteriosa, mas também muito persuasiva.

— O que você sabe?

— Apenas que para a maioria das coisas na vida, a história é muito maior do que parece.

Ele sentiu um arrepio na espinha.

— Por que você diz isso?

— Eu desconfio que você só se importa em ser inocentado para uma pessoa.

Tom percebeu que sua pergunta foi ignorada, então decidiu fazer o mesmo.

— Durante a guerra — contou Berlinger —, fui forçado a fazer coisas que nenhum homem decente deveria ser forçado a fazer. Eu era o chefe do conselho de Terezín. Tínhamos de decidir todos os dias sobre a vida e a morte. Milhares morreram, muitos devido a decisões que nós tomamos. Apenas o tempo fez com que eu entendesse o que aconteceu lá.

As lembranças pareciam ter tomado conta da mente do velho rabino.

— Meu próprio filho. Que Deus proteja a sua alma.

Ele ficou em silêncio.

— Preciso lhe contar uma coisa — disse o rabino. — Na guerra, muitos foram enviados para campos. Antes de ser mandado para Terezín, uma coisa aconteceu comigo. Marc e eu conversamos a respeito. Posso compartilhar com você?

Eles chutaram a porta da casa da fazenda.

Berlinger recuou enquanto dois homens, acompanhados de Erik, seu filho de 15 anos, entravam, arrastando o único ocupante da casa para a noite quente. O verão trouxera o calor, e o homem estava praticamente sem roupa. Ele se chamava Yiri, um tcheco que Berlinger conhecia desde antes da guerra. Um homem simples e tranquilo que cometera um erro grave.

— O que vocês querem? — indagou Yiri. — Por que estão aqui?

Ele foi colocado de joelhos.

— Eu não fiz nada. Cultivo os meus campos. Não incomodo ninguém. Por que vocês estão aqui? Eu não disse nada para os nazistas.

Berlinger captou a última parte.

— Você fala com nazistas?

Todos eles estavam armados, até Erik, que aprendera a usar uma pistola e era muito habilidoso. Até agora, os quatro tinham conseguido evitar a prisão, fugindo para a floresta e resistindo. Ele gostaria que mais judeus pudessem se juntar a eles, mas eram mais escassos a cada dia.

Yiri balançou a cabeça.

— Não. Não. Eu não falo com nazistas. Não conto nada a eles sobre os judeus na floresta.

Que era o motivo daquela visita. Uma família tinha conseguido fugir de Praga e se esconder na floresta. Yiri fornecia comida a eles. era uma coisa boa, que se podia esperar de um homem do campo. Mas, quando o dinheiro que tinham acabou, Yiri entregou-os em troca de uma recompensa. Ele não era o único. Outros tinham feito a mesma coisa.

— Por favor. Por favor! Eu não tive escolha. Eles iam me matar. Não tive escolha. Ajudei aquela família por muitas semanas.

— Enquanto eles podiam pagar — acusou um homem.

Berlinger viu o ódio nos olhos de seu compatriota. Até Erik estava enojado. Nunca vira esse sentimento em seu filho. Mas a guerra estava modificando todos eles.

— O que vocês querem que eu faça? Vocês, judeus, não têm chance. Não há nada a fazer. Vocês têm de...

Um tiro ecoou na noite.

A cabeça de Yiri explodiu e seu corpo caiu no chão.

Erik abaixou a arma.

— Yashar Koyach — *cumprimentou-o um dos homens, e os outros se juntaram, dando tapinhas em suas costas.*

Que a sua força aumente.

Palavras tiradas da Torá.

Agora usadas como saudação para um assassinato.

— Nós não tínhamos ido para matar o homem — explicou Berlinger. — Ou, pelo menos, foi o que pensei. Fazer isso não era diferente do que os alemães estavam fazendo conosco.

— Então, por que vocês foram lá?

— Para prestar contas com ele, sim, mas não para matá-lo.

Tom considerava esse pensamento um pouco ingênuo, dadas as circunstâncias.

— Fui enviado para Terezín pouco depois. — Meu filho escapou desse destino. Ele entrou para a resistência e lutou contra os alemães, até que finalmente o mataram. Nunca mais nos falamos depois daquela noite. Ele estava orgulhoso do que tinha feito e eu, envergonhado. Um abismo se abriu entre nós, e me arrependo até hoje.

— E o que o tempo lhe ensinou?

— Que fui um tolo. Aquele homem merecia morrer. Mas eu precisava testemunhar o horror de Terezín e tudo que veio depois. Ainda precisava ver como a alma de um homem pode ser sombria. Ainda precisava perceber o quanto eu era capaz de odiar.

— Para mim, só faz oito anos desde que tudo aconteceu, e ainda não consigo compreender muita coisa. Só posso dizer que os últimos dias mudaram tudo.

— Para melhor?

— Isso ainda será descoberto.

— Marc teria gostado de você.

— Eu o conheci quando era menino.

— Tinha algo nele. Um espírito aventureiro. Ele era um bom judeu, mas daquela forma devota. Talvez fosse o mundo em que vivia. Minhas próprias crenças foram levadas ao limite. Ou talvez fosse a profissão dele. Um arqueólogo estuda o passado e quase esquece o presente. Talvez isso tenha perturbado a mente de seu avô. Ainda assim, era um bom homem que cumpriu o seu dever.

— Como Levita?

Berlinger assentiu.

— Eu teria adorado ver nossos tesouros perdidos. Como devem ser lindos.

— Você ainda pode ter essa chance. Saki mudou as regras do jogo. Isso abriu um precedente. Então, vou mudá-las de novo.

— Você não vai simplesmente acabar com esse jogo?

Tom ficou em silêncio por um momento, refletindo sobre as implicações. Esse segredo estava escondido havia quinhentos anos.

— É exatamente isso que vou fazer.

Berlinger caminhou até uma das vitrines, que continha dois castiçais de prata, uma taça Kiddush, uma caixa de prata que guardava temperos e outra caixa retangular, com uns 30 centímetros quadrados. Seu exterior feito de prata não era ornamentado. Um cadeado interno selava a tampa. Exatamente como Berlinger descrevera.

Tom pegou a chave no bolso.

— Essa chave abre o cadeado — disse o rabino. — Posso pedir que a caixa seja tirada da vitrine e levada para uma das salas laterais, onde você pode examiná-la sozinho.

O velho rabino estendeu a mão, e Tom apertou-a.

— Meu dever está cumprido — terminou Berlinger. — Deixo o resto para você. Desejo-lhe sucesso. Vou rezar pela sua alma.

E o rabino foi embora.

SESSENTA E CINCO

Zachariah manteve Alle por perto em um restaurante movimentado fora do bairro Kolkovna. Ele decidira que uma retirada estratégica era necessária até que tivesse certeza do que estava acontecendo. Rócha estava seguindo Sagan e reportara que ele e Berlinger entraram na sinagoga Maisel. Sem alternativa, Rócha também entrou, cauteloso para não ser visto, sabendo que Sagan conhecia seu rosto. O rabino levara Sagan até um baú de prata, que foi tirado da vitrine e levado para outra sala. Berlinger fora embora, mas Sagan ficara com o baú em uma sala trancada. Rócha ainda estava na sinagoga.

— O que está acontecendo? — indagou Alle.

— Bem que eu gostaria de saber. Seu pai está fazendo alguma coisa. Para um homem que queria morrer, ele está bastante ativo.

— Por muito tempo, ele foi bom no que fazia.

— Fico surpreso em escutá-la falando isso. Ele foi pego por inventar uma matéria.

— Eu sei. Acabei de confrontá-lo usando esse fato. Mas isso não significa que tudo que ele fez foi uma mentira. Lembro-me de ler as matérias dele quando estava no ensino médio. Ele aparecia na televisão. Eu o odiava pelo que fazia comigo e com minha mãe, mas ele parecia ser um bom repórter. A profissão era tudo para ele. Mais do que a família.

— Quando pesquisei o passado do seu pai, descobri que ele era respeitado no Oriente Médio. As pessoas o temiam. Ele deixou uma impressão duradoura em figuras poderosas. Imagino que tenham ficado felizes em assistir à queda dele.

— O que só mostra que ele era bom no que fazia. Pelo menos, até ser pego com aquela última matéria.

— Pela primeira vez, você parece uma filha falando sobre o pai.

— Não pretendo agir como filha dele. Nossa relação já acabou há muito tempo. Detesto o fato de termos o envolvido nisso. Era melhor quando não nos falávamos nunca, não nos víamos.

— Uma parte de você não está sendo sincera.

— Por sorte, essa parte está escondida. A maior parte de mim me diz pra me manter longe dele.

Zachariah viu que ela precisava de apoio, então pegou sua mão.

— Agradeço tudo que você fez. Sua ajuda foi inestimável.

A mente dele estava trabalhando, decidindo o próximo passo. Infelizmente, o valor dessa jovem diminuíra a quase nada. Logo, teria de cuidar dela. Rócha estava vigiando Sagan. Então, parecia restar apenas um caminho. Não sabia nada sobre o rabino Berlinger, mas, por tudo que escutara nas últimas horas, esse homem fazia parte do que estava acontecendo.

Eles precisavam conversar.

Mas como abordá-lo?

Então, teve uma ideia.

Uma performance resolveria.

Ele bateu respeitosamente na porta.

Nenhuma urgência.

Ele encontrara a casa a poucos quarteirões do bairro judeu, em uma adorável rua com prédios residenciais. Este tinha uma fachada de tijolos e jardineiras enfeitando as janelas mais altas. Quase não era possível escutar o tráfego da avenida próxima e o quarteirão residencial perto do rio. Só precisara fazer uma ligação para sua casa e, com uma breve pesquisa na internet, descobriu o endereço do rabino Berlinger.

Um velho homem abriu a porta. Lábios rachados, barbicha cobrindo o queixo, poucos fios de cabelo branco e fino. Zachariah se apresentou e perguntou se poderiam conversar. Foi convidado a entrar. A casa era organizada, limpa e mobiliada de forma simples. Cheiro de café e hortelã enchiam o ar. Janelas sujas permitiam que pouca luz entrasse, e nenhum som passava. O anfitrião perguntou se ele queria se sentar. Simon rejeitou.

— Prefiro ir direto ao assunto — começou Zachariah. — O senhor esteve com Tom Sagan desde que ele chegou esta manhã. Quero saber o que disse para ele.

— Talvez, no seu mundo, o senhor esteja acostumado a fazer as coisas do seu jeito. Mas aqui, no meu mundo, você não é nada.

As palavras foram ditas em um tom de voz calmo e limpo.

— Entendo que o senhor deve ser respeitado, talvez seja até um sábio, mas não tenho tempo nem paciência para cortesias hoje. Por favor, diga-me o que quero saber.

— Onde está a filha de Sagan? — questionou Berlinger.

— Não é da sua conta.

— Agora é, considerando que o senhor veio até aqui.

— Ela está esperando que eu volte. Expliquei a ela que isso era entre o senhor e eu. Preciso saber o que Sagan descobriu. Sei que o senhor entregou um baú de prata a ele. O que tem nele?

— Parece que o senhor tem um problema. Sabe tanto e, ainda assim, tão pouco.

Zachariah tirou uma arma que guardava sob o paletó e apontou-a para o rabino.

— Você acha que isso vai me convencer? — perguntou Berlinger. — Não é a primeira vez que uma arma é apontada para mim. Nenhuma delas me obrigou a fazer o que eu não queria.

— O senhor realmente quer me ter como inimigo?

O rabino sacudiu os ombros.

— Já tive piores.

— Posso prejudicar o senhor e a sua família.

— Não tenho família. Sobrevivi a todos. Esta comunidade é a minha família. Tiro dela toda a minha força e sustento.

— Como outro rabino no passado?

— Nunca tive a pretensão de me comparar ao rabino Loew. Ele foi um grande homem e deixou uma marca duradoura em todos nós.

— Posso prejudicar essa comunidade. Ou posso ajudá-la.

— Ah, agora chegamos ao ponto. A arma é apenas um show; você acha que o seu dinheiro pode comprar respostas. — Berlinger balançou a cabeça. — Para um homem com a sua experiência e a sua idade, o senhor tem muito a aprender. O seu dinheiro não significa nada para mim. Mas, se o senhor quiser responder algumas perguntas, podemos trocar informações. O que o senhor fará com o nosso tesouro do templo?

Agora ele tinha certeza. Este homem o vira e escutara no cemitério.

O rabino pareceu ler a sua mente.

— As câmeras que compramos com as suas doações — explicou Berlinger. — Elas têm muitas utilidades. Então, o que o senhor vai fazer com nossos objetos sagrados?

— Mais do que o senhor pode imaginar.

— Começar uma guerra?

Era mais do que tinha sido falado com a embaixadora.

— Se for necessário — respondeu ele.

— É impressionante como o mundo muda. Em uma época, foram os alemães que nos ameaçaram. Depois, os comunistas. Agora, a maior das ameaças vem de um dos nossos.

— É verdade, velho. Somos nosso pior inimigo. Permitimos que o mundo nos encurralasse, e, se as pessoas começarem a nos massacrar de novo, poucos se levantarão em nossa defesa. Nunca se levantaram em toda a nossa história. Claro que existe falação sobre os horrores do passado e pedidos de ajuda, mas o que o mundo fez na última vez? Absolutamente nada. Deixaram que morrêssemos. Israel é nosso único defensor. Esse Estado deve continuar forte.

Um aceno educado com a mão descartou o ponto de vista de Simon.

— Você não faz ideia do que tornaria Israel forte, mas é claro que tem seus próprios planos vis para fortalecê-lo.

— E o que o senhor faria? — perguntou ele a Berlinger. — Como nos protegeria?

— Da forma como sempre nos protegemos: trabalhando juntos, protegendo-nos, rezando a Deus.

— Isso fez com que fôssemos massacrados uma vez.

— Você é um tolo.

Alguns momentos de silêncio se passaram entre eles.

— A filha de Sagan está correndo perigo, não está?

— Como o senhor deve ter percebido, ela não significa nada para mim.

— Mas ela não pensa assim. — Berlinger balançou a cabeça. — Ingenuidade. O pior dos pecados da juventude. Que costuma ser acompanhado por arrogância.

— Ela não é problema seu.

— Eu perdi um filho muito tempo atrás para esses mesmos pecados. Infelizmente, percebi que ele estava certo quando era tarde demais. O que só aumenta meus arrependimentos.

— Então, o senhor, mais do que qualquer um, deveria desejar que fôssemos fortes.

— Eu desejo. Nós só discordamos no que diz respeito ao método.

— Para onde Sagan vai quando sair daqui?

Berlinger sacudiu os ombros e levantou um dedo.

— Isso eu nunca vou lhe dizer.

Ele decidiu tentar outra tática.

— Pense no que significaria se nossos tesouros fossem devolvidos. O Terceiro Templo seria construído. Isso não o deixaria orgulhoso? O senhor não ficaria maravilhado por ter uma participação nisso?

— Que judeu não ficaria?

— Imagine o templo de pé de novo, construído de acordo com as ordens nas Crônicas. O senhor não consegue ver a grande cortina bordada pendurada na parede oeste, escondendo a entrada do Mais Sagrado dos Sagrados? Finalmente, após tantos séculos, nosso lugar divino seria devolvido. A mesa do pão ázimo, a menorá e as trombetas de prata, todos devolvidos ao lugar a que pertencem. Ah, se tivéssemos a nossa arca também.

— Quantos terão de morrer para isso acontecer? — questionou Berlinger. — Os muçulmanos controlam o Monte do Templo. Eles não abririam mão do lugar sem uma luta sangrenta. E o monte é o único local onde o Terceiro Templo pode ser construído.

— Então, eles irão morrer.

— Em uma guerra, podemos não ganhar.

Mais conversa-fiada. O rabino tinha medo. Ninguém parecia ter a coragem para fazer o que precisava ser feito. Nem os políticos, nem os generais, nem o povo.

Apenas ele.

— Tom Sagan é o Levita — revelou Berlinger. — Ele foi escolhido segundo o método prescrito. Ele é o único que pode encontrar o tesouro.

— Quem prescreveu? Colombo? O senhor não pode estar falando sério! Como esse homem conseguiu tanto poder?

— Os tesouros foram confiados a ele, que os levou para o Novo Mundo.

— O senhor sabe muita coisa.

— Ele recebeu uma tarefa e cumpriu. Ele era um de nós.

— E como o senhor sabe?

— Na época dele, apenas judeus eram especialistas em cartografia, uma habilidade em que ele se sobressaía. Nosso povo aperfeiçoou instrumentos náuticos e tabelas astronômicas. Navegantes judeus eram muito procurados. As anotações que Colombo deixou em seus livros, que devem ter sobrevivido, mostram um profundo respeito pelo Antigo Testamento. Eu mesmo vi algumas dessas escrituras na Espanha. Ele fez uma anotação, em 1481, e escreveu o equivalente ano judeu, de 5241. Isso, sozinho, já é uma prova conclusiva para mim.

E Zachariah sabia por quê.

Ninguém, que não fosse judeu, se incomodaria em acrescentar os 3.760 anos ao calendário cristão.

— Eu vi um retrato de Colombo na galeria Uffizi em Florença — continuou Berlinger. — É o único que realmente foi feito por uma pessoa que o viu. Para mim, os traços dele são claramente semitas.

Nada que ele já não soubesse. Analisara a mesma imagem.

— Nós financiamos a primeira viagem dele — explicou Berlinger. A história relata isso. Os sonhos de Colombo foram a salvação daqueles judeus sefarditas. Eles realmente acreditavam que poderiam viver em paz na Ásia, que poderiam fugir da Inquisição. Colombo navegou para o Novo Mundo com o principal objetivo de encontrar um novo lar para os judeus.

— Infelizmente, ele não viveu o bastante para atingir seu objetivo. A família, porém, ofereceu um lar para nós na Jamaica durante 150 anos.

— Por isso devemos respeitar tudo que ele fez e tudo que foi feito depois. Essa tarefa está nas mãos de Sagan. Você e eu não podemos afetar isso.

O velho rabino estava sentado com as costas eretas e as pernas duras, tendo as mãos sobre elas. Ele tivera uma longa vida.

Mas Zachariah já escutara o suficiente.

Ele se levantou.

— Vejo que estou perdendo meu tempo. O senhor não me dirá nada.

Berlinger permaneceu sentado.

Zachariah levantou a arma.

O velho levantou a mão.

— Posso fazer uma oração antes de morrer?

Ele deu um tiro no peito do rabino.

Apenas um leve estalo perturbou o silêncio, pois a arma estava equipada com um silenciador.

Berlinger tentou respirar. Depois, seu olhar ficou vidrado e a cabeça caiu em cima de um ombro. A boca se abriu e um fio de sangue escorreu pelo queixo.

Zachariah checou o pulso do rabino e comprovou que não havia pulsação.

— O tempo de orações acabou, velho.

SESSENTA E SEIS

Tom inseriu a chave no baú de prata e virou-a. O que quer que estivesse ali fora guardado por seu avô. Sentia uma ligação com esse homem, um tipo de ligação que nunca tinha experimentado. Ele era o último elo de uma cadeia ininterrupta que remontava à época de Colombo. Difícil acreditar, mas era verdade. Pensou em todos os outros homens que assumiram essa tarefa e nas coisas que devem ter pensado. A maioria provavelmente teve pouco a fazer, exceto passar a informação para a geração seguinte. Saki, porém, foi diferente. E ele podia compreender a paranoia de seu avô. Houve massacres no passado, judeus sofreram e morreram, mas nunca na escala do que aconteceu entre 1939 e 1945.

Um tempo sem precedentes exigia ações sem precedentes.

Ele estava sozinho em uma sala perto da nave da sinagoga Maisel. Uma mulher mais velha abrira a vitrine e tirara o baú de prata, sem dizer uma palavra. Ela o deixara em cima de uma mesa e saíra, fechando a porta. Tom se lembrou da sala no cemitério judaico e do caixão de Abiram colocado sobre uma mesa de madeira parecida.

Muita coisa não tinha sido dita entre eles.

Agora, eles não teriam mais oportunidades de acertar o que estava errado.

Era verdade, como Berlinger dissera, que o tempo põe tudo em foco, mas isso não era algo que ele quisesse ver. Pior ainda, parecia que sua própria filha estava cometendo o mesmo erro que ele cometera vinte anos antes.

Afastou esses pensamentos desconcertantes e levantou a tampa.

Dentro, havia uma bolsa de couro preta, idêntica à encontrada no túmulo de Abiram, onde estava a chave. Apertou-a e sentiu algo duro.

Abriu a bolsa.

O que saiu era um objeto esférico, de uns 10 centímetros de largura, que parecia um grande relógio de bolso com uma face de bronze.

Mas não era.

Era uma montagem de cinco discos interconectados, um sobre o outro, unidos por um parafuso central. Em cima, havia ponteiros móveis e símbolos. Notou as palavras. Algumas eram hebraicas, outras arábicas e espanholas. Devia pesar 250 gramas e parecia ser de bronze maciço. Não havia mancha no metal e os discos giravam livremente.

Ele sabia o que era aquilo.

Um astrolábio.

Usado em navegação.

Não havia mais nada dentro da caixa.

Nenhuma explicação, nenhum bilhete, nenhuma pista sobre o que ele deveria fazer em seguida.

— Ok, Saki — sussurrou ele.

Ele pôs o astrolábio em cima da mesa e pegou a carta de Abiram e o mapa das estradas da Jamaica, colocando ambos sobre a mesa, assim como a chave.

Todas as peças do quebra-cabeça.

Abriu o mapa e alisou suas dobras, com cuidado para não rasgar as partes gastas. Viu mais uma vez as anotações feitas no mapa, números espalhados por toda a ilha. Fez uma conta rápida. Talvez uns cem números escritos em tinta azul desbotada.

Pegou o astrolábio e tentou lembrar o que sabia sobre o aparelho. Usado para navegação, mas ele não fazia ideia do mecanismo. Na borda do disco externo, havia símbolos em intervalos. Um ponteiro, entalhado como uma régua, movia-se de um lado ao outro e ligava símbolos de lados opostos. As palavras estavam em hebraico ou espanhol. Ele não sabia espanhol e entendia pouco em hebraico.

Virou-o.

Atrás havia uma grade de linhas em volta do disco, cinco no total, com todas as informações em hebraico. Uma linha ele reconhecia.

Números.

Quando criança, Abiram insistira em que ele estudasse hebraico. Diferente de muitas outras línguas, os numerais são formados usando letras, e Tom se lembrava das combinações. Reconheceu os números 10, 8, 62, 73 e a maioria dos outros. Outro ponteiro se estendia de um lado ao outro. Ele rodou o disco, que deslizou facilmente em seu eixo central. Seu olhar se fixou na carta de Abiram e no ponto principal que Saki explicara.

3. 74. 5. 86. 19.

Buscou no astrolábio e encontrou o 3, surpreso por ainda ser capaz de traduzir os números. Virou o ponteiro e alinhou um dos lados com esse número. Do lado oposto estava o 74.

Não era uma coincidência.

O segundo número da sequência era o 5. Ele virou o ponteiro e encontrou o símbolo. Do lado oposto, aparecia 86.

Faltava um, que parecia ser o objetivo. Os primeiros dois eram simplesmente para dizer: *"Isso, você está no caminho certo."*

Ele procurou na grade o número 19 e encontrou o que achava estar correto.

O número oposto era 56.

Imediatamente, Tom procurou no mapa o número 56. Encontrou-o na parte leste da ilha, ao sul de uma cidade chamada Richmond, adjacente ao rio Flint. Em letras bem miúdas, bem ao lado do número à caneta, estava o nome da área: Falcon Ridge. Tom analisou o resto do mapa. O número 56 não aparecia em nenhum outro lugar.

Ele sorriu.

Genial.

Não havia como saber qual dos cento e poucos números era relevante sem a sequência e o astrolábio.

Ele reuniu o mapa, a carta, a chave, o astrolábio e a bolsa de couro preta, grande o suficiente para guardar tudo.

Saiu do prédio e se dirigiu para a sinagoga Velha Nova. Refletiu sobre tentar encontrar Alle. Mas como seria possível? E por que faria isso? Ela havia feito a escolha dela. Ele fizera tudo que podia, mas agora ela respondia a Simon, e ele só podia esperar que ficasse bem. Poderia ir à polícia, mas o que diria? Ele pareceria um doido e duvidava de que Berlinger o apoiaria.

"Meu dever está cumprido. Deixo o resto para você."

A única coisa a fazer era ir embora.

Olhou em volta uma última vez. Os prédios que inicialmente lhe apareceram protetores, pela familiaridade, agora eram frios e pouco atraentes. Sua estada fora curta, mas memorável. Como na casa de seus pais, havia muitos fantasmas ali também. Mas ele queria saber o que o esperava a seguir, na Jamaica, em Falcon Ridge.

Parecia só haver uma forma de descobrir.

Mas seu coração estava decepcionado.

— Cuide-se, Alle — murmurou ele.

E seguiu seu caminho.

SESSENTA E SETE

Zachariah voltou para o restaurante onde Alle estava esperando. Ele trancara as duas portas da casa de Berlinger antes de sair. O corpo demoraria bastante até ser encontrado. Não teve alternativa a não ser matar o velho: ele sabia demais e poderia ligá-lo à embaixadora.

Orações?

Isso nunca fora e nunca seria suficiente. Força, ou pelo menos ameaças de usar a força, era o que trazia segurança real. Os judeus nunca tiveram força suficiente. Apenas uma vez, na época do Segundo Templo, se revoltaram e expulsaram os romanos, mas essa vitória durou pouco. O império voltou e acabou com eles. Nos tempos atuais, o estado de Israel tinha mais sucesso. Houve duas tentativas de invasão, e em ambas os invasores foram derrotados. Mas a vontade de lutar tinha enfraquecido em Israel. Rabinos deviam seguir as orientações de generais. Não havia mais lugar no mundo para rabinos como Berlinger.

Encontrou o restaurante e viu Alle. Era quase meio-dia e as mesas começavam a ser ocupadas. O aroma de almôndegas e pato assado o atraiu, mas ele não tinha tempo para almoçar.

— Descobriu alguma coisa? — perguntou ela.

Zachariah se perguntou se ela realmente achava que ele compartilharia qualquer coisa que tivesse descoberto, mas não demonstrou irritação, apenas balançou a cabeça.

— Ele é um velho teimoso. Falou sobre seu pai, mas nada que não soubéssemos.

O telefone vibrou.

Pegou-o e viu que era Rócha.

— Sagan está em movimento. Voltando para o carro, acho.

Ele se levantou e fez um gesto para que Alle o seguisse.

— Estamos indo até você.

— Evite a praça velha. Ele logo estará lá.

Zachariah terminou a ligação.

— Seu pai está indo embora. Isso significa que nós também iremos.

Ele não mentira para Berlinger. Essa jovem não significava nada para ele, mas não se apressaria tanto para matá-la. Ele a manteria por perto até ter certeza de que não seria mais útil. Com Tom Sagan em movimento para sabe-se lá onde, essa hora ainda não tinha chegado.

Então, ele sorriu e a levou junto.

Alle não sabia o que estava acontecendo; percebera apenas que parecia que seu pai estava deixando Praga. Aparentemente, decidira continuar sem ela, mas que alternativa ele tinha? Não sabia onde encontrá-la. E ela estava satisfeita. Preferia ficar com Zachariah. Ela tinha um propósito aqui. Sentia-se parte daquilo. Como se sentia com seus avós.

Eles estavam fazendo o caminho que os levaria para onde o pai e ela deixaram o carro, passando pelo tráfego e desviando de pedestres.

— Nós seguimos vocês desde Viena — informou Zachariah enquanto andavam — e estacionamos perto. Em um lugar proibido, então espero que o carro ainda esteja lá.

Ele virou à esquerda.

— Temos de evitar a praça antiga. Esse caminho nos levará até onde queremos ir.

Eles continuaram andando.

Interessante como a partida de seu pai a deixou verdadeiramente perturbada. Como outro tapa na cara. Outra rejeição. Ela poderia estar procurando por ele.

Mesmo assim, ele decidiu ir embora.

— Meu pai sabe que estou com você? — indagou ela.

Zachariah assentiu.

— O rabino me disse que ele nos viu juntos mais cedo, na rua.

O que explicava algumas coisas.

— Aonde ele está indo?

— É o que precisamos descobrir. Suponho que irá para o aeroporto. Só espero que seja o aeroporto de Praga.

Tom saiu da cidade e dirigiu 10 quilômetros para oeste até o aeroporto Ruzyně, ainda em Praga. Entregou o carro na agência de aluguel e procurou o balcão da British Airways, achando que essa seria sua melhor aposta para chegar à Jamaica. Um voo partiria para Londres em duas horas e ainda tinha poltronas disponíveis. Após uma conexão de duas horas e meia, outro voo o levaria para Kingston. O preço da passagem era absurdo, mas ele não se importava. Pagou com seu cartão de crédito e ganhou um passe para ficar na sala privada da companhia aérea.

Antes de se acomodar, comprou alguns itens de higiene. Precisava ligar para Inna e saber o que ela havia descoberto, mas de que importava isso agora? Tudo que precisava saber estava ali, dentro da bolsa de couro preto. Ele estava um lixo. Precisava tomar um banho e se barbear, como nos velhos tempos, quando estava à caça. Por sorte, aparências não eram importantes para jornalistas da mídia escrita. A manchete. Era isso que contava. E onde a história era colocada. Primeira página, acima da dobra. A Quinta Avenida do jornal. E ele tivera seu lugar ali.

Mas esses dias estavam no passado.

Nunca voltariam?

Pensou na mulher no carro. *Encontre o tesouro. Depois conversamos sobre a sua vida.*

Era possível?

Estava realmente cansado, mas dormiria no avião. Quando chegasse à Jamaica, alugaria um carro e seguiria para Falcon Ridge. Muita coisa estava em jogo. Para ele e para os outros.

Uma guerra?

Era essa a intenção de Simon?

Lembrou-se de uma passagem que lera certa vez no Oriente Médio.

Do Talmude.

Assim como o umbigo é o centro do corpo humano, a terra de Israel é o centro do mundo...

As pessoas acreditavam nisso ao ponto do fanatismo.

O suficiente para começar uma guerra.

Zachariah e Alle esperavam perto das esteiras de bagagem. Tinham conseguido chegar até o carro, onde Rócha já estava sentado atrás do volante, com o motor ligado, observando Sagan entrar no próprio carro. Eles o seguiram e seu destino se tornou imediatamente óbvio.

O aeroporto.

Então, Zachariah telefonou para Viena e mandou que seu jatinho fosse mandado para Praga. O tempo do voo era de menos de uma hora. Só precisava saber o destino de Sagan.

O que Rócha fora descobrir.

Simon localizou seu capanga na escada rolante e observou-o se aproximar. Percebeu a apreensão de Alle.

— Não se preocupe — disse ele. — Falei com Rócha. Ele nunca mais vai importuná-la.

Rócha se aproximou.

— Custou quinhentos dólares, mas o atendente disse que Sagan reservou o voo de três horas para Londres, e de lá para Kingston, na Jamaica. Tenho o horário dos voos.

Jamaica.

Por que ele não estava surpreso?

Rócha encarou Alle.

— Quero me desculpar pelo que aconteceu em Viena. Fui longe demais. Só estava tentando fazer o meu trabalho.

Zachariah observou enquanto Alle aceitava as desculpas. Ele instruíra Rócha sobre o que deveria fazer caso ela voltasse a acompanhá-los e ficou satisfeito por seu capanga ter seguido as ordens.

Ela já parecia mais à vontade.

— Nosso jatinho logo estará aqui — avisou ele.

— Sagan já passou pelo departamento de imigração e pela segurança — informou Rócha. — Agora está esperando o voo.

Zachariah estava preocupado com um problema maior.

Sagan chegaria primeiro à Jamaica. Eles teriam de reabastecer o jatinho pelo menos uma vez, provavelmente duas. Mesmo com a espera da conexão, Sagan chegaria na frente. O que significava que ele precisava de alguém lá, em terra, esperando por Sagan.

E só havia um candidato.

— Preciso fazer uma ligação — disse ele.

SESSENTA E OITO

Béne estava em sua propriedade; a longa noite acabara e a manhã jamaicana apenas começava. Tre Halliburton voltara para casa e Frank Clarke já estava em Charles Town. Tirara as roupas molhadas do lado de fora, no canil, onde seus cães o esperavam. Eles ficaram felizes em vê-lo, principalmente Big Nanny. Fez carinho em todos eles e aceitou o afeto que ofereciam.

Pensou na própria Grandy Nanny.

Ela conseguira escapar pouco depois de chegar à Jamaica e levou seus cinco irmãos. Alguns foram para leste e se tornaram os *windward maroons*. Nanny e outros viajaram para oeste e se tornarám os *leewards*. Ela construiu Nanny Town, abrindo 600 acres de floresta nativa. Ela lutou contra os britânicos e, enquanto seus irmãos e a maioria dos *maroons* buscavam a paz, ela simplesmente assinou a trégua. A lenda diz que, assim que assinou, ela pediu que os britânicos atirassem nela. Eles obedeceram, mas Nanny virou-se e caminhou até um oficial britânico, devolvendo as balas que tinham sido disparadas na sua direção. Apontou para o céu e disse para ele: "Só um pode me matar."

Ele sorriu. As lendas eram assim.

Você quer acreditar nelas.

Ele fitou as montanhas, cobertas de rica vegetação; eram um mar de verde, e o sol matinal lançava um brilho roxo sobre as encostas.

Que beleza.

Juntou os cães e abriu o portão. Os animais saíram correndo do canil, esticando suas patas e se preparando para uma caçada.

Ainda estava perturbado com o atentado contra a sua vida.

Nascer *maroon* era uma iniciação a uma sociedade secreta. Sua mãe lhe ensinara quando ainda era criança:

— *Nunca conte mais do que a metade do que você sabe. Isso não é mentir.* — *E ela ainda acrescentava:* — *Isso é ser inteligente.*

Seu pai era mais prático. A cultura *maroon* corria dentro dele. Segredos compartilhados são segredos traídos.

— *Leve seus segredos para o túmulo* — *dizia seu pai.*

Era assim que Béne justificava não contar para a mãe coisas sobre sua vida. Uma traição? Claro. Um hipócrita? Provavelmente. Ressentia-se por Frank Clarke ter escondido coisas dele, mas seu amigo estava certo no que dissera dentro da caverna. Ele fazia o mesmo em relação à sua mãe.

E os coronéis?

Ressentia-se desses homens.

Esse era o problema dos *maroons*. Eles nunca conseguiam ficar juntos. A própria Grandy Nanny atravessou o país, de oeste a leste, levando trezentas pessoas de seu povo no que ficou conhecido como *Grand Trek*. O objetivo era reunir as duas facções *maroons* em uma e atacar os britânicos com força total. Mas o irmão dela, Cudjoe, que liderava o leste, se recusou. Ele queria paz. Então, ela voltou para o lado *leeward* e retomou a luta. E, embora tenha acabado assinando uma trégua, ela nunca se rendeu à paz.

Mulher inteligente.

Os cachorros pareciam ansiosos.

Dois começaram a brigar.

Ele gritou e acabou com a disputa.

Ambos recuaram, e ele fez carinho nos dois, mostrando que tudo estava bem.

Maroons aprendem desde cedo a não falar demais. Qualquer informação deve ser dada em pequenas doses. A confiança é frágil. Revelar tudo que sabe o torna vulnerável à traição. Quem falar livremente das "coisas *maroons*" corre o risco de sofrer com a ira dos ancestrais.

Melhor não dizer nada.

Foi isso que aprendeu. E foi o que Frank Clarke também aprendeu.

Então, por que ele estava irritado pelas omissões de Frank?

Simples. Ele não era um estrangeiro.

Ele *era maroon.*

Ficou magoado com a afirmação de que os outros não confiavam nele. Quem eram eles para julgá-lo?

E decidir matá-lo?

— Cretinos ingratos — sussurrou ele.

O que fazer agora? A mina não era nada, e, segundo Frank, ninguém sabia o que acontecera com os objetos de prata e ouro.

Mas não tinha como saber se isso era verdade.

Sempre guarde o que você sabe para si.

Será que Frank Clarke ainda estava guardando segredos?

Os cachorros continuavam correndo em todas as direções, sempre voltando até ele. Nuvens tinham se afastado dos picos; o céu estava cinza.

Seu telefone tocou.

Na tela apareceu a palavra DESCONHECIDO.

Decidiu atender.

— Zachariah Simon — disse o austríaco, identificando-se.

Ele se preparou.

— Sei que você quer falar comigo.

— Na verdade, eu quero matar você.

E ele estava falando sério.

— Eu fiz o que precisava fazer. Você teria feito o mesmo. Somos homens bem-sucedidos, Béne. Para continuarmos assim, tomamos decisões difíceis. Exatamente como você fez quando colocou os americanos na minha cola.

Interessante, Simon já sabia.

— Não tive escolha.

— Duvido. Mas isso não importa. Jamison está morto. Somos só você e eu agora, Béne.

Isso explicava por que não recebera notícias de Brian. Esperava que os americanos ficassem longe da sua vida para sempre.

— O que você quer?

— Podemos dizer que estamos quites?

— Por que faríamos isso?

— Um homem chamado Thomas Sagan desembarcará em Kingston.

— O homem da Flórida?

— Isso mesmo. Ele vai chegar aí à noite. Estou a caminho, mas não vou conseguir chegar antes dele. Preciso que você o siga e veja para onde ele vai.

— E por que eu faria isso?

— Ele vai para um lugar onde está escondido um grande tesouro. Eu menti para você, Béne. Não estou atrás do túmulo de Colombo nem de uma mina de ouro perdida. Não me importo se existem baús cheios de ouro panamenho escondidos em algum lugar na ilha. Quero algo muito mais valioso e que existe realmente. Quatro objetos. O tesouro do templo dos judeus.

Agora, ele estava interessado. Simon estava falando coisas que ele sabia que eram verdadeiras.

— Este homem, Sagan, sabe onde está o tesouro?

— Acho que sim.

Mas Frank deixara claro que os objetos tinham sido trocados de lugar. Será que este homem, Sagan, sabia a *atual* localização deles?

Decidiu guardar essa informação e discuti-la com ele.

— Como você já sabe sobre Sagan — continuou Simon —, procure uma foto dele na internet e encontre-o. Ele vai estar em um voo da British Airways que sairá de Londres e deve chegar por volta das onze horas da noite. Ele provavelmente terá uma pequena bolsa de couro preta. Ela é importante.

— Por que você me ligou?

— Porque você quer se vingar de mim.

Isso ele queria. Assim como Grandy Nanny e os britânicos. Poderia ter existido uma trégua, mas nunca haveria paz entre eles.

— Faça isso e você terá essa chance, porque estará com uma coisa que desejo.

Mas Béne também sabia outra coisa.

Thomas Sagan era inimigo de Simon.

E ele gostava disso.

— Tem mais uma coisa... — acrescentou Simon. — Algo em que pensar antes de agir. Eu tenho uma peça do quebra-cabeça. Sem ela, você não encontrará nada. Preciso estar aí, com Sagan, e mostrarei essa peça para todos.

Ele riu.

— Sempre tem um porém.

— O mundo é assim.

— Um homem meu estará esperando por você no aeroporto com um carro — disse Béne. — Enquanto isso, vou encontrar Thomas Sagan.

SESSENTA E NOVE

A mulher atrás do balcão devolveu o passaporte de Tom. Ele viajara por todo o Caribe e a América Central como repórter, mas nunca para a Jamaica. Sua viagem começara com um trajeto de uma hora entre Praga e Londres, seguido por mais nove horas e meia cruzando o Atlântico. Para seu corpo, já passava das quatro horas da manhã do dia seguinte. Na Jamaica, eram onze e quinze da noite.

O voo não estava cheio, então pôde esticar-se e dormir. Pela primeira vez em alguns dias, conseguiu relaxar, seguro a 30 mil pés de altura. Até comera a refeição. Não muito, pois nunca gostara de comida de avião, mas o suficiente.

O ar tropical era mais pesado e quente do que em Praga. Mais parecido com a Flórida. Com sua casa. Engraçado pensar dessa forma. Não pensava no conceito de casa havia muito tempo.

Dirigiu-se para o balcão de aluguel de carros, que, de acordo com as placas, ficava no saguão de passageiros. Havia obra para todos os lados; o terminal estava sendo reformado. O portão de desembarque parecia novo, assim como o corredor. Poucas lojas estavam abertas, mas havia um considerável número de passageiros chegando e partindo.

Deveria sentir os efeitos do fuso horário, mas não sentia. Nunca sofrera muito desse mal, sendo a adrenalina, no passado e agora, um eficaz remédio. Localizou o balcão da Hertz, que estava aceso.

Dois homens se aproximaram.

— Quer uma carona? — perguntou um deles, com um olhar ávido.

Ele balançou a cabeça.

— Não, obrigado.

— Que isso, cara? — insistiu o outro. — Podemos levá-lo aonde você quiser. Rápido e barato. Sem problemas.

Tom continuou andando.

Eles o acompanharam.

— Temos um bom carro — informou o primeiro. — Rápido. Você vai gostar.

— Já disse que não.

O homem à sua esquerda entrou na sua frente. O outro ficou atrás. O primeiro colocou a mão dentro da camisa e tirou uma arma, que pressionou contra a barriga de Tom.

— Acho melhor você vir.

Ele percebeu a seriedade da situação. A bolsa de couro preta estava no seu bolso de trás. Vestia a mesma jaqueta que usara na Europa, mas deixara a arma na República Tcheca. Tiraram a bolsa de seu bolso.

Ele se virou.

O homem atrás dele também segurava uma arma.

— Fique frio. Você está na Jamaica agora.

Eles o levaram para longe do balcão de aluguel de carros, em direção à saída. Do lado de fora, vasculhou a noite, tentando localizar algum policial ou segurança.

Não viu nenhum.

Pessoas entravam e saíam do terminal. Carros iam e vinham. Os dois homens permaneciam bem perto. Um deles escondeu a arma e andava na frente; o outro manteve sua arma encostada na lateral de Tom, escondida.

Uma picape esperava junto ao meio-fio.

A porta do motorista se abriu e um homem saiu. Era baixo, negro e arrumado. Usava uma camisa clara e aberta, deixando à mostra uma camiseta colorida, e calças de algodão. Não usava nenhuma joia. Pela forma como os homens reagiram à sua presença, ele estava no comando. Ele abriu um sorriso, mostrando dentes perfeitamente brancos.

— Sou Béne Rowe.

Estendeu a mão.

Tom não apertou.

— Acredito que temos um inimigo em comum. Zachariah Simon.

Não tinha motivo para ser reticente.

— Isso é verdade.

— Então, aperte a minha mão e me ajude a acabar com aquele filho da puta safado.

Béne apertou a mão de Thomas Sagan e viu apreensão nos olhos dele. Era bom. Ele *devia* mesmo ter cuidado.

Seu capanga lhe entregou a bolsa de couro preto, exatamente como Simon previra. Dentro, havia uma estranha combinação de coisas, incluindo um objeto redondo de bronze com palavras em espanhol e em hebraico.

— O que é isso? — perguntou ele.

— Um astrolábio.

— Suponho que você saiba usar.

Sagan sacudiu os ombros.

— Não muito.

Béne apontou o dedo para seu convidado.

— Está dando uma de idiota comigo?

— Exatamente como está fazendo comigo.

Ele balançou a mão e dispensou os dois capangas. Acreditava que Sagan não iria a lugar nenhum sem a bolsa preta. Precisava que este homem confiasse nele, então resolveu abrir o jogo.

— Você não é meu prisioneiro. Pode ir embora. Vá. Mas, se quiser ficar, vou ajudá-lo. Simon tentou me matar. Está em dívida comigo. Se atingi-lo é bom para você, então você tem a minha ajuda.

— Como sabia que eu estaria aqui?

— Simon ligou. Ele sabia exatamente onde você estaria.

Béne viu a preocupação nos olhos do outro homem.

— Fui honesto com você — salientou Béne. — Não tenho motivos para mentir. Ele me disse que você sabe onde está escondido o grande tesouro judeu. Sei alguma coisa a respeito.

— E o que você sabe?

Tom estava tomando decisões como fazia quando era jornalista e fontes apareciam sem motivo. Era preciso julgar palavras e ações e fazer uma escolha. Às vezes, você está certo, outras, nem tanto.

Como em Israel, oito anos atrás.

Agora não, falou para si mesmo.

Concentre-se.

Sabia que Falcon Ridge ficava em algum lugar ao norte de Kingston, nas montanhas, na direção do centro da ilha. Uma vez lá, não fazia ideia do que procurar, e o fato de Simon saber que ele estava aqui era muito preocupante.

Como isso era possível?

Seus pais e ex-esposa estavam mortos. Sua filha estava desaparecida. Tudo que ele tinha era a mulher do carro.

Encontre o tesouro. Depois conversamos sobre a sua vida.

Mas precisava de ajuda.

E, embora esse homem negro que parecia amigável e poderoso tivesse dito que estava livre para ir, ele duvidava que isso fosse verdade.

Arrisque.

— Você sabe onde fica um lugar chamado Falcon Ridge? — perguntou ele.

Rowe assentiu.

— Não fica longe da minha propriedade.

Uma propriedade? Claro. O que mais?

— É para onde temos de ir.

SETENTA

Zachariah colocou seu cinto de segurança e observou Alle e Rócha fazerem o mesmo. O longo voo sobre o Atlântico estava prestes a terminar. Pararam apenas uma vez para reabastecer, em Lisboa, depois voaram diretamente para Kingston. Seu relógio marcava meia-noite e vinte e cinco, horário local. Nove de março, sábado.

Outro dia tinha se passado.

Alle e Rócha dormiram durante a viagem. Ele apenas cochilara, incapaz de relaxar. Saber que havia autoridades israelenses esperando que ele agisse o deixava excitado. Finalmente, após décadas de concessão e complacência, eles conseguiriam alguma coisa. Seu pai e seu avô ficariam orgulhosos. Estava prestes a ter sucesso em um assunto em que ambos falharam. Mas tudo dependia da cooperação de Béne Rowe.

Sagan já devia estar em terra, o que significava que Béne estava com ele, tentando descobrir o máximo que pudesse. Esperava que seu truque sobre ter uma peça do quebra-cabeça pelo menos acalmasse Rowe. Podia apostar que Rowe limitaria o número de envolvidos. Era questionável se ele quereria que algum de seus homens se aproveitasse da situação. E, claro, Rowe deixara claro que alguém estaria esperando por eles no aeroporto, mas não disse para onde seriam levados.

Então, ele pensou.

Poderia se colocar em uma situação de paridade?

Alle levantou-se de sua poltrona e foi ao lavatório. O piloto acabara de avisar que logo aterrissariam. Esperou ela fechar a porta e acenou para que Rócha se aproximasse. Em voz baixa, explicou o que queria que fosse feito.

Rócha assentiu.

A resposta foi clara.

Sim, com certeza.

Tom sentou-se no banco do carona da picape e perguntou:

— Como você conheceu Simon?

— Li sobre você na internet. Um grande repórter que enfrentou dificuldades.

Nenhuma menção a responder à pergunta.

— Não acredite em tudo que lê na internet. É um grande erro.

Rowe riu.

— Você devia ler o que dizem a meu respeito. Chocante. Coisas deploráveis.

Mas Tom se perguntou quão longe da verdade essas calúnias estavam.

E começou a questionar se estava sendo sábio em suas ações.

Para sair do aeroporto, pegaram uma autoestrada reta e lisa, praticamente sem trânsito. A lua cheia brilhava no céu de meia-noite.

— Como você conheceu Simon? — perguntou novamente.

— Nós nos conhecemos um ano atrás. Ele queria ajuda para encontrar uma mina perdida e eu me ofereci.

— E Brian Jamison? Você também o conhece.

— Você conheceu Brian?

— Ele era um agente americano que trabalhava para o Departamento de Justiça. Falaram para a minha filha que ele trabalhava para você.

— Isso é mentira.

— Ele está morto.

— Fiquei sabendo.

— Eu diria que Jamison estava contando com você. A julgar pela sua comitiva, eu também diria que você sabe contornar o sistema de justiça criminal daqui. O que Jamison queria? Simon?

— O que mais? Ele me fez ajudar, e eu fiz o que ele queria.

— Você mandou matá-lo em Viena?

Rowe balançou a cabeça.

— Simon acabou com ele. Tudo feito por ele.

— Suponho que Jamison não chegou a explicar por que os americanos estavam interessados em Simon.

— Ele não falava muito. Gostava de dar ordens.

— Como você?

Rowe riu.

— Você realmente era um bom repórter.

— Ainda sou.

Ele estava falando sério.

— Simon diz ter uma informação que você não tem. É por isso que devo segurá-lo até ele chegar aqui.

— E você não acredita nele?

— Ele não ficou famoso por falar a verdade.

— Ele não sabe de nada.

— Então, que bom que escolhi você.

Tom não tinha tanta certeza se a recíproca era verdadeira.

— Quanto falta para Falcon Ridge?

— Em linha reta, uns 50 quilômetros. Infelizmente, as estradas aqui nem sempre são tão boas. Eu diria duas horas para chegarmos lá. O que estamos procurando?

— Uma caverna.

— A Jamaica tem centenas de cavernas.

Rowe pegou o telefone.

— Vamos descobrir.

Tom observou o homem digitar um número e esperar um pouco. Depois, escutou enquanto Rowe explicava o que queria para alguém chamado Tre.

Rowe desligou o telefone.

— Falar ao telefone e dirigir é perigoso — avisou Tom.

— É o que dizem. Mas muitas coisas são perigosas. Como entrar no carro de um estranho.

— Como se alguém precisasse me lembrar disso.

Rowe sorriu.

— Gosto de você. É um cara inteligente. Eu soube o que você fez com Simon na Flórida.

Tom perguntou o que queria saber.

— Quem era no telefone?

— Um amigo meu que entende de cavernas. Ele vai ligar de volta dizendo quais são as cavernas de Falcon Ridge.

— Por que você está tão interessado no tesouro dos judeus? — perguntou Tom.

— Eu não estava até algumas horas atrás. Você sabe que Simon está vindo para a Jamaica?

Ele assentiu.

— Agora eu sei. E provavelmente está trazendo a minha filha.

— Sua filha? Ainda está com ele? Aposto que essa é uma história e tanto.

— Podemos dizer que sim. Como vamos saber que Simon chegou?

— Deixei pessoas esperando por ele no aeroporto.

Zachariah devolveu o passaporte ao bolso de trás e caminhou ao lado de Alle para fora do prédio. O hangar ficava um pouco afastado do terminal principal de Kingston e era usado por aviões particulares. Seu jatinho estava agora entre tantos outros estacionados na pista. Rócha desembarcara primeiro e desaparecera.

Uma camada quente de ar úmido o envolvia.

— Como vamos nos virar? — indagou Alle.

— Isso não vai ser problema.

Ele apontou para dois homens negros que caminhavam na direção deles, com peitos inflados como cães prontos para a briga. Vinham de uma área isolada do hangar, perto de um pequeno estacionamento com poucos carros. Lâmpadas fracas lançavam um brilho amarelo sobre o chão. Palmeiras que contornavam o lugar balançavam na brisa leve. Os dois homens usavam calças jeans e camisas cáqui manchadas de suor. Eles se aproximaram e pararam a alguns metros.

— O Sr. Rowe mandou que viéssemos pegá-los — informou um deles, abrindo um sorriso hospitaleiro.

— Que delicadeza.

Eles seguiram os anfitriões até o estacionamento, onde apontaram para um sedã claro.

— O senhor não vai nos arranjar problemas, não é? — perguntou um deles.

— Por que eu faria isso?

Alle parecia preocupada, mas ele a tranquilizou, assentindo com a cabeça.

Uma sombra saiu das árvores.

Zachariah escutou um estalo e viu o homem à sua esquerda ser jogado no chão. O outro reagiu ao ataque, enfiando a mão no bolso da calças certamente em busca da arma, mas a sombra deu um pulo.

— Agora, senhor — mandou Zachariah —, deixe as mãos onde eu possa vê-las.

Rócha apontava uma arma para a cabeça do homem.

— Você tem um telefone?

— Claro, cara.

— Sabe como entrar em contato com Béne?

O homem assentiu.

— Ele pediu que ligasse assim que estivéssemos no carro?

O homem assentiu de novo.

— E então ele diria para onde vocês deveriam nos levar?

Uma terceira confirmação.

— Pegue o telefone, devagar, e faça a ligação. Diga a ele que está conosco. Fale em inglês. Nada de patoá. Quero entender toda a conversa. Qualquer problema, você morre.

Ele viu o homem hesitar, e Rócha apertou mais a arma contra a têmpora do homem.

Ele encontrou o telefone e discou.

Zachariah se aproximou e colocou o aparelho em um ângulo que pudesse escutar. O peito do homem era magro, os braços não tinham pelos, e ele fedia a suor.

Três toques depois, Béne Rowe atendeu.

— Estamos com eles.

— Tudo bem?

— Sem problemas.

— Traga-os para Falcon Ridge. Está no mapa, em St. Ann. Venha pela A3 e siga a oeste em Mahoe Hill. Venha rápido.

— Estamos a caminho — respondeu o homem.

A ligação terminou.

— Você foi bem — disse Zachariah.

Ele fez um gesto para Alle entrar no carro.

Foi até o lado do carona.

Rócha aproveitou esse momento para passar o braço que segurava a arma em volta do pescoço do homem. Ele cruzou os braços, levantou a mão direita e empurrou a cabeça para um lado, quebrando o pescoço.

Zachariah entrou no carro enquanto Rócha arrastava o corpo até as árvores.

— O que está acontecendo? — indagou Alle.

Rócha voltou e pegou o outro corpo.

— Estamos apenas nos prevenindo para que o Sr. Rowe não nos machuque.

— Você os matou?

— De forma alguma. Eles só estão inconscientes. Isso nos dará tempo. Mas, lembre-se, Alle, aqueles homens são criminosos. Eles queriam nos machucar.

Rócha voltou com a chave do carro, duas armas e dois celulares, que entregou a Zachariah.

— Agora vamos ver se continuaremos com sorte — disse Zachariah.

Rócha dirigiu. Alle estava no banco de trás.

As perguntas e medos dela não eram mais relevantes.

Se tudo desse certo, ela já estaria morta ao amanhecer.

Béne desligou o celular e olhou para Tom Sagan.

— Simon está aqui. Estão com ele.

— E você mandou seus homens levarem ele para Falcon Ridge.

— Quero ele lá. Pretendo cuidar dele. Você tem a sua prioridade, eu tenho a minha.

— E se Simon estiver um passo à sua frente?

Béne riu.

— Isso acontece o tempo todo, mas sou muito bom em alcançar. Não se preocupe. Vamos chegar bem antes dele, pelo menos uma hora. Muito tempo para reconhecer o local e nos prepararmos.

O telefone tocou de novo.

Tre Halliburton.

— Tem uma caverna em Falcon Ridge. Grande, chamada Darby's Hole. Está fechada. A sociedade de geologia a classificou como ultraperigosa. Três pessoas morreram dentro dela nos últimos cinquenta anos. O site da sociedade avisa para ficar longe.

— Era tudo o que eu precisava saber.

— Você está indo para lá, Béne?

— Fique fora desta, ok?

Esperava que seu amigo entendesse.

— Você sabe o que está fazendo? — indagou Tre.

— Não. Mas vou mesmo assim.

Ele desligou.

— Qual é o seu interesse? — perguntou Sagan.

— Passei o dia me fazendo essa mesma pergunta. Agora, é uma questão de orgulho. Qual é o seu?

Sagan sacudiu os ombros.

— Parece que me deram essa missão.

— Você ia se matar na Flórida. O que mudou?

Béne viu que Sagan ficou surpreso.

— Eu tinha um espião infiltrado na equipe de Simon. Ele me mantinha mais bem informado do que Jamison. Simon precisava de você. Foi atrás de você. Sua filha mentiu para você. Isso mesmo, cara, eu conheço sua história. Pelo menos, até certo ponto. Agora, aqui está. Isso é mais do que uma missão. Muito mais. É pessoal.

— Seu pai está vivo?

Que pergunta estranha.

— Morreu há muito tempo.

— O meu pai estava morto para mim havia muito tempo, e então ele morreu de verdade. Eu o decepcionei.

Agora ele compreendia.

— Mas não desta vez?

— Mais ou menos isso.

— Conheço um pouco da história do tesouro dos judeus aqui. Talvez algumas coisas que você não saiba.

Béne contou a Sagan sobre a caverna, o túmulo de Colombo e os quatro objetos que tinham estado lá e não estavam mais.

— Essa caverna não fica em Falcon Ridge. Fica a uns 2 quilômetros.

— Tem um rio?

Béne assentiu.

— Vai de uma para a outra.

— Então estamos no lugar certo. Meu avô tirou esses quatro objetos da caverna e levou-os para Falcon Ridge.

— Então eles ainda podem estar aqui?

— Logo descobriremos.

— Como sabe que não vou matar você e ficar com o tesouro?

— Eu não sei. Mas, para ser honesto, Sr. Rowe, eu não ligo a mínima. Como você disse, eu estava pronto para morrer alguns dias atrás.

Béne estava gostando cada vez mais desse homem.

— Pode me chamar de Béne. Ninguém me chama de senhor. E não precisa se preocupar, Thomas...

— Sou Tom. Quase ninguém me chama de Thomas.

— Então, não precisa se preocupar, Tom. Você está em boas mãos comigo.

SETENTA E UM

Sentada no banco de trás do carro, Alle se perguntava o que estava acontecendo. Ela se sentira segura com Zachariah em Praga, mas não tinha a mesma sensação ali. Rócha ainda lhe causava náuseas — as desculpas dele não foram suficientes —, e ela precisara fazer um esforço incrível para viajar no mesmo avião que aquele sujeito.

Sua mente não deixava de pensar no tesouro do templo.

Sua família guardara o segredo por muito tempo. Um segredo que tinha suas raízes na época de Cristóvão Colombo. Agora, ali estavam eles, na Jamaica, um lugar que a família de Colombo controlou por 150 anos. Eles haviam conseguido manter a Inquisição fora da ilha, criando um paraíso seguro para os judeus no Novo Mundo. Será que a menorá, a mesa do pão ázimo e as trombetas de prata ainda existiam?

Zachariah certamente acreditava que sim.

Ela escutara o que Béne Rowe dissera no telefone.

Falcon Ridge.

Esse era o lugar.

Para onde, aparentemente, seu pai fora.

Ainda assim, ela estava apreensiva, suando frio. Do lado de fora estava escuro, mas a lua cheia jogava uma luz misteriosa em tudo, mumificando o mundo. Eles pararam em uma loja de conveniência e compraram um mapa das estradas da Jamaica, que mostrava que o destino que procuravam ficava a menos de uma hora dali, com estradas pavimentadas por todo o caminho. Na loja, Zachariah também comprara três lanternas, dando uma a ela e garantindo que as coisas estavam sob controle.

Mas ela continuava em dúvida.

Brian Jamison dissera que trabalhava para Béne Rowe. Depois disse que era um agente americano. O que era verdade? Desde o começo, Zachariah lhe avisara que haveria pessoas que desejariam impedi-los. Essa era a natureza do prêmio que eles buscavam. E era exatamente por isso que ele estava escondido havia quase dois mil anos.

Seria encontrado esta noite?

Que pensamento!

Quase suficiente para tranquilizá-la.

Tom saiu da picape. A noite tropical estava clara e limpa. Tinham estacionado no topo de uma montanha, onde uma estrada de terra começava a descer para um vale cheio de árvores. A quilômetros de distância, ao norte, raios prateados de luar refletiam no mar.

— Estamos em Falcon Ridge — afirmou Rowe. — Sorte sua eu estar preparado.

Rowe pegou duas lanternas na carroceria da picape. Entregou uma para Tom, que a acionou na mesma hora. Viu que a carroceria estava cheia de ferramentas.

— Trouxe algumas coisas — explicou Rowe. — Para o caso de precisarmos. Sou dono de uma plantação de café aqui perto.

— E o que mais você faz?

— Se você quer saber se sou um criminoso, não, não sou. Mas tenho gente que trabalha para mim que sabe machucar feio. Para sua sorte, nenhum deles está aqui hoje. Isto é entre eu, você e Simon.

— E o que faz você pensar que ele vai jogar de acordo com as suas regras?

— Ele não vai. Mas estamos à frente dele e vamos continuar assim.

Rowe abriu uma caixa de metal e tirou um coldre de ombro e uma arma, que ele vestiu.

Isso deixou Tom nervoso, mas não era inesperado.

— Para Simon — afirmou Rowe.

Béne andava na frente, abrindo caminho entre as árvores. Tre lhe dissera onde ficava a caverna Darby's Hole. Não era longe. Descendo um íngreme despenhadeiro até o vale, onde um afluente do rio Flint corria para o mar.

Podia escutar a água.

Seus olhos estavam acostumados ao escuro; seus ouvidos sintonizados nos sussurros da floresta à sua volta.

Que o deixavam nervoso.

Tinha a sensação de que não estavam sozinhos.

Ele parou e fez um sinal para Tom também parar.

No céu, observou o voo silencioso dos morcegos. Alguns insetos mostravam sua presença. A arma que trouxera estava no coldre, perto de seu peito. A mão direita acariciava o metal. Era tranquilizador saber que ela estava ali. Ainda assim, não conseguia afastar a sensação de que não estavam sozinhos.

Toda a terra, por quilômetros à sua volta, pertencia aos *maroons*. Parte dela foi cedida pelos britânicos duzentos anos antes. Permanecia como floresta, inabitada e controlada pelo conselho local.

Ele fez um gesto e continuaram a descer o terreno escorregadio com pedras e lama. Acendeu a sua lanterna e tentou localizar a cascata de água. O rio estava logo abaixo, com uns 10 metros de largura talvez, fluindo com rapidez.

Eles alcançaram a margem.

Béne apontou a luz para a água clara, azul-esverdeada, e viu que o rio era raso, com menos de 1 metro de profundidade. Típico dos muitos rios da Jamaica.

Sagan acendeu a sua lanterna e olhou para a direita e para a esquerda.

— Ali.

Ele viu que, 50 metros à frente, o rio dava uma guinada. Na curva, havia uma rocha vertical com uma abertura, e a fenda irregular mostrava uma caverna.

— Deve ser ela — constatou ele. — Podemos seguir pela margem.

Um som baixo e longo perturbou o silêncio da noite.

O tom mudou várias vezes, mas se manteve firme por quase um minuto.

Béne conhecia esse som.

Um *abeng*. Feito de chifre de vaca. Assoprando e usando o polegar, era possível produzir notas. Ele aprendera a tocar quando criança. Os *maroons* dos séculos XVII e XVIII usavam esses chifres para se comunicar. Um ouvido treinado conseguia decifrar as notas, extraindo mensagens que podiam ser levadas até longas distâncias. Era uma das muitas vantagens que tinham contra o inimigo. Os britânicos achavam o som terrível, pois ele costumava significar mortes. Mas qual era seu significado esta noite? Béne nunca ouvira o instrumento ser tocado fora de uma celebração.

— O que é isso? — indagou Sagan.

O som parou.

Outro começou.

Mais longo.

Sua preocupação se tornou medo.

Os *maroons* estiveram aqui.

Tom seguiu Rowe paralelamente ao rio. Folhagens enroladas bloqueavam o caminho, mantendo o ritmo de caminhada lento. Folhas e galhos secos estalavam embaixo dos seus pés. Finalmente, chegaram a um ponto perto da abertura da caverna. As lanternas iluminaram o buraco negro, e Béne viu algo estranho.

Uma barragem.

Feita de pedra e cimento. Subia uns 60 centímetros acima da água, bloqueando a passagem para a caverna e impedindo a entrada da água.

— Teremos de andar pelo rio para chegar lá — constatou Rowe, tirando a arma do coldre e entrando na água que se movia rapidamente e atingia a sua cintura.

Tom seguiu-o.

A água fria deixou-o arrepiado, mas a sensação foi boa, levando em consideração o suor que cobria seu corpo. O leito do rio era coberto de pedras lisas de vários tamanhos, que desafiavam a sola de borracha de seus sapatos e dificultavam seus passos. Duas vezes, ele quase perdeu o equilíbrio. Se caísse, a correnteza o levaria em questão de segundos. Por sorte, a água era rasa.

Rowe chegou à barragem, escalou-a e recolocou a arma no coldre.

Tom fez a mesma coisa.

Ambos iluminaram o outro lado com suas lanternas, apontando-as para a entrada da caverna. Um pouco de água vazava através da barragem e entrava, descendo um declive suave de 3 metros de largura.

— Este rio já correu para lá — disse ele.

— E alguém o desviou.

Uma placa colocada ao lado da entrada mostrava seu nome: Darby's Hole. O aviso deixava claro que não era permitido entrar. Fluxos de água não verificados, passagens inexploradas e não sinalizadas, buracos perigosos e ondas imprevisíveis apareciam na lista de razões.

— Tranquilizador — comentou ele.

Mas Rowe virara e estava analisando as árvores na margem oposta do rio.

Não escutara mais nada.

— O que você não está me dizendo? — perguntou Tom.

— Vamos entrar — disse Béne.

SETENTA E DOIS

Zachariah verificou o mapa. Encontraram a autoestrada A3, assim como Rowe instruíra, depois seguiram para norte, passando por uma série de cidades escuras. Assim que cruzaram um lugar chamado Noland, a estrada começou a subir para as Montanhas Azuis. Uma lua brilhante jogava sobre a paisagem uma luz divina, maravilhosa, e ele se perguntou se a sua presença era um sinal.

— Mahoe Hill fica a apenas alguns quilômetros — disse ele para Rócha. — De lá, seguiremos para oeste.

Falcon Ridge estava no mapa, e uma marcação dizia que ficava a 130 metros de altura.

— Você está bem aí atrás? — perguntou ele para Alle.

— Tudo bem.

Ela estava um pouco tonta por causa das curvas da estrada. Nunca gostara de estradas em montanhas.

— Acho que estamos a poucas horas de encontrar o que viemos procurar.

Zachariah queria tranquilizá-la, acalmar qualquer medo que Alle pudesse ter. A violência no aeroporto fora necessária, mas ele pedira a Rócha que fosse discreto.

E ele tinha obedecido.

Será que o corpo de Berlinger já tinha sido encontrado? Nada o ligava à casa do rabino; ele tivera cuidado para não tocar em nada. Cobrira a mão com o paletó ao abrir a porta e limpara a maçaneta. Não vira ninguém e nada acontecera que pudesse alertar alguém.

Agora, devia terminar esse assunto.

O lugar para onde iam parecia isolado.

Exatamente do que ele precisava.

Tom pulou da barragem para a pedra escorregadia. Manteve a lanterna inclinada para baixo, cauteloso em cada passo que dava na água, que devia ter 3 centímetros de profundidade e saía da barragem para a caverna. Tanto a placa com o aviso quanto o jeito evasivo de Rowe o deixavam nervoso. Nunca entrara em uma caverna antes, muito menos com uma placa dizendo que era perigosa, junto com um homem que claramente não havia dito tudo que sabia. Ainda assim, aqui estava ele, no meio da Jamaica, fazendo exatamente isso.

Rowe entrou primeiro; sua luz de halogênio formava um cone à frente. Estavam em um caminho que devia ter 6 metros de largura, com 9 de altura ou mais. A rocha embaixo dos pés se estendia por mais uns 20 metros, depois acabava, caindo em algum lugar abaixo. Rowe se aproximou da borda, mas, só em pensar no que poderia haver do outro lado, Tom ficava nervoso. Altura não era o seu forte, e a água correndo rapidamente no chão escorregadio tornava a trilha pelo menos arriscada. Não havia como dizer o que o esperava na escuridão se escorregasse.

Rowe parou na borda e iluminou o abismo com sua lanterna.

Tom viu uma caverna rochosa se estendendo para a frente e para cima, a uns bons 15 metros de distância. Camadas verticais de pedras calcárias cor de areia cobriam o teto, formando um domo rústico. A caverna tinha a forma de um paraquedas, o que afunilava a água para dentro e para baixo; o som da cascada era alto, mas não ensurdecedor.

— É bem fundo — constatou Rowe. — A água desce em degraus. O próximo fica 3 metros abaixo de nós.

Tom se aproximou da borda e espiou. Sua lanterna iluminava o próximo nível, uns 3 metros abaixo, onde, em outra borda negra, a água desaparecia pela lateral.

— Você faz alguma ideia do que devemos fazer? — perguntou Rowe.

Ele balançou a cabeça.

— Nenhuma.

Escutaram uma pancada, um som mais alto do que a água que caía.

Outra.

Eles se olharam.

O som vinha de fora da caverna.

Ambos iluminaram em volta e caminharam com cuidado para a saída. Do lado de fora, em cima da barragem, havia um homem. Alto e magro. Batendo com toda a força nas pedras com o que parecia ser um grande martelo.

— Pare com isso — gritou Rowe.

O homem olhou para cima e baixou o martelo em mais um golpe.

Rowe abriu o coldre e tirou a arma. Apontou-a na direção do indivíduo.

— Eu mandei parar.

O homem deu mais um golpe.

Rowe atirou.

Seu alvo desapareceu pelo rio.

A barragem rompeu. Água e pedra explodiram na direção deles. Seis metros os separavam da calamidade, o que lhes dava cerca de três segundos para agir. A intuição fez com que Tom se jogasse para a esquerda, e não para a entrada, torcendo para conseguir sair do caminho da explosão.

Rowe não foi tão rápido.

A água, que antes tinha apenas poucos centímetros de profundidade, estava transbordando e entrando na caverna cheia de projéteis.

Tom gritou, mas era tarde demais.

Rowe foi arrastado e desapareceu na escuridão.

*

Zachariah saiu do carro. Rócha parara a alguns metros de uma picape estacionada perto de uma estrada estreita. Estavam em cima de montanha com vista para a floresta escura, tendo o Caribe poucos quilômetros ao norte.

Falcon Ridge.

Inspecionou a carroceria da picape. Cheia de ferramentas. Rowe viera preparado. Mas para quê? Rócha e Alle saíram do carro. O capanga olhava pela borda do precipício, começando a descer. Água corria abaixo.

Ele escutou um grito.

Outro.

Um tiro.

— Veio lá de baixo — disse Rócha.

Béne percebeu que estava com problemas. Tudo girava em uma espiral. A rápida corrente o arrastava para a borda e não havia nada em que se segurar. Sabia que enfrentaria uma queda de 3 metros e esperava que houvesse bastante água para amortecer sua queda. Senão, quebraria alguns ossos.

Mergulhou.

Tentou cair de pé, mas a gravidade sobre ele e a água eram inflexíveis. Atingiu a camada seguinte com as botas, quicou e bateu na pedra. A água batia em seu corpo. Tentou respirar desesperadamente e mordeu a língua, sentindo o gosto de sangue. Ali era mais profundo e havia meio metro de água talvez; a correnteza era rápida, mas não opressora. Estava de pé, imóvel. À sua volta, percebeu que junto com a água vinham pedras da barragem. Ainda estava com a lanterna na mão.

Mais água.

Precisava sair dali.

Virou-se e viu uma saliência em uma parede vertical, onde o fluxo que vinha de cima se desviava, criando uma cachoeira dentro da cachoeira.

Proteção.

Não muita, mas um pouco.

Pulou para lá e encostou o corpo na parede; a água descia a poucos centímetros dele.

Mais estrondos conforme as pedras da barragem caíam.

Tom não podia ir atrás de Rowe. Muitos escombros caíam da barragem destruída; as maiores pedras paravam na entrada, a maioria das outras rolavam pela borda.

Por que alguém destruíra a barragem?

O fluxo continuava em uma corrente brusca; a água já estava na altura do joelho, mas caíam menos escombros. Arriscou alguns passos à frente, usando as pedras maiores para se segurar. Conseguiu chegar a um lado da caverna e encostou-se na parede, apontando a lanterna para o chão, cauteloso em cada passo.

Chegou à borda.

Apontou a lanterna para a escuridão.

— Béne? — chamou ele. — Você está aí?

Do outro lado do rio, Zachariah escutou o eco do nome de Béne Rowe. Conseguiu ver fracos feixes de luz dentro da caverna.

— Eles estão lá dentro — afirmou ele.

À luz da lua, viu que uma barragem de pedra antes bloqueava a entrada, mas agora havia uma fenda e a água entrava na caverna.

— Podemos atravessar — sugeriu Rócha.

E Zachariah viu que ele estava correto. As lanternas revelaram que o rio era raso, batendo apenas na cintura.

— Seu pai está lá dentro — disse ele para Alle.

— Deve ser o lugar onde meu avô mandou que ele fosse.

Ele acreditava na mesma coisa.

Ou, pelo menos, esperava que isso fosse verdade.

*

Béne escutou chamarem seu nome.

— Estou aqui — gritou ele em resposta. — Tem mais pedra?

— Acho que já caiu tudo — respondeu Sagan. — Você está bem?

— Não quebrei nada.

Ele saiu de sua proteção, indo para a direita, em direção à parede da caverna. Acreditava que, quanto mais perto, melhor. Então, viu alguma coisa. A luz de sua lanterna revelou fendas que subiam em intervalos regulares. Como uma escada.

— Sagan — gritou ele.

Viu a luz acima, mas não o homem. Então, seu rosto apareceu, perto da parede.

— Tem um jeito de descer. Olhe ali. — Béne apontou a lanterna. — Venha. Vamos continuar.

— Alguém tentou nos matar.

— Eu sei. Mas não conseguiu, então vamos seguir em frente.

— E se ele voltar?

— Na verdade, espero que volte. Assim me poupa o trabalho de procurar por eles.

SETENTA E TRÊS

Zachariah saltou até a barragem e examinou o corte. Alle e Rócha o seguiram. Nenhuma das lanternas estava acesa. Ele mandara que apagassem depois que entraram no rio. Não queria deixar Rowe e Sagan alertas e cientes de sua presença.

A água penetrava na caverna.

Rócha se afastou, passando por onde a água fluía e pegando alguma coisa. Iluminado pela luz da lua, ele viu que era uma ferramenta pesada.

Um martelo.

Alguém quebrara a barragem?

Rowe? Sagan? Outra pessoa?

Zachariah e Rócha estavam armados e mantiveram as armas fora da água enquanto caminhavam pelo rio. Agora, a arma de Simon estava bem-guardada no bolso traseiro da sua calça.

— O que é isso? — perguntou Alle.

— Não sei. Mas já vamos descobrir.

Tom usou as fendas na parede como apoios para descer até o nível inferior. Algumas eram naturais, outras tinham sido claramente talhadas na rocha. Encontrou Béne de pé, com água na altura das coxas. Apontou com a lanterna.

— Você perdeu sua arma.

O coldre de ombro estava vazio.

— Tudo bem. Eu raramente a uso.

Béne puxou a perna molhada da calça. Tom viu uma faca presa ali.

— Isso sempre funcionou melhor para mim.

Ele decidiu arriscar e dar uma olhada na lateral, com a esperança de haver mais fendas para escalar. Com passos cuidadosos, olhando onde colocava os pés, aproximou-se da borda. Com certeza, não havia mais fendas; o próximo nível ficava uns 2 metros e meio abaixo.

— Imagino que seu amigo que sabe tudo sobre cavernas não lhe disse o que tem lá embaixo — indagou ele a Rowe.

— Não. E você não achou que ia ser fácil, achou?

Zachariah viu uma centelha de luz na escuridão, depois da saliência rochosa. Não escutava nada além da água que caía. Mais luzes dançavam na escuridão. Agachou-se, sendo seguido por Alle e Rócha, e usaram pedras grandes espalhadas aqui e ali para se segurarem e conseguirem chegar até a borda.

Duas pessoas estavam lá embaixo.

Béne Rowe e Tom Sagan. Estavam na borda no nível inferior, fazendo a mesma coisa que ele: verificando o que tinha abaixo.

Fez um gesto para Rócha e sacou sua arma.

— O que você está fazendo? — sussurrou Alle.

Ele a ignorou.

Rócha movimentou-se no escuro, chegando mais perto da borda e colocando os pés na água. Teriam apenas uma chance. Tinha de dar certo. Zachariah estava satisfeito em ver que seu homem também entendia isso.

Rócha apontou a arma.

A distância era de 20 metros, mas as lanternas de Sagan e Rowe os tornavam alvos fáceis.

Puxaria duas vezes o gatilho e...

— Não! — gritou Alle. — Pare!

E a lanterna dela acendeu.

Tom escutou alguém gritar e notou uma luz acesa em cima.

Ele girou e viu um homem agachado na borda da saliência superior, iluminado por uma lanterna e apontando uma arma para eles.

Rowe também viu e pulou para o lado.

Um tiro ecoou.

Alle apontara sua lanterna para Rócha com a intenção de cegá-lo.

E conseguira.

Ele fora pego desprevenido e levantou um dos braços para proteger as pupilas ao mesmo tempo que atirava.

— O que você está fazendo? — indagou ela, em voz alta.

Zachariah deu um tapa no seu rosto com as costas da mão, fazendo-a cair na água. Ela rolou e se equilibrou, colocando os pés no chão e tentando se levantar.

— Sua garota estúpida — xingou ele.

Será que ela escutara certo? Ele nunca falara com ela daquela forma e nunca batera nela. Alle ainda segurava uma lanterna, que Zachariah arrancou de sua mão.

— Eu jamais quis que matassem meu pai — esclareceu ela.

— Por que você acha que estamos aqui? Seu pai e Rowe ameaçam tudo que fazemos. Milhares de judeus foram massacrados por toda a história. Você faz ideia de quantos morreram defendendo o Primeiro e o Segundo Templos? O que são mais duas mortes? Eles não significam nada. Seu pai está no nosso caminho.

Com o brilho de sua lanterna, Alle viu a fúria no rosto dele.

— Você é louco — disse ela.

Ele se aproximou dela.

— Já que você quer proteger seu pai, fique com ele.

Alle tentou recuar e evitar que ele a agarrasse, mas ele a pegou pelos cabelos e puxou sua cabeça para baixo, fazendo com que suas pernas arqueassem. Ela caiu na água, que corria rapidamente, e tentou se levantar. Zachariah deu um chute nela; a correnteza era rápida demais e seu corpo estava perto demais da borda.

Ela gritou.

E caiu.

Tom desviara do tiro graças à luz que cegou o atirador por um momento e fez a bala ricochetear nas paredes da caverna. Quando o atirador se recompôs, ele já tinha atravessado a água que descia, apagado a lanterna e encostado na parede da caverna. Manteve o olhar fixo no nível superior, com os olhos já adaptados à escuridão, mas o homem desaparecera.

Uma faísca de luz de repente apareceu, riscando o teto.

Podia escutar gritos, mas não conseguia entender o que era dito; as palavras se perdiam nos gorgolejos da água.

Mais movimento lá em cima.

Então, um grito o deixou nervoso.

De mulher.

Poderia ser?

Um corpo caiu pela saliência, atingindo a água. Quem quer que tenha sido, levantou a cabeça para respirar e tentou se levantar.

— Pai.

A palavra bateu em seu coração.

Tom pulou na direção dela, colocando os braços ao redor do seu corpo na tentativa de estabilizar os dois. Então, viu as duas pessoas lá em cima, apontando uma lanterna para baixo.

— Está tudo acabado! — berrou Simon.

O outro homem apontou a arma.

Segurando Alle e a lanterna apagada, ele mergulhou na água, afastando-se do alcance da lanterna.

Simon mudou a direção da luz, tentando localizar seus alvos, mas a correnteza os levara para a lateral.

Zachariah olhava para baixo, abismado.

— Ele conseguiu escapar — falou ele para Rócha.

Mas ficou pensando. O que Tom Sagan sabia que ele não sabia? A água passava entre as suas pernas. Usou a lanterna e escrutinou as paredes da caverna.

Ele viu nichos. Levando para baixo.

Rócha também os viu e se aproximou com sua lanterna.

— Vamos ver o que você sabe — murmurou Zachariah.

SETENTA E QUATRO

Béne pulara por livre e espontânea vontade, sabendo que o nível abaixo ficava a menos de 3 metros. Seu impacto foi amortecido pela água, que devia ter 1 metro de profundidade. Escutara um tiro; o som no interior rochoso soou como uma explosão. Será que Zachariah Simon chegara? Ou era a pessoa que destruíra a barragem?

O *abeng* que escutara era o pedido; depois viera a resposta. Mas por que os *maroons* vigiavam essa caverna?

E por que inundá-la?

Questionou por que este nível era mais profundo do que o anterior, e a resposta para sua pergunta veio quando seguiu em frente. A rocha subia, transformando esse nível em uma espécie de tigela que precisava encher antes que qualquer líquido continuasse a cair.

Graças a Deus.

Quanto mais fundo melhor.

Acendeu sua lanterna, que ainda tinha em mãos, e viu que esse nível tinha aproximadamente 10 metros de comprimento. Olhou para sua borda e calculou que o nível seguinte ficava próximo, talvez uns 2 metros abaixo, mais fino também, onde água rapidamente desaparecia pela borda, caindo em mais escuridão.

Escutou um grito atrás.

Girou e viu luzes refletindo do teto em uma dança caótica. Escutou algo caindo na água, na piscina a 2 mestros dele.

Apontou sua lanterna e viu Sagan segurando uma mulher.

— Pode ficar de pé — gritou ele.

Sagan soltou-a e se equilibrou. A mulher — jovem e pequena, com uns 20 e poucos anos e cabelos escuros — enxugou a água que cobria seus olhos. Ambos respiraram fundo.

Béne apontou a lanterna para o outro lado para não os cegar.

— Você está bem?

Sagan assentiu, inspirando várias vezes o ar úmido.

— Simon está aqui.

Béne ficou nervoso e olhou para cima. O que aconteceu com seus capangas no aeroporto? Nada de bom, presumiu. Viu uma leve luz na parede mais afastada da caverna.

E soube o que estava acontecendo.

Simon estava descendo.

Sagan se levantou.

— E não está sozinho.

— O nome dele é Rócha — revelou a mulher.

— Béne, esta é minha filha, Alle.

— O filho da puta me jogou lá de cima — indignou-se ela. — Ele tentou me matar.

Béne percebeu o choque na voz dela.

— Mas você salvou a minha vida — constatou ela, virando-se para o pai. — Por que você fez isso? Você pulou na água e me pegou. Poderia ter morrido.

— Que bom que tinha água aqui embaixo — ressaltou ele.

— Precisamos ir — alertou Béne. — Conheço Rócha. Ele é sinal de perigo. E os dois estão vindo para cá.

Ele apontou a lanterna para baixo e andou em direção à borda.

— É uma queda pequena. Sejam rápidos.

Os três pularam. A água passou a bater na altura dos tornozelos.

Logo, Béne foi até a próxima borda e apontou a lanterna para baixo. Uma série de degraus curtos criava uma descida íngreme.

Então, ele notou alguma coisa.

Um brilho.

— O que é aquilo? — sussurrou Sagan, aparentemente vendo o mesmo.

— Não sei, mas é o único caminho que temos.

Os homens atrás deles estavam armados. Eles, não. A única escolha era se aproveitar da escuridão.

Béne apagou a lanterna.

— Abaixem — murmurou ele.

Zachariah viu uma luz trêmula. Alguém estava se movendo com cuidado para não denunciar sua localização.

Rowe? Sagan?

Ele e Rócha tinham usado fendas na parede da caverna para descer ao primeiro nível, mas dessa vez simplesmente pularam. Esta caverna tinha a forma de um paraquedas e canalizava a água para baixo da terra, um nível por vez, como uma enorme fonte. Antes de a barragem ser destruída, a chuva devia ser a única coisa a entrar ali. Agora, a água descia estrondosamente, e Zachariah se perguntava para onde ela iria.

A luz parou de piscar.

Será que eles estavam armados?

Conhecendo Rowe, a resposta era sim.

Infelizmente, teria de usar o mesmo artifício, acendendo e apagando a lanterna, uma vez que não havia outro jeito de enxergar.

Mas, então, notou alguma coisa no fundo.

Luz.

E constante.

O que seria?

Continuaram descendo.

*

Tom pulou até o outro nível e fitou a impressionante vista.

Tinham chegado ao fundo.

Estimava que estavam a 100 metros de profundidade; a corrente de água escapava por um buraco escuro e nebuloso no fundo da caverna. A cavidade que se estendia em volta tinha, no mínimo, 30 metros de altura e de comprimento. Estalactites brancas pendiam do teto. Dez tochas, projetadas de uma parede 9 metros acima, iluminavam o espaço; o fogo reluzia na escuridão, formando rastros cintilantes como se fossem cometas. Havia nichos abaixo de cada tocha, o que explicava como eram acesas.

Mas quem acendia?

E por quê?

Não tinham mais a escuridão para lhes dar cobertura.

Não havia onde se esconder.

— Que lugar é esse? — perguntou Alle.

Tom notou que a água havia perdido praticamente toda a força, enfraquecida pelas várias quedas de diversas profundidades e larguras. Vários degraus eram côncavos, formando piscinas que interrompiam o fluxo. Aqui, no fundo, o que restava escorria pela última borda em um lençol transparente que se estendia por uns 10 metros de largura, desaguando em um lago. À direita, o lago descia por uma borda rochosa e caía em cascata em um rio pouco abaixo, mantendo o nível do lago constante. Um cheiro forte de terra molhada enchia as narinas. Do outro lado, havia uma fenda na pedra, grande o suficiente para permitir a passagem, com uma borda estreita. Não havia como chegar até ela sem atravessar o lago. Eles estavam no único pedaço seco da caverna em forma de paralelogramo, cuja pedra era revestida por uma camada arenosa verde.

Um homem apareceu diante do lago.

Pele preta, magro, mais velho, cabelos curtos.

Rowe parecia conhecê-lo.

*

Béne encarou Frank Clarke.

— Nós também temos nossos olhos e ouvidos, Béne. Igual a você. Nós observamos todos que se aproximam.

Parecia que sim. Os *maroons* sempre fizeram isso. Durante a guerra, cultivaram espiões em todas as plantações e cidades, pessoas que os informavam sobre os planos dos britânicos.

— Então você sabe que tem outras pessoas vindo para cá — disse ele.

— Conseguiu pegá-los? — gritou Frank.

Pouco depois, Béne viu Simon, Rócha e dois *maroons*, armados com *machets*, no nível acima. Eles pularam. Duas armas e lanternas foram entregues a Frank.

— Vejo que sobreviveu — ironizou Simon, dirigindo-se à filha de Sagan.

— Vá para o inferno — irritou-se ela.

Simon pareceu não ligar para a ofensa. Simplesmente virou-se para Clarke e perguntou:

— E quem são vocês?

— Nós somos os guardiões deste lugar.

— E o que é este lugar? — indagou Sagan.

— Sessenta anos atrás um amigo nos pediu que guardássemos algo de muito valor — começou Frank. — Ele era um homem especial, uma pessoa que compreendia os *maroons*. Ele era judeu. Os *maroons* e os judeus sempre tiveram uma ligação profunda.

Ninguém disse nada.

— Yankipong é nosso ser supremo. Nosso deus — continuou Frank. — Os *maroons* foram escolhidos por Yankipong para servir como condutores de Seu poder divino. Sempre nos vimos como os escolhidos.

— Como os israelenses — interrompeu Simon. — Selecionados por Deus. Escolhidos pela generosidade divina.

Frank assentiu.

— Percebemos as similaridades muito tempo atrás. Os *maroons* pareciam superar o que outros consideravam impossível. Judeus fizeram o mesmo. Nós já tínhamos encontrado o tesouro dos judeus, mas, quando o homem que veio aqui disse o quanto ele era sagrado, nós nos arrependemos de termos violado o lugar. Essa é outra característica dos *maroons*. Respeitamos as crenças alheias.

— Vocês encontraram o tesouro do templo? — indagou Simon.

Frank assentiu.

— Muito tempo atrás. Ele foi trazido para cá na época dos espanhóis para ser protegido. Foi o próprio Cristóvão Colombo que trouxe.

— Você me disse que esses objetos desapareceram — disse Béne, acusando Clarke.

— Mais uma mentira. Eu esperava que esquecesse essa história. Achei que o atentado contra a sua vida o conteria. Mas aqui está você. Não conseguiria encontrar este lugar sozinho, então presumo que um desses estrangeiros seja o Levita.

Aquela palavra Béne conhecia.

— Eu sou o Levita — falou Simon.

— Mentiroso — gritou Alle. — Você não é nada.

Simon encarou Clarke.

— Vim atrás do tesouro.

— Então você saberá como encontrá-lo.

Béne ficou em silêncio. O que Clarke pretendia?

Frank se encaminhou para a borda do lago. A água era rasa, não mais do que 30 centímetros de profundidade, e sua superfície lisa como um espelho, como uma piscina infinita em um dos resorts da Jamaica. Tinha a forma de um paralelogramo, com 30 metros de largura, estendendo-se pela caverna inteira.

— Podem ir — ordenou Frank aos *maroons*.

Eles subiram as bordas rochosas, desaparecendo.

— Isso é um assunto particular — declarou Frank.

Mas Béne estava preocupado. Embora Frank ainda segurasse as duas armas e as lanternas estivessem no chão, Rócha podia tentar alguma coisa.

— Se algum de vocês acha que me atacar vai resolver alguma coisa — avisou Frank —, estejam cientes de que apenas o Levita pode prosseguir. Eu não sei mais nada. Mas preciso mostrar uma coisa a vocês.

Frank jogou uma das armas no lago.

Ela mergulhou no fundo raso.

Béne já tinha notado as pedras espalhadas abaixo da superfície e agora percebeu que entre elas havia lama. Frank levantou uma pedra, do tamanho de um melão, e jogou-a no lago. Depois dos respingos, a água se acalmou e a pedra chegou ao fundo, parando ao lado da arma. Bolhas subiram até a superfície. Então, a pedra afundou, levando a arma para baixo da lama.

— Na época das guerras *maroons* — contou Frank —, os soldados britânicos eram trazidos para cá para serem interrogados. Um soldado foi jogado no lago e os outros observaram ele ser engolido pela lama. Depois disso, os interrogatórios ficaram bem mais fáceis.

— A pessoa que veio aqui... A pessoa que lhe contou sobre o tesouro. Era Marc Eden Cross? — perguntou Sagan.

Frank assentiu.

— Eu soube que era um homem notável. Os coronéis tinham muito respeito por ele. Ele pediu nossa ajuda com uma importante missão que lhe foi imposta e nós o ajudamos. Este lugar foi modificado... por ele.

SETENTA E CINCO

Alle estava molhada, magoada e furiosa com Simon. E consigo mesma. Tinha sido uma idiota, permitindo que sua raiva, seus caprichos e suas fantasias fossem explorados.

— Quem é você? — indagou ela para o homem que jogara a arma na água.

— Meu nome é Frank Clarke. Sou o coronel dos *maroons* locais. Esta terra nos foi dada em um acordo. Isso significa que estou no comando. Quem é você?

— Alle Becket.

— Aquele homem, que veio aqui sessenta anos atrás, era meu avô, Marc Eden Cross — explicou Tom. — Bisavô dela. Ele disse a verdade. Estava cumprindo uma missão especial.

— Eu soube que ele ficou muito tempo na Jamaica e que passou a conhecer os *maroons* de formas que os estrangeiros raramente conseguem. Oferecemos este lugar a ele como santuário, e ele aceitou. — Clarke apontou para o lago. — Este poço se encheu de lama muito tempo atrás. É uma mistura densa. Estão vendo as pedras espalhadas pelo fundo? Algumas possuem números. O próprio Cross fez esses números. O acréscimo dele a este lugar. Esta água e esta lama serviram aos *maroons* por séculos. Agora, servem aos judeus. Só o Levita é capaz de dar o próximo passo.

Alle não sabia o que este homem queria dizer.

Aparentemente, nem os outros.

— Vocês viram como a arma parou no fundo. A lama suporta o peso, contanto que não seja mexida. As pedras sem número estão em cima de rochas e nunca vão afundar. As outras, que têm números, flutuam sobre a lama. A única forma de chegar à outra margem é pisar nas pedras certas.

— E o que nos impede de boiar até o outro lado? — questionou Zachariah.

— É raso demais para boiar e não tem nenhuma canoa aqui. Se alguém tentar cruzar este lago, exceto pelo caminho previsto, vai morrer. Essa foi a nossa promessa ao Levita. Três pessoas tentaram nos últimos sessenta anos. Os corpos estão na lama. Ninguém tenta há muito tempo.

— Isso é loucura — comentou Alle.

— Era o que o seu bisavô queria. Ele criou esse desafio.

— Como podemos ter certeza? — questionou ela.

Clarke sacudiu os ombros.

— Você só tem a minha palavra. Mas ele nos disse que outro Levita viria e que saberia exatamente como atravessar.

— E o que tem do outro lado? — perguntou Rowe.

Alle também queria saber.

— O que o Levita procura.

Alle viu que Simon estava pensando. Em Praga, ela contara a ele tudo de que se lembrava de ter lido na carta que seu avô deixara no túmulo. Incluindo os cinco números: 3, 74, 5, 86, 19.

Seu pai também conhecia esses números.

— Eu conheço o caminho — afirmou Simon. — Aceito o desafio.

Clarke se afastou da borda do lago e acenou casualmente com a segunda arma.

— Seu sucesso nos dirá se você é o Levita.

*

Zachariah tinha certeza de que estava certo.

Os cinco números que Alle lhe dissera eram o caminho.

3, 74, 5, 86, 19.

Percebera algo enquanto pensava a respeito no avião. Os primeiros três algarismos juntos, 374, são o número de anos que o Primeiro Templo permaneceu de pé antes de ser destruído pelos babilônios. Os três seguintes, 586, são o número de anos que o Segundo Templo permaneceu de pé antes de ser arruinado pelos romanos.

Isso não era uma coincidência.

Cross certamente escolhera os números com cuidado.

O último número? Dezenove?

Ele não fazia ideia do que significava.

Mas tinha certeza de que os números o levariam ao outro lado do lago.

Por que outro motivo estariam na carta?

E Cross fizera outra coisa.

— Lembram-se da carta de Abiram Sagan? — disse ele. — *O golem ajuda a proteger nosso segredo em um lugar há muito tempo considerado sagrado pelos judeus.* O golem é uma criatura viva, feita de terra, fogo, água e ar. Exatamente o que temos aqui. Este lago é um golem.

— Por que enchê-lo? — questionou Sagan a Clarke.

— Ele é molhado pela água da chuva e serve ao seu propósito, mas, para esse desafio, é necessário mais profundidade. Quando soube que Béne estava vindo para cá, mandei que a barragem fosse rompida. Se vocês falharem esta noite, reconstruiremos a barragem e esperaremos o verdadeiro Levita.

— Por que fazer isso? — perguntou Rowe a Clarke. — Parece muito trabalho para ajudar estrangeiros.

— Como eu lhe disse, Béne, você realmente não nos compreende. *Maroons* sempre foram estrangeiros, trazidos acorrentados para cá. Fugimos para as montanhas para sermos livres. Os judeus não são diferentes de nós. Eles também nunca foram aceitos. Muitos se lembram do que eles fizeram pelos *maroons* durante as duas guerras. O que me falaram é que essa é a nossa forma de recompensá-los.

Zachariah já escutara o suficiente. Apontou para Rócha.

— Você vai. Eu digo o caminho.

Ele viu a apreensão nos olhos do homem.

— Não precisa se preocupar — advertiu ele. — Sei o que estou fazendo.

— Então, vá você mesmo — desafiou Sagan.

— E deixar vocês aqui? Acho que não.

Ele esperava que, quando conseguisse passar por esse desafio, Frank Clarke não tivesse escolha a não ser aceitar que ele era o Levita, a pessoa que tinha o direito de pegar o que estava do outro lado do lago. Talvez, então, o próprio Clarke cuidasse de Rowe, Alle e Sagan por ele.

Encarou Rócha.

— Você vai ficar bem. Sei o caminho.

Rócha assentiu, aceitou o desafio e colocou o pé na margem rochosa. As tochas lançavam uma coloração vermelha como sangue sobre a água. Meia dúzia de pedras, todas sem número, estavam espalhadas pelo fundo, a 1 metro de distância umas das outras, estendendo-se por 5 metros. Rócha entrou na água que chegava às suas canelas e pisou na pedra mais próxima, confirmando que era sólida. Caminhou lago adentro, espirrando água e seguindo por pedras não numeradas.

Então, parou.

— À minha frente há cinco pedras — gritou Rócha. — Com os números 9, 35, 72, 3, 24.

Zachariah quase sorriu. Estava certo.

— Pode pisar na pedra que tem o número 3 — instruiu ele.

Observou enquanto Rócha pisava na pedra e percebia que Simon escolhera a certa.

Agora, ele sabia.

Mais uma série de pedras comuns depois um novo conjunto de pedras numeradas. A pedra que possuía o número 74, exatamente como ele achava, se mostrou sólida. Mais duas vezes e as pedras com os números 5 e 86 ofereceram passagem segura. Rócha estava a uns 20 metros da margem, anunciando a sequência de pedras numeradas. Zachariah disse que a pedra 19 era a certa.

E estava certo.

Mas Rócha ainda não chegara à margem.

Ainda restavam dez metros de água.

— Há uma sequência final de pedras — avisou Rócha. — Vinte numeradas. As outras não possuem números, mas não tem como chegar até elas.

Uma sequência final?

Mas a carta só mostrava cinco números.

— Você não consegue chegar até a margem? — gritou ele.

Rócha balançou a cabeça.

— Impossível. Muito longe.

Ele olhou para Tom Sagan, que o observava com um olhar gelado. Ele não dissera nada sobre ser o Levita, deixando que apenas Alle o desafiasse. Filho da puta. Havia mais alguma coisa, algo que Sagan não revelara para a filha. E ficara em silêncio para ver se estava certo.

Rócha não fazia ideia de que a próxima escolha seria um chute. Apenas Sagan sabia, e o ex-repórter não se importava a mínima em ver Rócha morrer. Na verdade, estava contando com isso.

— Diga-me os números que está vendo — vociferou ele.

Rócha leu os vinte números.

— Trinta e quatro — ordenou ele.

Rócha não hesitou. Por que hesitaria? Todas as outras escolhas estiveram certas.

Seu capanga pisou na pedra com um pé, depois com o outro. E começou a afundar.

O pânico tomou conta dele imediatamente. Rócha sacudiu os braços tentando se equilibrar. Tentou pular para outra pedra, mas a lama em volta de seus pés era pesada demais.

Rócha começou a afundar.

Enquanto os outros se davam conta do que estavam assistindo, Zachariah deu uma cotovelada em Frank Clarke. O homem mais velho se dobrou de dor, perdendo a respiração.

Rowe correu na direção dele.

Zachariah arrancou a arma das mãos de Clarke e apontou para seu adversário.

— Pra trás, Béne — ordenou ele. — Eu mato você.

Rowe parou.

Zachariah acenou com a arma para que Sagan e Alle se juntassem a Rowe e recuassem. Clarke também. Queria todos ao alcance de sua vista.

— Sr. Simon, me ajude! — gritou Rócha. — Mande um deles. Eles conseguem vir até aqui e me puxar.

Mas Zachariah não podia arriscar. Não agora. A situação estava sob seu controle e ele queria que continuasse assim. Além disso, tinha uma forma melhor para chegar ao outro lado.

Rócha afundava rapidamente, sem nada para impedi-lo, e a lama já estava na altura do peito.

— Sr. Simon, me ajude! — implorou ele.

— Você vai simplesmente deixá-lo morrer? — questionou Sagan.

— É exatamente o que vou fazer.

— Você é realmente um monstro — constatou Alle.

— Um guerreiro. Em uma missão. Algo que você não pode compreender.

— Alguém, por favor... — suplicou Rócha.

— Aguente firme! — gritou Sagan.

Mas isso certamente era mais fácil na teoria do que na prática.

Tarde demais.

Rócha desapareceu.

Ondas se formaram na superfície espelhada e logo sumiram, sem deixar nenhum traço de que alguém estivera ali. Um estranho clima surreal tomou conta do lugar.

— Você claramente não é o Levita — afirmou Clarke.

Zachariah mantinha a arma apontada para Sagan.

— Você sabe o sexto número.

Nenhuma resposta.

— E você nunca me diria, então a sua filha será a próxima a cruzar o lago.

— Não vou mesmo — contestou Alle.

Ele levantou a arma, apontou e atirou.

SETENTA E SEIS

Tom encolheu-se ao som do tiro.

Simon mudara seu alvo e atirara em direção aos pés de Alle, mas a bala bateu na pedra.

Ela deu um pulo, aterrorizada.

— Não vou errar da próxima vez — alertou Simon.

E Tom não tinha razão para duvidar da ameaça. Nenhum deles significava nada para Simon. Apenas o que estava do outro lado do lago. Era isso que importava, e ele faria o que fosse necessário para chegar lá.

— Vá — mandou Simon, dirigindo-se a Alle. — Entre na água.

— Eu vou — ofereceu-se Tom. — Eu vou. Você está certo. Eu sei o caminho.

Simon riu.

— E é exatamente por isso que ela vai. Não me esqueci das circunstâncias em que nos conhecemos. Até onde eu sei, você pode chegar ao meio do lago e terminar o que eu interrompi na casa do seu pai. Não. Para garantir que você vai falar a verdade, ela vai.

— Eu vou...

— Ela vai! — berrou Simon — Ou eu mato a sua filha e Béne vai no lugar dela.

Tom fitou a filha e, sem escolha, disse:

— Pode ir.

O olhar cheio de dúvidas dela questionava a prudência dessa decisão.

— Você terá de confiar em mim — disse ele.

Ele não viu raiva nem ressentimentos nos olhos da filha.

Apenas medo.

E isso partiu seu coração.

Aproximou-se dela.

— A primeira pedra é o número três.

Ela não se moveu.

— Podemos fazer isso. Juntos.

Ela se preparou e encarou o lago. Então, assentiu, sabendo que não adiantaria discutir. Ele assistiu enquanto ela entrava na água, de apenas uns 30 centímetros de profundidade, pisando nas pedras sem numeração. Ele conseguia ver o primeiro conjunto de pedras numeradas e ficou satisfeito quando ela encontrou a pedra marcada com o número três.

Que se manteve firme, como acontecera com Rócha.

Simon deu um passo atrás, preparado para atirar em qualquer um que fizesse algo contra ele. Tom captou o olhar de Rowe e leu o que ele dizia. Simon não conseguiria atirar nos três antes que um se aproximasse. Mas balançou a cabeça e lançou um olhar que dizia: *Ainda não.* Nem Rowe nem o outro homem, Clarke, sabiam o que fora confidenciado apenas a ele. Seu avô deixara um recado específico. Hora de ver se sua interpretação estava certa. Os cinco números levavam ao sexto, mostrado pelo astrolábio. Mas isso não significava que o sexto número, que localizara a caverna no mapa, ofereceria o caminho seguro. Poderia haver um esquema de segurança. Como senhas diferentes usadas em situações diferentes.

Mas algo lhe dizia que ele estava certo.

Ou, pelo menos, ele esperava.

A vida da sua filha dependia disso.

*

As pernas de Alle tremiam.

Já sentira medo antes, mas nunca assim.

Seu pai anunciou os cinco números, e ela foi avançando pelo lago raso, na direção da margem oposta. Rócha chegara até este ponto. Agora, ela estava sobre a pedra marcada com o número 19, onde Rócha esperara pelo sexto número.

Sua respiração era superficial.

Bons 20 metros de lama a separavam da margem. Ela olhou para baixo e contou dez pedras comuns e 19 pedras numeradas. A vigésima pedra, com o número 34, desaparecera, afundando na lama e levando Rócha.

Não que a morte dele a perturbasse.

Estava preocupada com a sua.

— Diga os números que vê — mandou seu pai.

Tom escutou enquanto Alle anunciava os números.

Enquanto isso, olhou para Rowe e viu que o jamaicano entendeu.

Esteja pronto.

Logo.

Béne se perguntava se Sagan realmente sabia o sexto número. Ele claramente encorajara a filha a ir. Mas que outra escolha ele tinha? Simon teria matado a garota. Frank Clarke estava ao seu lado, sem dizer nada. Simon observava os dois homens e a mulher no lago. Se ela conseguisse chegar do outro lado, Simon atiraria em todos eles. Isso era certo. Ele já saberia tudo àquela altura.

Então, por que não agir agora?

Frank pareceu ler a mente de Béne.

— Ainda não — sussurrou o coronel.

*

As pernas de Alle estavam bambas, mas ela desejava que ficassem firmes.

Seu pai realmente sabia como chegar ao outro lado? Aqui estava ela, confiando em uma pessoa que odiara durante os últimos dez anos de sua vida. Mas o que ela sabia? Estivera completamente errada em relação a Zachariah Simon.

A vergonha dominou seus pensamentos, mas não ajudou a aliviar o terror que tomava conta dela.

Um passo errado e ela estaria morta.

Tom olhou para Simon e disse:

— Só para deixar claro, você não é o Levita. Eu sou.

— Não pode ser — negou Simon. — Você nem é judeu. Você mesmo admitiu isso.

Tom ignorou o insulto, concentrando-se nos números que Alle recitava. Ela não reportou uma pedra com o número 56, o sexto número revelado pelo astrolábio. Mas falara que havia uma pedra marcada com o número 5 e outra com o número 6 entre as 19 opções.

E ele soube.

Esse era o esquema de segurança.

Saki dividira o último número em dois.

Era a única coisa que fazia sentido e, pelo que vira e descobrira, tudo que Marc Eden Cross fazia tinha sentido.

Olhou para o lago.

— Use as duas pedras: 5 e 6. Imagino que vá precisar das duas para chegar ao outro lado.

— Estou vendo — disse Alle. — O 5 vem primeiro. Depois, há algumas pedras em branco. O número 6 está mais perto da margem.

— Esse é o caminho — garantiu seu pai.

— E se você estiver errado? — indagou ela.

— Não estou.

Ela gostou da forma definitiva como ele respondeu, mas se perguntou se isso seria bom para ela ou para Simon.

Estava parada, petrificada, desejando que seu pé direito se movesse, mas a ansiedade não deixava que ela saísse do lugar. Aqui, ela estava segura. Por que ir adiante?

Volte.

De jeito nenhum.

Simon atiraria nela antes que chegasse à metade do caminho.

Béne estava pronto para agir.

É claro que poderia levar um tiro antes de chegar até Simon, mas tentaria.

Frank balançou a cabeça devagar.

E, nos olhos do velho amigo, ele viu que tinha de ficar parado.

Pelo menos por mais um pouco.

Isso deve se resolver por conta própria.

Nós não podemos interferir.

Ele ficara magoado por não ser considerado um *maroon*; furioso com os coronéis que o consideravam uma ameaça. Frank dissera que ele não compreendia o que significava ser um *maroon*.

Hora de mostrar que ele compreendia.

Então, ficou imóvel e esperou.

Na esperança de não estar cometendo um erro.

Zachariah sabia que, se Sagan estivesse certo e Alle chegasse ao outro lado, seria hora de matar os três homens e Alle para encontrar o tesouro. Se os dois homens que tinham saído mais cedo ainda estivessem lá em cima, usaria a escuridão para evitá-los, voltando com seu próprio contingente no dia seguinte.

Isso era o bom de ter dinheiro.

Podia comprar muitas coisas.

Inclusive resultados.

Alle se preparou.

Cinco.

Seis.

A pedra marcada com o número 5 a esperava a menos de 1 metro. Um passo grande, mas ela conseguiria. Levantou a perna direita, lançou o corpo para a frente e quase perdeu o equilíbrio. Estendeu os braços imediatamente, prendendo a respiração, e esforçou-se para não cair.

Colocou o pé direito novamente ao lado do esquerdo.

Estabilizou-se.

— O que houve? — gritou seu pai.

— Só estou morrendo de medo. E a água rasa deixa isso aqui escorregadio.

— Vá com calma — aconselhou ele.

— Mas não muita — acrescentou Simon.

— Vá se foder — gritou ela, mantendo a cabeça e os olhos fixos nas pedras embaixo da água.

Com um movimento rápido, levantou o pé direito, lançou-o para a frente e colocou-o de volta na água, pisando na pedra número 5.

Que aguentou.

Ela transferiu todo seu peso.

Se essa funcionou, por que não a próxima?

Desta vez sem a menor hesitação, ela pisou na pedra com o número 6.

Sólida.

Mais três passos e estaria na margem.

Alívio e alegria tomaram conta dela.

Virou-se a tempo de ver Béne Rowe correr na direção de Simon.

SETENTA E SETE

Béne estava pronto.

A garota estava a salvo.

E a atenção de Simon, momentaneamente, no sucesso dela.

Ele saiu em disparada.

Simon reagiu, balançando a arma, mas Béne levantou a perna direita, atingindo o braço de Simon e fazendo-o soltar a arma, que caiu.

Simon ficou congelado.

Béne sorriu e falou em patoá.

Mas viu que Simon não entendeu.

— É um ditado nosso. Diz que "se continuar se coçando, alguma coisa vai acontecer com você".

Ele se jogou para a frente e agarrou o desgraçado com uma das mãos, dando-lhe um soco forte no estômago. Soltou-o, deixando que Simon cambaleasse para trás.

Preparou-se para outro golpe.

Simon se recuperou e tentou dar um soco.

Béne desviou e acertou-o no maxilar. Ele era 23 anos mais jovem do que o outro homem e tinha uma vida toda de experiência em encarar inimigos.

Acertou um soco de direita em Simon, que estava tonto e respirando com dificuldade.

Passou o braço direito em volta do pescoço dele e começou a estrangulá-lo. Os músculos de Simon tentaram reagir, mas, conforme o oxigênio foi diminuindo, sua resistência também sumia.

Béne tirou Simon do chão, foi até a beira do lago e jogou-o ali dentro.

Zachariah nunca sentira a pressão de músculos fortes em volta de sua garganta, braços firmes, apertando-o cada vez mais. Não conseguia respirar nem gritar. Pior ainda, Rowe estava jogando-o na água.

E não sobre as pedras.

Sentiu a lama nos seus pés.

Por alguns segundos, aguentou firme; depois, seu corpo afundou na lama que o consumia. Procurou alguma coisa em que se segurar. Nada. Tentou conter o pânico que tomava conta dele e lembrou-se do que Clarke dissera, sobre o conselho que Sagan dera para Rócha.

Fique imóvel.

Se a lama não fosse remexida, suportaria seu peso.

Disse a si mesmo que não se mexesse. Tinha afundado até a altura dos joelhos, mas a rigidez funcionou. Estabilizou-o.

Não estava mais afundando.

Rowe, Sagan e Clarke estavam na margem, observando-o. Qualquer um podia esticar o braço e ajudá-lo.

Estava à mercê deles.

Tom estava indiferente a Simon.

Queria chegar até Alle.

Então, pegou uma das lanternas que estavam no chão, entrou na água e atravessou o lago, seguindo o caminho pelos números prescritos até a outra margem.

Alle esperava por ele, observando o que acontecia com Simon a 30 metros dela.

Tom pulou para fora da água.

Ambos olharam para o outro lado.

— Fico grata por você ter acertado — agradeceu ela.

— Obrigado por confiar em mim.

— Eu não tinha muita escolha.

— Isso não é mais problema nosso — afirmou ele, apontando para a outra margem. — Hora de vermos o que o seu avô protegeu a vida toda.

Ela assentiu, mas ele pôde ler seus pensamentos. Ela confiara em Simon, acreditara nele, jogara o jogo dele. Tudo por nada. No final, ele a dispensou como algo sem a menor importância.

Tom tocou no ombro da filha.

— Todo mundo comete erros assim. Não fique se culpando.

— Fui uma idiota. Olhe só o que fiz com você.

Nenhuma raiva. Nenhum ressentimento. Apenas uma filha falando com o pai.

Ele acendeu a lanterna.

— Isso é passado. Vamos ver o que nos espera.

Ele andou na frente, entrando na fenda que se abria para um corredor estreito que serpenteava através da rocha, formando ângulos bizarros. Escuridão total os envolvia. Se não fosse pela lanterna, eles não conseguiriam ver o próprio dedo tocando a ponta do nariz.

Os tesouros que Saki escondera foram criados 2.500 anos atrás, de acordo com as instruções dadas por Deus. A Arca da Aliança não existia mais havia muito tempo, tendo sido destruída quando os babilônios incendiaram o Primeiro Templo. Ou, pelo menos, era o que a maioria dos historiadores acreditava. Mas a menorá de ouro, a mesa do pão ázimo e as trombetas de prata ainda podiam existir. Ele conhecia o Arco de Tito, que ficava na Via-Sacra do Fórum Romano, onde uma escultura mostrava a menorá, as trombetas de prata e a mesa do pão ázimo sendo exibidas em um desfile por Roma em 71 d.C. O governo israelense pedira a proibição de qualquer pessoa que passasse por baixo do arco, e os italianos cederam. Os últimos dignitários a caminharem formalmente por baixo do arco foram Mussolini e Hitler. Na verdade, guias turísticos até permitiam que turistas judeus cuspissem em suas paredes. Ele escrevera uma matéria sobre isso muito tempo atrás. Lembrava-se bem de como todos os judeus que entrevistou falavam com reverência sobre o tesouro do templo.

Sobre uma coisa Simon estava certo.

Encontrar o tesouro era algo realmente significativo.

Continuaram andando; a lanterna iluminava o chão rochoso à frente. Aqui não havia umidade. Seco como o deserto. A areia estalava sob cada passo.

À frente, o corredor acabava.

Béne estava parado em silêncio, observando Zachariah Simon manter-se totalmente imóvel, sem mexer nem um músculo.

— O que você vai fazer? — indagou Frank.

Béne respondeu em patoá.

Sentia-se mais à vontade sabendo que Simon não entenderia.

Ele dissera a Frank que Simon só criaria problemas. Seu novo adversário, que mentira para ele desde o começo e que tentara matá-lo em Cuba, estava impotente. Béne só precisava mexer a lama e o homem afundaria até morrer.

Isso era fácil demais.

— Você estava me testando — falou ele para Frank. — E testando Sagan.

— Nós prometemos que apenas o Levita atravessaria o lago, de acordo com as instruções. Eu tinha de garantir que isso acontecesse. Eu precisava confiar na busca. Tinha certeza de que este homem não era o Levita, mas precisava confirmar se o outro era.

— *Maroons* querem confiar, não é?

— Apesar de todas as lutas, somos um povo pacífico que simplesmente queria existir. Mesmo quando negociamos a paz, confiamos que os britânicos seriam justos.

— Mas eles não foram.

— E isso foi pior para eles, não para nós. Eles perderam mais do que nós. A história sempre se lembrará das mentiras deles.

Béne entendia o que Frank estava dizendo.

— O que aconteceu aqui foi importante para os judeus — constatou Frank. — Fico feliz por termos nosso papel nessa jornada.

— O que tem lá atrás?

Frank balançou a cabeça.

— Não sei.

— Eu não vim aqui atrás de nenhum tesouro. Vim por causa dele — disse Béne, apontando para Simon.

— E ele é seu.

Béne estendeu a mão, que Simon agarrou.

Ele puxou seu carrasco para a margem.

— Isso mesmo — concordou Béne. — Ele é meu.

Tom fitou a abertura, um corte irregular um pouco mais alto do que ele, onde o caminho acabava em um afunilamento. Apontou a lanterna e viu que o piso era arenoso do outro lado.

Aproximou-se. Alle estava logo atrás, e eles entraram.

Uma rápida inspeção com a lanterna revelou uma câmara com 6 metros de profundidade e de largura, com um teto muito baixo. Durante a inspeção, ele percebeu que a luz da lanterna refletiu em certo ponto.

Satisfeito ao verificar que a câmara não apresentava ameaças, ele apontou a lanterna e viu três pedestais de pedra. Rochas de 1 metro de altura, achatadas em cima e embaixo, se erguiam. À sua esquerda, em cima da primeira rocha, estava a menorá com sete braços, de um tom dourado levemente desbotado. Ao lado, a mesa do pão ázimo, com a pátina dourada brilhante e joias cintilando como estrelas. Duas trombetas de prata estavam sobre o terceiro pedestal; a coloração prateada exterior era ornada com mais ouro; o resto estava escurecido, mas intacto.

O tesouro do templo.

Aqui.

Encontrado.

É real — maravilhou-se Alle.

Era mesmo.

Tom pensou em todos aqueles que morreram para proteger o tesouro. Milhares de pessoas foram massacradas quando os romanos saquearam Jerusalém. Depois, apenas a inteligência garantiu que o tesouro sobrevivesse. Por dois mil anos, ele ficou escondido, a salvo do mundo, a salvo de Zachariah Simon. Ele até cruzou o Atlântico em uma viagem cujas chances de sucesso eram mínimas.

Ainda assim, aqui estava ele.

E sua família.

O segredo que eles guardaram por pelo menos duas gerações, e quem sabe quantas mais.

Aquela missão passara adiante.

Para ele.

Escutou Alle fazer uma oração. Se houvesse algum osso religioso em seu corpo, teria se juntado a ele. Mas só conseguia pensar nos últimos oito anos.

Sua vida, sua ruína.

E no que a mulher em Praga dissera.

Encontre o tesouro. Depois conversamos sobre a sua vida.

SETENTA E OITO

Béne analisou as duas mulheres que estavam na sua varanda. Uma era pequena, de 60 e poucos anos, cabelos pretos e algumas mechas grisalhas. Vestia uma blusa elegante, saia e sapatos de salto baixo e apresentou-se como Stephanie Nelle, diretora da Magellan Billet, do Departamento de Justiça dos Estados Unidos.

— Brian Jamison trabalhava pra mim — revelou ela. — Então, não precisamos de joguinhos aqui. Ok?

Ele sorriu ao perceber a franqueza, ciente de que as regras, que já tinham estado a favor dela, haviam mudado completamente.

A outra mulher era mais alta, mais forte e alguns anos mais jovem e vestia-se de forma similar. Apresentou-se como a embaixadora israelense na Áustria.

— A senhora está bem longe de casa — surpreendeu-se ele.

— Nós viemos vê-lo — contou a embaixadora.

Ele ofereceu uma bebida às mulheres, que recusaram. Ele se serviu de limonada fresca, uma de suas bebidas favoritas, adocicada com mel de abelhas da sua propriedade. Um inconstante sol de março tentava atravessar as nuvens. A chuva estava chegando, mas ainda levaria algumas horas. Um pouco mais de 12 horas tinham se passado desde que ele saíra de Darby's Hole.

— O que aconteceu ontem à noite? — perguntou Nelle.

Ele bebericou a limonada e escutou a distância.

Ouviu seus cães.

Latindo.

Abrira os canis uma hora atrás, deixando seus bichinhos felizes com a liberdade. Big Nanny saiu na frente. Béne observou-os desaparecer no território familiar da floresta.

O latido era lento e constante.

Sistemático.

Assim como o *abeng* dos *maroons*, ele aprendera a decifrar os significados dos latidos.

— Ontem à noite? — indagou ele, referindo-se à pergunta. — Dormi bem.

Nelle balançou a cabeça.

— Eu já disse que não tenho tempo para joguinhos.

— Zachariah Simon aterrissou aqui um pouco depois da meia-noite — explicou a embaixadora. — Ele veio com um funcionário chamado Rócha e com Alle Becket. Tom Sagan chegou uma hora antes. Dois corpos foram encontrados no aeroporto de Kingston esta manhã. Homens que, pelo que me disseram, trabalhavam para o senhor.

Ele ficara chateado ao saber sobre as mortes. Avisara aos homens que deveriam ficar atentos a Simon. Infelizmente, os indivíduos que apareciam para trabalhar com ele costumavam ser autoconfiantes e inexperientes demais, o que às vezes se provava uma combinação letal. Um dos homens era casado e tinha filhos. Béne faria uma visita à viúva no dia seguinte e garantiria que ela ficasse bem financeiramente.

— As senhoras estão notadamente informadas para duas pessoas que não moram aqui. Qual é a relação desses fatos comigo?

Ao longe, caminhões se dirigiam para os pastos mais afastados, onde seus cavalos premiados pastavam. Alguns dias antes, Béne recebera a notícia de que os grãos de café estavam começando a florescer e que parecia que teriam um bom ano à frente.

— Pare de fingir — disse Nelle. — Simon matou Brian Jamison. Pelo que sabemos, você não se importou com isso.

— Eu? Eu gostava de Brian.

Nada afetava o sorriso da mulher que trabalhava no Departamento de Justiça.

— Tenho certeza de que sim. Mas achou que esqueceríamos você?

Ele não respondeu.

— Eu estava lá quando o corpo de Brian foi encontrado em uma caçamba de lixo — continuou Nelle. — Morto, por sua causa.

— Por minha causa? Vocês mandaram que ele viesse me pressionar. Eu colaborei. O tal do Simon que era o problema.

— Sr. Rowe — interrompeu a embaixadora —, eu precisei acobertar a morte do agente Jamison. Eu também estava lá quando o corpo foi encontrado. Não gostei de ele ter morrido. Essa operação inteira saiu dos trilhos. Acusações mais do que suficientes para acabar com o senhor.

Ele tomou um pouco mais da bebida gelada.

— Aqui é Jamaica. Se fiz alguma coisa errada, leve às autoridades. — Ele a encarou. — Senão, guarde as ameaças para você.

— Se as coisas fossem do meu jeito, eu mesma cuidaria do senhor — revelou Nelle.

Ele riu.

— Por que tanta hostilidade? Eu não incomodo a senhora. — Ele apontou para a outra mulher. — Nem a senhora.

A embaixadora falou:

— Sr. Rowe, muito provavelmente serei a primeira-ministra de Israel no próximo ano. Entendo que isso não seja importante para o senhor, mas Zachariah Simon é importante para nós.

Ele balançou a cabeça.

— Aquele homem é mau. Mentiroso.

A embaixadora assentiu de novo.

— Observamos Simon há muitos anos. Ele já entrou e saiu desta região mais de uma vez. Até recentemente, as atividades dele eram consideradas apenas... equivocadas. Mas esse não parece ser mais o caso. Um bom homem, o rabino Berlinger, foi encontrado morto com um tiro em Praga poucas horas atrás. Simon, ou alguém trabalhando para ele, provavelmente é o responsável. Infelizmente, esse rabino era uma das cinco pessoas que têm as respostas que buscamos, até onde sabemos. O senhor é uma das quatro que ainda estão vivas.

Ele sabia quais eram as outras três. Sagan. A filha dele. E Simon.

E Frank Clarke? Essas mulheres aparentemente não sabiam nada sobre ele. O que era conveniente. Como os *maroons* de antigamente, ele tinha desaparecido na floresta.

— O que as senhoras querem saber?

— Onde está Simon? — inquiriu Nelle.

Ele se debruçou na varanda. A madeira tinha vindo de uma floresta próxima; as árvores, derrubadas por escravos séculos atrás.

Seus ancestrais.

Alguns dos quais se tornaram *maroons*.

Os cães continuavam a latir ao longe.

O som o tranquilizava.

Assim como o fato de que aquelas mulheres não faziam ideia sobre Falcon Ridge ou Darby's Hole. Se fizessem, estariam lá, não aqui. Ele mandara homens vigiarem a caverna desde que saíra de lá horas atrás. Nenhum deles voltara.

O inocente e o tolo podem se passar por gêmeos.

Ele dizia a si mesmo para não ser nenhum dos dois.

Em vez disso, devia ficar sempre no comando.

— Simon não pode mais ajudá-las.

Nelle começou a falar, mas a embaixadora segurou o braço dela e disse:

— Zachariah Simon é um fanático perigoso. Ele quer começar uma guerra. Milhares teriam morrido por causa dele. Mas é possível que tenhamos impedido isso. Apesar de toda a insanidade dele, Simon buscava algo muito valioso para os judeus. Um tesouro sagrado que achávamos que estava perdido, mas talvez possa ser encontrado. Quatro objetos. O senhor sabe onde eles estão?

Ele balançou a cabeça. O que era verdade. Não atravessara as pedras atrás de Sagan e da filha. Em vez disso, tirara Simon da lama, saíra da caverna e trouxera o prisioneiro para sua propriedade, onde o deixou trancado. Sagan e a filha saíram da caverna e foram embora com Frank sem dizer uma palavra. O que eles podem ter visto não era da sua conta. Estava na hora de começar a agir como um *maroon*. Essas mulheres eram *obroni* — estrangeiras — e não eram dignas de saber o que ele sabia. O silêncio era uma característica *maroon*.

— Eu realmente não sei.

Ele percebeu uma mudança no latido dos cachorros. Uma intensificação, um ritmo mais longo, e sabia o que isso queria dizer.

— Mas o senhor sabe onde Simon está? — perguntou Nelle.

— Da última vez que o vi, ele estava fugindo.

— Você não vai me matar? — perguntou Simon.

— Eu, não. — Béne apontou para os cães. — Eles farão isso por mim.

O olhar diante dele era o mesmo que vira no traficante de drogas quatro dias atrás.

Degustou sua limonada um pouco mais e sentiu o aroma da carne de porco que assava. Um animal selvagem, morto mais cedo e preparado para o jantar.

Comeria bem essa noite.

Estava torcendo para que sua mãe também fizesse inhame.

Pensou em Grandy Nanny, sabendo agora que a mulher não era uma lenda. Diziam que ela possuía um poder especial sobre os porcos e que podia chamar os cachorros até ela.

— Trezentos anos atrás, meus ancestrais foram trazidos para cá acorrentados e vendidos como escravos. Trabalhamos nos campos. Meus ancestrais eram os coromantes da Costa do Ouro. Por fim, nos rebelamos. Muitos fugiram para as montanhas. Lutamos contra os britânicos e conquistamos a liberdade. Eu sou *maroon*.

— E qual é o objetivo dessa aula de genealogia? — indagou Nelle.

Ele percebeu que os cães pararam de latir e contou os segundos. Um. Dois. Três. Contou até oito até o som recomeçar.

Big Nanny encontrou sua presa.

Que líder.

Ele tomou o que restava de sua limonada.

A vida era boa.

Ele sabia que havia segredos que deviam ser guardados. Como Darby's Hole. O lago subterrâneo. As pedras numeradas. E o que ficava do outro lado.

Escutou um grito.

Distante. Fraco. Mas inconfundível.

As duas mulheres também escutaram.

Então, os cachorros.

Não estavam latindo.

Uivavam.

Béne não fazia ideia de onde eles tinham encurralado Zachariah Simon, apenas sabia que o haviam feito. É claro que, assim como aconteceu com o traficante dias atrás, os cachorros não teriam feito mal se Simon não tivesse resistido.

Mas, desta vez, a presa resistiu.

— O objetivo da aula sobre a minha família? — repetiu ele. — Nenhum. Apenas tenho orgulho de onde venho.

Silêncio ao longe.

Não escutava mais os cães.

E ele sabia por quê.

Seus cães sempre comiam o que matavam.

— Acho que o Sr. Rowe não pode mais nos ajudar — constatou a embaixadora.

Senhora esperta.

Béne viu a mulher do Departamento de Justiça entender que isso era verdade.

— Não — disse Nelle. — Está tudo acabado, não está?

Béne não disse nada.

Mas ela estava certa.

Zachariah Simon não estava mais entre eles.

SETENTA E NOVE

Faz seis anos que o grande Almirante morreu. Percebo que rezo pela alma dele mais do que pela minha própria. A vida nesta ilha é difícil, mas compensa. A minha decisão de ficar, em vez de voltar para a Espanha, foi sábia. Antes de eu partir desta vida e encontrar o meu Senhor, meu Deus, desejo deixar a verdade registrada. Este mundo está repleto de mentiras. Minha própria existência, em diversos aspectos, tem sido uma mentira. A vida do Almirante também. Como eu era um homem culto das letras, capaz de escrever, ele me contou a verdade antes de partir para a Espanha pela última vez. Não perturbarei o leitor com muitos detalhes, até porque o Almirante não aprovaria que fossem revelados. Mas uma rápida análise se faz necessária, principalmente neste momento em que começo a enfrentar o fim da minha vida.

O nome Cólon é há muito tempo comum nas ilhas Baleares. O homem que mais tarde passaria a se chamar Cristóvão Colombo nasceu em Gênova, na ilha de Maiorca, perto de Palma. Mais tarde, quando se tornou necessário esconder sua verdadeira origem, o Almirante escolheu Gênova como seu lugar de nascimento, deixando a constante impressão de que ele se referia à cidade italiana. O Almirante era catalão. Ele nunca falou nem escreveu em italiano. Seu pai era conhecido como Juan, um rico proprietário de terras em Maiorca. Ele vinha de uma antiga família de conversos. Estranhamente, Juan Cólon deu ao seu filho mais velho o seu nome, mas, em seu coração e dentro dos limites de sua casa, chamava-o pelo verdadeiro nome. Christoval Arnoldo de Ysassi. Havia outro filho, mais jovem, Bartolome, que foi próximo do irmão mais velho durante toda a vida. Em Maiorca, o Almirante dizia se chamar Juan. Apenas quando viajou para a Espanha para angariar os fundos necessários para a sua grande viagem, ele se tornou Cristoforo Colombo, da Itália, chamado de Cristobal Colón pelos espanhóis. Por toda a vida, o Almirante nunca esqueceu o lugar onde nasceu. Em Maiorca, existe um santuário conhecido como San Salvador, uma colina de grande beleza e paz, por isso ele deu esse nome à primeira ilha que descobriu no Novo Mundo.

Durante sua juventude, os fazendeiros de Maiorca viviam oprimidos pela alta incidência de impostos e pelo tratamento duro. Eles terminaram por erguer armas e se revoltar, luta em que os irmãos Juan e Bartolome participaram ativamente. Seu pai perdeu todas as terras e muitos homens foram massacrados. Os dois irmãos fugiram da ilha. Juan partiu para o mar, guiando um navio de piratas desde Marselha e lutando contra o rei de Aragão em sua tentativa de tomar Barcelona. Depois, juntou-se aos portugueses na guerra contra a Espanha e sua rainha católica, Isabel. Durante uma batalha contra barcos venezianos na tomada de Aragão, Juan atacou e lançou fogo contra eles. Seu próprio navio foi perdido, mas, apesar de ter sido atingido pelo disparo de uma arma, ele conseguiu nadar até a terra. A bala desse ferimento permaneceu nele por toda a vida. Uma lembrança de uma época em que lutava abertamente contra as autoridades.

Juan nunca mais foi um pirata. Ele migrou para Portugal e tornou-se comerciante, navegando pelas águas geladas ao norte da Europa. Ele se casou com a filha do governador das ilhas Madeira e mudou-se para lá para administrar a propriedade deixada por seu sogro. Ali, um filho, Diego, nasceu. Mais tarde, outro filho, Fernando, nasceu de uma amante catalã. Ambos sempre foram próximos ao pai.

Em 1481, enquanto morava nas ilhas Madeira, conheceu Alonso Sanchez de Huelva, um marinheiro e comerciante que navegava regularmente entre as ilhas Canárias, Madeira e a Inglaterra. Em uma viagem, uma tempestade tirou seu navio do curso e ele encontrou ventos e correntes desfavoráveis, levando-o para bem longe, a sudoeste. Finalmente, avistou terra, uma ilha onde viviam nativos pequenos, sem pelos e de pele marrom, que reverenciaram Huelva e sua tripulação como deuses. Após uma rápida estada, ele partiu, navegando para leste e aportando na ilha Porto Santo, em Madeira. Lá, Juan Colón escutou Huelva contar o que encontrara e ficou fascinado pela possibilidade de que tivesse encontrado as Índias e a Ásia. Huelva lhe deu um mapa das águas pelas quais navegara. Ele estudou esse mapa durante muitos anos e estava certo do que acabaria por descobrir, como se tivesse a chave da caixa onde essa terra estava trancada.

Ao voltar para a Espanha, aproximou-se dos monarcas católicos, Fernando e Isabel, pedindo navios. Ele não podia revelar que era Juan Colón, o rebelde de Maiorca que lutara contra eles, então inventou o nome Cristoforo Colombo, de Gênova, na Itália, assumindo a identidade de um falecido marinheiro e comerciante de lã que conhecera em Madeira. A farsa funcionou e nunca ninguém soube a verdade. Nem quando os inimigos tiraram dele tudo que puderam, ele deixou de afirmar que era o espanhol Don Cristobal Colón. Apenas agora, depois que a morte levou há muito tempo o Almirante e a rainha Isabel, e logo me levará, a verdade pode ser revelada. Minha esperança é que esta narrativa sobreviva e que outros saibam o que eu sei. A vida aqui é difícil, mas passei a admirar os nativos e seu modo de vida simples. Aqui eu posso ser Yosef Ben Ha Levy Haivri — José, filho de Levi, o Hebreu. Assim como o Almirante e seu personagem Colombo, meu personagem, Luís de Torres, me foi útil. Mas faz seis anos que não uso esse nome. Aqui, não importa se você é judeu ou cristão, apenas se você é um bom homem. Isso eu tentei ser. Desempenhei a tarefa designada a mim e garantirei que a mesma tarefa passe para meu filho mais velho, nascido de uma esposa que escolhi entre as nativas. Ela fez com que minha estada aqui fosse mais prazerosa do que eu poderia esperar. Ensinei a ela sobre Deus e incitei para que acreditasse, mas, depois de aprender com os malvados de que fugi, nunca a forcei a aceitar o que ela não podia abraçar de todo o coração.

Béne parou de ler e levantou o olhar para encontrar Tre Halliburton.

— Encontrei isso entre os documentos que trouxemos de Cuba — explicou Tre. — Essa é uma tradução minha. Explica muita coisa, não?

Ele sabia pouco sobre Colombo.

— A história que contam começa com Colombo nascendo na Itália — continuou Tre. — O pai dele era Domingo; a mãe, Susanna. Interessante que muitas das histórias digam que o pai dele era comerciante de lã, assim como esse Colombo cuja identidade ele assumiu. A maioria dos historiadores diz que ele começou a navegar bem cedo, chegando a Portugal. Não conseguindo fazer com que o rei Dom João II se interessasse pela viagem pelo Atlântico, foi para a Espanha em 1485, esperando durante sete anos para que Fernando e Isabel dissessem sim. Se ele realmente conheceu Alonso Sanchez de Huelva, ninguém sabe.

— Essa história de Huelva é verdadeira? Ele encontrou a América?

Tre sacudiu os ombros.

— Alguns dizem que sim. A maioria acredita que inimigos de Colombo inventaram essa história para desmerecer as conquistas dele. Infelizmente, Colombo não escreveu praticamente nada sobre si durante a vida. E as coisas que registrava costumavam entrar em conflito umas com as outras. Agora, sabemos por quê. Ele não queria que ninguém soubesse de onde vinha.

Halliburton dirigira desde Kingston, seguindo para o norte até a propriedade de Béne. O porco que fora assado desde cedo estava pronto para ser devorado. As duas mulheres — do Departamento de Justiça e a embaixadora — tinham partido havia horas. Um de seus homens as acompanhou para se certificar de que iriam diretamente para o aeroporto de Kingston e embarcariam.

— O que você vai fazer com tudo isso? — perguntou Béne a Tre. Precisava saber.

— Como se eu tivesse escolha.

Béne sorriu. Seu amigo compreendia. Tudo devia ficar em segredo.

— É melhor assim.

Tre sacudiu a cabeça.

— Quem acreditaria em mim?

Os cães estavam de volta aos canis, com a barriga cheia depois da caçada. Béne duvidava de que restasse muita coisa de Zachariah Simon — e o que quer que ainda estivesse na floresta logo seria consumido por abutres.

— O que aconteceu com De Torres? — perguntou ele.

— Não encontrei nenhum registro histórico. Ele desapareceu depois da última viagem de Colombo. Nenhuma palavra até agora. Aparentemente, viveu em Cuba até 1510, pelo menos, e teve um filho.

Uma tristeza consumiu-lhe por dentro. Que terrível ter uma vida tão extraordinária e, mesmo assim, não ser lembrado. Talvez, pelo menos por Luís de Torres, a verdade não deveria ser revelada?

Mas Béne sabia que isso não podia acontecer.

— O que você encontrou na caverna? — indagou Tre.

— O suficiente para saber que a lenda não existe mais.

— Os *maroons* controlam o que quer que seja, não controlam?

Eles estavam sentados na varanda; o ar noturno era gelado e seco. Um de seus homens, perto do curral, acenou para informar que o porco estava pronto. Bom. Ele estava faminto.

Levantou-se.

— Hora de comer.

— Vamos lá, Béne, conte alguma coisa. O que você encontrou?

Ele pensou na pergunta. Os últimos dias certamente tinham sido agitados, mas também esclarecedores. Mitos provaram-se fatos. O que os *maroons* acreditavam ser lenda era real. A justiça foi feita aos homens que não mostraram respeito algum por ninguém nem por nada a não ser por eles mesmos. E, no meio do caminho, Brian Jamison morreu.

Na hora, Béne não se importou. Mas agora lamentava.

Então, o que ele encontrara?

Ele encarou Tre e disse a verdade:

— Eu mesmo.

OITENTA

Tom abriu a porta.

Duas mulheres estavam em frente à sua casa. Uma era a mesma que vira em Praga, no carro, e que se encontrara com Simon; a outra se apresentou como Stephanie Nelle, do Departamento de Justiça dos Estados Unidos. Um pouco mais de 24 horas tinham se passado desde que ele e Alle saíram de Darby's Hole e deixaram a Jamaica, seguindo para Orlando. Imaginara quando a mulher de Praga apareceria e ficou chocado ao saber que ela era a embaixadora de Israel na Áustria.

Ele as convidou para entrar.

— Ontem, tentamos falar com Béne Rowe, mas ele não nos disse nada — contou Nelle. — Achamos que Simon está morto. Não se tem notícia dele desde que aterrissou na Jamaica. Nem do capanga dele, Rócha.

Tom decidiu não falar nada, exceto uma coisa:

— Eles mataram Brian Jamison. Eu estava lá quando aconteceu.

Nelle assentiu.

— Nós sabemos. Isso significa que você e sua filha são as únicas pessoas que podem nos dar respostas.

— Você encontrou o tesouro do templo? — perguntou a embaixadora.

Ele assentiu.

Os olhos dela ganharam vida.

— Ele existe?

Ele assentiu de novo.

— Então, eu lhe devo aquela explicação — afirmou ela.

O que ela fez.

— Posso refutar publicamente tudo que aconteceu com você oito anos atrás. Algumas das pessoas que armaram para você ainda ocupam cargos poderosos. Outras apenas conhecemos. Você não foi o único. Mas foi o primeiro. Eles inventaram aquela história sobre extremistas israelenses e palestinos e criaram as fontes. Armaram para você e para seus editores e assistiram aos desdobramentos. Essa equipe se tornou muito boa no que fazia. Mas não gostamos de fazer as coisas desse jeito, Sr. Sagan. O que fizeram com você foi errado.

— E a senhora esperou oito anos para me dizer isso?

— Eu não sabia o que tinha acontecido até seu envolvimento com este caso se tornar claro.

— Mas outros sabiam?

Ela assentiu.

— Sabiam, e o silêncio em que se mantiveram é vergonhoso.

Tom não estava disposto a dar mole para ela.

— O que você fez? Jogou com Simon em Praga?

A embaixadora assentiu.

— Essa era a minha missão. Incitá-lo a continuar. Fazer com que não parasse. Nós queríamos que ele encontrasse o tesouro. Mas, é claro, não queríamos que houvesse violência.

— O rabino Berlinger sabia sobre você?

Ele assentiu.

— Eu conversei com ele. O rabino compreendeu a urgência e concordou em incitá-lo. Ele garantiu que você escutasse minha conversa com Simon no cemitério. Foi por isso que levei a conversa na sua direção. Eu queria que você soubesse da minha presença e do que eu sabia sobre você.

Tom se lembrou do que ela dissera quando ele a confrontou na rua em Praga. *"Eu estava esperando por ele."*

— A senhora e Berlinger sabiam que eu a procuraria.

— Essa era a ideia. Incitá-lo a seguir em frente.

— Então a senhora também me usou.

— Podemos dizer que sim. Mas havia muito em jogo. Como você escutou, Simon queria começar uma guerra e teria feito isso. Milhares morreriam.

— O que só me envolvia porque a senhora quis.

— O que você não deve saber é que o rabino Berlinger está morto — informou a embaixadora. — Achamos que Simon o matou antes de deixar Praga.

Tom ficou triste ao saber sobre a morte do velho homem.

— A senhora disse que *acha* que Simon está morto. Ele está mesmo?

— Muito provavelmente — afirmou Nelle. — Rowe mandou matá-lo. Mas nunca saberemos. Só sabemos que ele morreu.

— E eu realmente manipulei Simon — continuou a embaixadora. — Fiz isso para o governo americano, que veio pedir a minha ajuda. Se Simon tivesse sido bem-sucedido em sua busca, Israel poderia ser irremediavelmente prejudicado. Se isso significava usar você, que assim fosse.

Ele não estava interessado nas explicações dela.

— Você compreende que os judeus sefarditas que esconderam o tesouro do templo confiaram sua segurança apenas ao Levita. Não ao Estado de Israel.

— Esses objetos pertencem a cada judeu. Nós garantiremos que eles os recebam e que não tenham a guerra que Simon queria começar. Como eu disse, não precisamos de violência para incitar uma impressão de segurança. Existe um jeito melhor. Está na hora de acabar com a violência.

Com isso ele concordava. Tom apontou para Nelle.

— E presumo que ela esteja aqui como carimbo de aprovação do governo americano para que eu conte tudo que sei para a senhora.

— Mais ou menos isso. Armaram contra você, Sr. Sagan. Uma coisa terrível. Eles arruinaram a sua carreira. Podemos reverter isso.

— E se eu não quiser que seja revertido?

A pergunta pareceu surpreender a ambas.

— Você perdeu tudo — disse a embaixadora.

Ele assentiu.

— Essa é a questão. Acabou. Não vai voltar. Meus pais nunca saberão. Minha ex-esposa nunca saberá. As pessoas que se diziam minhas amigas? Não ligo a mínima se eles vão saber que era uma farsa. Acabou.

Ele mesmo estava chocado com as palavras, mas essa percepção se tornara clara na caverna, enquanto fitava o tesouro do templo. O que passou, passou. Não havia como voltar atrás. Só importava o que vinha pela frente.

— Uma atitude estranha para um homem que passou por tudo que você passou — observou Nelle. — Seu prêmio Pulitzer poderia ser devolvido. Sua credibilidade pode ser restaurada. Você não precisaria mais escrever livros de ficção para outras pessoas.

Ele sacudiu os ombros.

— Não é tão ruim. Paga bem e não tem pressão.

— Então o que você vai fazer? — perguntou a embaixadora.

Depois que cruzaram o lago de volta e saíram da caverna, Alle e ele encontraram Frank Clarke, o *maroon*, esperando por eles. Observaram Béne Rowe e dois homens cruzarem o rio com Simon e voltarem para a estrada.

— O que vai acontecer com esse lugar? — perguntou Tom para Clarke.

— Nós reconstruiremos a barragem e protegeremos o lugar, como temos feito. Você é o Levita, então essa caverna sempre será sua. Quando essa tarefa for passada para o próximo Levita, nós respeitaremos essa pessoa. O que você planeja fazer?

Ele não respondera a Clarke porque realmente não sabia.

E também não podia responder à mulher que o encarava agora. Então, simplesmente disse:

— Eu avisarei quando decidir.

— Você compreende que nunca saberão a verdade sobre você, a não ser que trabalhe conosco? — retrucou a embaixadora.

A ameaça o deixou furioso, mas a raiva também era algo do passado.

— Veja, essa é a questão. Só me interessa que uma pessoa saiba a verdade. — Ele fez uma pausa. — E a senhora acabou de contar para ela.

Alle saiu da cozinha, onde Tom mandara que ela ficasse enquanto via quem eram as visitantes. Ele não sabia o quanto elas falariam, mas mantivera as esperanças.

— Meu pai não mentiu, não é? — indagou Alle.

Nenhuma das mulheres falou.

Mas o silêncio era uma resposta mais do que suficiente.

Elas pareceram perceber que a conversa tinha terminado e se dirigiram para a porta.

Antes de sair, a embaixadora virou-se e acrescentou:

— Seja generoso conosco, Sr. Sagan. Pense no que o tesouro pode significar.

A súplica dela não o impressionou.

— E a senhora pense no que quase aconteceu por causa dele.

Tom e Alle saíram do carro e entraram no cemitério nos arredores de Mount Dora. Deixaram Orlando depois que as duas mulheres foram embora. Já estava no final do dia, eram quase cinco horas, e o cemitério estava vazio. O sol de final do inverno aquecia o ar gelado de março. Juntos, eles caminharam até o túmulo dos pais de Tom. Pela primeira vez em muito tempo, ele não se sentia um intruso.

Fitou as duas matsevás.

— Você fez um bom trabalho na lápide dele — elogiou ele.

— Sinto muito — disse Alle. — Sinto muito por tudo que fiz a você.

As palavras dela o deixaram emocionado.

— Fui tola — confessou ela. — Achei que você era egoísta. Que não se importava comigo nem com mamãe. Achei que fosse uma fraude. Um traidor. Um adúltero. Pensei tudo de mal que podia pensar sobre você. E eu estava errada.

Eles tinham falado pouco desde que deixaram a Jamaica e nada depois que as duas mulheres saíram da casa dele. O que havia para dizer? Esse era o problema da verdade. Calava tudo o mais.

— Eu menti para a minha mãe — continuou ela. — Você estava certo em Viena. Sou uma hipócrita. Eu sabia como ela se sentia em relação ao judaísmo. Achava que você tinha se convertido por ela. Mas fiz isso mesmo assim e menti bem na cara dela até o dia da sua morte.

Ele compreendia a agonia dela.

— O pior — acrescentou ela — é que a minha conversão tornou a sua negação do judaísmo desnecessária. A coisa que mamãe mais temia aconteceu. Todas as brigas entre você e seu pai não levaram a nada. Ele morreu antes que vocês pudessem resolver tudo. E foi culpa minha.

Tom deixou que ela aliviasse sua dor.

— Não fui o melhor marido nem o melhor pai — começou ele. — Eu era egoísta. Eu *era* adúltero. Um mentiroso. Cometi muitos erros. E eu poderia ter consertado as coisas com Abiram e com você, e não fiz. A culpa não é sua.

— Você salvou a minha vida na Jamaica. Mergulhou na água para me salvar. Você me ajudou a atravessar o lago. Não deixou que Simon me matasse.

— Pelo que me lembro, você também salvou a minha vida. — Ela contara para ele como apontara a lanterna para o rosto de Rócha e gritara.

— Você não é um repórter mentiroso.

A afirmação dela soou como uma declaração.

— Você é um jornalista. Ganhador do prêmio Pulitzer. Merece tudo que ganhou. Você falou sério com elas? Não quer que ninguém saiba a verdade sobre você?

— Já não é importante que as pessoas saibam. Você sabe. É só o que me importa.

Ele estava falando sério.

— E o tesouro do templo? — perguntou ela.

— Apenas você e eu sabemos o que está dentro da caverna e como chegar lá. É verdade que existem outras formas de cruzar aquele lago, mas o lugar está guardado em segurança há sessenta anos, e acho que os *maroons* vão mantê-lo seguro por mais sessenta. Que tal você e eu decidirmos o que fazer quando as coisas ficarem mais calmas?

Ela assentiu entre lágrimas.

— Nós seremos o Levita — sugeriu ele. — Juntos.

Seu avô envolvera Berlinger; ele envolveria Alle. Já decidira fazer as pazes com a sua religião. Nascera judeu, de pais judeus, e sempre seria judeu.

Já falara com Inna e contara o que aconteceu. Em determinado momento, uma matéria sobre Zachariah Simon será publicada, contando seus planos e alertando para os perigos do fanatismo. Se os tesouros do templo seriam citados ainda resolveriam. Ele mesmo escreveria a matéria e daria a ela. Inna não gostara, insistindo que aparecessem os créditos dele. Mas Tom escrevia para os outros assinarem, e assim continuaria. No final, ela compreendeu e respeitou o desejo dele. Gostava de Inna. Talvez fosse visitá-la de novo.

Interessante.

Finalmente, começara a pensar novamente no futuro.

— Nós dois cometemos um monte de erros. Que tal nos considerarmos quites e recomeçarmos do zero? — sugeriu ele a Alle.

Mais lágrimas escorreram pelo rosto dela.

— Eu adoraria isso.

Ele estendeu a mão.

— Tom Sagan.

Ela conseguiu sorrir e aceitou o aperto de mão.

— Alle Beck... — Ela parou. — Alle Sagan.

Ele apertou a mão dela.

— Prazer em conhecê-la, Alle Sagan.

Uma última coisa a fazer.

Ele se virou para os túmulos e se ajoelhou.

Por duas décadas, construíra uma barreira para proteger suas emoções, uma barreira que considerava intransponível. Os últimos cinco dias tinham mostrado a tolice de seus atos. No final, tudo que importava era a família. E só lhe restava Alle. Agora, tinha uma segunda chance com ela. Mas não teria outra chance com o homem que jazia no túmulo aos seus pés. Por vinte anos, ele o chamou de Abiram, velho ou qualquer coisa menos do que ele merecia. Tantas coisas ruins se passaram entre eles, mas, no final, ele recebera amor. E confiança. Disso, não havia dúvida.

Tom ficaria bem.

Agora sabia disso.

Alle estava atrás dele e colocou a mão em seu ombro. Ele acariciou o granito liso da lápide e desejou que, talvez, apenas talvez, suas palavras pudessem ser ouvidas.

— Eu amo você, pai.

NOTA DO AUTOR

Este livro conduziu Elizabeth e eu a jornadas fascinantes para Jamaica e para Praga. Viena e Mount Dora são locais que visitamos no passado.

Agora é hora de separar fatos e ficção.

Colombo realmente ficou na Jamaica por um ano (Prólogo, Capítulo 7) e se aproveitou de um eclipse lunar para fazer os tainos fornecerem comida para sua tripulação (Capítulo 35). Oitenta e sete homens embarcaram com Colombo na sua primeira viagem, em 1492, e não havia um único padre entre eles. Mas um tradutor hebreu, Luís de Torres, fazia parte do primeiro contingente. O passado de De Torres como converso, explicado no Capítulo 17, é preciso, assim como o fato de que ele ficou no Novo Mundo e provavelmente foi o primeiro europeu a experimentar tabaco. Seu papel como Levita do tesouro do templo foi um acréscimo meu — mas a ideia de que as primeiras palavras faladas pelos europeus no Novo Mundo podem ter sido em hebraico é totalmente possível (Capítulo 17).

A lenda de uma mina de ouro jamaicana ligada a Colombo é bem difundida. O livro *Jewish Pirates of the Caribbean,** de Edward Kritzler, trata desse fascinante mito.

As informações codificadas no Capítulo 35 (que supostamente levam à mina) vêm de documentos citados no livro de Kritzler. A história dos

---

*Em português, a tradução literal seria "Piratas Judeus do Caribe". Ainda não lançado no Brasil. (*N. da T.*)

irmãos Cohen, a escritura de 420 acres de terra, a ação judicial entre eles e a forma como Abraham Cohen enganou Carlos II (Capítulos 10, 19 e 20) também estão no livro de Kritzler. A nau *Santa María* de Colombo realmente ficou encalhada em dezembro de 1492 na costa do Haiti. O navio foi destruído, mas conseguiram salvar a carga e levá-la para terra. As três arcas misteriosas foram uma invenção minha. Arcas do Panamá cheias de ouro e escondidas por Colombo, em 1504, durante o ano em que ficou preso na Jamaica (Capítulo 7), aparecem em diversos textos históricos, mas é difícil dizer se realmente existiam.

A presença taino na Jamaica (Capítulo 28), sete mil anos antes dos europeus, é verdadeira, assim como o fato de que eles foram exterminados por volta de 1650. Chamá-los de aruaques não é correto, embora sua língua seja conhecida assim. O ouro não era precioso para os tainos (Capítulo 28), mas ninguém sabe se eles possuíam uma mina que teriam mostrado para Colombo. Atualmente, resta pouca coisa dos tainos, apenas alguns artefatos, suas cavernas e lendas (Capítulo 24).

Os *maroons* são um povo fascinante. A história e a sociologia deles são descritas com precisão (Capítulos 3, 19 e 24) e sua propensão a segredos é real (Capítulo 68). A forma como os escravos chegaram ao Novo Mundo (Capítulo 28) também é relatada com precisão, assim como o fato de que a Jamaica, localizada no final da rota do comércio, recebia os grupos mais resistentes (Capítulo 19). Charles Town existe, assim como o museu Maroon (Capítulos 24 e 25). Grandy Nanny faz parte da história *maroon* e jamaicana. Sua aparência e se ela realmente existiu são temas de debate (Capítulos 3 e 68). Uma imagem dela estampa a atual nota de 500 dólares jamaicanos, conhecida no país como "Nanny". *Abengs* (Capítulo 71) eram usados pelos *maroons* para se comunicar a longas distâncias, cujo som assustava os soldados britânicos. As táticas de guerra *maroons*, como descritas por todo o livro, foram implementadas com muito sucesso. Os *duppies* (Capítulo 28) fazem parte do folclore jamaicano. As lendas que a mãe de Béne conta sobre Martha Brae e a mesa de ouro (Capítulo 50) ainda são difundidas. Tanto os tainos como os *maroon* enterravam seus mortos em cavernas, mas o túmulo descrito no Capítulo 62 é totalmente imaginário. O interessante é que existem muitas similaridades entre as crenças religiosas *maroon* e o judaísmo (Capítulo 74).

Os cães de caça cubanos foram importados da Espanha e trazidos para a Jamaica pelos britânicos para combater os *maroons* (Capítulo 3). Os *chasseurs* são descritos com precisão (Capítulo 10), assim como os ferimentos que podem infligir.

Os locais desta história são dignos de nota. Todos foram descritos com precisão. A Jamaica é espetacular; suas Montanhas Azuis valem uma visita (Capítulo 3). Milhares de cavernas pontuam a ilha e aquelas que aparecem no livro são uma junção de várias (Capítulos 56, 58, 72 a 77). Uma boa fonte para aprender mais é *Jamaica Underground*, de Alan Fincham.*

Mount Dora (Capítulo 17) realmente se parece com a Nova Inglaterra, e o condado de Lake recebeu um nome adequado (Capítulo 23). A catedral de São Estêvão, em Viena, tem catacumbas e salas de ossos (Capítulos 34, 36, 37, 39 e 41). Os jardins do palácio de Schönbrunn (Capítulo 42) e o templo Stadttempel (Capítulo 8) são impressionantes. O café Blue Mountain, produzido nas Montanhas Azuis, é considerado um dos melhores do mundo (Capítulos 10 e 30); sua regulamentação pelo governo jamaicano é descrita com precisão, mas o envolvimento da família Rowe foi invenção minha.

Praga é espetacular (Capítulos 49 a 51); seu bairro judeu é solene. A sinagoga Velha Nova (Capítulos 47, 49 e 59) é fielmente descrita, incluindo os degraus de ferro que levam ao sótão. Câmeras realmente vigiam toda a área. A Casa de Cerimônias, a Sociedade Funerária e a sinagoga Maisel (Capítulos 56, 57 e 64) estão lá. O velho cemitério é particularmente tocante, mas uma câmara subterrânea para o descarte de textos sagrados é criação minha (Capítulo 54). Kolkovna (Capítulo 65) é um restaurante na saída do bairro antigo. A rua Parizska é exatamente como foi descrita (Capítulo 50), cheia de lojas caras, ao lado da sinagoga Velha Nova. O rabino Loew viveu em Praga (Capítulo 47) e continua sendo um herói

---

*Sem tradução para o português. (*N. da T.*)

reverenciado; seu túmulo é o mais visitado no antigo cemitério (Capítulo 57). A cadeira que o homenageia na sinagoga Velha Nova permanece reservada (Capítulo 59). A lenda do golem é muita contada em Praga, mas é erroneamente associada ao rabino Loew (Capítulo 47). A lenda foi criada da forma descrita no Capítulo 47. Muitos, porém, ainda acreditam que o golem está no sótão da sinagoga.

Terezín (Capítulo 53) foi um lugar de terror. A narrativa do que aconteceu aos judeus de Praga entre 1939 e 1945 é precisa (Capítulo 53). Apenas a presença do rabino Berlinger foi invenção minha.

Infelizmente, traficantes de drogas prosperam na Jamaica (Capítulos 3 e 7). Sua popularidade com o povo existe, assim como a incapacidade do governo para combatê-los. Spanish Town pode ser um lugar intenso (Capítulo 14). Cemitérios judeus (Capítulo 13) são encontrados por toda a Jamaica, mas o meu é imaginário (Capítulos 3 e 7). Em todo o livro, os costumes judaicos de enterro são descritos com precisão (Capítulo 22).

A presença de judeus na Jamaica, que começou na época de Colombo, é um fato histórico (Capítulo 7). A nora de Colombo realmente conseguiu que Fernando lhe cedesse a ilha e não impusesse nenhum controle religioso sobre ela (Capítulo 7). A Inquisição não entrou na Jamaica durante 150 anos. Quando os espanhóis finalmente voltaram, em 1650, os judeus da Jamaica se uniram aos ingleses e ajudaram a expulsá-los. Cromwell realmente fez um acordo com eles, prometendo tolerância e cumprindo. Os judeus acabaram ajudando a estruturar a economia da ilha. Seus acordos comerciais com os *maroons* são reais, assim como a curiosa oposição dos negros emancipados à igualdade civil dos judeus (Capítulo 24). A presença de judeus na Jamaica dissipou-se. Hoje, restam poucos, estando a congregação mais antiga do Ocidente, ainda em funcionamento, em Kingston. Em Cuba, os judeus viveram durante a época de Colombo e atualmente (Capítulos 38 e 40). Quando os espanhóis finalmente deixaram a Jamaica em 1655, eles enterraram suas riquezas e seus registros, achando que logo voltariam (Capítulo 18). Isso, obviamente, não aconteceu, e tudo ficou perdido. O museu cubano foi invenção minha. Os arquivos jamaicanos em Spanish Town, de fato, existem.

O X marcado com um gancho, introduzido no Capítulo 10, foi um símbolo encontrado em Minnesota em 1898. Ninguém sabe o que significa. Mas é verdade que o símbolo está entre as imagens que compõem a estranha assinatura de Colombo. *The Hooked X*, de Scott Wolter,* é uma boa fonte de informações sobre esse mistério.

O astrolábio descrito (Capítulo 66) é uma criação minha, mas com base em um astrolábio que se encontra no British Museum, feito por um artesão hebreu no século XIV. O jarro é o símbolo para o Levita (Capítulo 7) e pode ser encontrado em alguns túmulos. A história bíblica dos levitas, como contada no Capítulo 13, é fiel.

O que aconteceu no Primeiro e no Segundo Templos é um fato histórico (Capítulo 8). Por incrível que pareça, como descrito no Capítulo 42, ambos foram destruídos no mesmo dia, com 656 anos de diferença. O tesouro do templo realmente desapareceu, sendo sua jornada de Jerusalém para Roma e para Constantinopla documentada (Capítulos 8 e 29). Para onde ele foi depois, ninguém sabe. O Arco de Tito existe e confirma visualmente a presença temporária do tesouro em Roma (Capítulo 77). Uma excelente fonte para esse assunto é *God's Gold*, de Sean Kingsley.**

A história dos judeus sefarditas é uma questão de registro (Capítulos 29 e 31). Meu único acréscimo fictício foi seu envolvimento com o tesouro do templo (Capítulo 63), mas o fato de terem financiado a primeira viagem de Colombo é verdadeiro. Tudo que Alle Becket diz no Capítulo 31 pode ser comprovado. Luís de Santangel existiu, assim como outros financiadores mencionados. O relacionamento de amizade entre De Santangel e o rei Fernando é um fato. E não apenas seus livros existem (Capítulo 31), como também as pessoas que os estudaram afirmam que eles corroboram o fato de que Santangel adiantou dinheiro para a primeira viagem de Colombo.

O Templo do Monte, com sua história e sua política, é fielmente descrito (Capítulo 55). Jerusalém realmente é a cidade que mais foi cer-

---

* Sem tradução para o português. (*N. da T.*)
**Sem tradução para o português. (*N. da T.*)

cada em todo o mundo (Capítulo 59). A esperança da construção de um Terceiro Templo ainda permanece viva em Israel, com ou sem o Messias.

No cerne desta história existe a suposição de que Cristóvão Colombo era judeu. Muitos postularam essa hipótese, ninguém de forma mais convincente do que Simon Wiesenthal em *A missão secreta de Cristóvão Colombo: velas da esperança.* Milhares de judeus sefarditas se tornaram conversos para escapar da perseguição. Não está claro se o próprio Colombo ou sua família fizeram essa escolha. O que está claro é que não se sabe praticamente nada sobre Colombo. Os dados sobre sua data de nascimento, local, educação, filiação e vida são radicalmente conflitantes. Não existe nenhum retrato conhecido. O mapa que ele usava para navegar (Capítulo 8) e seu diário de bordo oficial, *Diario de a bordo,* sumiram (Capítulo 15). O chamado *Diário de Colombo,* citado por praticamente todos como uma descrição autêntica de suas viagens, é uma narrativa não confiável, escrita décadas mais tarde. A recusa do governo espanhol em permitir qualquer pesquisa independente em seus arquivos em busca do mapa e do diário (Capítulo 8) só aumenta o mistério.

Até o local do túmulo de Colombo é um tema de muito debate (Capítulo 38). Colocá-lo na Jamaica, claro, foi uma invenção minha (Capítulo 62), mas tudo que Alle Becket escreveu no Capítulo 15 e que o rabino Berlinger conta sobre Colombo no Capítulo 65 é verdadeiro. Os fatos de que Colombo zarpou antes da meia-noite de 2 de agosto de 1492 e de que todos os judeus tinham de sair da Espanha até 3 de agosto são reais (Capítulo 9). O possível nome real de Colombo — Christoval Arnoldo de Ysassi — é mais uma especulação. Assim como a história, contada no Capítulo 79, de Juan Colón de Maiorca. Essa história não é minha, mas foi apresentada em uma palestra ocorrida em 1966 para explicar por que a Igreja católica se fez de surda a todas as sugestões de canonizar Colombo. De forma interessante, existe um intenso debate sobre se Alonso Sanchez de Huelva (Capítulo 79), e não Colombo, foi o primeiro europeu a encontrar o Novo Mundo. Uma linha de pensamento diz que suas explorações eram mentiras promulgadas pelos inimigos de Colombo para desacreditar as conquistas do almirante. Outra linha insiste que De Huelva nunca existiu. Uma terceira diz que ele descobriu o Novo Mundo, mas os monarcas católicos da Espanha mantiveram a descoberta em segredo até Alexandre VI, um espanhol, ser eleito papa em 1492. Então, eles aproveitaram o pedido de Colombo por embarcações e permitiram que ele redescobrisse o que já sabiam que existia.

Com tantas coisas sobre o assunto, a verdade nunca será descoberta.

Durante quinhentos anos, historiadores se fazem uma pergunta: Quem foi Cristóvão Colombo?

A resposta é simplesmente outra pergunta:

Quem você quer que ele seja?

Este livro foi composto na tipologia Palatino LT Std, em corpo 10,5/16, e impresso em papel off-white no Sistema Cameron da Divisão Gráfica da Distribuidora Record.